W0292262

Antídoto

JUDIT SADURNÍ

DARKISS

Editado por HARLEQUIN IBÉRICA, S.A.
Núñez de Balboa, 56
28001 Madrid

© 2013 Judit Sadurní. Todos los derechos reservados.
ANTÍDOTO, Nº 14 - 1.3.13
Título original: Antídoto
Publicada originalmente por Harlequin Ibérica, S.A.

Editor responsable: Luis Pugni

Todos los derechos están reservados incluidos los de reproducción, total o parcial. Esta edición ha sido publicada con permiso de Harlequin Enterprises II BV.
Todos los personajes de este libro son ficticios. Cualquier parecido con alguna persona, viva o muerta, es pura coincidencia.
DARKISS es marca registrada por Harlequin Enterprises Ltd.
™ es marca registrada por Harlequin Enterprises Limited y sus filiales, utilizadas con licencia. Las marcas que lleven ® están registradas en la Oficina Española de Patentes y Marcas y en otros países.

I.S.B.N.: 978-84-687-2718-9
Depósito legal: M-41547-2012
Impresión: LIBERDÚPLEX
08791 Sant Llorenç d'Hortons (Barcelona)
Imagen de cubierta: PETER VEILER/DREAMSTIME.COM

Distribuidor para España: SGEL

Judit Sadurní nació en 1982 en Olesa de Bonesvalls, Barcelona, y es licenciada en Filología Inglesa. Desde muy joven ha mostrado interés por la literatura y la música. Actualmente, trabaja como profesora de idiomas y dedica parte de su tiempo libre a escribir, uno de sus hobbies favoritos. *Antídoto* es su segunda novela publicada.

antídoto: (Del lat. *antidŏtus*, y este del gr. ἀντίδοτος).
1. m. Medicamento contra un veneno.
2. m. Medicina o sustancia que contrarresta
los efectos nocivos de otra.
3. m. Medio preventivo para no incurrir en
un vicio o falta.
Real Academia Española

DESPEGUE

Recuerdo que cuando era pequeña y las gotas de lluvia rebotaban contra los cristales de la ventana de mi cuarto, yo, tumbada sobre la cama, deseaba que la tormenta acabara y que los colores del arcoíris se dibujaran sobre el fondo del cielo gris. Mi madre, desde la puerta, solía decirme entonces que lo bueno se hacía esperar. «Lo bueno siempre tarda en llegar, cariño», decía su voz suave.

Aquella mañana de verano, llevaba cerca de dos horas sentada en la misma posición en uno de los asientos de plástico azul de la Terminal 1 del Aeropuerto de Barajas, esperando para montarme en un avión que ya superaba las tres horas de retraso y a la vez intentando con todas mis fuerzas resistir la golosa tentación de ponerme en pie, largarme del edificio por la salida de emergencia y coger un taxi para que nos dejara, a mí y a mi equipaje, de vuelta en casa.

Bonita estampa para ilustrar el inicio de mis más que merecidas vacaciones de verano. Pensé en las palabras de mi madre, las que de niña me reconfortaban durante los días de tormenta, las que me recordaban que lo bueno llegaría, «pero ten un poco de paciencia, Fidelia, hija». Aquella mañana también esperaba, llevaba horas esperando en el aeropuerto, una espera cansina que no sabía cómo iba a acabar. Porque aquella mañana yo no sabía qué era lo que había después de esa espera. Y, fuera lo que fuera, sospechaba que no sería nada bueno, nada que compensara todas aquellas horas de denso aburrimiento.

A mi izquierda, sentada en una posición altamente incómoda sobre otro asiento de plástico azul, una chica de cuerpo atlético y gesto delicado marcaba el ritmo de la música que salía de los auriculares de su ipod haciendo percusión con el tacón de sus sandalias color berenjena contra las relucientes baldosas del suelo. La chica del ipod lucía una melena leonina que le sobresalía por los dos lados de la cara y le bajaba hasta más allá de sus diminutas orejas. Sus rizos enzarzados delataban una permanente recién hecha y el color de su pelo, rubio ceniza, era claramente artificial. Los ojos de la chica eran de un azul cristalino, un color tan inusual que me pregunté si también sería postizo, igual que el de su cabellera. Su vestuario consistía en unos shorts de color rosa que dejaban buena parte de sus perfectas piernas al descubierto, y en una blusa blanca y semitransparente de estilo ibicenco que dejaba traslucir el estampado frutal de su ropa interior. Pronto me percaté de que buena parte de mis compañeros de viaje de sexo masculino tenían los ojos clavados en ella.

Las enormes pantallas de plasma que teníamos enfrente anunciaban que había un nuevo retraso para el vuelo BF37112 con destino a Edimburgo. La hora del despegue estaba ahora prevista para las dieciséis horas y veintisiete minutos. Cinco horas más tarde de lo que había marcado el horario inicial. Crucé los dedos de ambas manos y le rogué a alguna especie de divinidad celestial que fuera capaz de leer mentes que, por favor, el vuelo BF37112 con destino a Edimburgo fuera cancelado de una vez por todas.

A mi derecha, un chico de pelo corto y oscuro mascaba ruidosamente y sin parar un chicle de fresa ácida, con el que de vez en cuando formaba globos enormes que acababan indefectiblemente explotando, dejándole un rastro pegajoso en los labios y buena parte de la barbilla. El chico vestía una camiseta de manga corta de color verde con un logo en la parte frontal que no reconocí, y unos vaqueros raídos que se abrochaban unos veinte centímetros más abajo de lo que sería considerado propiamente estético. Sus pies estaban metidos dentro de unas aparatosas zapatillas deportivas de color amarillo chillón y desprendían un persistente y desagradable olor a humanidad, que, mezclado con el aroma del chicle de fresa ácida, podía resultar ser bastante nauseabundo.

—¿Quieres un chicle? —me preguntó el chico de repente, sacándose un paquete de chicles del bolsillo de sus vaqueros andrajosos y mirándome a la cara por primera vez. Tenía muchos granos alrededor de la nariz y las cejas increíblemente pobladas. Algo parecido a unas patillas le bajaba hasta la curva de la mandíbula. Los pequeños cortes que se extendían desde la barbilla hasta los pómulos dejaban claro que al chico todavía le temblaban las manos a la hora de afeitarse—. Sin azúcar. Primera calidad. El sabor a fresa ácida dura hasta cuatro horas y media. Lo mejor en chicles que te puedes encontrar hoy en día.

—No, gracias —respondí yo secamente. Me removí en mi asiento y volví a dirigir la mirada hacia la pantalla de plasma. El vuelo BF37112 con destino a Edimburgo estaba todavía previsto para las dieciséis y veintisiete minutos. Miré mi reloj de pulsera digital y todavía eran las trece y cuarenta y siete. Todavía dos horas y cuarenta minutos por delante. Entonces me di cuenta de que ya era prácticamente la hora de comer y yo no había probado bocado desde las ocho de la mañana, pero de todas formas mi estómago tampoco se quejaba.

A mi alrededor, decenas de cuerpos de chicas y chicos de más o menos mi edad continuaban esparcidos por el suelo de la terminal; algunos de ellos se levantaban de repente y se desperezaban, agitando sus brazos en el aire. Otros, como yo, permanecían sentados en sus asientos de plástico azul, donde llevaban postrados desde las diez de la mañana. Las ridículas mochilas rojas con la doble ese de Surreal Summers bordada en amarillo estaban por todas partes. Habría unas cuarenta. Una para cada uno de nosotros.

Surreal Summers era la agencia internacional que se encargaba de organizar viajes al extranjero para jóvenes de la que mi madre había oído hablar un fatídico sábado por la tarde en la peluquería de su hermana. En mi barrio, durante aquellos últimos años, parecía ser que la oportunidad de enviar a los hijos a cualquier lugar del mundo para estudiar inglés en verano era lo más original y moderno que unos padres podían ofrecer a sus retoños. Mi madre, al igual que muchas otras, había cometido el error de creer que su hija, por supuesto, no esperaba ni merecía ser menos que los demás. Y allí me encontraba yo. El más que temido jueves treinta de junio había llegado y, aunque pareciera mentira, mi madre había cumplido con su amenaza, poniéndome la maleta en la mano y la mochila en los hombros, y despidiéndose con un beso en la frente mientras me aseguraba que este iba a ser, con diferencia, uno de los mejores veranos de mi vida. Surreal Summers era, al parecer, lo que había al final de aquella larga espera en el aeropuerto, el destino del vuelo BF37112. Mi verano surrealista, según decían las letras de mi mochila.

Por descontado, aparte de su interés por mi progreso en el campo de las lenguas extranjeras, mi madre tenía otro motivo de mucho más peso para empujarme a esa especie de exilio veraniego. Porque ese iba a ser el verano en que mi padre iba a marcharse de casa, después de casi veinte años de matrimonio y convivencia con mi madre. Poniendo distancia de por medio, mi madre solo intentaba evitar que yo sufriera los daños colaterales del que sin duda iba a ser el verano más borrascoso de nuestro humilde y dulce hogar.

Será lo mejor para ti, hija. No vas a arrepentirte. Esas fueron las últimas palabras que me había dicho mi madre aquella misma mañana al decirme adiós.

Qué equivocadas pueden estar las madres a veces.

Pero ahora ya era demasiado tarde para compadecerse. Ahora ya era demasiado tarde para pensar en alternativas. En aquel preciso instante, mi padre probablemente ya habría dejados vacíos los cajones y su lado del armario, y yo me encontraba en el aeropuerto a punto de embarcarme en un vuelo rumbo a Escocia, rodeada de desconocidos con los que tendría que convivir durante las siguientes tres semanas y esperando a un avión que, tal vez en señal de malos augurios, había decidido venir a por nosotros cinco horas más tarde de lo que se esperaba en un principio.

Muchos de mis compañeros de viaje estaban hartos de esperar y no paraban de ir y venir, todo el rato de un lado para otro, mordiéndose las uñas, pegando fuertes suspiros, y algunos incluso tirándose de los pelos. Había entre ellos el típico que no sabía leer las horas en la pantalla de plasma y que cada dos por tres tenía que acercarse a uno de los monitores que nos acompañaban y preguntarle cuánto faltaba para que por fin pudiéramos largarnos. Esos eran los que más me ponían de los nervios. Se suponía que todos los que nos habíamos metido en esa aventura del curso de verano teníamos entre quince y dieciocho años, y que, a esas edades, se suponía que ya sabíamos comportarnos más o menos como personas adultas.

Suspiré por culpa del agotamiento. El viaje en el sentido estricto de la palabra todavía no había empezado y yo ya me sentía como si me hubiera pasado veinte días y veinte noches consecutivas sin descansar ni pegar ojo.

—¿Crees que va a llover en Inglaterra cuando lleguemos? —me preguntó el chico de mi derecha, el del chicle de fresa ácida sin azúcar pero de primera calidad. Al hacerme la pregunta, inclinó su cuerpo hacia mí y dejó caer su mano izquierda sobre mi brazo derecho. Su mano sudorosa y bronceada sobre mi brazo de piel pecosa y casi traslúcida. Me quedé mirando su mano sobre mi brazo y casi me pareció sentir que el excesivo calor que transmitían sus dedos se filtraba por los poros de mi pálida epidermis, algo que me incomodó en cantidad.

—No vamos a Inglaterra —repliqué, y en un brusco movimiento conseguí alejar mi brazo de su mano, recolocándome en mi asiento para oponer una distancia más o menos tolerable entre él y yo—. Vamos a Escocia. Edimburgo es la capital de Escocia. No es lo mismo Escocia que Inglaterra.

—Lo que sea —dijo él indudablemente molesto por algo, no logré averiguar si por el tono de sabelotodo de mi respuesta o por la brusquedad de mis movimientos a la hora de apartarme de él—. ¿Crees que va a llover?

—No lo sé. No tengo ni idea, pero creo que es bastante probable.

Me concentré en ignorar al chico y en mirar hacia otra dirección durante un par de minutos, tal vez así se daría cuenta de que yo no tenía ningún interés en mantener ningún tipo de conversación con él.

—¿Cómo te llamas? —me preguntó de repente Fresa Ácida. Parecía ser que al final no me había salido con la mía y eso me irritó. ¿Qué quería ese chico de mí? ¿Por qué se empeñaba tanto en hablarme? ¿Es que no se había dado cuenta? Yo no era la chica guapa del grupo, ni siquiera era la simpática, no había nada en mí que pudiera ser más o menos interesante a los ojos de cualquier interlocutor.

—Delia —murmuré entre dientes.

—Yo soy Raque. Bueno, en realidad me llamo Roque, pero todos mis colegas me llaman Raque porque siempre estoy hablando de tenis y jugando al tenis y eso. Por lo de las raquetas, ¿sabes? Incluso mi madre me llama Raque —Fresa Ácida se rio, todo dientes rosados y encías hinchadas, y me ofreció su mano sudorosa para que se la apretara. Acepté a regañadientes y noté como sus dedos estrujaban los míos en un apretón que duró unos diez segundos más de lo considerado cortés—. Me alegro de conocerte.

¿Se alegraba? ¿Por qué? Yo era la chica en la que nunca nadie debería fijarse. La chica de cuerpo desproporcionado, la de las piernas esqueléticas y los pechos ausentes. La de los pies grandes y las rodillas salidas. Mi cuerpo no tenía articulaciones, tenía ángulos rectos que salían disparados hacia todos los sentidos, dotándome de un aspecto francamente grotesco. Por no hablar de mi cara, que era demasiado redonda y demasiado pecosa. Ni de mis ojos, que eran de un marrón demasiado amarillento y de unas dimensiones demasiado grandes, tan grandes que me hacían parecer uno de esos personajes de manga japonés. Ni de mis dientes, que eran tan horriblemente gigantescos que, cuando en alguna rara ocasión me olvidaba de ellos y dejaba que se me escapara la risa, deformaban mi cara hasta convertirla en un surtido extra de teclas de piano.

Y finalmente, claro, no podía faltar la guinda del pastel. Lo que, por si todavía quedaba duda alguna, hacía que mi físico resultara de lo más patético que se podía encontrar sobre la capa de la tierra. Mi inconfundible e inigualable mata de pelo. Mi cascada ondeante de indomables mechones que coronaban mi cabeza y se iban por todos los lados desafiando por completo las reglas de la gravedad, y que, para colmo, eran ni más ni menos que de color rojo pimentón.

Yo ni siquiera llegaba a la categoría de chica del montón. ¿Por qué iba alguien a alegrarse de conocerme?

—¿Juegas al tenis, Dalia? —preguntó Fresa Ácida mientras su bola de chicle iba de un lado a otro de su boca. Estaba tan concentrada en intentar descifrar cómo era posible que una persona fuera capaz de articular frases enteras con semejante bola de chicle metiéndose por medio que ni siquiera me molesté en corregirle cuando se equivocó al pronunciar mi nombre.

—No —respondí yo secamente.

—¿Haces deporte? ¿Básquet o fútbol, quizás?

—No —volví a responder con un monosílabo.

—¿Te gustaría aprender a jugar al tenis? —insistió él—. ¿Eh, Dalia? ¿Qué te parece si yo te enseño a jugar al tenis?

—Me llamo Delia —me limité a decir, ignorando sus preguntas y observando los cambios que se producían en los horarios de la pantalla plana que teníamos enfrente.

—Perdón —fue todo lo que dijo Fresa Ácida. Y al fin, se calló.

Me dio la sensación de que aquella breve conversación había bastado para que Fresa Ácida, o Raque, como él había dicho que se llamaba, se llevara una clara impresión sobre quién era esa chica pelirroja que estaba sentada a su lado. Tenía que reconocerse que la tragedia de mi aspecto físico no era lo único que merecía una mención especial. Yo siempre había sido, además, la rara del grupo, y eso se me notaba a la legua. La que nunca hablaba con nadie porque no sabía de qué hablar. La que apenas sonreía por culpa de su dentadura colosal. La que nunca tenía gracia contando chistes. La que nunca le encontraba la gracia a los chistes de los demás. La última en la que, por descontado, se fijaría cualquier chico. Y eso solo si no tenía un televisor con el que entretenerse.

No es que me molestara todo lo que yo era. De ninguna manera. Hacía tiempo que me conocía muy bien y que había aprendido a aceptarme a mí misma. Lo que me molestaba era que de vez en cuando tenía que toparme con alguien que parecía no percatarse de mis especiales desencantos ni de mi evidente falta de atractivo, tanto en el aspecto físico como en el de la personalidad.

El teléfono móvil empezó a sonar dentro del bolsillo de mis pantalones piratas y eso me sacó de mis pensamientos y me dio una excusa para ignorar por completo al chico sentado a mi derecha. Es una lástima, pero tengo que confesar que esas eran las únicas alegrías que podía proporcionarme en aquellos momentos una llamada de mi madre. Porque, ¿quién iba a ser sino ella?

—Hola —respondí al teléfono en un tono neutro. No quería que nadie de mis alrededores supiera que, justo tres escasas horas después de despedirme de ella, mi madre ya estaba ansiosa por ponerse en contacto conmigo.

—Fidelia, ¿dónde estás? ¿Estás ya en el avión?

—Si estuviera en el avión, no habría podido contestar a tu llamada —le expliqué a mamá armándome de paciencia. A mi izquierda, la chica de la melena leonina y los ojos azules se había quitado los auriculares del ipod de las orejas. A mi derecha, Fresa Ácida le ofrecía un chicle a la chica de mi izquierda. La chica aceptó con una sonrisa. Se presentaron. Raque y Emma. Raque se levantó y besó a Emma en las mejillas. Raque volvió a sentarse a mi derecha. Mi madre me estaba diciendo algo al otro lado del teléfono. Yo no había estado escuchando muy atentamente pero ni siquiera me molesté en hacerle repetir lo que había dicho—. Todavía estamos en el aeropuerto, en Barajas —le comenté—. El avión tiene que salir dentro de un par de horas más o menos.

—¿Ya has comido algo, cariño? —me preguntó mi madre—. Debes de estar muriéndote de hambre. Tendría que haberte preparado un par de bocadillos para llevar. ¿Qué vas a comer?

Dichosos teléfonos móviles. Aparatitos indeseables que padres y madres metían en las mochilas y bolsillos de sus hijos para tenerlos controlados en cualquier momento. Yo había sido castigada con el mío hacía apenas unos meses y todavía no estaba acostumbrada a él. Era una de mis posesiones más odiadas; tal vez si hubiera tenido alguien a quien enviar mensajes de texto y hacer llamadas perdidas para dar las buenas noches lo hubiera recibido con más ilusión.

—No lo sé, mamá —solté de repente, con un tono de voz más bien subido. Mi madre me ponía más nerviosa de lo que ya estaba. Y entonces me di cuenta de lo que había dicho. Había soltado la palabra que no quería soltar. La palabra más prohibida de todas en aquel particular entorno. Había dicho «mamá».

Fresa Ácida me miró de reojo y, por la cara que puso, supe lo que estaba pensando: «la pelirroja solo es una cría». A mi derecha, la chica del pelo leonino clavó sus ojos azules en los míos y me dedicó una sonrisa cargada de algo parecido a la compasión. Genial: todavía no habíamos dejado el aeropuerto y yo ya les estaba dando pena a mis compañeros de viaje.

Me levanté de repente, dejé la mochila de Surreal Summers sobre el asiento en el que me había sentado y me alejé lo máximo posible de toda la aglomeración de mochilas rojas. Mi madre seguía hablando desde el otro lado del teléfono y yo de vez en cuando soltaba algún tipo de gruñido para que la pobre mujer creyera que la estaba escuchando. Sentía los ojos de los demás chicos y chicas clavados en mí. En un momento dado, estuve a punto de darle las gracias a mi madre por hacerme sentir la criatura más ridícula e infantil que había existido jamás en nuestro planeta, pero fui capaz de contener mi mal humor y no dije nada. En aquellos momentos, lo último que necesitaba mi madre era que su única hija fuera cruel con ella.

Dejé de caminar en círculo y dejé de escuchar las apresadas palabras de mi madre, que, al otro lado del teléfono, seguía recitando por enésima vez toda una lista de vanas advertencias de las que yo posiblemente me iba a olvidar por completo nada más poner los pies en Escocia. Entonces vi que alguien me miraba fijamente desde uno de los anchos cristales que separaban las salas de espera de la terminal. La chica del cristal tenía cara de pocos amigos. Su pelo flotaba alrededor de su cabeza como una llamarada enfurecida. Su camiseta de tirantes de color negro formaba arrugas desiguales a lo largo de su torso. Sus pantalones piratas, también negros, querían esconder sus raquíticas piernas pero no llegaban a disimular la desproporción de sus rodillas. Al menos, sus zapatillas deportivas Converse All Star de color rojo eran lo suficientemente altas para no dejar al descubierto el chiste de sus tobillos.

Patético y fiel reflejo de mí misma. ¿Quién eres? ¿Qué haces?, tenía ganas de gritarle a la chica del cristal. ¿Por qué estás aquí? ¿Por qué no te ha engullido la atmósfera aún? Simultáneamente a mi ataque de rabia y desconsuelo, mi madre todavía seguía con su asfixiante monólogo pero yo decidí que había llegado la hora del cambio y corto.

—Mamá —le dije—. Tengo que colgar. Están repartiendo bocadillos.

Ni siquiera le di tiempo para contestar. Pulsé el botón rojo del aparato, luego pulsé el botón de apagado y vi como la luz desaparecía de la pantalla y el chisme en cuestión se volvía un ser aburrido y sin vida. Volví a metérmelo en el bolsillo y me hice el firme propósito de mantenerlo en OFF tanto tiempo como me fuera posible. Acto seguido, suspiré y me armé de valor para volver a enfrentarme a mi inquietante realidad.

No había mentido a mi madre cuando le había dicho que estaban repartiendo bocadillos. Supuse que aquellos diminutos sándwiches eran cortesía de la compañía aérea, que llevaba horas haciéndonos esperar sin dar ningún tipo de explicación. Volví a mi asiento y esperé a que alguno de nuestros monitores llegara con las provisiones. Un bocadillo de pan de molde y una bolsa de patatas fritas para comer, y una lata de refresco o una botella de agua mineral para beber. Crucé los dedos para que hubiera bocadillos de queso. En aquellos tiempos, cruzaba los dedos por cualquier cosa.

Nos acompañaban tres monitores. Un chico y dos chicas. Una de las chicas parecía un poco más mayor que los otros dos. Se llamaba Ángela y era más bien bajita y llevaba su pelo castaño claro recogido en un moño con forma de ensaimada. Vestía vaqueros y una camiseta de manga corta de color marrón.

Tal vez era porque se dejaba dominar por un alto sentido de la responsabilidad, o tal vez porque era la primera vez que hacía esa clase de trabajo, pero el caso era que Ángela daba la sensación de estar incluso más nerviosa con la perspectiva de aquel viaje que gente paranoica como yo misma.

Luego estaba Cruz. Cruz tendría poco más de veinte años, veintidós o veintitrés quizá. Era mucho más alta que Ángela y estaba mucho más delgada. Tenía el pelo largo y rubio y le caía sobre los hombros, formando ribetes en su espalda desnuda. Vestía una camiseta de tirantes azul y llevaba la parte superior del biquini debajo de ella. Su falda, tan corta que mostraba casi la totalidad de sus piernas bronceadas, había suscitado ciertos comentarios de mal gusto entre algunos de los chicos. Cruz iba de un lado para otro y siempre sonreía; supuse que en el cursillo para convertirse en monitora de verano le explicaron que tenía que pasarse el rato con la sonrisa en los labios.

El tercero del clan de los monitores era Tristán. Tristán era sin duda el más joven de los tres y no aparentaba tener mucha más edad que algunos de los chicos que estaban a su cargo, tendría unos veinte años más o menos. Se había pasado la mañana llevando gafas de sol y hablando con la mayoría de las chicas. Bueno, más bien eran las chicas las que hablaban con él. Su sonrisa permanente era casi tan exasperante como la de Cruz, aunque parecía un poco más sincera. Creo que era el único de los monitores que se lo estaba pasando realmente bien, el único que no hacía ese trabajo solo para poder disfrutar de unas vacaciones pagadas. Su pelo, de color castaño oscuro y minuciosamente desordenado, parecía no haber conocido nunca los beneficios del peine y el cepillo. Como complemento adicional, una especie de tupé inclinado hacia la izquierda se elevaba hasta cuatro centímetros por encima de su frente. Tristán llevaba puesta una camiseta de manga corta de color blanco que contrastaba con el color bronceado de la piel de sus brazos, y unos vaqueros azules desgastados que parecían salidos de una peli de los setenta. En los pies llevaba un calzado que me resultó demasiado familiar: unas zapatillas Converse All Star de color rojo.

Miré hacia abajo. Mis pies. Mis zapatillas. Eran las mismas zapatillas que llevaba mi monitor. Mis zapatillas Converse favoritas. No sé por qué razón eso me incomodó, pero la verdad era que en aquel momento deseé con todas mis fuerzas haber dejado mis adoradas Converse rojas en el fondo de mi armario.

Levanté la vista y vi que Tristán se había sacado las gafas de sol por primera vez en toda la mañana. Estaba limpiando cuidadosamente uno de los cristales con la tela de algodón de su camiseta.

—¿Está cañón, eh?

Inmediatamente dejé de observar a mi monitor y dirigí la mirada hacia mi izquierda. Emma, la chica sentada a mi lado, me miraba con cara de complicidad. Incluso creí que me había guiñado un ojo. Su sonrisa de labios carnosos e intensamente rojos se ensanchó mientras esperaba mi respuesta. Por descontado, dado a lo inapropiado de su comentario, ni siquiera me molesté en contestar.

Pronto noté que mis mejillas se encendían y me enfurecí. Estaba furiosa con la chica por haber hecho suposiciones absurdas cuando ni siquiera me conocía, pero aún estaba más enojada conmigo misma por ser tan inepta a la hora de controlar esas malditas reacciones, tan involuntarias como inoportunas.

Para colmo, ahora Tristán se acercaba a nosotras con los bocadillos.

La chica de mi lado tardó unos tres cuartos de hora para decidir qué bocadillo le apetecía tomar. Al final, se decantó por el de pollo con lechuga, y cuando Tristán se lo ofreció, la chica le rozó la mano de forma bastante descarada y le dio las gracias con una ridícula sonrisa llena de dientes y carmín.

No quedaban bocadillos de queso, así que tuve que conformarme con uno de atún y mayonesa. Tristán me puso las tres cosas en las manos, el bocadillo, la bolsa de patatas fritas y una botella de agua. Le di las gracias y empecé a desenvolver el bocata.

—¿Todo bien? —oí que preguntaba él, su voz grave pero amistosa.

Al principio no supe si esa pregunta iba dirigida a mí, pero al levantar la vista me encontré con sus ojos verdes mirándome fijamente. No había vuelto a ponerse las gafas de sol, ahora las tenía colocadas en lo alto de su cabeza, escondidas tras su insólito tupé. Sus mandíbulas, cubiertas por una barba incipiente que se extendía hasta la nuez, eran firmes y se torcían en un ángulo bastante prominente, dándole a su rostro un inesperado toque de agresividad que era automáticamente contrarrestado por la espontánea sonrisa que ahora formaban sus labios entreabiertos.

—Claro —repliqué yo. Nada más lejos de la pura verdad, no hacía falta decirlo, pero conseguí que mi voz sonara más o menos convincente, y que el monitor me dejara en paz.

Tristán y su sonrisa se alejaron para continuar repartiendo provisiones a otra parte. Mientras se alejaba, uno de los bocatas que llevaba en las manos se le cayó al suelo y al mismo tiempo tres chicas se levantaron de sus sillas para ir a recogerlo por él. A mi lado, la chica del pelo rizado y los ojos azules también había empezado a ponerse en pie, aunque desistió en su empresa al darse cuenta de que sus rivales llegarían antes al objetivo. Volvió a sentarse con resignación, y, después de un suspiro exagerado, soltó otro de sus comentarios tan fuera de lugar:

—Parece que todas hemos encontrado a nuestro príncipe azul en este curso de verano, ¿no crees?

La miré fijamente, sin comprender, mostrándole una cara de póquer que poco a poco iba convirtiéndose en cara de asco. No tuve que darle muchas vueltas a sus palabras para saber de qué o de quién estaba hablando. La chica ahora tenía los ojos clavados en algún punto de la anatomía dorsal de nuestro monitor.

—Habla por ti, bonita —susurré entre dientes. La chica fingió no haberme oído y siguió con la mirada perdida. «Lunática», me dije.

Decidí concentrarme en lo que tenía entre manos y olvidarme por completo de todo lo demás. Le quité el envoltorio de plástico a mi bocadillo de atún y empecé a pegarle pequeños mordiscos. No tenía mucho apetito pero me obligué a comer. A mi lado, la chica del pelo rizado, todavía inmersa en sus alucinaciones, ya había terminado con el bocata de pollo y estaba atacando vehementemente la bolsa de patatas fritas.

Horas más tarde, la más inaudita de las pesadillas se materializaba ante mí en forma de aparato volador.

La primera sensación fue sin duda de claustrofobia.

Luego vino el pánico, y unos minutos después, la locura.

Mi reloj de pulsera digital marcaba las dieciséis treinta. Después de más de cinco horas esperando sin justificación, habíamos sido llamados para embarcar en el dichoso avión.

Era la primera vez que me montaba en uno de esos artefactos y lo único que quería hacer en aquellos instantes era gritar y echarme a correr hacia la puerta de salida. Ese aparato parecía tener más años que mi abuela y sus reducidas medidas hacían que la sensación de ahogo fuera cada vez más insoportable. Sinceramente, incluso en mis peores pesadillas me lo había imaginado más suntuoso, más imponente. Pero era solo un trasto viejo. El techo era demasiado bajo y el pasillo demasiado estrecho. En ambos lados del pasillo había incontables hileras de tres asientos cada una; asientos apretados uno contra el otro, de color azul marino, que lucían manchas disimuladas y emanaban un olor de origen dudoso. Mis aparatosas piernas no cabían en el mínimo espacio que había entre mi asiento y el del pasajero que se sentaba delante de mí. Sentado a mi lado, había un chico con coleta y piercings por todas partes, cuyas piernas quilométricas ahora luchaban, al igual que las mías, para hacerse un sitio en el reducido espacio que nos habían asignado. El chico debió de percatarse de mi mirada clavada en él y se dio la vuelta para hablarme.

—¿Qué tienes? ¿Quince? —fue lo primero que me preguntó. Al principio no entendí su pregunta. Creí que lo normal era que me preguntaran por mi nombre o por mi ciudad de procedencia, pero aquel chico me había preguntaba si tenía quince. ¿A qué se refería? ¿A los quilos de mi equipaje? ¿A los libros de mi mochila? ¿A los lápices que había en mi estuche?

Pronto lo comprendí. Lo que el chico sentado a mi lado me estaba preguntando era mi edad.

—Dieciséis —respondí tan pronto como hube comprendido lo que se me preguntaba—. Voy a cumplir los diecisiete en julio.

El chico se limitó a asentir con la cabeza y a mirarme desde lo alto de mi cabeza hasta mi cintura, prestando especial atención a mi aburrida y gastada camiseta de tirantes de color negro. Dirigí la vista hacia abajo y comprobé que no hubiera ninguna mancha en mi atuendo. Al volver a levantar la mirada, el chico había dejado de analizarme y se disponía a colocarse los auriculares de su MP4 en las orejas. Me fijé entonces en su camiseta. Era una camiseta roja de algodón en la que aparecía ni más ni menos que una fotografía suya con un nombre debajo: *Carlos*. Me dije que a mí jamás se me ocurriría llevar una camiseta con mi nombre, y mucho menos con una foto de mi cara. Pero, claro estaba, yo nunca había tenido lo que se dice mucha seguridad en mí misma.

—El avión es un palo —el chico llamado Carlos volvió a hablar. Ahora llevaba puestos los auriculares de su MP4 y pronunciaba sus palabras con un tono de voz exageradamente alto a mi parecer—. ¿Te mola la música? —dijo ahora el chico, sacándose uno de los auriculares del oído y volviendo a mirarme de arriba abajo con su inquietante mirada—. ¿Cuál es tu rollo? ¿Te gusta el indie rock?

—¿Indirrok? —pregunté yo atónita. No tenía ni idea de lo que me estaba hablando aquel chico. Supuse que tal vez era un grupo de música o un cantante extranjero del que yo jamás había oído hablar en los pasillos de mi instituto, cosa que tampoco era extraña debido a mi actitud, tan pasiva que rozaba con lo zombi.

—Toma, escucha un rato —ahora el chico alargó el brazo e hizo ademán de que yo me pusiera el auricular.

Me quedé inmóvil en mi asiento. Aquel chico al que apenas conocía pretendía que yo me pusiera el auricular de su MP4 en el oído. Bueno, estaba claro que él tampoco me conocía a mí. Una de las cosas que yo más detestaba de los seres humanos era la insufrible tendencia que tenían algunos al contacto físico. Por nada del mundo me iba a poner en mis oídos algo que pertenecía a oídos ajenos.

—No, gracias. Déjalo —le dije al chico, manteniendo las distancias y dejándole a él plantado con el auricular todavía apuntando en mi dirección.

—¿Qué eres? ¿Autista? —fue lo único que me dijo, tal vez dolido por mi rechazo. El chico volvió a ponerse el auricular en el oído para escuchar a su Indirrok o lo que fuera, y me dejó en paz de una vez.

Me removí en el asiento, molesta con básicamente todo y todos los que me rodeaban, y me dispuse a observar lo que pasaba en el exterior, en la pista de despegue, ahora casi vacía del todo. Me había tocado empotrarme al lado de la diminuta ventana, y a través de ella también podía ver los enormes y sucios tubos que había debajo de las alas del aparato y que escupían sin parar un humo negro cegador.

Lo peor de todo era el ruido. Los chillidos histéricos de mis compañeros de viaje se mezclaban con el ronquido ensordecedor que procedía de algún lugar de la máquina, probablemente de alguno de los motores que se encontraba precisamente bajo mi asiento.

Las azafatas de vuelo, con uniformes de color azul y naranja, se movían de un lado para otro, cargando con maletas y pasaportes, sonriendo a todo el mundo e irradiando un halo de tranquilidad exasperante, como si lo de montarse en un aparato volador y poner tu vida a su merced fuera la cosa más natural del mundo para ellas.

Entonces vinieron todas esas indicaciones absurdas sobre qué hacer en caso de accidente. Observé cómo un par de azafatas gesticulaban de forma exagerada mientras un altavoz daba instrucciones sobre cómo inflar los chalecos salvavidas que tenían que servirnos de algo si por desgracia nos caíamos al mar. Me llamaba mucho la atención que el personal de la aerolínea se tomara tanto tiempo y tantas molestias con las medidas de precaución y las normas de seguridad, como si tuviéramos alguna posibilidad de sobrevivir si se daba la circunstancia de que el aparato decidiera caer en picado.

Cuando llegó la hora, me agarré a los brazos de mi asiento hasta que los nudillos de mis dedos se volvieron blancos. El aparato se puso en marcha y empezó a rodar por la pista de despegue como un bólido desenfrenado. Mi corazón estaba llevando a cabo su propia carrera a contrarreloj dentro de mi pecho. Mis oídos quedaron tapados por algo semejante a una pared de cemento. Mi cerebro se encogía y se agrandaba según le venía en gana. Mi cabeza estaba a punto de estallar. El dolor era insoportable. A mi alrededor, mis compañeros charlaban, contaban chistes, se reían, hacían sudokus y escuchaban música. Ninguno de ellos parecía darse cuenta de que su mundo estaba a punto de llegar a su fin. Nadie me había hablado de eso. Eso era el Apocalipsis. Nadie me había dicho que aquel verano, que tenía que ser uno de los mejores de mi vida, yo ni siquiera llegaría a Edimburgo. Porque yo iba a quedarme en el camino; si no era por culpa del artefacto, sería por culpa de un ataque al corazón.

Cerré los ojos y por mi mente pasaron múltiples imágenes de cierta relevancia. Mi vida en un instante. Mamá dándome la mano el día de mi primera comunión. Vestido blanco y corona de flores. Yo llorando porque no quiero salir en la foto disfrazada de novia. «Eres una princesa», dice mamá. Mi fiesta de cumpleaños. Doce velas en el pastel. Mis primos alrededor de la mesa. Las nueve de la noche y papá todavía sin aparecer. «Vamos a empezar sin él», decide mamá. El instituto. Nadie con quien hablar. Mi clase de primero de bachillerato. Los profesores que mejor me caen. Y los que no puedo soportar. Verano en casa de mis tíos. La playa. Mi bicicleta. Otra vez soy pequeña. Dos coletas sobresaliendo a ambos lados de mi cabeza. Mi pelo rojo. Mamá y yo en una foto, papá no está. Otra vez soy mayor. «Papá y yo vamos a separarnos», dice mamá. Mi estómago da un vuelco. Es Navidad y mamá y yo lo celebramos. Papá no está. Papá está con otra mujer. En otra casa. En otro mundo.

Volví a abrir los ojos de repente y me hundí en mi asiento, aterrada, comprendiendo de golpe lo que me estaba sucediendo. Eso era lo que pasaba cuando ibas a morir, que tu vida iba transcurriendo delante de tus ojos como un álbum de fotos que en realidad nunca fueron tomadas por ningún objetivo.

Apoyé mi cabeza contra el respaldo con fuerza. Con una furia sobrenatural. Mi cuello se giró sin querer y entonces me di cuenta de que el mundo se había hecho pequeño, diminuto. Mis compañeros de viaje y yo éramos gigantes metidos dentro del avión pero, al otro lado de la ventana, el planeta encogía cada vez más. Las casas encogían, los campos encogían, y las ciudades, y las carreteras, y las montañas y los ríos. Solo el horizonte continuaba siendo inmenso. Y entonces me di cuenta de que ya no estábamos en el suelo.

Estábamos en el aire. Volando.

De pronto lo perdí todo de vista. El mundo al otro lado de la ventana y el microcosmos en el que yo ahora me encontraba prisionera. Mis ojos se nublaron y mi cuerpo perdió todo su peso. De repente yo ya no estaba allí.

Mis compañeros de viaje probablemente creyeron que me había quedado dormida como un tronco, pero, por supuesto, lo que me pasó fue que me desmayé de la forma más tonta que se pueda imaginar.

EDIMBURGO

Cuando desperté de mi sueño letárgico, tenía una idea muy vaga de dónde me encontraba. Empecé a recordar algunas cosas. El dolor de cabeza, el dolor en los oídos, mi corazón a mil por hora, la sensación de ahogo, la total certeza de que íbamos a morir.

Me encontraba dentro de un avión y lo que me había despertado había sido sin duda el fuerte impacto de las ruedas del aparato contra el asfalto de la pista de aterrizaje del Edinburgh Airport. La repentina pero esperada colisión provocó risas y aplausos entre algunos de mis compañeros de viaje. A mi lado, el chico de la coleta y los piercings también aplaudía.

—Bienvenida a Escocia, Bella Durmiente —me dijo él, disparándome un brusco codazo en las costillas—. Ya estamos en Edimburgo.

Miré por la pequeña ventana y descubrí que, en el exterior, el cielo había oscurecido, dejando paso a la luz tenue del atardecer. El aparato se deslizaba por la pista a la velocidad del rayo y una sensación de *déjà vu* se apoderó de mí. Era lo mismo que en el Aeropuerto de Barajas, la única diferencia era que ahora el avión disminuía su velocidad en vez de acelerarla. Mi corazón volvía a latir con normalidad. Aunque lo más sorprendente de todo era que siguiera latiendo.

Una vez el avión se detuvo por completo, todo el mundo se desabrochó los cinturones y se puso en pie, y nuestros tres monitores se apresuraron a hacer llamadas, a sacar mapas, pasaportes y otros documentos de sus mochilas, y a contar tantas cabezas como nombres aparecían en su listado de alumnos.

En el Edinburgh Airport, esperamos durante unos tres cuartos de hora a que nuestro equipaje saliera por la cinta corredera. En aquellos tres cuartos de hora de espera, me di cuenta de que en nuestra bandada de mochilas rojas de Surreal Summers, se habían formado ya algunos subgrupos. Delante de mí, había un cuarteto de chicas que cuchicheaban, que reían escandalosamente y que se hacían fotos con sus cámaras digitales. Un par de chicos a mis espaldas ojeaban una revista de videojuegos. Otro grupo de chicos, eran unos cinco, estaban intentando algunos pasos torpes de *breakdance* en medio de la sala donde nos encontrábamos. En el rincón, había media docena de chicas que acababan de presentarse y se daban besos en las mejillas las unas a las otras.

Solo quedábamos unos tres o cuatro solitarios, los que nos manteníamos más o menos alejados de todo el barullo y seguíamos sin entablar conversación con nadie. Para mi sorpresa, descubrí que la chica rubia de pelo rizado que se había pasado cinco horas sentada a mi lado en el Aeropuerto de Barajas formaba parte de esa categoría de insociables.

De pronto, la cinta corredera empezó a girar y, cuando llegó mi turno, me esforcé en hacerme con mi maleta, tarea que me resultó bastante complicada.

Cuando todos tuvimos nuestro equipaje respectivo en la mano, nos pusimos en marcha para salir del edificio del aeropuerto. Las dos monitoras, Cruz y Ángela, encabezaban la desfilada de adolescentes alocados y bultos con ruedas. Mientras, Tristán, el monitor, se mantenía al final de la cola y se ocupaba de que ninguno de mis compañeros de viaje se extraviara.

Desde el Edinburgh Airport, tomamos un autobús que iba a dejarnos cerca del centro de la ciudad. El trayecto duró una hora aproximadamente y nos bajamos en un lugar llamado Haymarket Station. Desde ahí cogimos un autocar expresamente contratado para nosotros que nos iba a dejar justo enfrente de la residencia donde íbamos a convivir durante las siguientes cuatro semanas. Cruzamos la ciudad a paso de tortuga. Morrison Street, Lothian Road, Fountainbridge, Tollcross, Melville Drive, Southside, St Leonards y un largo etcétera. Nombres de calles, de plazas, de barrios y de avenidas de los que yo jamás había oído hablar y que ahora, de forma súbita y forzada, parecía que iban a convertirse en parte de mi existencia. Edificios hostiles, prominentes y oscuros se elevaban a ambos lados de las calles, parques de vegetación frondosa escondían sombras y movimientos furtivos, pequeños bares que hacían esquina emitían toda clase de ruidos que escapaban por las puertas entreabiertas.

Música, voces, risas y gritos. Pero, sobre todo, oscuridad.

Resultaba que Edimburgo era eso. Una ciudad que tenía un aspecto bastante tétrico a esas horas del atardecer. Una ciudad totalmente apropiada para rodar las escenas al aire libre de una película de terror con muchos crímenes y mucho misterio. Una ciudad fría y húmeda a pesar de estar a las puertas del mes de julio. Una ciudad llena de contrastes. Arquitectura ostentosa, recargada e imponente de algunos siglos atrás, pero también pequeños pubs musicales llenos vida y de gente corriente que se divertía y charlaba y se reía mientras iba entrando y saliendo de los locales. Avenidas estrechas y silenciosas, pero también plazas abiertas y llenas de bullicio. Anchas carreteras que contrastaban con los extensos parques, que más que parques podrían ser llamados bosques.

Asfalto mojado por la lluvia reciente, edificios gigantescos, sombras en cada rincón. Edimburgo, a primera vista, me pareció la ciudad de las tinieblas. Por descontado, la sensación de pez fuera del agua se multiplicó por mil.

Llegamos al distrito de Newington y de ahí el autocar se introdujo por una avenida ancha bordeada por altos cipreses, que iba a llevarnos a la residencia. Me concentré en mirar hacia donde todos los dedos de mis compañeros apuntaban y en seguida vi el enorme cartel con letras mayúsculas de color verde oscuro que anunciaban solemnemente que estábamos a punto de llegar al Èideann College, un centro de estudios superiores con residencia incluida para sus estudiantes, construido en la segunda mitad del siglo veinte y situado a las afueras de la ciudad de Edimburgo.

El autocar estacionó frente al ancho portal de la entrada. Nos bajamos uno tras otro por las estrechas escaleras del vehículo, nos apresuramos a recoger nuestro equipaje de la panza del vehículo y esperamos delante del portal a que alguien viniera a por nosotros.

Mi reloj digital marcaba las veintidós y un minuto, y, aunque todavía no era completamente de noche, el cielo estaba teñido por un color grisáceo muy denso y oscuro. La iluminación del lugar era escasa, solo un par de farolas de luz anaranjada iluminaban la entrada del recinto del Èideann College. Desde fuera, a través de los barrotes de la puerta de hierro, se podía divisar un amplio jardín, también escasamente iluminado por algunos focos estratégicamente colocados, repleto de plantas de diferentes clases y con algún que otro banco de madera esparcido por el césped verde y empapado.

Esperamos durante cinco minutos, hasta que un par de monitores que bajaban por el otro lado de la puerta se acercaron a nosotros con las llaves en la mano para dejarnos entrar.

Los monitores escoceses abrieron la verja y se presentaron. Se llamaban Liz y Andrew y, aunque su tono de voz era cálido y jovial, la velocidad que tomaban sus palabras era excesiva y te descolocaba. Mi inglés siempre había sido de notable alto pero ahora me resultaba del todo imposible entender ni una sola frase de lo que nos decían aquel par de escoceses.

—No entendemos nada de lo que nos dicen, Ángela —dijo por fin uno de mis compañeros, un chico que lucía pelo pincho y ortodoncias. Varios chicos y chicas se rieron al unísono ante aquel comentario. Una especie de risa colectiva que denotaba más nerviosismo que humor. Ángela se limitó a no decir nada, pero Tristán intentó tranquilizarnos con una sonrisa y nos anunció que, por ser la primera noche y como algo excepcional, nos traduciría lo que los monitores escoceses decían.

Mientras hablaban, Liz y Andrew nos indicaron el camino para llegar a la zona residencial, donde estaba el edificio de los comedores y las habitaciones para los estudiantes. Me apresuré a seguir el paso del grupo, arrastrando la maleta con mi mano derecha, y me coloqué cerca de una chica de pelo largo y oscuro que escuchaba con atención la traducción instantánea que hacía Tristán de las palabras de los escoceses.

Miraba a mi alrededor y solo había jardín y más jardín. Todo era de un color verde brillante, luminoso, causado por el reflejo de los focos al chocar contra el largo y abundante césped. Más allá del césped, en medio de la oscuridad, se podían divisar algunos edificios, construcciones rectangulares de ladrillo rojizo que habían oscurecido con el paso de los años y que ahora se confundían con la negrura de la noche. Según nos tradujo Tristán, aquellos edificios más alejados eran los que albergaban las aulas donde se daba clase durante el curso y que ahora, en verano, iban a servir para llevar a cabo nuestras clases de inglés matutinas.

La chica que andaba a mi lado resbaló y se dio de bruces contra el suelo. Detrás de nosotras, un grupo de chicos empezó a pegar bufidos y a reírse. Solté mi maleta y ayudé a la chica a levantarse. Mientras lo hacía, la oí murmurar algo para sí misma.

—Gracias —balbuceó la chica una vez recompuesta. Me miró durante unos segundos. Llevaba ortodoncias y el pelo le caía en tirabuzones sobre los hombros.

—No hay de qué —repliqué.

—¿Te has hecho daño, Raquel? —preguntó otra voz. De pronto, Tristán estaba al lado de la chica, haciéndose cargo de su maleta y echándole un vistazo al pequeño corte que se le había abierto en el codo.

—No, estoy bien. Gracias —respondió la chica en una especie de tartamudeo. Tristán seguía inspeccionando su codo y me fijé en que a la chica se le había puesto piel de gallina. Quería pensar que era por culpa del frío de la noche, pero probablemente era por culpa del tacto de los dedos de Tristán sobre su brazo. Otra de las reacciones incomprensibles que el monitor causaba entre mis compañeras de viaje. Puse los ojos en blanco y seguí caminando.

Después de arrastrar las maletas durante unos minutos, por fin llegamos al pabellón residencial, un bloque de cuatro plantas con forma de ele, con anchos ventanales y con mucha luz que salía de ellos. En alguna parte, alguien celebraba una fiesta o algo por el estilo. El bajo contundente de una melodía que me resultaba familiar retronaba contra las paredes del primer o del segundo piso. Se oían voces que reían y pegaban gritos en un idioma incomprensible. Pies que corrían de un lado para otro. Rostros extraños en las ventanas. Y en el ambiente, un aire demasiado festivo que me incomodaba de forma inexplicable.

Los monitores escoceses hicieron caso omiso al evidente descontrol que reinaba en el edificio y nos invitaron a pasar al *hall* de la residencia. Nos apiñamos dentro de la sala, que resultó ser un lugar espacioso y lleno de luz, con una decena de cabinas telefónicas de prepago, bancos para sentarse, paredes recubiertas de carteles llenos de colores que anunciaban fiestas y actividades de todo tipo, y escaleras y ascensores que llevaban a las plantas superiores.

Liz y Andrew nos informaron de que en aquellas horas el comedor ya estaba cerrado y que, por lo tanto, tendríamos que conformarnos con comer un sándwich y una fruta para cenar, alimentos que íbamos a encontrar en nuestras respectivas habitaciones. Me sentí inmensamente aliviada ante esa noticia, ya que lo único que tenía ganas de hacer era esconderme bajo el refugio de las sábanas y olvidarme aunque fuera por unas horas de todos los desconocidos que me rodeaban.

El problema era que las habitaciones eran dobles, no individuales como yo había esperado, y que, por lo tanto, tendría que compartirla con otra persona. Los tres monitores decidieron que la mejor manera de formar las parejas para el reparto de habitaciones era siguiendo el orden alfabético y así nos lo anunció Ángela, que llevaba consigo el largo listado de nombres.

—¿Puedo compartir habitación con una chica? —preguntó un chico de pelo largo y aspecto desaliñado.

—Nada de eso —replicó Ángela con una sonrisa afable—. Seguiremos el orden alfabético, pero también vamos a seguir la fórmula de chicos con chicos y chicas con chicas, ¿de acuerdo?

Empezaron a oírse varios gritos y silbidos de disconformidad a lo largo de todo el *hall*, a lo cual los monitores respondieron con sonrisas incómodas y con palabras conciliadoras que intentaban devolver el silencio a la sala.

Me pregunté con quién me tocaría compartir habitación, quién tendría una L o una M en su apellido. No tardé en descubrirlo.

—Fidelia Luján —dijo la voz firme de Ángela—, y Emma Marcos.

Pronto la vi que me hacía gestos con la mano. Emma. La chica rubia de la melena leonina, esa especie de top model que se había sentado a mi lado en la terminal de Barajas y que hasta entonces había parecido ser un alma solitaria como yo. Ahora me sonreía a lo lejos y me hacía ademán para que me acercara a ella y a sus nuevas amistades, un par de chicas con un exceso de maquillaje que era compensado por la escasez de la tela de sus faldas. Quise leer la expresión de la que iba a ser mi compañera de habitación, saber qué sentía al verme a mí como compañera suya, pero fui incapaz de descifrar nada detrás de aquella sonrisa abierta e invitadora.

Me acerqué a ellas.

—Parece que vamos a ser compañeras —me dijo la chica llamada Emma en cuanto llegué hasta donde estaban—. Encantada de conocerte, Fidelia.

—Igualmente —logré articular—. Aunque es Delia.

—¿Cómo dices? —preguntó ella con desconcierto.

—Llámame Delia —repetí yo—. Lo prefiero así, si no te importa.

—Delia, claro —asintió ella—. Sin duda, suena mucho mejor.

Me quedé mirándola sin decir nada durante una fracción de segundo, diciéndome a mí misma que probablemente ese estado de las cosas era un fastidio para ella. Porque Emma era la clase de chica que caía bien a todo el mundo, ella era la clase de chica atractiva, simpática, risueña, que llamaba la atención tanto de los chicos como de las chicas, la clase de chica a la que le hubiera encantado dar con una compañera alegre y sofisticada como ella, alguien con quien pasárselo bien y compartir confidencias.

Yo no era esa clase de chica, yo era todo lo contrario. Pero así eran las cosas, la posición alfabética de nuestros apellidos nos había unido y no había nada que pudiéramos hacer para cambiarlo.

La chica me sonrió. Yo, por cortesía, le devolví la sonrisa.

Una vez estuvimos todos emparejados, se nos empezó a distribuir en habitaciones. La habitación de Emma y mía se encontraba en el segundo piso y era la número 209. Mientras avanzábamos por los pasillos de la residencia, Emma caminaba a mi lado llevando una sonrisa permanente en los labios y de vez en cuando se giraba para mirarme y para decirme algo así como:

—Vamos a pasarlo bien, Delia, ya lo verás.

Ante esa clase de afirmación, yo no sabía muy bien qué replicar, la verdad.

Cuando llegamos a la 209, nos despedimos de los monitores y de nuestros compañeros, y nos metimos en la habitación con nuestras maletas.

En el cuarto había un par de camas, cubiertas con edredones de cuadros de colores vivos, y separadas por una mesilla de noche llena de cajones. Encima de la mesilla había una lámpara pequeña que daba mucha luz. Había otra lámpara sobre el amplísimo escritorio, que se encontraba en el lado opuesto a las camas. Sobre el escritorio, había también un par de bolsas de papel marrón que contenían nuestra cena. El enorme ventanal se encontraba sobre los cabezales de nuestras camas y tenía unas bonitas vistas al jardín; el único inconveniente era que no había cortinas ni persianas ni nada que pudiera impedir que la luz exterior se colara dentro del cuarto. Cerca de una de las camas había un armario ropero de dimensiones exageradas y, frente a él, había una puerta que daba al cuarto de baño interior. Emma y yo nos dispusimos a inspeccionar la ducha, el inodoro y el lavamanos, y había que reconocer que todo el conjunto mereció nuestra aprobación.

—Esto es genial —gritó Emma con un tono de voz que dejaba muy claro su estado de agitación. Yo asentí en silencio, bastante de acuerdo con ella. La habitación, aunque tuviera que compartirla, era excepcional.

—¿Qué tal si cenamos? —dijo Emma, dirigiéndose hacia el escritorio para coger las bolsas de papel con nuestra cena.

Nos sentamos cada una en una cama y empezamos a comer en silencio. Emma daba la sensación de ser una chica bastante silenciosa, como yo. Aunque la verdad era que tampoco había mucho que decir. No nos conocíamos de nada.

—¿De qué hablaste con Carlos? —dijo de pronto mi compañera, rompiendo el silencio y desconcertándome con su pregunta.

—¿Qué?

—Os he visto. En el avión —aclaró ella—. ¿De qué habéis hablado?

Pronto comprendí de qué, o mejor dicho, de quién, Emma me estaba hablando. Carlos era el chico de los piercings que se había sentado a mi lado en el aparato volador. El que me había tomado por una quinceañera autista.

—De música —repliqué. Quería explicarle a Emma que en realidad no habíamos hablado de nada, que pronto nos habíamos aburrido el uno del otro, pero me pareció que dar respuestas más precisas sería una forma rápida de acabar con aquella conversación que iba a demorar la hora de irme a la cama.

—¿De música?

—Sí, de música —repetí, haciendo un poco de memoria. Aquel breve intercambio de palabras había tenido lugar antes de coger el avión, que era lo mismo que decir en otro país, en otro ambiente, otra órbita. Prácticamente ni lo recordaba ya—. Me ha estado hablando de su grupo favorito.

—¿Ah, sí? —se interesó Emma—. ¿Y cuál es?

Me hundí en el colchón. Quería que aquella conversación acabara cuanto antes, no me había dado cuenta hasta entonces de que Emma estaba muy interesada en Carlos y que iba a alargarla hasta agotar el más mínimo detalle que tuviera que ver con él.

—No lo recuerdo muy bien —confesé—. Es un nombre raro que no me suena de nada. Algo así como Indirrok.

—¿Indie rock? —preguntó ella, ahora riéndose con ganas—. ¿Te ha dicho indie rock? Delia, eso no es un grupo. Eso es un estilo de música.

—¿Ah, sí? —fue todo lo que pude decir. Estaba rendida de sueño y me sentía confusa por todo lo que me rodeaba. No creía tener fuerzas para continuar con aquella charla que no me interesaba lo más mínimo.

—¿En serio no has oído nunca hablar del rock independiente? ¿O vas de original?

—No, creo que no. Ni he oído hablar de ese tipo de música ni voy de original.

—Eres increíble —se rio—. ¿Qué música tienes tú en tu ipod?

Emma ya se había puesto en pie y se dirigía hacia donde estaban mis cosas. Empezó a hurgar en ellas sin ni siquiera pedir permiso.

—Oye, déjalo —le dije, tajante—. Además, no vas a encontrar nada. No tengo ipod ni nada de eso.

Ahora Emma había dejado de hurgar con sus dedos febriles, pero, por otro lado, me miraba con unos ojos escrutadores que me incomodaban.

—¿Eso también va en serio? —preguntó ahora mientras elevaba las cejas.

—Voy a por mi manzana —fue todo lo que le respondí. Me levanté de la cama y decidí ignorar a mi compañera y a sus incesantes preguntas.

—¿De qué planeta eres? —me preguntó ella entre risas al cabo de unos segundos, cuando ya se había vuelto a sentar en su cama.

Me limité a no contestar. Me comí la manzana en silencio, de forma automática, y cuando acabé, fui a lavarme los dientes, me puse el pijama y me metí en la cama.

—Estoy muerta de sueño —le comenté a Emma justo antes de apagar la luz de mi mesilla. Fue más o menos mi forma de darle las buenas noches. Me incomodaba tener que dormirme teniendo a alguien más en la habitación, pero cerré los ojos e hice el esfuerzo. Era una cama bastante cómoda y el cojín era blando. Lo último que oí fue a Emma encerrándose en el cuarto de baño. Creo que ya no la oí salir.

A la mañana siguiente, después de habernos duchado y vestido, Emma y yo bajamos hasta el *hall* de la residencia, y, siguiendo las instrucciones de los carteles de la pared, nos dirigimos al comedor comunitario. El comedor era inmenso. Había una veintena de mesas de madera con ocho o diez sillas cada una, altavoces en cada rincón, un televisor de pantalla plana al fondo y varios sofás de color negro alrededor de la sala. Eran las ocho treinta y siete y muchas de las mesas ya estaban ocupadas. Emma y yo nos dirigimos a la cola formada en la entrada de la cocina, la cual estaba separada del comedor por una ancha pared. Mi desayuno consistía en un tarro de leche con cereales y un zumo de naranja natural. Emma construía una montaña de alimentos en su bandeja. Un par de sándwiches de beicon y queso, un tazón de arroz con leche, tres chocolatinas, dos botellines de zumo de moras y una porción gigantesca de tarta de fresa.

—¿Vas a comerte todo eso? —le pregunté atónita, clavando los ojos en su bandeja rebosante.

Ella pareció dudar durante unos segundos, me miró con cara de circunstancias y creo que casi se sonrojó.

—Suelo levantarme con mucho apetito —dijo al final con una pequeña sonrisa que mostraba sus dientes blancos y relucientes.

Volvimos al comedor y Emma sugirió que nos sentáramos en una mesa donde ya había otros tres chicos y dos chicas. Uno de ellos era Carlos, el chico de la coleta y los piercings que se había sentado a mi lado en el avión y por el que Emma se mostraba extremadamente interesada.

—¿Podemos sentarnos con vosotros? —preguntó Emma antes de sentarse en una de las sillas.

—Claro que sí —respondieron al unísono un chico con gafas redondas y otro que llevaba la cabeza rapada. Nos hicieron un hueco. Sobre la mesa había varios envases y envoltorios de bocatas, yogures, galletas y chocolatinas. Emma se sentó al lado de Carlos, y empezó a hablar con él como si le conociera de toda la vida. Yo me senté al lado de una chica llamada Andrea que llevaba por lo menos un centenar de diminutas trenzas de colores en la cabeza. Al lado de Andrea, una chica de pelo corto y aros dorados en las orejas se presentó como Sabrina. Los dos chicos de los cuales no sabía el nombre, se presentaron como Daniel (gafas redondas) y Santi (cabeza rapada). A simple vista, parecía que todos tuvieran más o menos mi edad, unos dieciséis o diecisiete años.

—Me gusta tu pelo —oí que alguien decía justo cuando estaba llevándome una cucharada de cereales a la boca. Giré ligeramente mi cabeza y me encontré con los ojos de la chica de las trenzas mirándome fijamente.

—Si es un chiste, no tiene gracia —le espeté con un tono sereno pero bastante huraño. Era lo que me faltaba, que solo empezar el curso de verano ya se rieran de mí.

—No es ningún chiste. Lo digo en serio —replicó la chica, que, si no recordaba mal, se llamaba Andrea—. ¿Es tuyo natural?

—Pues claro —respondí yo, estupefacta. ¿Acaso alguien en el mundo le hubiera hecho algo así a su pelo de forma voluntaria? Recordé que aquella misma mañana me había lavado la cabeza y me había pasado como una hora delante del espejo para conseguir poner cada mechón de mi melena en su sitio. Muy a mi pesar, yo seguía siendo la loca del pelo rojo, por supuesto.

—Pues me encanta —repitió Andrea con una sonrisa exasperante. Sabrina, la chica que se sentaba a su lado, también me miraba y sonreía. Entre las dos lograron sacarme de quicio.

De pronto alguien más vino a sentarse a nuestra mesa. Alguien con pantalones que se abrochaban en los muslos y con zapatillas deportivas del número cuarenta y siete como mínimo. Puso su bandeja al lado de la mía y me obligó a apartarme para poderse sentar a mi lado.

—Tíos, me he dormido —dijo el recién llegado, pegando un bufido y dejándose caer en la silla.

—¡Raque! —gritaron dos o tres voces a la vez.

—Os presento a Raque, chicas —nos dijo Carlos, mientras los piercings de sus cejas se movían arriba y abajo—. Aunque tenga pinta de enrollado, no os acerquéis mucho a él si no queréis que os ataque con su raqueta.

—Cállate, idiota —soltó Raque al instante—. A estas dos ya las conozco. Las conocí antes de salir de Barajas, ¿verdad, chicas?

Raque nos rodeó los hombros, a Emma y a mí, y nos atrajo hacia él. Emma se rio de forma espontánea. Yo me aparté de él lo más rápido que pude.

Entonces uno de los chicos de la mesa de atrás nos avisó de que a las nueve teníamos que estar delante del edificio de las aulas y que más nos valía darnos prisa. Nos apresuramos a acabarnos nuestros respectivos desayunos y nos levantamos de la mesa tan pronto como lo hubimos hecho.

Al salir del comedor, Emma y Andrea se dirigieron a los lavabos públicos que daban al *hall*, y Sabrina y yo nos quedamos con los chicos, que empezaron a decir burradas en algo que quería imitar a la lengua inglesa. Sabrina y yo nos miramos con cara de disgusto, y supe que en aquel momento ella estaba pensando más o menos lo mismo que yo: que los chicos eran todos unos inmaduros.

Cuando Emma y Andrea volvieron del cuarto de baño,

salimos al patio y nos encaminamos hacia el edificio de las aulas. En el exterior, los vergonzosos rayos de un sol bastante entumecido nos dieron la bienvenida en nuestra primera mañana en Edimburgo.

Resultó que aquel primer día no iba a haber clases. Solo nos presentaron a la plantilla de profesores y nos anunciaron que la primera jornada de clases iba a ser el lunes siguiente, día en el que nos iban a repartir una especie de prueba de nivel cuyo resultado serviría para dividirnos en grupos de diez o doce alumnos.

Acto seguido, se nos anunció que aquel viernes lo íbamos a dedicar a conocer nuestra ciudad de acogida. Había un autocar esperando a las puertas de la residencia y hacia él nos dirigimos, alumnos y monitores.

El autocar hizo un recorrido casi idéntico al que había hecho la noche anterior, solo que en esta ocasión, en vez de dejarnos en Haymarket Station, nos llevó hasta el centro de la ciudad, hasta la Edinburgh Bus Station, cerca de una calle ancha y con tráfico denso llamada Queen Street.

Pasamos la mañana haciendo un pequeño tour de la ciudad. El clan de los monitores, encabezado por Tristán, lideraba el grupo. Las mochilas rojas de Surreal Summers parecían estar por todas partes. Nuestra ruta turística comenzó en Princes Street, una de las calles principales repleta de comercios que cruzaba de arriba abajo la parte nueva de la ciudad. Llegamos hasta Waterloo Place y de allí nos dirigimos al parque Greenside, donde se halla el Calton Hill, que, según los comentarios de nuestros monitores, es uno de los lugares más emblemáticos de Edimburgo.

Al volver de Calton Hill, donde nos pasamos más de una hora sacando fotos y tomando diferentes vistas de la ciudad, decidimos que ya había llegado la hora de comer y nos metimos en masa en uno de esos restaurantes de comida rápida que mi madre habría detestado.

Después de comer, los monitores decidieron darnos la

tarde libre para que pudiéramos hacer con nuestro tiempo lo que más nos apeteciera. Había varias opciones: 1) unirme al grupo de Emma, Raque, Andrea y compañía, y pasarme la tarde yendo de tiendas; 2) unirme al grupo de los monitores, que, junto con mis compañeros más jóvenes, iban a dedicarse a seguir con la ruta cultural; y 3) ir a mi bola.

Por supuesto, me quedé con la tercera alternativa.

—Recuerda que vamos a encontrarnos todos en la Edinburgh Bus Station a las cinco de la tarde —me recordó Ángela, la monitora responsable, antes de dejarme desaparecer—. No queremos llegar tarde para la hora de cenar.

—Claro —repliqué yo—. No hay problema. No voy a perderme.

Me hice con uno de los mapas de la zona y descubrí que el centro de Edimburgo estaba de hecho divido en dos. La ciudad nueva y el casco antiguo. El casco antiguo se elevaba por encima de la parte moderna de la ciudad y, desde lejos, tenía un aspecto de lo más enigmático y fantasmal. Otra vez tuve la sensación de que Edimburgo estaba sacada enterita de una peli de terror. Crucé Princes Street de nuevo y me dirigí al North Bridge, el puente que unía la luz y el movimiento de la zona nueva de Edimburgo con las múltiples sombras y la aparente quietud de su casco antiguo.

Una vez cruzado el puente, que se erigía por encima de la Waverley Station, la estación de trenes, me adentré en la High Street, también conocida como la Royal Mile, una de las calles principales del casco antiguo de Edimburgo. La recorrí de arriba abajo, parándome de vez en cuando para contemplar las ventanas y aparadores de las tiendas y los pubs que poblaban un lado y otro del pavimento. Busqué mi cámara de fotos en la mochila y saqué las primeras fotos de la ciudad. La St Giles Cathedral, oscura, estrecha y acabada en punta. Luego, la placa con el nombre de la calle: *High Street (Royal Mile).* El suelo que pisaban mis pies, los adoquines oscuros, antiguos y desiguales. Los callejones estrechos y sin luz que dejaban entrever el otro lado, más allá de las calles del casco viejo y hasta el color y el bullicio de la zona moderna. También saqué una foto del Edinburgh Castle, que se elevaba a lo lejos, majestuoso y solitario, destino final de muchos turistas que, como yo, también recorrían la Royal Mile.

Después de la sesión fotográfica, me adentré en uno de esos callejones serpenteantes y carentes de iluminación. Me encontré de pronto en una calle bastante ancha y bastante concurrida. Cowgate. Seguí esa misma calle hasta llegar a Grassmarket. El número de turistas con cámaras de fotos y sombreros de paja iba disminuyendo gradualmente, cosa que me alegró. Llegué a un barrio llamado Tollcross y, dejándome llevar por mis pies, acabé en una calle llamada Drumdryan Street, que, inoportunamente, no aparecía en mi mapa de la ciudad.

No me importó. Seguí andando sin rumbo, conociendo aquella ciudad tan desconocida y misteriosa, dándome cuenta por primera vez de que, sorprendentemente, había algo en ella que me fascinaba.

Las campanas de una iglesia sonaron a lo lejos y en cuanto le eché un vistazo a mi reloj de pulsera digital descubrí que eran las diecisiete treinta. Se suponía que tenía que encontrarme con los demás en la Edinburgh Bus Station a eso de las cinco. Eso eran las diecisiete cero-cero, no las diecisiete treinta.

Me apresuré a buscar el camino de vuelta. Por aquel entonces me encontraba en un lugar llamado Gilmore Place, que, afortunadamente, aparecía en el mapa, pero, que, por mala suerte, parecía estar a años luz del centro de Edimburgo. Caminé a marcha forzada hasta volver al casco antiguo, crucé calles en las que ya había estado, Grassmarket, Cowgate, North Bridge. Llegué a Princes Street y supe que ya estaba en la parte moderna. Bares, restaurantes, comercios que me resultaban vagamente familiares. Mi reloj ya marcaba las dieciocho trece y todavía me quedaban algunas calles que cruzar. Me adentré por Andrew Street, me hice un lío con el mapa y acabé haciendo un recorrido más largo de lo que era necesario.

Para cuando llegué a la Edinburgh Bus Station, no había muchas caras conocidas ni muchas mochilas rojas de Surreal Summers. En realidad, solo había una persona sentada en uno de los bancos al exterior de la estación. Alguien que llevaba exactamente una hora y veintisiete minutos esperándome.

Mi monitor.

—Vaya, por fin —dijo Tristán cuando me vio. No acerté a descubrir si había matices de reproche en su voz. Se levantó del banco y se acercó a mí. Sus pies se arrastraban por el suelo y tenía aspecto cansado. Llevaba la mochila colgando del hombro, el móvil en la mano y las gafas de sol escondidas detrás de su insólito tupé.

—Siento llegar tarde —balbuceé. Odiaba tener que pedir disculpas incluso cuando era imprescindible que lo hiciera, pero intuí que tal vez en aquellos momentos un arrepentimiento que sonara sincero suavizara el tono del sermón que estaba a punto de caerme encima.

—¿Estás bien? —me preguntó Tristán, parándose delante de mí. Sus ojos verdes se clavaron en los míos, y vi que alrededor de ellos había unas diminutas arrugas de preocupación—. Deberías conectar el móvil de vez en cuando, sobre todo si andas sola por la ciudad. Incluso llamar si intuyes que vas a llegar tarde. Edimburgo parece pequeña, pero es fácil perderse.

—No me he perdido —le contradije, enfrentándome a su mirada escrutadora. No quería dar la impresión de ser la típica analfabeta que no sabe leer mapas. Y por supuesto no le hablé de mi aversión a los móviles, la cual me impedía llevar uno encima fuera cual fuera la circunstancia—. No me he perdido —repetí para convencerme más a mí que a él—. No es eso. Es solo que…

—Has perdido tu reloj —acabó él la frase. Miré mi pulsera izquierda y ahí estaba, mi reloj digital con los números sobre el fondo verde. Dieciocho treinta.

—Exacto —asentí, escondiendo mi reloj bajo la manga de mi sudadera como en un acto reflejo. Entonces Tristán soltó una risita y me di cuenta de lo que yo era a sus ojos: una niña estúpida e irresponsable que no sabía moverse y que se perdía a la mínima que la dejaban sola. Decidí quitarle esa idea absurda de la cabeza lo más pronto posible—. Sabes, no era necesario que te quedaras esperándome. Podría haber cogido el autobús yo sola. Sé cuidar de mí misma.

—Por supuesto, no lo dudo. Pero, ¿qué autobús habrías cogido? —preguntó él con un tono de voz que sonaba entre divertido y sarcástico.

—No lo sé —confesé a regañadientes. Francamente, odiaba tener que dar tales muestras de inmadurez—. Habría preguntado, supongo.

—No hay autobuses que lleven al Èideann College durante los meses de verano, ¿sabes? Si los hubiera, Surreal Summers no habría puesto un autocar a nuestro servicio.

Escuché sus palabras sin decir nada.

—Sabes lo que significa eso, ¿verdad? —dijo él, cambiándose la mochila de lado y empezando a caminar en sentido contrario al de la estación de buses.

—¿Qué? —pregunté yo, siguiéndole.

—Bueno, pues que nos hemos quedado sin autocar y que, como consecuencia, tendremos que volver andando.

—¿Andando? ¿Estás de broma, no? —chillé con voz histérica. Empecé a hacer cálculos y llegué a la conclusión de que hacer todo el camino a pie hasta el Èideann College nos iba a llevar unas dos horas.

—Sí y no —replicó Tristán con una sonrisa—. Sí, vamos a volver andando. Y no, no estoy de broma. Pero no te preocupes, conozco algunos atajos.

Nos pusimos en marcha, caminando a paso ligero y recorriendo calles que no me sonaban de nada. El cielo oscureció, cubriéndose de nubes densas y grises; probablemente se avecinaba tormenta y nos iba a pillar en medio del camino y sin paraguas. Atravesamos la parte nueva de la ciudad y nos adentramos en el casco antiguo. Daba la sensación de que Tristán ya había estado otras veces en Edimburgo; no dudaba a la hora de tomar una calle y ni siquiera llevaba un mapa con el que guiarse.

—Parece que conoces muy bien la ciudad —comenté mientras cruzábamos un paso de peatones e intentaba seguir el ritmo acelerado que llevaban los pies de Tristán.

—Es cierto. Conocer bien la ciudad donde vas a trabajar es uno de los requisitos básicos si quieres convertirte en un monitor Surreal Summers —dijo él, aminorando el ritmo—. Además, crecí aquí.

Le eché un vistazo de reojo, preguntándome si era cierto lo que decía o si se estaba quedando conmigo. Tristán no tenía pinta de autóctono. En realidad tenía pinta de cualquier cosa menos de escocés. Su aspecto más bien mediterráneo, de piel ligeramente bronceada y pelo oscuro, no tenía nada que ver con los atributos físicos que caracterizaban a buena parte de los habitantes de Escocia: piel blancuzca, pecas por todas partes, pelo color zanahoria.

Yo sí tenía pinta de escocesa.

Recorrimos a grandes zancadas una calle que nos alejaba definitivamente del centro para adentrarnos en un barrio más bien solitario y poblado de edificios en condiciones precarias y de niños obesos que correteaban tras gatos esqueléticos.

Recordé las múltiples y exageradas advertencias de mi madre: «Jamás te separes del grupo, Fidelia, ve siempre acompañada de tus amigas, no te pierdas, y, por descontado, ni se te ocurra quedarte a solas con un chico. Debes mantenerte alejada de ellos, Fidelia, nunca se sabe cuáles son sus intenciones. Nunca se sabe qué es lo que van a querer de ti. No te puedes fiar».

El primer día en Edimburgo y las palabras de aviso de mi madre habían caído en el total olvido, tal y como era de esperar. Quizá sí debería haber sentido miedo; al fin y al cabo, Tristán, aquel monitor que iba de enrollado y que parecía conocer la ciudad porque había crecido en ella, era un perfecto desconocido para mí. En aquellos momentos, los callejones que recorríamos no figuraban en mi mapa, me rodeaban edificaciones cochambrosas y personajillos hostiles que hablaban inglés con acento raro y yo me encontraba a total merced de mi monitor, ese chico de ojos inquietos y trucos escondidos en la manga al que conocía de apenas hacía veinticuatro horas. Pero decidí no dejarme llevar por la paranoia, olvidarme de los miedos que mi madre había sembrado en mi imaginación y seguir andando hacia donde Tristán me indicaba. De hecho, no había por qué preocuparse, Tristán no era un chico como los demás: él era el monitor.

—Fidelia, ¿verdad? —preguntó Tristán de repente, sobresaltándome casi, sumida como estaba en mis pensamientos. Giré la cabeza para mirarlo y me encontré con su perenne sonrisa de labios entreabiertos que ya empezaba a sacarme de quicio.

—En realidad, todos mis amigos me llaman Delia —repliqué.

«¿Amigos?», dijo una vocecita. «¿Qué amigos?». Como si tuviera tantos. ¡Como si tuviera! Lo del diminutivo era una manía personal, algo que me había inventado siendo niña, dado que odiaba ese horrible nombre con el que me habían bautizado.

—Es un nombre curioso —musitó Tristán.

Y que lo digas.

—Es algo así como una tradición familiar —aclaré, como si eso fuera a justificar ese insulto de nombre que me había tocado.

—Es bonito —dijo él.

—Lo odio —dije yo.

Dejamos escapar una sonrisa los dos. Aunque no me apetecía nada, estaba riéndome. Creo que esa era la primera vez que me reía desde que había empezado esa estúpida aventura del curso de verano. Y, cómo no, me estaba riendo de mi nombre, que era algo así como reírme de mí misma.

—Entonces —dijo Tristán—, ¿cómo tengo que llamarte? ¿Fidelia o Delia?

Por supuesto, la pregunta era de esperar. E iba colmada de implicaciones. Lo que Tristán me estaba preguntando en realidad era si yo le daba licencia para llamarme Delia, que era como me llamaban mis supuestos amigos, o, si por el contrario, quería mantener las distancias, y prefería que me llamara Fidelia, que era un horror de nombre.

—Como quieras —acabé respondiendo.

—Bueno, pues entonces voy a llamarte Delia.

Dejé escapar un bufido. Conocía ese tono de voz. Ese tono de voz que decía: soy tu colega, soy guay, vamos a caernos bien. Decidí dejarle las cosas claras desde un buen principio:

—De acuerdo, pero no te creas que vayamos a ser amigos solo por eso.

Dejó de andar y me miró con cara de ofendido.

—¿Y por qué no? ¿Qué problema hay en ser amigos?

—Pues que tú eres el monitor —callé un momento para ver su reacción, pero él parecía no comprenderme—. Quiero decir, aunque vayáis de enrollados por fuera, en el fondo siempre acabáis siendo unos plastas.

—Gracias por tu sinceridad, Delia —asintió Tristán, ahora pensativo—. De hecho, tienes toda la razón. Colega, monitor, es diferente. El monitor es el que te espera cuando llegas tarde porque te has perdido. Los colegas simplemente pasan de ti y te dejan colgada. No es lo mismo, ciertamente.

—No tiene gracia —le espeté, con cara de pocos amigos.

—No era ningún chiste.

Me quedé callada. No me gustaba nada la gente que siempre quería tener la última palabra en todo, pero, sinceramente, no sabía qué contestarle.

Seguimos andando, ahora bordeábamos el parque que se encontraba justo en la parte posterior de la residencia del Èideann College y estábamos a punto de enfilar la avenida que nos llevaría hasta sus puertas. Había oscurecido pero me di cuenta de que el reloj marcaba solo las diecinueve once y que, por lo tanto, habíamos llegado desde el centro de Edimburgo hasta la residencia en un tiempo récord. Tristán no solo se conocía las diferentes partes de la ciudad al dedillo, sino que también tenía un sentido de la orientación digno de mención. Me pregunté si todos los monitores eran siempre tan competentes en ese aspecto.

—Dijiste que uno de los requisitos para trabajar de monitor era conocer bien la ciudad de destino —comenté, interesada ahora en los más y los menos de la tarea de monitor. Imaginé que tal vez, dentro de unos años, yo misma podría hacer esa clase de trabajo. Viajar, conocer mundo, alejarme de mi casa y de mi barrio—. ¿Hay otros requisitos?

—Hablar inglés y algún que otro idioma es primordial —explicó Tristán.

Idiomas. Me gustaban los idiomas, pero en Edimburgo empezaba a darme cuenta de que mi inglés, que yo creía de casi excelente, era más bien de un nivel tirando a macarrónico.

—¿Qué más?

—Bueno, según los directores de Surreal Summers, el monitor ideal debe de poseer una larga lista de cualidades: extravertido, decidido, con sentido del humor. Todo lo que pueda ayudar a llevarte bien con los chicos a los que acompañas. Incluso con los que no quieren ser tus amigos, claro —Tristán hizo una pausa y me miró con intención. Volví a pegar un bufido y meneé la cabeza. Le dediqué una sonrisa burlona que quería decirle que me daban igual sus absurdas indirectas. Él siguió hablando—: Por supuesto, el monitor perfecto no existe. En realidad, basta con que en la práctica seas lo suficientemente responsable para no saltarte el Decálogo.

—¿El decálogo? —interrumpí yo, sin comprender.

—El Decálogo de Normas.

—¿Normas? Creía que en Surreal Summers no había normas —me quejé—. Eso dice el anuncio, ¿no? «Tu verano surrealista, tu verano sin normas».

—No me refiero a los alumnos —aclaró Tristán—, me refiero a las normas que tenemos los monitores.

—¿Los monitores tenéis normas? —pregunté incrédula.

—Un montón.

—¿Como cuáles?

—Bueno, verás, la mitad de ellas son poco importantes —empezó a decir Tristán—. Por ejemplo, que los monitores no debemos fumar ni beber delante de los alumnos, y cosas así.

—Dar buen ejemplo.

—Exactamente —asintió él—. Luego hay otras normas que son más difíciles de cumplir. Una de ellas es la de tener controlado el paradero de todos los alumnos, no dejar que nadie se extravíe, ni deambule solo por la ciudad.

Nos reímos. Aquella tarde me reía sin darme cuenta. No me apetecía nada reírle las gracias a aquel monitor que iba de enrollado, pero de pronto me encontraba a mí misma con la sonrisa en los labios y ya era demasiado tarde para disimular.

—Otra de las más importantes y difíciles de cumplir —continuó Tristán —es la de no permitir que haya accidentes, ni secuestros, ni hospitalizaciones.

—Creo que no es necesario ser tan dramático.

Ahora fue él el que me miró extrañado.

—No te creas que sea tan raro —me dijo—. No exagero, puede pasar.

¿Secuestros? ¿Hospitalizaciones?, me preguntaba yo. Bueno, si eso era posible, el curso de verano podría ponerse interesante. El mejor verano de tu vida, Fidelia. Imagínate la cara que se le queda a mamá si se entera de que su única hija está secuestrada y piden por ella un rescate de un millón de libras.

—Otra norma: nada de drogas.

—Esa norma también afecta a los alumnos, por si no lo habías notado.

—Ciertamente —corroboró él—. Pero no me vas a negar que sea por vuestro bien. Ya sé que lo único que os apetece durante el verano es hacer locuras, pero hay locuras que es mejor no cometer, Delia.

Estuve a punto de decirle que, en ese aspecto, por mí no tendría que preocuparse. Yo era una persona tan aburrida que ni el mero hecho de probar lo desconocido, algo tan fascinante para la mayoría, despertaba en mí ningún tipo de interés. Miré hacia delante y me cambié la mochila de hombro. A lo lejos se veía la silueta de los edificios que constituían el cuerpo y las extremidades del Èideann College.

—¿Quieres oír más? —preguntó Tristán.

—¿Todavía hay más normas?

—Pues claro, la lista de prohibiciones es interminable —respondió él, meneando la cabeza y sonriendo brevemente—. Prohibido gastarse el dinero en estupideces, prohibido contactar directamente con los padres, prohibido escaquearse de las responsabilidades, prohibido acercarse a los alumnos.

—¿Acercarse a los alumnos? —interrumpí—. ¿Qué significa eso exactamente?

—Lo que estás pensando —dijo él, asintiendo con la cabeza—. La norma número tres del Decálogo prohíbe tajantemente que cualquier monitor o monitora tenga ningún tipo de relación con los chicos y chicas que vaya más allá de la simple amistad.

—Pero eso ya es obvio —dije—. ¿Necesitáis que os lo recuerden?

—Obvio, ¿por qué?

—Vamos, ¿a qué clase de monitor se le ocurriría hacer algo así?

—A uno muy poco profesional, ciertamente.

Nos quedamos un rato callados. De repente pensé en todas esas chicas. Emma, Sabrina, Andrea, la chica que se había caído al llegar a la residencia la noche anterior, y todas las demás chicas de las cuales no conocía el nombre y que, literalmente, babeaban ante los supuestos encantos de Tristán.

—Pues me temo que este verano vas a tener que ser muy profesional.

Acabé de soltarlo y me arrepentí al instante. Había pensado en voz alta, para nada tenía ganas de comunicarle ese pensamiento a Tristán.

—¿Cómo dices?

Sentí la ebullición bajo la piel de mis mejillas. La sangre subiéndome a la cabeza y recorriéndomela, desde la barbilla hasta las sienes, pasando por la nariz, las orejas y los párpados. Qué horror. Menos mal que estaba oscuro y Tristán no podía ver la intensidad de mi sonrojo. Aunque eso no cambiaba nada, había metido la pata y me sentía igual de idiota, se me viera la cara roja o no.

—¿Te estás sonrojando?

Encima Tristán debía de poseer visión infrarroja: veía en la oscuridad.

—¿Qué has querido decir con eso?

Su voz sonaba aguda, cantarina. Ahora se reía, se burlaba de mí. Tenía que aclararlo inmediatamente si no quería que Tristán interpretara cosas que no eran para nada ciertas. Me aclaré la voz.

—Quería decir —empecé—, que, bueno, que conozco algunas chicas que harían lo imposible con tal de saltarse la norma número tres de tu decálogo.

—¿Algunas chicas?

Tristán había vuelto a pararse. Dirigí la mirada hacia él y lo vi devolviéndomela con ojos entre divertidos y desconcertados. Ahora las cejas ya no estaban arqueadas sino corrugadas como un acordeón de pelos oscuros. Idiota, seguro que estaba imaginándose que yo era alguna de aquellas chicas.

—No me mires así, ¿acaso crees que estoy hablando por mí? Hablo de otras chicas —le dije, sacándole la lengua; un gesto algo infantil, lo reconozco, pero estaba ofuscada con él—. Y qué más da. No tengo por qué contártelo.

Tristán volvió a emprender el paso y soltó una sonrisita burlona.

—Claro que no —repuso al final—. En todo caso, puedes decirles a esas chicas que Tristán es un monitor muy profesional y que bajo ningún concepto está dispuesto a saltarse la norma número tres del Decálogo.

Ya, claro. Eso ya lo veríamos. Volví a pensar en mis compañeras. Todas esas chicas de cuerpos espléndidos luciendo sus vestidos de verano y sus piernas perfectas. Todos los chicos estaban embobados con ellas. Tristán era apenas unos años mayor que todos nosotros, parecía uno más de nuestro grupo. Además, yo ya me conocía lo de «bajo ningún concepto». «Bajo ningún concepto mamá y papá te van a defraudar. Bajo ningún concepto tu mejor amiga va a traicionarte. Bajo ningún concepto vamos a dejarte sola». A lo largo de mi corta vida, «bajo ningún concepto» había sufrido una transmutación semántica y se había convertido en «lo siento mucho, pero así es la vida, cariño».

A medida que deshilábamos esa absurda conversación, habíamos llegado ya al *hall* de la residencia del Èideann College. Había algunos chicos yendo de un lado para otro, pegando gritos y riéndose de cosas triviales como los dibujos que las primeras gotas de lluvia salpicaban sobre los charcos o el color que adquieren las zapatillas deportivas después de todo un día de excursión.

—¿Vas a poder llegar hasta tu habitación o vas a perderte por el camino?

Miré a Tristán, que a su vez me miraba con ojos interrogantes, cejas arqueadas otra vez y esa ridícula sonrisa de labios entreabiertos, que me hubiera dado mucha rabia de no ser porque, aparentemente, parecía del todo genuina. Por supuesto, no dignifiqué su pregunta con una respuesta y me largué dando trotes hacia las escaleras y hacia la habitación 209.

Nada más llegar a la segunda planta, un tropel de gallinas alocadas con las hormonas fuera de control se echó sobre mí.

—¿Qué te ha dicho?

—¿De qué habéis hablado?

—¿Está igual de bueno de cerca que de lejos?

Pasé de ellas olímpicamente y me encerré en mi cuarto. Nada más cerrar la puerta me tumbé sobre mi cama. En la cama de enfrente, Emma, Andrea y Sabrina me miraban fijamente con ojos interrogantes y cejas arqueadas. Ninguna de las tres dijo nada pero estaba convencida de que miles de pensamientos absurdos estaban pasando por sus mentes.

Era un mundo de locos, pero no me importaba, porque ya hacía tiempo que me había dado cuenta de ello y estaba totalmente inmunizada.

O eso creía yo.

JUEGO

La sensación de pez fuera del agua no me había abandonado. Era la noche del sábado y llevábamos unas cuarenta y ocho horas en Edimburgo pero yo seguía sintiéndome como la pieza del puzle que no encajaba en ninguna parte. Estábamos sentados los ocho en nuestra mesa del rincón del comedor. Los ocho éramos la *troupe* habitual, los que siempre nos sentábamos en la misma mesa: las chicas, Emma, Andrea, Sabrina y yo, y los chicos, Carlos, Daniel, Santi y Raque.

A mi izquierda, Emma y Sabrina cuchicheaban de forma descarada, riéndose por lo bajini y de vez en cuando soltando palabras inconexas que se elevaban por encima del murmullo de nuestra mesa. Al parecer, sucedía algo entre Emma y Carlos, aunque yo no estaba muy al corriente de qué era exactamente. Todo lo contrario de Sabrina, que, gracias a su papel de confidente, estaba enterada de prácticamente todo lo referido al chico de la coleta y los piercings, y, en consecuencia, aconsejaba a Emma en todos aquellos aspectos en los que la otra se dejaba aconsejar, asintiendo silenciosamente y haciendo comentarios cuando era estrictamente necesario.

A mi derecha, pegado a mí como un hermano siamés, Raque estaba aleccionando a Santi sobre las ventajas y los inconvenientes de tener un teléfono móvil como el suyo: cámara de fotos, opciones multimedia por un tubo, conexión a Internet y muchas otras cosas que no comprendí. Santi decía que sí con la cabeza y de vez en cuando, cuando Raque se lo permitía, se atrevía a toquetear algunas de las teclas del aparato. Los chicos y las nuevas tecnologías: otro terreno a explorar. Tal vez más adelante, me dije sin ningún tipo de entusiasmo.

Frente a mí, Andrea y Daniel estaban sumidos en una acalorada discusión sobre géneros cinematográficos, el hilo de la cual me era imposible seguir, pero me llamaba la atención la forma en que se desarrollaba la conversación. El funcionamiento era el siguiente: Daniel decía algo, hacía una afirmación concreta sobre un tema específico, mientras Andrea escuchaba con los ojos muy abiertos pero se aguantaba las ganas de contestarle. Acto seguido, Daniel se callaba y Andrea se disponía a contradecir a Daniel en todo lo que había dicho. Y así sucesivamente. No me pasó por alto el hecho de que Andrea a menudo le propinaba algún que otro puñetazo amistoso a su interlocutor, a lo cual él le respondía con un suave tirón de trenzas, que más que un tirón parecía una caricia con segundas intenciones.

Frente a mí, también, sentado codo con codo con Daniel, se encontraba Carlos. Carlos, en el poco tiempo que llevaba en Edimburgo me había dado cuenta de ello, estaba aquí para incomodarme. Era mi pesadilla personal. Se metía conmigo siempre que tenía ocasión, se burlaba de mi forma de hablar, me miraba por encima del hombro. Ahora mismo, parecía no tener otra cosa que hacer que observarme fijamente. Yo no le devolvía la mirada, por supuesto, pero lo sabía. Intuía que sus enormes ojos saltones, ojos de sapo, seguían cada uno de los pasos de mi tenedor. No comprendía cuál era su problema. La sensación no era exactamente de incomodidad, era más bien de claustrofobia, casi tan desagradable como cuando me vi encerrada en aquel dichoso aparato volador. Pero las miradas no eran lo peor que Carlos sabía sacar de sí mismo. Lo peor era que, a lo largo de las comidas, el chico se empeñaba en darme patadas por debajo de la mesa. Sus enormes pies metidos en sus zapatillas deportivas de marca salían disparados cada dos por tres con un único objetivo: mis huesudos y salientes tobillos. La primera vez que lo hizo, el día anterior durante el desayuno, fue de forma sutil, pequeños roces casi imperceptibles, una molestia soportable. Pero, al percatarse de la falta de interés de mis tobillos por devolverle el golpe, las pataditas de Carlos se habían hecho más frecuentes y menos sutiles, propinándome descaradamente lo que se conoce como puntapiés en toda regla. Cada vez que me tocaba sentarme para comer, no sabía cómo ponerme y solo esperaba el momento de acabar para levantarme a toda prisa y escapar de esos aparatosos pies obsesionados con mis pobres y dolidos tobillos.

Aquella noche ni siquiera me molesté en comerme el postre. Una manzana abotargada que empezaba a oler a podredumbre. La visión de aquella fruta en mal estado acabó de convencerme para que me largara del comedor lo antes posible.

—Delia, ¿adónde vas? —me preguntó Andrea al ver que me levantaba de la mesa sin dar explicación alguna.

—A mi cuarto, estoy un poco cansada —repliqué. Me daba cuenta de que esa era una de mis excusas favoritas. Probablemente todos los que estaban a mi alrededor empezaban a creer que había alguna especie de problema conmigo, pero me daba absolutamente igual.

—¿A tu cuarto? —insistió Andrea. No parecía dispuesta a dejarme en paz. Todos los demás ojos de la mesa estaban clavados en mí. Los ojos inquietos de Raque mirándome con decepción. Los ojos de sapo de Carlos ojeándome de arriba abajo, mientras él sonreía de forma triunfal y confirmaba sus sospechas de que yo no era más que una niña aburrida y estúpida que no encajaba en ninguna parte. Las chicas me observaban con recelo, incapaces de comprender qué era aquello que había en mí que tanto les incomodaba. Yo, por mi parte, odiaba esa situación. Odiaba ser el centro de atención, sobre todo cuando no había motivo aparente—. ¿No vas a quedarte un rato más? —volvió a insistir Andrea—. Dentro de un rato va a haber juegos nocturnos, ¿sabes? Vamos a conocer gente nueva y eso.

Raramente me llamaría la atención lo de los juegos, fueran nocturnos o bajo la luz del sol, y menos me iba a interesar lo de conocer gente nueva y eso. Se lo mostré con la mirada. Al instante, todos los ojos dejaron de mostrarse interesados en mí y cada cual volvió a sus cosas. Noté como Emma le dedicaba una mirada de exasperación a Andrea, como Carlos soltaba un bufido de burla, y como Daniel le pegaba un codazo a Raque, desestabilizándolo de la silla. Quería creer que nada de eso tenía que ver conmigo, pero algo en mi interior me decía que estaba equivocada.

Salí del comedor y me dirigí al *hall*. Todavía no había cruzado el pasillo cuando noté unos pasos a mis espaldas.

—¡Delia, Delia! ¡Espera!

Reconocí esa voz al instante. Habría querido evitarle pero era imposible fingir que no le había oído. Habría resultado incluso maleducado, así que no tuve más remedio que pararme y prestarle aunque fuera un poco de atención.

Me giré y ahí estaba Raque.

—¿Qué? —le pregunté. Una sola palabra, un simple monosílabo que sonó como una bala acabada de salir de un revólver.

—Te acompaño.

Solté un suspiro de cansancio y dije que no con la cabeza. Solo quería estar sola, no quería que nadie me acompañara a ninguna parte. Sabía cuidar de mí misma, no necesitaba a ningún guardaespaldas. Era cierto que Raque no tenía nada que ver con Carlos ni con los otros chicos. En general, no se metía conmigo, y cuando me hablaba no lo hacía con la intención de reírse de mí. Pero eso no significaba que no me incomodara su presencia. Había algo en Raque que yo sabía que debía evitar a toda costa. No debía dejar que se encaprichara por mí, que se imaginara cosas que no eran. Yo jamás iba a corresponderle. ¿Pero qué podía hacer para abrirle los ojos a alguien que estaba cegado? Yo no estaba preparada para ese tipo de cosas, nunca había tenido que apartarme las moscas, simplemente, ¡nunca había habido moscas hasta entonces! No sabía de tácticas ni de tejemanejes, no tenía confidentes, nadie me había aconsejado.

—¿Sabes qué, Raque? —al final, contra toda mi voluntad, decidí hacer lo primero que se me ocurrió para no tener que seguir estando a solas con él—. Creo que me apetece quedarme un rato para lo de los juegos nocturnos.

—¡Genial! —dijo él. Parecía un niño pequeño que acabase de abrir el más esperado regalo de Reyes. A los pocos segundos, se sacó su inseparable paquete de chicles del bolsillo, se hizo con un par de ellos y se los metió en la boca—. ¿Quieres? —me preguntó, ofreciéndome los chicles.

—No, gracias —repliqué. Apenas había tenido tiempo de responder y su brazo derecho ya me rodeaba los hombros. Eso era lo que más me incomodaba de Raque: su propensión al contacto cuerpo con cuerpo.

—Oye, Delia —empezó a decirme, su brazo todavía alrededor de mi cuello—. ¿Qué te parece si empezamos pasado mañana con las clases? Dicen que va a haber buen tiempo, nada de lluvia. Las instalaciones deportivas del campus no son nada del otro mundo, pero creo…

—Un momento, ¿de qué estamos hablando? ¿Qué instalaciones deportivas? ¿Qué clases? —le miré desconcertada, apretando el paso y deshaciéndome de su brazo sobreprotector.

—Las clases de tenis. Quedamos en que iba a enseñarte a jugar.

—¿Quedamos? Yo no recuerdo nada de eso, Raque. Además, soy un cero a la izquierda en el campo de los deportes. No te molestes.

—No te preocupes, puedo ayudarte a ponerte en forma. Un poco de ejercicio diario no te hará mal.

¿Qué estaba insinuando Raque exactamente? ¿Y por qué estaba tan obsesionado con el tenis? No lo sabía, pero no iba a dejarme convencer.

—Ya hablaremos de eso, ¿vale? —acabé diciendo, sin comprometerme.

—Hecho —dijo él alargando su mano derecha para apretar la mía.

—¿Hecho?

—Empezamos el lunes.

Definitivamente, Raque era un caso imposible.

Por suerte, los demás no tardaron en aparecer, lo cual dejó el tema del tenis aparcado. Andrea y Emma parecieron alegrarse de que me quedara. Sabrina me ojeó con indiferencia. Y los demás chicos, a parte de Raque, claro, parecieron no darse cuenta de que yo todavía seguía allí con ellos.

Salimos al exterior. La noche no era excesivamente fría. Mis vaqueros desgastados y agujereados y mi sudadera desabrochada eran más que suficientes para combatir el aire de la noche, que nos envolvía en su abrazo sin ni siquiera hacernos estremecer. Nos pasamos un buen rato andando de un lado para otro. Raque contándome cosas que yo no escuchaba y los demás hablando de más o menos los mismos temas que les habían ocupado durante la cena.

A eso de las diez de la noche, cuando ya llevábamos un buen rato deambulando por el campus del Èideann College y ya habíamos digerido buena parte de nuestra cena de las siete y media, un par de chicas se acercó a nuestro grupo y nos preguntó si queríamos unirnos a ellas y a sus colegas, ya que habían decidido jugar a un juego en el que necesitaban el máximo de gente posible.

—¿Qué juego? —quiso saber Emma.

—El Juego de la Botella —dijo una de las recién llegadas, con una sonrisa que quería decir algo que no comprendí.

—Vale —asintió Emma con otra sonrisa. Y al parecer su respuesta nos incluía al resto, ya que todos nos encaminamos hacia donde las dos chicas nos guiaban, cerca de donde hacían morada unos árboles centenarios, en el césped del patio, un lugar escasamente iluminado donde ya estaban sentados en círculo un número bastante alto de chicos y chicas. Me di cuenta de que entre ellos también estaban Cruz y Tristán, los dos tercios más jóvenes del clan de los monitores de Surreal Summers.

Por supuesto, yo no tenía ni idea de en qué consistía el llamado Juego de la Botella. De haberlo sabido, habría arrancado a correr por patas, esquivando cualquier obstáculo que se me pudiera cruzar en el camino.

El círculo de chicos y chicas se amplió para dejarnos espacio. Advertí que en el centro del círculo había una botella de cristal vacía, sin duda una parte importante para el funcionamiento de lo que fuera que íbamos a jugar. Me senté entre Emma y Andrea, y en aquellos primeros instantes me sentí a gusto. Tal vez debería tratar de implicarme en los juegos de grupo y dejar de ser la solitaria que había sido toda mi vida, me dije. Al fin y al cabo, había algo en ese ambiente, en ese círculo extraño pero a la vez estrechamente unido, que me hacía sentir cómoda.

Pero esa sensación no duró mucho. Nada más empezar el juego, comprendí con horror de qué se trataba. Cruz se incorporó ligeramente y, alargando el brazo hasta la botella, hizo los honores y le dio impulso al objeto de cristal para que empezara a girar. La botella giró y giró sobre el césped hasta que se paró con su cuello y su boca apuntando hacia un chico de tez rosada y mofletes hinchados. No recordaba su nombre. El chico, que sin duda sabía al menos cómo se desarrollaba el juego, no como yo, se cubrió la cara con las manos y empezó a reírse con una especie de graznido casi contagioso. Acto seguido, se levantó de su sitio y empezó a mirarnos a todos, uno a uno, todavía riéndose y haciendo ademanes exagerados. Los demás, por su parte, no paraban de animarle y de pegar gritos desafinados. Yo no sabía de qué iba todo aquello y habría deseado que, por favor, antes de empezar a jugar alguien hubiera tenido la delicadeza de hacerme un pequeño resumen de las reglas. Pronto lo descubrí. El chico de los enormes mofletes al que la botella había apuntado, empezó a pegar zancadas y prácticamente se echó encima de una chica con cola de caballo de color pajizo que estaba sentada a pocos metros de donde estaba yo. ¿Y qué es lo que hizo? Bueno, pues para mi mayor sorpresa, el chico le plantó un beso en la mejilla, haciendo que la chica, que probablemente también estaba enterada del funcionamiento del juego, se ruborizara de forma inmediata y pegara gritos alocados que fueron coreados y vitoreados por todos los que se sentaban a su alrededor.

Me quedé petrificada. Así que eso era el Juego de la Botella. La botella te apuntaba y tú tenías que elegir a alguien a quien besar. Algo parecido al Conejo de la Suerte, juego que me había causado varios traumas infantiles que creía olvidados. Aunque lo que más me angustiaba no era que la botella me apuntara; lo que a mí me quitaba el aliento era que alguien a quien la botella había apuntado podría levantarse y venir hacia donde yo estaba. Podría venir y besarme a mí. Inconscientemente, pensé en Raque. Me removí en el césped y me aguanté la respiración. Solo quería huir de allí. Tenía que huir. Pero no podía hacerlo, no era lo suficientemente valiente como para levantarme y dejar ese estúpido juego atrás. Si lo hubiera hecho, todo el mundo se habría reído de mí, por ser tan fácilmente impresionable y tan absurdamente infantil. Así que no tuve otro remedio que quedarme allí sentada y observar, cruzando los dedos para que se rompiera la botella y el juego acabara antes de que hubiera podido apuntar hacia mí o hacia Raque, o hacia cualquier insensato que pudiera verse tentado por obsequiarme con un beso.

—Es un juego estúpido —declaré en un susurro.

—No seas pelmazo, Delia —me calló Emma, al mismo tiempo que Andrea y Sabrina ahogaban sus respectivos ataques de risa—. Solo se trata de besar a alguien o de que alguien te bese a ti. Y qué más da, si es solo un juego.

Jamás imaginé que la cosa podía llegar a empeorar. La botella giraba y giraba, chicos y chicas se levantaban y se besaban, simples besos en la mejilla, castos y amistosos, casi me atrevería a decir, hasta que en una ocasión dio en la diana del cuerpo de Emma y, para darle un poco de alegría al juego, la de la melena leonina decidió hacer una ligera variación en lo que a la forma de besar respectaba. No se podía esperar menos de mi compañera de cuarto. Sin pensárselo dos veces, Emma se incorporó en el césped, anduvo unos cuantos metros a gatas y se plantó ante Carlos, el cual ya la estaba esperando con una sonrisa entusiasta que le iba de oreja a oreja. Y, de pronto, sin avisar, Emma se inclinó hacia él y le propinó un beso que el otro recibió encantado. Por supuesto, lo suyo no fue un beso casto y amistoso, sino un beso de los de cine, con bocas ávidas y labios voraces. Me pareció un cuadro totalmente obsceno y de mal gusto. Para mi estupefacción, ninguno de los monitores, ni Cruz ni Tristán, trató de acabar con aquel beso, todo lo contrario, se unieron a los silbidos y a los aplausos de todos mis compañeros.

Estaba aturdida. Hasta entonces me había llegado a convencer de que, tal vez, si Raque me besaba podría soportarlo, al fin y al cabo era solo un beso en la mejilla. Pero, ¿qué pasaría si a Raque se le ocurría hacer lo mismo que había hecho Emma con Carlos? No quería ni pensarlo, así que me concentré en estimular mi poder mental para que la botella no me apuntara ni a mí ni a nadie que pudiera llegar a comprometerme. Emma, sentada a mi lado, estaba extática, creo que incluso su piel emanaba rayos de calor que me sofocaban. Andrea, por su parte, cruzaba los dedos y esperaba su turno nerviosamente, probablemente imaginándose un beso similar al de Emma pero con Daniel en vez de con Carlos.

La botella sentenció a un par de chicos, que, como yo, parecían sentirse algo incómodos con el juego y se apresuraron a buscar a cualquier chica, la que fuera, para besarla, aunque probablemente les hubiera apetecido más besar a Emma, pero, claro estaba, Emma no habría estado por la labor a no ser que fuera Carlos el que se decidiera a aproximársele.

Raque me miraba desde el otro lado del círculo, sus ojos centelleantes y sus labios curvados en una mueca que me revolvía el estómago. Sabía qué clase de pensamientos pasaban ahora por su cabeza y no quería ni pensar en cuál sería mi reacción en el caso de que él fuera el elegido por la botella.

En aquel momento, sin embargo, sucedió algo que cambió por completo el curso de la noche. Fue justamente cuando el azar decidió que la botella disparara su dardo invisible contra Tristán, el monitor.

Inmediatamente, se hizo el silencio.

No era difícil imaginar lo que había en la mente de mis compañeras. La botella había sentenciado al apuesto y gentil monitor por el que hacía unos dos días todas suspiraban, el dueño de sus fantasías más secretas, el sueño hecho realidad. Todas estaban esperando ser La Elegida. Incluso Emma, que ahora bebía los vientos por Carlos, hubiera dado la bienvenida a un beso de Tristán.

Tristán, por su parte, seguía en su sitio, sabedor de lo mismo que los demás ya sabían, que todas las chicas, exceptuando una servidora, claro, estaban locas de remate por él, prolongando ese momento de intriga hasta la ridiculez, dedicándoles una sonrisa a todas ellas, jugando con sus sentimientos aunque de forma muy sutil. De pronto se incorporó hasta ponerse en pie y con pasos decididos se dispuso a cruzar el círculo, esquivando la botella, y acercándose hacia donde nosotras, Emma, Andrea, Sabrina y yo, estábamos sentadas. Sin duda alguna, una de mis colegas, probablemente Emma, iba a ser la depositaria de ese beso tan anhelado. Casi me parecía oír el latir de sus corazones, el de Andrea a mi derecha, el de Emma a mi izquierda, e incluso el de Sabrina, mucho más alejado. Odiaba eso. Odiaba que ese estúpido monitor, con su sonrisa y su cara bonita, pudiera alterar el ritmo del corazón de mis compañeras de una forma tan obvia y deliberada.

Tristán se paró ante nosotras cuatro y el ambiente se hizo más pesado y asfixiante. Todos los que nos rodeaban permanecían expectantes. El silencio tenía tal grosor que podría haberse cortado con el filo de una navaja. Todos los ojos clavados en nosotras. Raque me observaba desde el otro lado, la mueca de sus labios ahora torcida en señal de disgusto. Él vio lo que estaba a punto de suceder mucho antes que yo, mucho antes de que a mí se me pasara por la cabeza tal hipótesis. Y es que fue en aquel momento, mientras Raque y yo cruzábamos miradas de recelo, que los labios de Tristán rozaron mi frente.

Todo resultó tan raro, tan irreal. Prácticamente ni lo había notado. No lo noté en el instante que había pasado, solo pude recordarlo después. Sus manos sobre mis hombros. Un suave roce de sus labios sobre mi piel, sus labios entreabiertos cerrándose y abriéndose de nuevo sobre las insufribles pecas de mi frente. Y luego sus ojos mirándome cautelosos, escrutando la expresión de mi cara, esperando mi reacción, fuera la que fuera, al mismo tiempo que mis compañeros gritaban y silbaban y aplaudían. Solo que aquellos sonidos venían de muy lejos, como si yo estuviera dormida y un ronroneo entumecido viniera de otra habitación, otro espacio.

¿Por qué lo había hecho? ¿Qué pretendía Tristán con aquel beso? ¿Sacarme de quicio? ¿Incomodarme? ¿Hacer que le odiara durante el resto del curso de verano? No podía ser tan idiota como para no darse cuenta, ¿verdad? Podría haber escogido entre veinte y acertar. ¿Por qué me escogió a mí? De todas las que estábamos allí sentadas, la única que no iba a recibir su beso con alegría y emoción era yo. Yo era la única a la que el corazón no le latía con fuerza. La única que no se dejaba impresionar por sus encantos. La única a la que ni siquiera se le había pasado por la cabeza que el monitor la besara. ¿Por qué lo había hecho?

Tristán se alejó y volvió a su sitio, mientras yo seguía dándole vueltas a mis preguntas sin esperanza de encontrar una respuesta. Una vez él se hubo sentado, su mirada se cruzó con la mía durante unos escasos instantes. Fue entonces cuando noté que mi corazón ahora sí latía con fuerza, desbocado, atolondrado ante lo que acababa de pasar. Por supuesto, aquellos latidos incontrolados eran por culpa de la incomprensión ante todo cuanto sucedía a mi alrededor. Noté también que mis oídos y mi frente ardían y las mejillas parecían habérseme encendido a raíz de aquel beso tan inimaginable antes de que tuviera lugar y tan aborrecido después. Incluso creí notar un cosquilleo en el punto preciso de mi piel donde sus labios la habían tocado, pero eso fue producto de mi imaginación, ya que el beso había sido suave y seco, y por suerte había desaparecido sin dejar ni pizca de rastro. En aquel momento, Tristán sonrió, su sonrisa de labios entreabiertos, y aparté los ojos de los suyos, no sin antes haberle dedicado una mirada de rabia contenida que jamás habría podido transmitir el odio que sentía por él en aquellos instantes.

El juego acabó cuando las primeras gotas de lluvia empezaron a regar el césped y nuestras cabezas. Nos levantamos lentamente, estremeciéndonos por culpa de la humedad del suelo que había empezado a calar en nuestros cuerpos y sacudiéndonos los restos de hierba que se habían pegado a nuestras ropas. El círculo que habíamos formado desapareció y sus componentes fuimos dispersándonos, la mayoría para dirigirnos a nuestros respectivos cuartos. Creo que jamás anteriormente me había sentido tan aliviada como el instante en que comprendí que aquel estúpido juego había acabado.

Emma y yo nos despedimos de los demás y nos encaminamos a nuestra habitación. Ni la una ni la otra soltó prenda hasta que no llegamos al cuarto.

—Bueno, ¿qué? —empezó a decir Emma nada más cerrar la puerta detrás de sí—. ¿Me lo vas a contar por lo menos?

—¿Contar el qué?

Me desplomé sobre la cama y empecé a deshacer los cordones de mis zapatillas. Estaba rendida, lo único que me apetecía era echarme a dormir.

—¿Cómo lo has hecho? —siguió insistiendo Emma.

—¿El qué?

Por supuesto que sabía de lo que Emma me estaba hablando, pero quería darle a entender que no tenía ninguna importancia para mí y que no iba a perder horas de mi sueño para hablar de aquel estúpido incidente.

—Vamos, Delia —siguió Emma—. No seas boba, no finjas que no sabes de qué te estoy hablando. Me refiero a lo de Tristán. ¿Por qué te ha besado a ti?

—No lo sé, Emma —repliqué, confesando la pura verdad. Si había alguien que no diera crédito en aquellos momentos, esa era yo—. Supongo que habrá escogido a la primera que se le ha pasado por la cabeza.

—No te creo. Lo tenía muy claro desde que se ha puesto en pie —siguió Emma—. Por alguna razón que desconozco, iba decidido a besarte a ti.

Me hice con el pijama y me dispuse a buscar refugio en el cuarto de baño. Que Emma insistiera en acribillarme a preguntas ya era el colmo de la noche.

—Olvidémoslo, ¿vale? —decidí zanjar el tema de forma brusca—. Tú misma lo has dicho: qué más da si es solo un juego.

Antes de cerrar la puerta del baño, vi como Emma me miraba desde su cama con una sonrisa enigmática y una ceja levantada, sin duda sopesando los más y los menos de aquella noche que yo solo podría calificar de infernal.

TENIS

Al parecer, Raque había estado acertado en su pronóstico meteorológico a lo que al lunes se refería. La mañana había sido inestable, con nubarrones oscuros que flotaban en un cielo azulado impredecible. La tarde, sin embargo, nos había sorprendido con un sol potente que luchaba por abrirse camino entre las barreras de algodón que nos impedían su visión. Hacia las cinco de la tarde el sol ya brillaba con fuerza sobre nuestras cabezas y sobre el césped húmedo del campus del Èideann College.

—Es importante hacer un poco de calentamiento antes de ponernos a jugar en serio —dijo Raque, mientras me miraba atónito. Hacía unos minutos que corríamos por la pista de tenis y yo ya me había caído rendida por culpa del cansancio. También me faltaba el aire.

—Lo siento —dije al cabo de un rato, cuando conseguí reunir suficiente oxígeno para mis pulmones—. Ya te advertí que el deporte no era mi fuerte. Además, no sé por qué insistes, ni siquiera tengo raqueta para jugar al tenis.

Raque me miraba desde lo alto con una expresión que dejaba claro que no alcanzaba a comprender cuál era mi problema. Al final resultó que, en contra de todas las expectativas, Raque se había salido con la suya y me había arrastrado hasta las instalaciones deportivas para obsequiarme con sus clases magistrales de tenis. Probablemente el hecho de que Emma, Andrea y Sabrina se hubieran encerrado en la habitación 209 para cuchichear y comentar con todo lujo de detalles lo que había pasado el sábado anterior por la noche, había tenido algo que ver con mi reclutamiento voluntario para las lecciones de tenis de Raque. Con él estaba más o menos a salvo. Por nada del mundo me habría dejado atrapar por una sesión de máquina de la verdad con mis compañeras.

—No importa que no tengas raqueta —me informó Raque—. Yo me he traído todo mi kit de tenis.

—Como quieras —dije yo, levantándome del suelo con resignación—. Pero no entiendo por qué te empeñas tanto en enseñarme a jugar. ¿No puedes echar algunas partidas con tus colegas? Seguro que a ellos se les da mejor.

—Eres la única a la que he podido convencer hasta ahora —me confesó él con una sonrisa de circunstancias—. Aunque no te preocupes, tengo otros candidatos para las clases. En cuanto se enteren de lo buen profesor que soy, van a querer pagarme para que les enseñe algunos trucos.

Suspiré con desánimo. Al menos alguien se mostraba optimista ante lo que nos deparaba aquella tarde. Nos pusimos a correr otra vez. Raque habría dado cien vueltas a la pista de un tirón si yo no le hubiera suplicado que, por favor, paráramos.

—Lo que tú digas —dijo él—. No quiero machacarte nada más empezar.

Después de la sesión de calentamiento, como Raque la llamaba, mi ahora entrenador personal se dispuso a aleccionarme sobre cómo agarrar la raqueta, instrumento básico para el tenis que yo debía manejar con la máxima destreza.

—Cómo pesa —dije una vez la tuve en las manos.

—Cuidado, que no se te caiga.

Raque se había abalanzado sobre mí y ahora su enorme mano se cerraba sobre las mías para evitar que su preciada raqueta se cayera al suelo. Su acercamiento repentino me molestó, pero decidí no hacer un drama de ello.

—Lo siento —volví a decir. Era tan mala en el deporte que cada dos por tres tenía que estar pidiendo perdón por todo lo que hacía. Era patético.

Todavía me sentí peor cuando descubrí que a lo lejos, un número indefinido de mirones, nos observaba a Raque y a mí haciendo malabares imposibles con la raqueta. Uno de aquellos espectadores no bienvenidos, advertí, era Tristán.

—Oye, Delia —empezó a decir Raque, que también se había dado cuenta de los mirones—. ¿Qué pasa con ese monitor?

—¿Qué?

—Con Tristán, lleva todo el rato mirándonos —aclaró Raque con una voz que denotaba molestia—. No sé qué es, pero hay algo en él que no me gusta. Yo de ti no me fiaría. No sé qué os pasa a las chicas, que estáis todas impresionadas con él.

—Te equivocas —le interrumpí—. A mí no me impresiona lo más mínimo.

—Ya.

—Lo digo en serio, Raque.

—Entonces, ¿por qué te besó el sábado? ¿Por qué dejaste que te besara?

Miré hacia arriba pidiéndole al cielo una tregua. Yo que creía que había escapado al interrogatorio de mis compañeras, ahora me encontraba con que Raque, mi supuesta vía de escape, podía llegar a ser igual de cotilla que las chicas.

—Raque, era solo un juego estúpido —le dije con tono despreocupado, aunque podría haberle confesado que yo también me había sentido muy molesta por aquel beso—. ¿Qué querías que hiciera? ¿Que me echara a correr?

—No lo sé, tal vez —replicó él, ahora pensativo. Se quedó mirando al suelo durante un rato, sumido en sus pensamientos. Luego levantó la vista y me miró fijamente—. ¿Te habrías echado a correr si, en vez de Tristán, se hubiera acercado otro a darte el beso?

Lo miré con cautela sin saber muy bien adónde quería llegar Raque con sus preguntas.

—¿Yo, por ejemplo? —se decidió a preguntar al final.

¿Qué pregunta era esa?

—Claro que no —respondí, siendo sincera a medias.

Porque la verdad era que, durante lo que duró aquel juego, lo único que había temido era que Raque se acercara para besarme. Y probablemente si la botella le hubiera apuntado a él, yo habría dado con alguna excusa para levantarme y desaparecer. Pero eso no se lo podía decir.

—¿Y tú? —volvió a preguntar Raque—. ¿A quién habrías besado si la botella te hubiera apuntado?

Esa pregunta era todavía peor que la anterior. Ni siquiera yo misma me había atrevido a hacérmela. Decidí esquivarla del único modo posible: hacer que Raque se concentrara en su tema favorito y se olvidara de todo lo demás.

—Oye, Raque, ¿vamos a jugar al tenis o vamos a perder el tiempo como hasta ahora?

Eso bastó para que Raque dejara a un lado su particular interrogatorio y nos concentráramos en lo que nos había unido aquella tarde del lunes: nuestro primer partido.

Aquella experiencia debutante fue un auténtico desastre. Desde mi mitad de la pista, manteniendo una posición estática y con la raqueta en guardia, podía ver como las pelotas fosforescentes se acercaban a toda velocidad, proyectiles disparados con una fuerza excesiva, dispuestos a estallar contra mi cara para hundirme los pómulos y partirme la nariz.

—¡Muévete, Delia! —gritaba Raque desde el otro lado—. ¡Muévete! ¡No te quedes ahí plantada como una estatua!

A lo cual yo respondía con saltitos inútiles o con movimientos de raqueta totalmente infructuosos. Era como estar en una escena de una película de risa de las malas. Para cuando comprendí que las pelotas de tenis eran mis enemigas y que debía asestarles un raquetazo a cuantas pudiera aunque eso me llevara la vida, ya habían pasado unas dos horas. Haciendo balance, por cada veinte disparos de Raque, yo era capaz de devolverle uno y medio. Ese medio significaba que yo podía darle a la pelota pero que no lograba que pasara de la red. Con el paso del tiempo, había comprendido también que, si no podía devolver el saque, lo mejor que podía hacer era esquivar la pelota, ya que cada vez que una de ellas chocaba contra mis piernas o brazos, el dolor era terrible. En una ocasión casi rompo a llorar de la rabia y la impotencia.

—¡Eres un bestia, Raque! —grité justo después, abalanzándome sobre la red y amenazando a mi entrenador con la raqueta—. Esto no es la guerra, ¿vale?

—Lo siento, Delia —dijo él, acercándose a mí. Su pelo oscuro brillaba bajo la luz del sol y las gotas de sudor se deslizaban por su frente, concentrándose en sus cejas pobladas y resbalando por sus frondosas patillas. Los granos alrededor de su nariz se habían vuelto más rojos. Su aspecto era francamente grotesco—. Siento contradecirte —siguió diciendo él—, pero esto sí es la guerra. Y ya es hora de que empieces a luchar como si tu vida dependiera de ello.

—Estás loco, Raque.

—Loco por el tenis.

La próxima vez que entrenáramos, me dije, si es que Raque tenía ganas de continuar con esa locura del tenis, me haría con una armadura y un escudo. Incluso me pondría un casco para que mi cabeza estuviera protegida.

A pesar de todo, sin embargo, había que reconocer que mi incompetencia como alumna no logró hundir la profesionalidad y la paciencia de Raque como profesor, ya que en todo momento sus palabras fueron de ánimo y, en algunos casos, incluso de felicitación por lo bien que se suponía que yo lo había hecho.

—Eres una alumna ejemplar —me dijo al acabar con aquella primera sesión de entrenamiento.

—No es necesario que intentes quedar bien conmigo —le espeté. Era evidente que Raque estaba dispuesto a hacerme la pelota al máximo para que yo no desistiera y abandonara sus clases de tenis; al fin y al cabo, yo era su única alumna. Pero de ninguna manera iba a dejarme engañar.

—Lo digo en serio, Delia —insistió él—. Para ser la primera vez que juegas al tenis, te las has apañado muy bien.

Ya habíamos llegado al pabellón de la residencia, pero Raque no parecía dispuesto a despedirse de mí. Se había plantado ante la puerta de la entrada principal, apoyándose contra el marco de hierro oxidado, y me bloqueaba el paso de forma bastante evidente.

—Eres buena, de verdad —continuó diciendo, ahora alargando su enorme manaza para apartar un mechón de pelo que me caía sobre la frente. Sus ojos estaban fijamente clavados en los míos y sus labios se curvaban en algo parecido a una sonrisa. La mano que había apartado el mechón ahora bajaba lentamente por mi mejilla mientras mi piel se estremecía bajo el tacto áspero de los dedos de Raque. Lo del tenis no había sido una buena idea. Ahora me sentía mareada. Raque sudaba a cántaros y el olor a sudor se mezclaba con su potente desodorante, lo cual me resultaba altamente incómodo. Solo tenía ganas de volatilizarme y materializarme de nuevo en mi habitación, pero yo no poseía el poder de la transportación instantánea y Raque me impedía el paso por la puerta.

—Oye, Raque —dije cuando ya no pude más, apartando su mano de mi cara y dedicándole una mirada severa—.

Acepto tus clases de tenis, pero eso solo significa que vamos a jugar al tenis. Nada más, ¿de acuerdo?

Estaba convencida de que al menos eso le dejaría las cosas claras a Raque. No podía ser tan estúpido como para no darse cuenta de que sus sentimientos hacia mí no eran correspondidos.

—Eso depende —dijo él, metiéndose la mano en el bolsillo de la sudadera.

—¿Depende de qué? —pregunté yo irritada.

—Depende de ti —replicó él, otra vez con esa mueca en los labios—. Si quieres jugar al tenis, jugaremos al tenis. Pero a lo mejor te aburres de la raqueta y decides que quieres especializarte en otra actividad. Sea lo que sea, sabes que puedes contar conmigo para que sea tu entrenador personal, ¿no?

Puse los ojos en blanco y aparté a Raque de un empujón. Sus palabras tenían doble lectura, de eso podía darse cuenta incluso una ingenua empedernida como yo misma.

—Voy a ducharme —le dije a modo de despedida mientras él se apartaba para dejarme paso—. Y tú deberías hacer lo mismo.

—¿Nos vemos en la cena? Te guardo una silla a mi lado, ¿vale? Para hacer balance del entrenamiento de hoy.

Indudablemente, Raque era un caso perdido. Jamás abriría los ojos.

Subí a mi habitación y nada más abrir la puerta me encontré con un cuerpo inmóvil tumbado boca abajo sobre mi cama. Entré con cautela y, con un sobresalto en el corazón, descubrí que quien estaba medio dormido sobre mi almohada no era otro que Carlos, mi pesadilla personal.

Al contrario de lo que yo había supuesto y para complicar más las cosas, Carlos estaba totalmente despierto.

—Buenas tardes, Cenicienta —dijo él a modo de saludo

mientras abría su ojo izquierdo—. ¿O debería decir buenas noches? ¿Qué hora es?

—Las siete menos diez —respondí yo de forma automática. Ahora me daba cuenta de que dentro del baño se oía correr el agua de la ducha, probablemente Emma se estaba duchando. Crucé los dedos para que mi compañera acabara pronto y se fueran, ella y su chico, de mi cuarto.

—¿Qué tal el tenis? —preguntó Carlos, incorporándose ligeramente y apoyando la cabeza sobre su mano.

—Muy bien, gracias —respondí yo secamente—. Estás en mi cama, ¿puedes levantarte, por favor?

Quería que mi tono de voz sonara autoritario, distante, pero nada más lejos de la realidad: había sonado lloroso e infantil.

—¿Qué te ha enseñado Raque esta tarde? —preguntó ahora Carlos, haciendo caso omiso a mi petición para que se levantara de la cama y jugueteando con las monedas de una libra que había sobre mi mesilla de noche—. ¿Has aprendido mucho?

Sus ojos saltones me ojeaban descaradamente, una sonrisa de desprecio inundaba su cara. El piercing que llevaba en la comisura inferior de la boca le había producido una herida en el labio, lo cual le daba a su dueño un aspecto todavía más repulsivo.

—Solo a agarrar la raqueta —le contesté fríamente mientras él soltaba una carcajada—. No deberías estar aquí —añadí.

—¿Por qué no?

—Los chicos no pueden entrar en las habitaciones de las chicas.

—¿Estás de broma? —se rio él otra vez—. ¿Qué sentido tendría este curso de verano si no pudiéramos colarnos en vuestras habitaciones?

Ahora Carlos se había levantado de mi cama y se estaba acercando amenazadoramente hacia donde yo me encontraba. Cuando estaba a pocos centímetros de mí, plantó una mano sobre la pared a mi espalda y me arrinconó de tal forma que yo no podía escapar de su acecho.

—¿Has cumplido ya los diecisiete, Blancanieves?

Sacudí la cabeza rápidamente y eso fue todo lo que di por respuesta. Sentía el aliento de Carlos demasiado cerca de mi cara y eso me repugnaba en cantidad. Olía a cigarrillos y a cebolla; probablemente mi acechador era de los que no se lavaban los dientes después de las comidas. No era la primera vez que me encontraba en una situación como aquella. Durante mis años de instituto me había visto arrinconada por mis compañeros en más de una ocasión. Sin embargo, aquella vez el desamparo se hizo mayúsculo, ya que me encontraba a kilómetros de mi casa y no tenía donde dar con ningún punto de apoyo.

—¿Vas a montártelo con Pies Grandes? —preguntó entonces Carlos, su mano todavía plana sobre la pared y su brazo a pocos centímetros de mi cara. Me sentía temblar y solo esperaba que él no se diera cuenta.

Mi cerebro tardó en procesar su pregunta, pero en cuanto lo hizo, comprendí que Pies Grandes no era otra cosa que un mote para Raque, aunque no llegué a entender qué significaba aquella pregunta y se lo demostré con la mirada.

—Ándate con mucho cuidado, princesa —dijo el aliento apestoso de Carlos—. Yo soy un caballero, pero mi compañero de cuarto no es como yo.

—No sé de qué estás hablando —me atreví a decir.

—Sí lo sabes. Raque es frío, distante, calculador. Sabe cómo hacerte caer en sus redes de telaraña. Pero también es un picaflor. En cuanto tenga lo que quiera, va a pasar de ti, y tú te vas a quedar sin Raque y sin raqueta.

Cuando Carlos acabó con su discurso barato, soltó una escandalosa risotada. Tal vez él no se había percatado, pero en realidad estaba hablando más de él mismo que de Raque; piensa el ladrón que son todos de su condición. Ahora su cara estaba a pocos centímetros de la mía y su cuerpo iba acortando peligrosamente la distancia que nos separaba. Solo había algo peor que las malas intenciones ajenas: darse cuenta de ellas cuando ya era demasiado tarde.

Por suerte, en aquel momento, la puerta del baño se abrió y Emma apareció vestida con un minúsculo vestido azul turquesa y su abundante e indomable pelo envuelto en una enorme toalla.

—Delia, ¿dónde te habías metido? —fue lo que me preguntó mi compañera de cuarto.

—Tu amiga ha estado jugando al tenis con Raque —respondió Carlos con una sonrisa, apartando la mano de la pared y liberándome de su improvisado encarcelamiento y su aliento apestoso. Ante tal afirmación, ambos, tanto él como Emma, soltaron unas risitas y me miraron de forma intencionada. Acto seguido, Emma empezó a cepillarse el pelo mientras Carlos, ahora tumbado sobre la cama de mi compañera, se dedicaba a contemplar todos sus gestos.

Decidí desaparecer de allí en cuanto antes. Me encerré en el cuarto de baño y me senté sobre la tapa del inodoro. Al otro lado de la puerta, Emma y Carlos hablaban en susurros y se reían de vez en cuando. También se besaban. Esperé a oír el golpe de la puerta de la habitación al cerrarse y entonces, segura de que se habían marchado, me metí bajo la ducha y dejé que el agua se llevara mi cansancio y mi enojo.

CLASE

El martes fue oficialmente nuestro primer día de clase. El lunes por la mañana nos habían sometido a diferentes tipos de pruebas, controles de vocabulario y gramática, tests de audio, e incluso un examen oral para determinar nuestra competencia en el campo no escrito. Todo para verificar si nuestro nivel de inglés era bajo, medio o alto.

Sin mucho esfuerzo, solo algunas meteduras de pata en el apartado oral, conseguí colarme en el grupo de los más aventajados, y ahora, martes por la mañana, me encontraba en la clase de inglés avanzado, sentada en uno de los pupitres delanteros al lado de una chica que lucía unas aparatosas gafas de pasta de color rojo y un moño a cada lado de la cabeza. La chica tenía la cara cubierta de pecas, como yo.

Sobre mi pupitre, se encontraba un dossier de más de cincuenta páginas que la profesora, Abigail, nos había repartido a cada uno de los alumnos; junto a él, mi estuche minimalista que constaba de un lápiz, una goma y dos bolígrafos azules, mi cuaderno de hojas cuadriculadas por estrenar, y mi diccionario de bolsillo bilingüe.

En la parte frontal de la clase, sobre el entarimado de madera, Abigail nos hablaba, en un inglés estándar que yo podía seguir más o menos sin dificultad, del temario que cubriría el curso, las cuestiones estrictamente lingüísticas que íbamos a estudiar así como esa parte del currículum que estaba más bien relacionada con la historia y la cultura escocesas. Abigail tenía una voz suave y era joven y risueña, pero a pesar de su juventud, tendría menos de treinta años, se notaba que poseía experiencia en el campo de la educación. Su figura diminuta se deslizaba de un lado a otro de la clase, siempre atenta a las posibles preguntas que pudieran surgir y dispuesta a resolver dudas.

A mí lado, la chica de las gafas rojas no parecía prestar mucha atención a Abigail, más bien se mostraba absorta en sus propios pensamientos y garabateaba sin parar sobre la primera página de su cuaderno de hojas blancas. Todo lo que escribía era un nombre: *Cristina*. El suyo, supuse.

Me parecía una falta de respeto que los alumnos no prestaran atención a la profesora, pero al menos Cristina lo hacía de forma silenciosa y sin molestar al resto de sus compañeros de clase. No podía decirse lo mismo del dueto sentado en los pupitres situados justo detrás del mío. Emma, mi compañera de habitación, también tenía un nivel óptimo de inglés, así que había entrado a formar parte del grupo avanzado, pero no lo había hecho sola sino que había entrado con Carlos, ahora su alma gemela, a quien había dejado copiar durante las pruebas escritas del día anterior. La relación de Emma y Carlos, ante mi inaudita perplejidad, se había acabado consolidando a lo largo de los últimos días, convirtiéndolos a ellos en los seres más inseparables y pegajosos de todo el clan de Surreal Summers, algo totalmente molesto para los que éramos partícipes de su unión contra nuestra propia voluntad. Esa mañana del martes, Emma y Carlos no se limitaron solo a hacer manitas por debajo de la mesa, sino que se pasaron las horas susurrándose absurdidades al oído y manoseándose cuello y espalda sin ningún tipo de pudor ni de respeto por los que estábamos a su alrededor.

Solté un suspiro y decidí concentrarme en lo que Abigail pacientemente nos explicaba. Las primeras buenas noticias de aquel curso de verano serían, por un lado, las clases matutinas de nueve a doce, y por otro, el trabajo escrito que tendríamos que entregar durante la última semana de nuestra estancia.

—¿Trabajo escrito? ¿Qué clase de trabajo?

El que había hecho las preguntas, en un inglés pésimo por cierto, había sido Carlos, que hasta ese momento no se había percatado de que el curso de inglés avanzado le quedaba un poco grande.

Abigail, respondiendo a las preguntas de Carlos, nos explicó en qué consistiría nuestra tarea. Se trataba de redactar una especie de ensayo, de unas cuatro o cinco páginas, sobre un tema relacionado con la cultura y la sociedad escocesas en cualquiera de sus ámbitos. Para llevar a cabo nuestra tarea, se nos permitiría, previa reserva, usar los ordenadores de la biblioteca del Èideann College un máximo de una hora diaria, con la finalidad de buscar información para nuestro trabajo, y además, en caso de necesitar datos complementarios, podríamos recurrir al archivo de periódicos y audiovisuales de la universidad. El trabajo tendría que ser escrito en inglés y, por supuesto, Abigail nos aclaró, ella estaría dispuesta a echarnos una mano siempre que necesitáramos ayuda.

Algunos de mis compañeros de clase, Carlos incluido, soltaron algunos bufidos que a nadie pasaron desapercibidos pero a los que la profesora respondió haciendo caso omiso. En lo que a mí respectaba, ese trabajo era una bendición, la excusa perfecta para poder esquivar cualquier tipo de reunión social que no fuera parte de las excursiones del curso de verano, la razón de peso para poder encerrarme en la biblioteca y no tener que pasar el tiempo rodeada de adolescentes revolucionados en plena fase de caos hormonal.

Abigail se hizo con su rotulador azul y empezó a escribir la lista de temas sobre los que debíamos centrar nuestro trabajo en la pizarra. Las opciones eran las siguientes:

Haggis, *kilts* y gaitas. El bagaje tradicional escocés.

La literatura en Escocia, desde Robert Burns a R.L. Stevenson.

Glasgow, Edimburgo y Aberdeen: las grandes potencias escocesas.

William Wallace, el mito de *Braveheart*.

Edimburgo en los '80. El impacto fatal de las drogas y el sida en la capital de Escocia.

Descarté el punto número 3 de la lista casi de inmediato. Jamás se me dieron bien la geografía y la economía, y la palabra «potencias» parecía más bien apuntar hacia ese sentido. Seguidamente le hice una cruz al punto número 2; decidí que si bien siempre me había gustado leer buenos libros, la verdad era que no me apetecía mucho escribir sobre literatura. El punto número 1 me llamaba la atención por el mero hecho de centrarse en ciertas tradiciones escocesas, pero me daba cierto miedo caer en la trampa de los estereotipos y acabar haciendo un trabajo que retratara a los escoceses como hombres en faldas a cuadros que tomaban vísceras para desayunar y que pasaban su tiempo libre tocando música celta.

Así que me pasé un buen rato debatiéndome entre los puntos 4 y 5 de la lista. Hacía relativamente poco que había visto la película *Braveheart* y me había fascinado la inquebrantable valentía de William Wallace y de todo el pueblo escocés, así que la perspectiva de redactar un trabajo sobre el tema en cuestión me resultaba tentadora; pero, por otro lado, estaba el punto número 5 de la lista, que me resultaba igual o incluso más tentador que el 4, con el valor añadido de que este trataba precisamente de unos temas mucho más actuales y con mucho más impacto en la sociedad en que vivíamos. Además, siempre me habían fascinado los temas de conflicto y cambio social.

Decididamente, opté por el punto número 5. Empezaría a buscar información aquella misma tarde, ya fuera en los archivos audiovisuales o a través de la conexión a Internet. Todo dependía de si habría plazas libres para ocupar los ordenadores. Tendría que hablar con Abigail tan pronto como acabara la clase.

Estaba pensando en todos esos pormenores cuando de repente alguien llamó a la puerta del aula.

—Adelante —invitó Abigail con su suave y jovial tono de voz.

La puerta se abrió y me sobresalté al descubrir que la cabeza que asomaba por la puerta era la de Tristán, nuestro monitor. Había intentado olvidar el ridículo juego del sábado por la noche, pero viendo a Tristán era inevitable volver a recordarlo. Me concentré en ordenar mi pupitre, los bolígrafos y el lápiz dentro del estuche, y la libreta y el diccionario cada cual a su sitio. Luego me dispuse a ojear el dossier de cincuenta páginas haciendo ver que ni me había dado cuenta de nuestro inesperado visitante. Emma, desde su pupitre, le propinó un puntapié a una de las patas traseras de mi silla, haciendo que me sobresaltara de la forma más patética. Continué con mi representación teatral de leer páginas del dossier que estaban solo llenas de fotografías y gráficos, e hice ver que ni me enteraba de que Tristán todavía seguía allí murmurándole cosas a Abigail en un inglés fluido.

Pronto me encontré con su cara cerca de la mía.

—Delia —oí que susurraba.

Aparté los ojos de mi dossier y, dedicándole una mirada de enojo, me topé con los suyos, verde marino salpicado con chispas color miel. Era la primera vez que me daba cuenta de que había chispas en sus ojos.

—¿Qué? —pregunté exasperada y algo maleducada.

—Tu madre al teléfono —replicó él, ahora con el mismo tono de seriedad que yo—. Será mejor que me acompañes y hables con ella, van a ser cinco minutos.

No me lo podía creer. ¿Mi madre? ¿Qué hacía mi madre llamando a mi monitor? Pronto lo comprendí. Mi teléfono móvil apagado desde hacía más de cuatro días, exactamente desde antes de salir de Barajas, abandonado en el fondo de mi mochila. Estúpida, me dije a mí misma. Me había olvidado por completo de volver a encenderlo, y sin duda mi madre ya habría alcanzado los más altos niveles de histeria. ¿Cómo había podido ser tan descuidada?

Me levanté de la silla enfurecida conmigo misma y seguí a Tristán, que ya estaba encaminándose hacia la puerta. Lo más seguro era que ahora, además, todos mis compañeros me tomaran por una cría a la que su madre tiene que llamar cada día para asegurarse de que todo marcha bien. Mis mejillas y mi cuello estaban en ebullición, se habría podido freír un huevo sobre mi piel incandescente. Salí de la clase y cerré la puerta a mis espaldas, pegando un portazo deliberado.

—Tienes genio —murmuró Tristán, mostrando un enorme arco en las cejas y dedicándome una de sus ya patentadas sonrisas.

Me limité a no contestar, por supuesto. No quería darle ningún indicio de que ya le había perdonado por el mal momento que me hizo pasar la noche del sábado, cuando, idiota de mí, había cometido la insensatez de formar parte de ese estúpido juego de niños llamado el Juego de la Botella. Nunca le perdonaría por eso. Le seguí silenciosamente mientras oía como él parloteaba sobre ir a su despacho o algo por el estilo.

—Tranquilízate, vale —me dijo entonces, su sonrisa ya borrada y un deje de autoridad en la voz—. Tu madre sonaba preocupada, dice que no la has llamado ni una sola vez desde que saliste del país.

¿Y?, pensé. Fue ella la que me había mandado a ese ridículo curso de verano. Fue ella la que me había echado de casa. Pero no dije nada. A Tristán no tenía nada que decirle y ya no estaba segura contra quién iba dirigida toda esa furia que ahora me impedía pensar. Llegamos a un despacho de grandes ventanales, iluminado por la luz del sol, que aquella mañana resplandecía de forma sorprendente. Un aparato telefónico de color crema con servicio de fax y radio permanecía descolgado sobre la mesa. Fui corriendo hacia él con el brazo ya extendido. Tristán se interpuso en mi camino, me puso las manos en los hombros y soltó un suspiro.

—¿Qué? —grité.

—Cálmate. Al menos intenta hacerle creer que lo estás pasando bien.

Idiota. Lo aparté de un empujón y me puse al aparato.

—¿Mamá?

—¡Fidelia, hija! —la oí que gritaba.

Mamá estaba al borde de un ataque de nervios. Creía que su hija había sido engullida por la tierra, que se había evaporado en el aire, o que había sido abducida por una nave de marcianos.

—Tranquilízate, mamá. Estoy bien —le dije cuando me dio dos segundos para hablar. Me extrañó oír que mis palabras sonaban serenas, tranquilas, ni rastro de la furia que había sentido cuando Tristán se había presentado en clase para decirme que mi madre estaba al teléfono.

Mamá solo quería saber lo básico: si comía bien, si dormía bien, si hacía los deberes y si los chicos me dejaban en paz. Fácil. Solo se trataba de decir sí a todo y de sonar un poco convincente. Y luego, la promesa:

—Que sí, mamá, que voy a cargar la batería del móvil. Que sí, también voy a llamarte mañana, no te preocupes. Ahora tengo que dejarte. Estaba en clase, ¿sabes? Sí, en medio de la clase de inglés, con la profesora y los demás alumnos. No pasa nada, mamá, no hace falta que te disculpes. La culpa ha sido mía por dejar el móvil apagado tanto tiempo —sentí que me derrumbaba al oír que mi madre lloriqueaba al otro lado del aparato. Creo que era la primera vez que me enteraba de que mi madre también podía llorar. Y en aquel momento, también por primera vez, sentí que la echaba mucho de menos. Pero no iba a hundirme—. Adiós, mamá —dije a modo de despedida—. Yo también, mamá.

Y luego devolví el aparato a su sitio. Cogí aire para recomponerme y no dejar que ni una sola lágrima se soltara. Respiré con fuerza y me dispuse a volver a clase. Al salir del despacho, en el pasillo frente a la puerta, me encontré con que Tristán estaba apoyado contra la pared con los brazos cruzados. Cuando me vio salir, se puso en marcha detrás de mis pasos.

—¿Estás siguiéndome? —le pregunté, irritada.

—Tengo que asegurarme de que vuelves a clase.

Puse los ojos en blanco y decidí seguir caminando con paso firme hacia la clase, ignorando a Tristán en la medida de lo que me fuera posible. Mi pésimo sentido de la orientación no podía haberse manifestado en situación más inoportuna, ya que cuando llevaba andados un par de pasillos e igual número de esquinas descubrí que me había perdido por entre el laberinto de paredes y baldosas del edificio.

—Por aquí, Delia —oí que me decía Tristán, apareciendo como por arte de magia por uno de los pasillos que daba al que yo me encontraba.

Le seguí sin rechistar pero sacando humo por las orejas. Tal era el grado de mi exasperación.

—Parece que seguimos sin ser amigos —dijo Tristán de repente. Andaba a mi lado, con las manos en los bolsillos y su incondicional tupé bailándole sobre la frente al ritmo de sus pasos. Hoy, extrañamente, no llevaba sus gafas de sol.

—Eso parece —las palabras se escaparon antes de que pudiera retenerlas. No tenía ninguna intención de entablar conversación con él. Querría no haber dicho nada. Crucé los brazos y aceleré la marcha. A pesar de mi falta de interés en él, Tristán no se dio por vencido y siguió con su afán por sacarme de quicio. Todavía más.

—¿Quiere decir eso que somos enemigos?

Le dediqué una mirada de reojo y confirmé lo que ya imaginaba: Tristán, con su cabeza ladeada, volvía a mostrar su sonrisa deslumbradora. Deslumbradora para todas las demás chicas, no para mí. Chasqueé la lengua.

—Te noto extremadamente susceptible, Delia.

—No te preocupes —acabé diciendo—. No tiene nada que ver contigo.

—Lo sé, y ese es el problema precisamente —hizo una breve pausa para mirarme—. Me he dado cuenta de que estás igual de irritable con el resto del mundo. ¿A qué se debe? ¿No lo estás pasando bien en Edimburgo?

—No me quejo.

Entonces giramos por otro pasillo. Nos topamos con un par de chicas algo mayores que yo, deberían de ser monitoras, y saludaron a Tristán con una mirada felina y una sonrisa algo escéptica; probablemente mi presencia a su lado tenía mucho que ver con eso último.

—¿Qué tal la primera clase?

Iba a pegar un suspiro pero lo ahogué. Sabía que con mi comportamiento infantil no iba a llegar a ningún sitio. Lo único que conseguiría sería que Tristán y quizás el resto de monitores estuvieran encima de mí demasiado a menudo, preocupados por si algo iba mal. Tendría que intentar por lo menos fingir que lo estaba pasando bien con el curso o incluso podía intentar comportarme igual que el resto de mis compañeros. De entrada, decidí mostrar un poco de educación. Mi madre siempre decía que ser educado era señal de madurez. Y lo último que yo quería en aquel momento era que me tomaran por una adolescente infantil e inmadura.

—Muy bien —repliqué a la pregunta con una mueca que quería llegar a sonrisa pero no lo consiguió—. Acabo de enterarme de que tendremos que entregar un trabajo durante la última semana, o sea que eso son buenas noticias.

—¿Un trabajo de final de curso es una buena noticia?

Otra vez esa sonrisa.

—Para mí lo es —afirmé con total naturalidad, mientras él me miraba con ojos incrédulos. Decidí continuar mostrándome educada y charlar animadamente con él para que viera que yo no tenía nada de inmadura—. El único problema es que no me parece suficiente que solo tengamos una hora al día para usar los ordenadores.

De repente se me ocurrió que tal vez Tristán, al ser monitor, podría hacer algo para alargar aquel escaso período de tiempo. Al fin y al cabo, era para hacer un trabajo de presentación obligatoria que yo necesitaba el ordenador. No me gustaba pedir favores, y mucho menos a un monitor, pero me daba la sensación de que si seguíamos conversando como personas adultas, Tristán dejaría de interesarse por mi estado de ánimo y de hacerme preguntas incómodas.

—¿Crees que podrías hablar con Abigail para que nos dejaran usar los ordenadores durante más tiempo? —pregunté al final.

—Supongo que sí, aunque sois muchos alumnos —dijo él después de pensárselo un poco—. De hecho, Delia, se me ocurre otra opción.

—¿Cuál? —Ahora nos habíamos parado en medio del pasillo.

—Bueno, si tanto necesitas el ordenador, ¿qué te parece usar el que hay en el despacho? —sugirió él, arrancando el paso de nuevo—. Es un trasto viejo y lento, pero podrías usarlo para ordenar tus apuntes y redactar tu trabajo.

—¿No sería un inconveniente usar ese ordenador? —pregunté inmediatamente, no sintiéndome cómoda con la idea de colarme en el despacho de monitores—. Supongo que vosotros también necesitáis utilizarlo de vez en cuando, ¿no?

—No te preocupes por eso, la mayoría de monitores y profesores disponemos de un portátil que es mucho más rápido y eficaz que el aparato que has visto en el despacho —explicó él—. Tendré que hablar con Ángela, pero no creo que haya ningún problema. En realidad, creo que va a alegrarse de que por lo menos tengamos a una alumna aplicada en el grupo —Tristán volvió a sonreír mientras yo todavía meditaba sobre su sugerencia—. Y, por cierto —siguió diciendo—, todavía no me lo has dicho, ¿sobre qué tiene que ser el trabajo?

El tupé se inclinó un pelín demasiado y en un movimiento reflejo Tristán volvió a colocarlo en su lugar asignado. Me fijé en la mano que recolocó el tupé, la derecha, la tenía toda llena de garabatos y números escritos con bolígrafo negro, como si de una agenda improvisada se tratara. Tristán era zurdo, me dije de una forma casi inconsciente.

—Nos han dado varios temas a escoger —expliqué.

—¿Sobre qué lo harás tú?

La mano volvió al bolsillo.

—Me ha costado un poco decidirme —contesté—, pero supongo que voy a escribir sobre Edimburgo y los cambios que sufrió su sociedad por culpa de las drogas y el sida, allá por los ochenta.

Tristán redujo el ritmo de sus pasos.

—¿Y por qué has escogido este tema? —me preguntó, arqueando las cejas.

—No lo sé —repliqué—. Supongo que me llamó la atención el hecho de que la palabra Edimburgo y la palabra sida aparecieran en un mismo enunciado.

No me había dado cuenta pero ya casi habíamos llegado a mi clase. Podía oír la voz aterciopelada de Abigail al otro lado de la puerta.

—Bueno, ya hemos llegado —dijo Tristán—. Suerte con tu trabajo.

—Gracias —repliqué.

—Y ya sabes, puedes contar con nuestro ordenador para lo que necesites.

Ahora su voz había sonado distante, como ausente, había habido un cambio en su tono. Probablemente Tristán estaba ofuscado conmigo, ahora me daba cuenta. Seguramente tenía una mañana muy ocupada y cosas mucho más importantes que hacer que ir en busca de alumnas para que atendieran las llamadas telefónicas de sus madres. Le vi alejarse con paso firme, las manos todavía en los bolsillos, su camiseta de algodón blanco batallando con la anchura de sus hombros, los vaqueros desgastados cayéndole un poco por debajo de la cintura. Me froté la frente, ahora sudada por culpa del calor inesperado de aquella mañana y la escasa ventilación del edificio de las aulas, y llamé a la puerta de la clase justo antes de entrar.

Me pasé buena parte de la tarde del martes navegando por Internet en busca de información con que documentarme para redactar mi trabajo sobre los problemas sociales del Edimburgo de los ochenta. Yo nací en los noventa, así que los ochenta me parecían una época remota. ¿Qué estaba de moda en los ochenta? ¿Los punks? ¿Los pantalones de pitillo? ¿Las hombreras? ¿Los tatuajes? ¿El pelo de colores? ¿Cómo era la juventud de aquel entonces? ¿Salían de fiesta? ¿Hacían botellón? ¿Tomaban muchas drogas? No tenía ni idea. No habría podido responder a esas preguntas aunque trataran de mi propia ciudad, menos aún podía hacerlo sobre Edimburgo.

Empecé por buscar información en enciclopedias online, algunas de ellas en inglés, hasta que mi cabeza se puso a dar vueltas y los ojos me escocían. Decidí también tomar algunas notas. Después de pasarme en el ordenador los sesenta minutos reglamentarios, a pesar de la confusión de mis apuntes, tenía una idea más o menos clara de la sociedad de Edimburgo de hacía unas tres décadas; eso si es que es posible hacerse una idea clara de algo solo por el mero hecho de haber leído unas cuantas páginas web.

Dejé el ordenador y me senté en una mesa. Saqué ciertas conclusiones:

—Primera: Edimburgo era bastamente reconocida por ser un centro artístico y cultural de cierta relevancia. Una ciudad donde abundaban los museos y galerías de arte, con una biblioteca de jurisprudencia fundada en 1682 que contenía más de un millón de volúmenes. Además, la ciudad era famosa internacionalmente por su festival anual de música y arte que tenía lugar durante el verano y al que asistían miles de personas de todo el mundo.

—Segunda, económicamente, aunque no resaltaba por su base industrial, Edimburgo gozaba de bastante buena salud. Por un lado, estaba el nudo ferroviario, que la enlazaba con todas las ciudades importantes de Gran Bretaña, y por otro, la industria del papel y de las destilerías, entre otros tales como la producción de pinturas, productos químicos, muebles y jabón. Finalmente, el turismo, tanto nacional como internacional, era una fuente de ingresos notable, ya que, recibiendo aproximadamente ochocientos mil visitantes anuales, se posicionaba como la segunda ciudad más visitada del Reino Unido, solo superada por Londres.

—Mi tercera conclusión, desafortunadamente, fue que todas las páginas web sobre Edimburgo que había visitado hasta entonces se empeñaban en loar y resaltar las cualidades de la ciudad, pero se resistían a retratar esa parte de la sociedad ochentera que a mí más me interesaba: la del Edimburgo golpeado por las drogas y el sida.

No me di por vencida y seguí buscando, esta vez al margen de Internet. Pasadas un par de horas más y después de haber arrasado los archivos periodísticos de la biblioteca, di con cierta información que creí que me resultaría valiosa a la hora de escribir mi trabajo.

En primer lugar, descubrí que en Edimburgo la problemática social de la droga y la del virus del sida habían ido estrechamente cogidas de la mano. Algunos datos importantes que recopilé fueron que los primeros casos de infecciones por el VIH en la ciudad aparecieron entre los años 1983 y 1984. En un primer momento, se supuso que los casos de infección eran el resultado fatal de relaciones sexuales en las que no se habían tomado precauciones, tal como ya había sucedido en otros países como Inglaterra o Estados Unidos; sin embargo, más tarde se comprobó, con sorpresa y horror, que buena parte de los infectados eran heroinómanos, que por culpa de la costumbre de compartir agujas acababan por contagiarse los unos a los otros.

En segundo lugar, me llamó la atención el título de un artículo que encontré por casualidad. El enunciado en cuestión hablaba de Edimburgo como la capital europea del sida, distinción que, lógicamente, ofendía a los escoceses en general y a los habitantes de la ciudad en particular. Incluso yo misma me sentí molesta. A pesar de los pocos días que llevaba en Edimburgo, ya había empezado a empaparme del encanto de la ciudad, de la belleza de sus alrededores, de la riqueza de sus edificios y del magnetismo de sus calles. Me disgustaba que a raíz de una circunstancia social tan grave se la bautizara con ese tan injusto apodo. En ningún momento me había topado con ningún artículo o enciclopedia que se refiriera a la ciudad como la capital europea de la magia, o bien como la capital europea del arte y la cultura. ¿Por qué entonces habían tenido que regalarle el sobrenombre de capital europea del sida?

Decidí que, por ser mi primera tarde de estudio e investigación, con tres horas y media en la biblioteca, ya había tenido más que suficiente. Además, estaba a punto de saltarme la hora de la cena y aquella misma mañana le había prometido a mi madre que nada de estupideces. Así que, recogí mis bolígrafos, mi libreta y mi diccionario, y me dispuse a salir de la biblioteca, diciéndome a mí misma que mi próxima sesión de investigación iba a centrarse en la enfermedad del sida, ahora ya casi convertido en epidemia en algunos países, pues sentía que, a pesar de lo mucho que se hablaba de él, todavía me quedaban algunas cuestiones por aclarar.

PLAYA

El miércoles por la mañana, en clase, Abigail nos pidió que abriéramos el dossier por la página 31 y que le diéramos un vistazo al esquema cronológico que mencionaba los datos más relevantes de la historia de Edimburgo desde tiempos prehistóricos. Mientras mis ojos recorrían la página a toda velocidad, Abigail ya había empezado a hablar sobre los orígenes de la ciudad y a anotar en la pizarra blanca varios nombres de lugares y personas, que yo me apresuré a anotar también en mi dossier.

—Hay pruebas evidentes de que en épocas prehistóricas los humanos ya habitaban en parte del territorio que hoy se conoce como Edimburgo —explicaba Abigail con voz pausada y un inglés impecable. El vocabulario que usaba no era extremadamente difícil. Además, el tema de que trataba, la historia, lograba despertar mi curiosidad. Me esforcé en prestar el máximo de atención—. Los poblados de piedra primitivos hallados alrededor de Holyrood y de las colinas Pentland son prueba suficiente de que en una época tan temprana como era la Edad de Hierro ya había vida en esas zonas.

Abigail escribió en la pizarra blanca y con letras mayúsculas las palabras *HOLYROOD* y *PENTLAND HILLS.* Me apresuré a copiarlas en mi dossier.

—Sin embargo —prosiguió la profesora—, el momento de su fundación real fue cuando entró a formar parte del Reino de Northumbria, un reino al este de Gran Bretaña —*NORTHUMBRIA*, apunté en la página justo después de que Abigail lo hubiera escrito en la pizarra—. El punto exacto donde se fundó fue en Castle Rock, entonces llamado Lookout Hill. Un poderoso rey cristiano, Edwin de Northumbria, fundó la fortaleza para proteger de los invasores la parte norte del poblado. La fortaleza fue llamada Din Eidyn, lo que significaba «Fuerte de Edwin». La fortaleza creció y muchas casas se edificaron cerca de Castlehill. El plano de la ciudad empezó a formarse entonces y el nombre mutó al inglés como Edwinesburgh primero, y después como Edinburgh, el nombre con el que se la conoce hoy en día.

—Menudo rollo —oí que murmuraba Cristina, la chica que compartía pupitre conmigo—. ¿A quién le importa todo esto? Sucedió hace siglos, ya ni siquiera hay nadie que pueda contar lo que realmente pasó.

Acabé de copiar todos aquellos nombres en mi dossier y miré a mi compañera. Se había colocado el bolígrafo detrás de la oreja y me devolvía la mirada de reojo, esperando quizá que yo hiciera algún comentario al respecto.

—A mí me importa —contesté yo, después de aclararme la voz—. Me gusta la historia, me gusta saber qué es lo que pasó en el pasado para que las cosas hoy estén como están.

—¿Hablas en serio?

Asentí con la cabeza, incómoda al darme cuenta de que estaba cuchicheando. Yo era de las que en clase siempre mantenía un silencio absoluto, solo me atrevía a hablar cuando el profesor me daba permiso.

—Vaya —dijo ahora Cristina, mientras sonreía mostrando los dientes—. No me digas que me he sentado al lado de una empollona.

—No me gusta esa palabra —le advertí. Era la primera vez que hablábamos y parecía que Cristina ya se estaba metiendo conmigo.

—No lo tomes como un insulto —replicó ella—. No hay nada malo en ser empollona, más bien todo lo contrario. De hecho, yo también lo soy. Lo que me extraña es que haya dos ejemplares de esa misma especie en un aula de setenta metros cuadrados.

Me quedé boquiabierta. No había conocido a nadie hasta entonces que reconociera ser un empollón y que además se jactara de ello. Asentí de nuevo, incapaz de decir nada más, y volví a concentrarme en la clase de Abigail y en todos aquellos nombres que sonaban a un idioma todavía más complicado que el inglés.

—En el siglo doce —proseguía Abigail—, un pequeño pueblo floreció en la base del castillo, al mismo tiempo que otra comunidad se formaba al este, alrededor de Holyrood. Como consecuencia del antiguo gobierno anglosajón, Edimburgo y sus condados se mantenían en zona de disputa entre Inglaterra y Escocia. Por un lado, Inglaterra afirmaba que todos los dominios anglosajones eran ingleses, mientras que por otro, Escocia reclamaba todo el territorio que quedaba por encima del Muro de Adriano. El resultado fue una larga lista de guerras y choques fronterizos, que a menudo dejaban al castillo de Edimburgo bajo control inglés. No fue hasta el siglo quince que Edimburgo permaneció de forma firme bajo control escocés, convirtiéndose así en la capital de Escocia.

—De veras creo que no voy a soportarlo —la chica de mi lado volvió a hacer que desviara mi atención de Abigail; en esta ocasión, además, incluso me dio un codazo en el brazo—. Me estoy quedando dormida.

—Dijiste que eras una empollona —le recordé—. Se supone que a los empollones nos gusta ese tipo de cosas. Leer libros, tomar apuntes, ya sabes.

—Sí, ya lo sé —replicó ella—. Solo que no soporto la historia. Cualquier cosa menos estudiar historia. Soy incapaz de memorizar los nombres de las ciudades y de los reyes y de los gobernadores. Además, no me creo nada de lo que dicen los libros. No me creo nada a menos que quien me lo explique haya estado allí.

—Pero eso es imposible —la interrumpí con un susurro—. No hay nadie que viva mil años para poderte contar lo que vio hace diez o doce siglos.

—Por eso no me gusta la historia —insistió ella—. Demasiados nombres y pueblos y guerras, y nadie que me pueda contar lo que pasó en realidad. Simplemente, no me siento motivada.

Pronto descubrí que la chica que se sentaba a mi lado era alguien inusual, con ideas muy firmes pero también muy extravagantes. Pero lo mejor de todo, pensé, es que estábamos teniendo una conversación más o menos interesante. Hasta ahora, a las únicas chicas que había conocido solo les divertía hablar de ropa, de maquillaje y de chicos. Y ahora me encontraba ante Cristina, que no solo tenía una perspectiva muy crítica hacia los libros de historia, sino que además, no le encontraba el sentido en estudiarla porque echaba en falta que alguien que hubiera estado allí le contara lo que realmente pasó.

Decidí concentrarme de nuevo en las palabras de Abigail, ya que se acercaba el final de la clase y probablemente la profesora pronto empezaría una ronda de preguntas para ver si habíamos estado prestando un mínimo de atención.

—Bajo gobierno escocés —seguía Abigail—, Edimburgo floreció tanto económica como culturalmente. Por otro lado, en el año 1603, el rey James VI instituyó lo que se conoce como el primer parlamento en Escocia —Abigail hizo una pausa para tomar aire y darle un vistazo al reloj; acto seguido, anunció—: Eso es todo lo que vamos a ver por hoy. Mañana empezaremos a partir de aquí. ¿Tenéis alguna pregunta?

Dejé de escribir en mi dossier y levanté la cabeza, sorprendida. Había creído que sería Abigail la que nos preguntaría a nosotros, pero resultaba que éramos nosotros los que teníamos que hacerle preguntas a ella. Por suerte, alguien que había estado escuchando levantó la mano.

—¿Qué pasa con la religión? —preguntó un chico de tez rosada y cabello escaso que se sentaba en la primera fila—. ¿Es que no tenían ningún dios?

—De ese tema precisamente quería hablar en la siguiente clase —explicó Abigail—. De hecho, hoy solo puedo daros un adelanto de lo que sucedió en el siglo diecisiete. En 1639, las disputas entre las iglesias Anglicana y Presbiteriana llevaron a la guerra civil inglesa y a la ocupación de Edimburgo por la fuerzas de Oliver Cromwell. Durante la rebelión, Edimburgo fue ocupada por diferentes fuerzas política, las cuales…

—¿Y qué decían los ciudadanos a todo eso? —interrumpió una chica de pelo corto y rizado que se sentaba delante de mí—. ¿Es que solo se dedicaban a hacer la guerra y a dejarse dominar por unos y por otros?

—Bueno —sonrió Abigail—. Eso es lo que suele pasar en las guerras. En realidad, desgraciadamente, los civiles tenían muy pocas posibilidades de decidir sobre sus vidas. Sin embargo, en cuanto acabó todo el caos de la rebelión, surgió un gran número de intelectuales escoceses que creyeron que Edimburgo tenía que modernizarse y las voces del pueblo empezaron a oírse. Pero, como ya os he dicho, de esos temas hablaremos más adelante.

Para cuando la clase terminó, tenía toda la página 31 del dossier llena de datos, fechas, garabatos y líneas rectas de varios colores. Antes de despedirse de nosotros, Abigail nos recordó que al día siguiente continuaríamos con la historia y nos pidió que, por favor, fuéramos puntuales ya que había muchos más temas a tratar. Mi compañera soltó un sonoro soplido que a nadie pasó desapercibido.

—Cristina —dijo la chica tendiéndome la mano, cuando ya estábamos a punto de abandonar el aula—. ¿Y tú, cómo te llamas?

—Delia.

—Tienes un nombre original —fue lo primero que dijo Cristina—. Bueno, qué más da. Encantada de conocerte, Delia. Al fin y al cabo, después de lo que me has dicho, más me vale llevarme bien contigo. Vas a ser la que me chive las respuestas de historia en caso de examen.

Dejé escapar una sonrisa por cortesía ante lo que suponía era una broma, aunque pronto me percaté de que Cristina hablaba del todo en serio.

—¿Sobre qué vas a hacer tu trabajo? —fue lo siguiente que me preguntó.

—Sobre Edimburgo y las drogas y el sida, ya sabes, el punto cinco.

—¿En serio? —dijo ella—. Pues ya somos dos. Yo también he escogido este tema. Los demás tenían que ver demasiado con la historia. Los ochenta, aunque pertenezcan al siglo pasado, parecen anteayer comparados con *Braveheart* y los poetas esos. ¿Has empezado ya a redactarlo?

—He estado buscando información en el archivo de periódicos e Internet, pero todavía lo tengo que poner todo en orden —expliqué mientras guardaba mis cosas—. Creo que hoy voy a pasarme la tarde trabajando en ello.

—¿Esta tarde? ¿Es que no te apuntas a la excursión?

—Se supone que toca ir a la playa, así que no, creo que no voy a ir.

—No puede ser, no te puedes perder Yellowcraig —dijo Cristina con efusividad. Parecía que para ella aquella visita a la playa era lo mejor de aquel verano—. Dicen que es un lugar precioso. Genial para llenar tu álbum de fotos.

¿No te gusta sacar fotos? Bueno, aunque no te guste, no puedes perdértelo.

Sopesé las palabras de Cristina mientras pensaba en lo que me deparaba aquella tarde. ¿Cuáles eran mis opciones? Por un lado, si me quedaba en el Èideann College, podría encerrarme en la biblioteca y dedicarme a mi trabajo. Aunque no sería fácil teniendo en cuenta que Raque probablemente me estaría encima para otra de sus sesiones de tenis. Por otro lado, Yellowcraig, la playa de la que me hablaba Cristina, parecía ser un lugar interesante y digno de visita pero, normalmente, me dije, para ir a la playa era necesario meterse dentro de uno de aquellos horribles trajes de baño. No había nada más patético que mi figura dentro de un bañador. Eso lo decidía todo.

—Creo que no —repliqué, intentando buscar una excusa válida—. El sol hace que me salgan más pecas.

—Y qué más da —insistió Cristina—. Mírame a mí, tengo más pecas que tú. Además, puedes venir conmigo. Voy a llevarme la sombrilla para que no nos dé tanto el sol. Vamos, no me digas que no. ¿Con quién voy a hablar si no vienes? —Las palabras apremiantes de mi compañera estaban a punto de convencerme—. Nadie quiere hablar con una empollona excepto…

—Excepto otra empollona —acabé yo la frase.

Cristina acabó saliéndose con la suya y quedamos en encontrarnos en el *hall* de la residencia después de comer. Al fin y al cabo, intenté tranquilizarme, quizá no era tan mala idea. Respirar un poco de aire de mar, sacar unas cuantas fotos para poder enseñárselas a mamá al volver. Y luego estaba Cristina, que a pesar de ser abierta y decidida, por alguna extraña razón era un pez fuera del agua como yo misma. Todavía me quedaban unas horas para pensar cómo lo haría para no morir de vergüenza después de que mis compañeros me vieran metida dentro de mi temible y horroroso bañador de topos rojos y verdes.

***

—Está coladito por ti.

Estábamos sentadas sobre la toalla, cerca de donde las olas del mar se hundían en las pequeñas y negruzcas piedras de la playa, bajo la sombrilla de Cristina, que en realidad no era una sombrilla sino un paraguas de tamaño extra grande. Mi compañera hacía ver que editaba las fotos que había tomado minutos antes con su cámara digital, pero en realidad estaba observando todo cuanto pasaba a nuestro alrededor. Qué chicos tiraban piedrecillas a las chicas. Quién de nuestras compañeras se había quitado la parte superior del biquini estando dentro del agua del mar. Cuál de nuestros cinco monitores estaba realmente atento a lo que hacíamos. Los chicos que nos ignoraban creyendo que tanto ella como yo éramos absolutamente transparentes. Los chicos que no nos ignoraban y que se quedaban mirándonos fijamente preguntándose por qué diantre nosotras dos llevábamos bañador de cuerpo entero en vez del dos-piezas que estaba tan de moda entre el resto de nuestras compañeras.

Raque, para mi total exasperación, formaba parte de este último grupo. El chico había decidido finalmente apuntarse a la excursión a Yellowcraig y colgar la raqueta aunque fuera solo por un día. Ahora se encontraba unas toallas más allá de la mía y yo acababa de comprender en aquel mismo instante que solo había algo peor que la sospecha de que un chico estuviera interesado en ti. Y eso era la confirmación de esa sospecha por parte de una de tus colegas.

—Deja de mirarle, va a creer que estamos hablando de él —le espeté a Cristina, al darme cuenta de que ella no le quitaba ojo.

—Es precisamente lo que estamos haciendo.

—Ya, pero no veo que haya ninguna necesidad de que él lo sepa.

Raque se había vuelto omnipresente. Estaba en todas partes. A primera hora de la mañana se plantaba detrás de mí en la cola del desayuno. Y lo mismo hacía al mediodía y a la hora de cenar. Por las tardes, se olvidaba a menudo de su afición al tenis y se apuntaba a las excursiones a la ciudad y alrededores en cuanto veía que yo había añadido mi nombre a la lista para reservar un asiento en el autocar. Y para colmo, al salir de clase se empeñaba en perseguirme para comparar apuntes sobre nuestras clases respectivas. Y por encima de todo, siempre estaba dispuesto a darme otra de sus clases magistrales de tenis.

Tener que soportar estar semidesnuda en la playa y que él estuviera a pocos metros de mi toalla era simplemente un auténtico suplicio.

—¿No te gusta? —preguntó Cristina distrayéndome de mis pensamientos.

—Por supuesto que no —repliqué, enojada. Mi cara de exasperación pareció divertirle y eso le dio pie para continuar con su absurdo interrogatorio.

—¿Ni un poquito? Me he enterado de que juegas con él al tenis.

Puse los ojos en blanco.

—Solo he jugado al tenis con él una vez —aclaré—. Y eso, que yo sepa, no significa nada. No tengo el más mínimo interés en él.

—¿En quién has depositado tu mínimo interés, pues?

Vaya, genial. Resultaba que aquella era la tarde de las preguntas idiotas. Por la mañana Cristina me había causado una buena impresión. La suficiente buena impresión como para que no me importara tenerla a mi lado, no era la típica chica que se rodeara de chicos o que se pasara el tiempo retocándose el pelo y pintándose los ojos. Se podía tener una conversación más o menos decente con ella. Sin embargo, ahora parecía que las primeras impresiones siempre eran erróneas y que Cristina sería al fin y al cabo como las demás.

—No me interesa nadie —respondí, reiterando lo obvio.

—Vamos, Delia, eso es imposible —se burló Cristina—. Alguien te tiene que interesar, no puedes ser tan aburrida ni aunque te esfuerces en serlo. Pero no importa si no quieres decírmelo, lo voy a averiguar de todas formas.

—Piensa lo que quieras, me da igual.

Una suave pero fría brisa me acarició la espalda. Estaba sopesando la idea de irme a bañar al mar, sobre todo ahora que Cristina se había puesto a hacer preguntas estúpidas, pero el clima escocés me indicaba que no era muy buena idea. Tendría que contentarme con seguir en la toalla e intentar hacer caso omiso a las insinuaciones e intromisiones de mi compañera.

—Me imagino que lo que te pasa es que no sabes qué decisión tomar.

Miré a Cristina con cara de estupefacción, un símbolo de interrogante escrito en la frente. Ella sonreía y asentía con la cabeza. ¿De qué estaba hablando ahora?

—Quiero decir —siguió diciendo con la sonrisa todavía en los labios—, con tantos chicos entre los que elegir, debe ser difícil decidirse por uno de ellos.

—Creo que he perdido el hilo —fue todo lo que se me ocurrió decir.

—Vamos, Delia, no te hagas la inocente —ahora Cristina dejó de sonreír y me miró fijamente—. No puede ser que estés tan ciega. Hay un montón de chicos que beben los vientos por ti. Aunque no todos sean tan explícitos en sus intenciones como Raque, estoy convencida de que los que andan locos por ti no se pueden contar solo con los dedos de una mano.

—Esto es una especie de chiste, ¿no?

—¡No! Estoy hablando totalmente en serio. ¿Cómo no te has dado cuenta todavía? ¿No te has fijado nunca en cómo te miran los chicos de nuestra clase cuando entras por las mañanas? ¿O cómo te han dado la razón las veces que te has decidido a hablar sobre algunos de los temas de Abigail? ¿O simplemente cómo te dicen hola por los pasillos de la residencia?

Todo lo que decía Cristina no tenía ningún sentido, por supuesto. Aunque me dio que pensar. Era cierto que la mayoría de los chicos del curso de verano me saludaban cuando nos topábamos por el Èideann College, y eso sin saber ni siquiera mi nombre. Y también era cierto que últimamente muchos de ellos se mostraban amables conmigo en clase. Y había que reconocer que había más de uno que le tenía manía a Raque porque jugaba al tenis conmigo. Pero todo eso no significaba nada. Al menos no significaba nada de lo que Cristina estaba insinuando. Los chicos eran imprevisibles y ridículos y estúpidos, y hacían cosas que no tenían explicación. No valía la pena buscársela.

—Creo que tus suposiciones no tienen ni pies ni cabeza.

—No tienes ni idea de chicos, Delia —se rio Cristina—. Eso está claro. No es que yo tenga mucho que aportar en este campo, pero por lo menos sé ver si alguien pasa de mí o no. ¿Acaso crees que eres invisible? ¿Transparente? —Cristina volvió a mirarme fijamente. Al ver que yo no contestaba a la pregunta, acabó por hacerlo ella misma—: Pues estás de lo más equivocada. ¿Cómo vas a ser transparente si eres la que más llama la atención? ¿No te das cuenta? Vamos, dime, ¿a cuántas chicas pelirrojas ves? ¿A cuántas ves con los ojos tan grandes? A ninguna, solo tú.

—¿Y qué tiene que ver que yo sea un bicho raro con toda esta conversación? —acabé diciendo al final.

—No eres ningún bicho raro —me aclaró—. Es solo que eres diferente. Y eso es lo que les gusta a la inmensa mayoría de los chicos, que seas diferente de las demás.

—Eso es solo una teoría absurda. Que yo sepa, ningún chico aparte de Raque se ha interesado por mí. Afortunadamente, claro —puntualicé.

—Eso es porque les das miedo.

—¿Miedo?

—Los asustas. Cada vez que se topan contigo son incapaces de sacarte una mínima sonrisa. Y cada vez que hablan contigo, o te cortas y no dices nada o les pegas el corte tú a ellos por alguna razón inexplicable. Al final acaban por callarse y no quedar mal contigo.

—¿Qué dices? ¿Cómo puedes decir eso si apenas me conoces?

—Soy muy observadora, Delia. Ya te darás cuenta. No necesito conocerte de toda la vida para saber quién eres realmente. Créeme, los tienes a todos intimidados y desconcertados.

Jamás había escuchado semejante estupidez, pero decidí no decirle lo que pensaba a Cristina, porque intuía que podía llegar a ser muy testaruda y muy celosa de sus propias ideas. De todas formas, nuestra conversación habría acabado aunque no lo hubiéramos querido, porque entonces alguien se acercó a donde nosotras estábamos.

—¿Qué pasa, chicas? ¿Es que vais a pasaros toda la tarde echadas en la toalla? ¿No os apetece un chapuzón? ¿O es que no sabéis nadar y tenéis miedo de hundiros como el Titanic?

Odiaba aquella voz fanfarrona y estridente. La sombra de aquel cuerpo que teníamos delante se dibujaba sobre las piedras de la playa. Levanté la vista con cautela, convencida de que lo que me iba a encontrar no me iba a gustar. Ante nosotras, a pocos centímetros de nuestras toallas, estaba Carlos, con su coleta recogida en un moño imposible y sus piercings relucientes sobresaliéndole por todas partes. Llevaba un bañador minúsculo que se pegaba a su cuerpo como una segunda piel.

—Vamos, ¿es que se os ha comido la lengua el gato?

La situación era incómoda. A pocos metros, Emma, mi compañera de habitación, y sus amigas se reían sin disimular, probablemente de nosotras. Por otro lado, yo me sentía de lo más ridícula con mi bañador multicolor.

—¿Cuál era la pregunta exactamente? —oí que preguntaba Cristina, que se había aclarado la voz y había dejado la cámara de fotos sobre la toalla. Su tono había sido desafiante, su mirada, detrás de las gafas de pasta rojas y chillonas, estaba clavada en la de Carlos, aquel intruso que me incomodaba enormemente. Mi pesadilla personal. ¿Cómo era posible que yo estuviera muerta de miedo y Cristina se enfrentara a aquel tipo de una forma tan casual?

—¿Por qué no os bañáis? —repitió Carlos, con una sonrisa desdeñosa.

—Demasiada gente —replicó Cristina con naturalidad, volviendo a recoger la cámara de la toalla—. Tal vez ahora que tú has salido del agua, nos demos un chapuzón. ¿No crees, Delia?

Miré a mi compañera con cara de circunstancias. Cristina estaba loca. No sabía lo que estaba haciendo. Acababa de insultar a Carlos de una forma muy sutil pero a la vez muy evidente. ¿Cómo lo había hecho? ¿Y por qué Carlos todavía no se había pronunciado?

—¿Vas a quedarte ahí plantado mucho rato? —preguntó ahora Cristina, levantando la vista de nuevo.

—¿Por qué? ¿Te molesto? —fue la contestación de Carlos, ahora claramente contrariado por el camino que había tomado aquella conversación que él mismo había iniciado.

—En absoluto —replicó Cristina mientras le apuntaba con el objetivo—. De hecho, creo que si vas a quedarte ahí voy a cerrar la sombrilla. Eres perfecto para protegernos del sol. ¿Puedes moverte un poco más a la derecha?

¿Qué estaba haciendo Cristina?, me pregunté. Le dirigí una mirada de alarma. Tenía que advertirla. Tenía que avisarla de que Carlos era peligroso. Meterse con él de aquella forma tan explícita era jugar con fuego para acabar quemándose los dedos irremediablemente. Carlos le dedicó una mirada de desprecio y para mi total sorpresa empezó a recular.

—Piérdete, ¿vale? —fue todo lo que dijo a modo de despedida.

Vi como el chico se alejaba. A mi lado, Cristina soltó una risita que no comprendí. No podía comprender nada.

—¿Qué has hecho? —logré preguntar al cabo de unos segundos.

—¿Qué he hecho? —preguntó ella, fingiendo desconcierto.

—No puedes hablarle así a Carlos —le advertí—. Va a hacerte la vida imposible. Va a meterse contigo a todas horas.

—Vamos, Delia. ¿De qué estás hablando? Este tipo, además de plasta, es un idiota integral, ¿acaso crees que le tengo miedo?

Cristina era increíble. No solo era capaz de mantenerse firme ante los chicos sino que además los desafiaba, por muy odiosos que fueran.

—Antes dijiste que yo era una borde con los chicos, que les pego cortes a menudo —le recordé—. ¿Cómo definirías lo que tú acabas de hacer con Carlos?

—Carlos es un imbécil y lo sabes. Todos lo sabemos a estas alturas, no se merece ni la más mínima consideración. Lo que no entiendo es por qué tú te cortas tanto con él. Ese es el tipo de chico al que le tienes que pegar los cortes. Es solo un parásito, no debes dejarte acobardar —explicó Cristina, hablando de un modo como si quien la estuviera escuchando fuera una niña de diez años. Después de mantenerse en silencio durante unos segundos, siguió hablando—. Además, no me gustan los chicos, así que no tengo por qué seguirle la corriente a ninguno de ellos.

Respiré aliviada ante aquella inesperada declaración de principios. Había creído que yo era la única chica del curso que no se volvía loca por alguno de mis compañeros de viaje. Por fin había encontrado una aliada en mi causa.

—Qué bien, ya tenemos algo en común —confesé, dejando que mi alivio se hiciera presente en mi voz—. Yo tampoco soporto a los chicos.

—He dicho que no me gustan, no que no los soporte. No es lo mismo.

Hundí las manos en las piedrecillas de la playa y expiré aire con fuerza, preguntándome dónde estaba la diferencia entre una cosa y la otra. De pronto, noté que Cristina se reía suavemente mientras me tiraba piedras sobre la toalla.

—No lo has entendido, Delia —me dijo entre risa y risa—. No me gustan los chicos porque, bueno, porque me gustan las chicas.

—¿Qué? —Levanté la vista de repente para mirarla, y luego la volví a bajar para mirar todas las piedrecillas que había tirado sobre mi toalla. Habría unas cinco o seis. Todavía seguía con las manos hundidas en la playa. No sabía qué decir. Ya no estaba tan segura de sentirme cómoda al lado de Cristina.

—Te pondré un ejemplo para que lo entiendas —siguió hablando ella—. Parece que en este curso todas las chicas estén locas por Tristán. Bueno, pues a mí de los monitores quien más me gusta es Cruz. ¿Comprendes ahora lo que te digo?

—Creo que sí —asentí mientras movía la cabeza arriba y abajo.

—No pongas esa cara de susto —dijo entonces ella, dándome un puñetazo amistoso en el hombro—. No hay segundas intenciones contigo. No tengo ningún interés en ti más allá de la amistad. No te ofendas, pero no eres mi tipo.

—Solo estaba pensando —le aclaré —que no estoy segura de que me pase lo mismo que a ti. Es decir, los chicos no me gustan, pero, las chicas, definitivamente, tampoco.

—Eso ya lo sé, bonita —replicó ella ante mi asombro—. Y no es cierto que no te gusten los chicos. Si no tuvieras el más mínimo interés en ellos, te serían indiferentes. Ninguno de ellos lograría sacarte de tus casillas como te sucede a menudo. Lo que te pasa es que todavía no has encontrado a ninguno que te guste lo suficiente para comprender y reconocer tus sentimientos.

Me sentía extremadamente confusa. Cristina no solo era una chica con las ideas muy claras sino que también hablaba sobre sus asuntos privados y, ¡lo peor!, sobre los míos sin pelos en la lengua. Jamás había conocido a alguien que hablara con tanta libertad sobre sus sentimientos. De hecho, jamás había tenido esa clase de charla con nadie. En la vida.

—Ya te dije que era muy observadora —añadió ella a modo de conclusión.

Hacia las seis de la tarde el aire se volvió frío y eso pareció ser la señal que necesitábamos para recoger nuestras cosas, despedirnos de Yellowcraig y volver al Èideann College para la hora de la cena. Nos montamos en el autocar, cargando con las bolsas de playa, las mochilas y el enorme paraguas de Cristina. Nos sentamos en unos de los asientos delanteros y al poco rato mi compañera se quedó dormida, mientras yo, a su lado, me preguntaba cómo era posible que hubiera gente de dieciséis años que tuviera las cosas tan claras y otros de la misma edad todavía estuviéramos hechos un lío inexplicable.

INCIDENTES

El jueves por la tarde me vi obligada a aplazar mis tareas de investigación puesto que se había programado una visita al Edinburgh Castle que definitivamente no me podía perder.

El castillo, que había sido residencia real desde el siglo doce hasta 1603, se elevaba por encima de la ciudad coronando la colina volcánica de Castle Rock, imponente y majestuoso, de paredes lóbregas que soportaban las inclemencias del viento con ejemplar estoicismo. Al ser una de las más importantes fortalezas del Reino de Escocia, según decía el folleto informativo, el Edinburgh Castle se vio implicado en múltiples conflictos históricos, desde las guerras por la independencia escocesa en el siglo catorce hasta la rebelión jacobina de 1745, además de haber sido asediado en varias ocasiones. A finales del siglo diecisiete, el castillo se convirtió en una base militar. En el siglo diecinueve se reconoció su importancia como monumento histórico, y desde entonces se han llevado a cabo varios programas de restauración.

Después de abonar el precio de los billetes, nos filtramos por la majestuosa entrada y se nos obsequió con otro librito de información turística escrito en varios idiomas. Un joven guía de pelo rubio casi blanco y ojos grises nos esperaba para acompañarnos durante lo que duraría nuestra visita al sobresaliente edificio para responder a las posibles preguntas y para darnos las explicaciones pertinentes, en un inglés más o menos comprensible, sobre cada uno de los rincones del castillo.

La visita fue interesante. Nunca antes me habían atraído las excursiones a edificios antiguos, ya fueran castillos, museos o universidades. Por lo general, lo único que veía en ellos eran paredes de roca y ventanas diminutas, pero, por alguna extraña razón, el Edinburgh Castle me llamó la atención. Por su posición privilegiada y por todos los detalles interiores –salas recónditas, escaleras interminables, terrazas donde el viento te arrastraba– me dio la sensación de que aquel castillo tenía mucho más que contar que otros edificios antiguos que yo hubiera podido visitar en el pasado. En realidad, no era solo un edificio, sino que daba la sensación de tener vida. Era como si yo pudiera sentir lo que se había vivido siglos atrás dentro del límite de aquellas paredes centenarias, las fiestas, los banquetes, los juicios y los asesinatos. Como si los fantasmas de sus antiguos habitantes todavía siguieran en él. En más de una ocasión, sentí que tenía la piel de gallina y no supe si era por causa del frío, la emoción o el puro pavor de encontrarme rodeada por muros oscuros que yo suponía infestados de espectros. Fuera lo que fuera, había algo en ese castillo, una mezcla de magia, de misterio y de tenebrosidad que emanaba del musgo que crecía en las esquinas húmedas y sombrías.

—Eh, Delia —oí que decía una voz a mis espaldas mientras le estaba sacando fotos a las vistas de la ciudad. Me giré y ahí estaba Raque, con sus enormes cejas y sus llamativas zapatillas de deporte, y aquel prominente olor a fresa ácida que lo acompañaba a todas partes.

—Eh, Raque —le saludé, cerrando el objetivo de mi cámara de fotos.

—¿Te apetece jugar al tenis hoy?

Jugar al tenis no era precisamente lo que yo hacía, pero parecía que Raque prefería llamarlo así.

—No sé, Raque. No creo que tengamos tiempo con la excursión y eso —intenté buscar una excusa lo suficientemente válida para escapar—. Además, el cielo está nublado, va a haber tormenta.

—Podríamos jugar después de la cena —insistió él—. No hará tanto calor y la tormenta habrá terminado para entonces. No podemos desaprovechar todo lo que aprendiste el otro día.

Raque parecía tan entusiasmado con su rol de entrenador que habría sido injusto por mi parte si le hubiera dicho que no.

—De acuerdo —acepté, aunque jugar al tenis era lo último que me apetecía hacer.

—Hecho, pues —concluyó Raque—. Nos vemos a la hora de cenar.

Raque volvió con sus colegas más contento que unas Pascuas. Santi y Daniel parecían estar al corriente de nuestra conversación y de nuestras sesiones improvisadas de tenis para principiantes, y le dieron a Raque unas palmadas sonoras en la espalda mientras se reían de algo que no comprendí. Me concentré en sacar unas cuantas fotos más antes de despedirnos de la fortaleza.

Al acabar nuestro recorrido guiado por el Edinburgh Castle, un rebaño de mochilas rojas esparcidas desordenadamente bajamos por la colina para dirigirnos a la Royal Mile, donde la St. Giles Cathedral esperaba impertérrita con su rostro ennegrecido para que le tomáramos unas fotografías con las que llevárnosla de recuerdo. Su tejado afilado apuntaba hacia un cielo cubierto de nubes grises y azul oscuro, claro indicio de la tormenta que se avecinaba. El inclemente clima escocés no nos iba a dar mucha tregua, el soleado día anterior había sido simplemente la excepción que confirmaba la regla. Nos apresuramos a fotografiar el edificio y a cruzar el casco antiguo a toda prisa cuando los primeros salpicones de una tormenta ya inminente empezaban a poblar el pavimento y a empaparnos la ropa de verano y los brazos, que llevábamos al descubierto. Afortunadamente, el autocar no nos hizo esperar mucho bajo la incansable lluvia y pronto nos encontramos de retorno al Èideann College.

Edimburgo oscurecía bajo la intensidad de los nubarrones. Al otro lado del amplio cristal de la ventana, el verde de los campos se hacía más intenso, el gris del asfalto se había vuelto negro, y la calidez que irradiaba la ciudad en días soleados se había desvanecido para dar paso a una atmósfera de hostilidad punzante. Pensaba en R.L. Stevenson y en sus libros, en concreto, en *El extraño caso del Dr. Jeckyll y Mr. Hyde*, y, aunque ambientado en otra ciudad, comprendí lo sencillo que podía resultar imaginarlos hasta darles forma en un entorno tan recargado de sombras grises, callejones infinitos y aquel claroscuro permanente.

A mi lado, sentada con las rodillas apoyadas en el asiento delantero, Cristina toqueteaba sin parar la pantalla táctil de su cámara digital.

—¿Cuántas fotos llevas ya? —le pregunté al cabo de un rato, cuando los sonidos del aparato se empezaban a hacer insoportables.

—Casi mil quinientas.

—¿Cuántas fotos caben en tu cámara? —pregunté. En la mía solo cabían alrededor de novecientas, lo cual ya me parecía una barbaridad.

—He traído tres tarjetas de memoria, una para cada semana que pasemos en Edimburgo —explicó Cristina—. En cada tarjeta caben unas dos mil fotos. Eso significa que puedo sacar un total de seis mil fotos en veinte días, lo que sale a unas trescientas por día. ¿Qué te parece? No está nada mal, ¿no?

—Me parece una locura, Cris —dije yo—. ¿Seis mil fotos en tres semanas? ¿Qué vas a hacer con todas ellas? ¿Empapelar las paredes de tu casa?

—Podría hacerlo pero mis padres no me dejarían —replicó ella—. Lo que voy a hacer es trabajar con ellas, mejorar la calidad de imagen, cortar los márgenes, centrarlas, y algunas de ellas las voy a imprimir para mi colección.

—¿Cuántas fotos hay en tu colección?

—Di un número.

—Tres mil.

—Multiplícalo por cinco.

—¡¿Quince mil?!

—¿De qué te sorprendes? Llevo más de diez años sacando fotos, Delia. Podría tener muchas más. Quince mil es solo la décima parte de todas las fotos que me hubiera gustado incluir en mi colección.

Meneé la cabeza de un lado para otro, incapaz de creer que Cristina realmente tuviera una colección de quince mil fotos. ¿Dónde las metía? Yo solo tenía dos álbumes de fotos que yo misma había sacado y en total sumaban unas doscientas.

—Chicas, perdonad que interrumpa vuestra sin duda interesante conversación —Levanté la vista y ahí estaba Emma, comiéndose un enorme bocadillo relleno de pollo y mayonesa, y mirándonos con cara de superioridad—. Quería preguntarte una cosa, Delia. ¿Crees que podrías pasar esta noche con tu amiga y dejar la habitación libre para mí?

—¿Cómo dices? ¿Qué amiga? —pregunté yo sin comprender nada.

Emma se limitó a no contestar y a hacerme señas con las manos y los ojos para indicarme que lo que quería era que me quedara a dormir en el cuarto de Cristina aquella noche. Lo que me pedía no era nada fuera de lo normal; había oído decir que varios de mis compañeros se cambiaban de habitación a menudo, convirtiendo la residencia en un campo de batalla de sábanas y mantas prácticamente cada noche.

—¿Por qué quieres que deje la habitación libre? —volví a preguntar.

—Vamos, Delia —dijo Emma con una sonrisa condescendiente, mientras yo ya me temía que, sin duda, Carlos estaba detrás de todo aquello—. ¿Es que no has oído hablar nunca de la palabra intimidad? Estoy segura de que a tu colega no le va a importar.

—Ni hablar —ahora quien habló fue Cristina, que al darse por aludida, levantó la vista de su cámara de fotos y desafió a Emma del mismo modo que había desafiado a Carlos el día anterior—. Mi cama es demasiado pequeña y no la voy a compartir. Además, ya tengo suficiente con los ronquidos de Sara, no quiero un concierto nocturno. Y tampoco quiero meterme en líos.

Después de las palabras de Cristina, no había mucho más que añadir. Permanecí en silencio y le dirigí una mirada de reojo a Emma, que estaba a punto de estallar. Acabó de comerse su bocadillo de pollo y mayonesa y, acto seguido, lanzó sus dardos envenenados contra Cristina.

—Eres una aguafiestas, ¿lo sabías?

—No eres la primera que lo dice —replicó mi compañera de viaje, sonriendo educadamente y fingiendo no molestarse en absoluto por las palabras de Emma—. Gracias por el cumplido, de todas formas.

Emma desapareció por el pasillo del autocar echando humo por las orejas y pisando todas las mochilas que se encontraba por el camino. Decididamente, no había nada peor para ella que el hecho de que le llevaran la contraria.

—Ahora va a estar insoportable —murmuré mientras la veía alejarse.

—No te preocupes, pronto se le va a pasar —fue todo lo que me dijo Cristina en un intento para tranquilizarme—.

¿Por cierto, por qué come tanto tu compañera de cuarto? ¿Es que tiene algún problema?

Era cierto que Emma siempre estaba comiendo. Ahora apenas faltaba media hora para la cena y se estaba atiborrando con aquel bocadillo de pollo. Además, a la hora de las comidas, su plato estaba siempre tan lleno que casi bastaba para alimentar a cinco o seis personas. Nunca había reparado en ello, pero el comentario de Cristina me había abierto los ojos ante algo que no era del todo normal.

—No lo sé —me limité a contestar—. Supongo que tiene que ver con su metabolismo.

—¿Su metabolismo? —preguntó Cristina arqueando una ceja—. Tal vez. Espero que no sea nada más grave.

—¿Qué estás insinuando?

—No estoy insinuando nada, Delia. Era un simple comentario.

Cristina volvió a concentrarse en sus fotos y yo volví a concentrarme en mirar por la ventana sin darle más vueltas al simple comentario de Cristina, aunque tal vez debería haberlo hecho. El cielo estaba completamente oscuro y las gruesas y abundantes gotas de lluvia chocaban contra los cristales del autocar. Copié a Cristina y encendí mi cámara de fotos para echarles un vistazo a las que había sacado aquella tarde. Todas salían oscuras y borrosas porque me había olvidado de activar el flash automático. Típico.

Después de la cena, Raque me esperaba en la pista de tenis con su ropa de deporte y su incondicional kit de raquetas. Tal y como él mismo ya había predicho, después de la tormenta llegó la calma y ahora el cielo de la ciudad aparecía claro y estrellado, ni rastro de la lluvia de hacía unas horas, solo una pizca de frío en el aire.

—Vamos a empezar con un poco de calentamiento —dijo Raque nada más verme, avisándome de que íbamos a correr de un lado a otro de la pista como ya lo habíamos hecho el lunes.

—¿Es necesario correr tanto cada vez que juguemos al tenis? —pregunté cuando ya estaba a punto de quedarme sin aliento.

—Es necesario correr cada día, al menos durante una media hora —explicó Raque—. Ayuda a la circulación y al riego sanguíneo y fortalece tu corazón, ¿no me digas que no lo sabías?

Algo había oído sobre ese tema pero no tenía suficiente aire en los pulmones para contestar, así que seguimos dando vueltas en silencio. En cuanto Raque creyó que ya me había torturado bastante con la sesión de calentamiento, empezamos a jugar a lo que es el tenis propiamente dicho. Se repitió más o menos lo mismo que el primer día. Las pelotas asesinas venían disparadas hacía mí, dispuestas a derribarme a la mínima que yo perdiera la concentración. Esta vez, por lo menos, logré devolver muchas más, pegándoles fuertes raquetazos con los que Raque fingía quedar admirado y me aplaudía con entusiasmo.

—¡Muy bien, Delia! ¡Estupendo! —le oía gritar desde el otro lado del campo—. ¡Lo estás haciendo genial!

—¡Te estás quedando conmigo! —le gritaba yo—. ¡Pero no me importa!

Y era cierto. Tal vez yo no era un as del tenis, pero aquella segunda sesión me había servido para ver que el deporte, o lo que fuera que yo hacía, servía como mínimo para desahogarte y eliminar tensiones. Todo funcionaba más o menos bien, hasta que en una ocasión no fui lo suficientemente rápida ni para esquivar la pelota. Vino disparada hacia mi cabeza, chocando contra mi frente y tumbándome al suelo ipso facto. El impacto logró cegarme durante unos segundos, los que Raque tardó en saltar por encima de la red y correr hasta mi lado.

—Delia, ¿estás bien? —le oí gritar a pocos metros de mí.

—Sí… No… ¡No lo sé! —logré articular a duras penas. La cabeza me dolía a rabiar y podía sentir cómo mi frente se hinchaba hasta llegar al tamaño de, bueno, pues de una pelota de tenis precisamente. Además se me había dormido una pierna y el cosquilleo era insoportable.

—Lo siento, Delia —seguía gritando Raque, tal vez creyera que el impacto me había dejado sorda—. Siento haberte golpeado, no era mi intención.

—No te preocupes, no ha sido culpa tuya. No es culpa de nadie que yo sea tan torpe —dije mientras me incorporaba lentamente. La verdad era que me sentía frustrada. Por una vez que estaba empezando a pasármelo bien haciendo deporte, mi torpeza tenía que acabar fastidiándolo todo.

Aunque, por supuesto, lo peor todavía estaba por llegar. Hasta entonces no me había dado cuenta pero, ahora que me había incorporado, notaba que la proximidad de Raque era francamente alarmante. Su brazo derecho me rodeaba los hombros mientras su mano me rozaba el cuello. Por si eso fuera poco, su mano izquierda me recorría la frente y me bajaba por la mejilla como si eso fuera a protegerme de algo ahora que el daño ya estaba hecho. Yo, por mi parte, no podía levantarme, mi pierna seguía entumecida, imposible moverla, lo cual podría darle una impresión equivocada a Raque.

—Déjalo, Raque. Estoy bien, de verdad —intenté convencerle.

Pero fue totalmente en vano. Raque no me dejaba. No iba a dejarme. Seguía rodeándome con su brazo y su cuerpo cada vez acortaba más la distancia que lo separaba del mío. La situación era totalmente patética, Raque y yo medio tumbados en la pista de tenis cuando estaba a punto de anochecer, y eso hacía que me sintiera todavía peor. Intenté deshacerme de su abrazo y escabullirme cuanto antes, pero ahora me daba la sensación de que tenía medio cuerpo dormido, cosquilleando, y además Raque no iba a ceder de ninguna manera. No sé qué me había hecho pensar que iba a hacerlo.

—Delia —susurró Raque de repente—. Hay algo que quiero decirte.

Oh, no, por favor. Eso no. Estaba horrorizada. Le miré directamente a los ojos y por un momento creí que la chispa de mis pupilas aterrorizadas le haría comprender que yo no quería que me dijera eso que quería decirme. En realidad, no quería que me dijera nada. Solo quería que me dejara en paz.

Sin embargo, como ya venía siendo habitual con Raque, su cabeza era incapaz de comprender lo que yo, sin palabras, intentaba decirle. Así que acto seguido esbozó una sonrisa, se arrodilló y se acercó todavía más a mí. Noté el olor a fresa recorriéndome la mejilla y parte del cuello.

—Olvídalo, Raque —logré murmurar al final, al borde de la histeria. Había logrado incorporarme de cintura para arriba pero mi pierna todavía no se sentía preparada para echarme un cable a la hora de levantarme. Me caí de nuevo sobre mi trasero y me quedé sentada en una posición de lo más incómoda—. Déjame ya, estoy bien, ¿vale?

Pero Raque no se dio por vencido y, ante mi total horror, inclinó su cuerpo y lo pegó todavía más al mío. Entonces, como si hubiera recordado algo de vital importancia, se apartó de mí durante unos breves y tensos segundos, e hizo algo que me repugnó. Se metió el dedo índice y el pulgar en la boca y liberó esa masa descomunal de chicle de fresa, para luego, sin haberla envuelto en ningún papel u otro material, enviarla disparada hacia los arbustos que bordeaban la pista.

Cuando por fin pareció que Raque había abandonado al chicle, o viceversa, me encontré de nuevo presa de su acoso, su cuerpo pesado aplastado contra el mío y su aliento denso y recargado de ese dulzón sabor a fresa. Y yo inmóvil, cataléptica prácticamente. Mi cuerpo estaba completamente paralizado por culpa del shock ante la certeza de lo que estaba a punto de ocurrir. Quería morir, pero en momentos como aquellos no morías, sino que tenías que quedarte ahí y aguantar el tipo hasta el final.

Lo único que sentí fue que una especie de caracol lleno de baba había hecho morada en mis labios, concretamente en mi labio superior, y casi había llegado a filtrarse por los agujeros de mi nariz. Por si no fuera suficientemente repugnante, ese caracol apestaba a fresa y se movía de un lado a otro, untándome de baba y produciéndome náuseas a cada segundo que pasaba. No fue hasta que abrí los ojos para enfrentarme a la realidad que no me di cuenta de que Raque me estaba besando, y no solo eso sino que parecía estar disfrutando del momento que duró su sublime insensatez.

Le di un empujón que lo dejó petrificado. En realidad, gracias a mi subidón de adrenalina al haberme visto tan ultrajantemente acorralada, casi lo derrumbo. La mueca que dibujó su cara fue de estupefacción, como si le hubiera cogido por sorpresa el vigor de mi rechazo. Mi pierna ya se había despertado de su letargo momentáneo y aproveché que la perplejidad de Raque lo había dejado noqueado para ponerme en pie con furiosa rapidez. Salté por encima de sus piernas y me dirigí como un bólido al refugio de la residencia.

—¡Delia! —le oí gritar—. ¡Delia! ¿Adónde vas? ¡No puedes irte así!

Quería pensar en otra cosa. En el castillo de Edimburgo. En la ciudad, oscura y llena de sombras bajo el cielo nublado. En Dr. Jekyll y Mr. Hyde. Pero no podía. Solo podía pensar en Raque y en sus labios hinchados cubiertos de baba de caracol, labios que apestaban a fresa ácida y que te besaban aunque la señal escrita en tu frente fuera clara: NO, GRACIAS. ¿Por qué los chicos eran tan estúpidos que no se daban cuenta ni del detalle más evidente?

Y sobre todo: ¿por qué yo había sido tan estúpida como para dejar que eso pasara? Los chicos eran idiotas pero yo había sido una ingenua. Jamás iba a perdonármelo. Suspiré indignada, con lágrimas en los ojos, y recé para que nadie hubiera sido testimonio furtivo de aquella barbaridad, ese terrible suceso, un chico besándome en medio de una pista de tenis a punto de caer la noche.

Me encerré en el cuarto justo cuando mi móvil empezaba a sonar: mamá.

Podría haberle contado muchas cosas a mi madre, por ejemplo: que en la residencia reinaba el descontrol, que mi compañera de cuarto quería echarme de patitas en la calle, que a mi supuesta única amiga en aquel lugar le gustaban las chicas, que un chico acababa de besarme en los labios, que tenía un bulto en la frente del tamaño de una pelota de tenis, que me sentía como una ballena en medio del desierto, y que eso JAMÁS iba a ser el mejor verano de mi vida. Pero lo único que le dije fue que mis fotos habían salido borrosas porque me había olvidado de activar el flash.

CAOS

El viernes por la tarde logré esquivar la mirada atónita y reprochadora de Emma después de haberme negado a tomar parte en su disparatado plan para aquella tarde, y fui a buscar cobijo en la biblioteca del Èideann College.

Aquel día el ambiente en la residencia estaba todavía más agitado de lo que era habitual, por muy imposible que eso pareciera. La causa de todo aquel tumulto no era otra que la salida planeada para aquella misma noche. Nuestros monitores habían decidido, bajo no sabía qué pretexto, que sería una buena idea que la mayor parte de Surreal Summers, tanto monitores como alumnos mayores de dieciséis años, hiciéramos una salida nocturna que tuviera como escenario algunos de los locales de ocio del centro de Edimburgo, a lo cual prácticamente todos mis compañeros reaccionaron con gritos y saltos de alegría, y se prepararon para el acontecimiento llevando a cabo un elaborado ritual que implicaba desde ropa nueva hasta tinte para el pelo.

Emma, por su parte, hacía unos minutos había tenido la intención de experimentar con su maletín de maquillaje y utilizarme a mí como conejillo de indias, mientras al otro lado de la habitación Sabrina hacía un pase de modelos bajo la mirada atenta de Andrea, que no le quitaba ojo ni se perdía ningún detalle del extravagante vestuario. Por descontado, pronto me di cuenta de que yo no iba a encajar nunca en aquel cuadro por mucho que me lo propusiera. Jamás había salido de noche y mucho menos había entrado en un pub, y aun así, lo último que me apetecía en aquel momento era aventurarme a hacerlo. Así que en cuanto pude me deshice de Emma y de sus pinturas, recogí mis cosas, y me escapé de la habitación.

En cuanto llegué a la biblioteca, me encontré con que inesperadamente todos los ordenadores estaban ocupados por gente que chateaba con sus colegas al otro lado del continente. Me sentí contrariada. Había supuesto que el refugio de la biblioteca me permitiría mantenerme alejada de todo el caos que reinaba en la residencia. Ahora, sin embargo, me encontraba sin excusa y sin ningún lugar en el que esconderme. No podía volver a mi cuarto, donde Emma y sus secuaces iban a pasarse la tarde jugando a ser mayores. Tampoco podía dejarme ver por el campus, donde probablemente Raque iba a echarme el ojo y a arrastrarme con él hasta la pista de tenis. Podría haberme escapado a la ciudad pero en seguida caí en la cuenta de que no había autobuses que salieran desde el Èideann College.

De pronto recordé que sí había otro lugar al que acudir en caso de necesitarlo como lo necesitaba aquella tarde. Cargué con mi mochila, salí de la biblioteca, crucé el *hall* abarrotado y ruidoso, y me dirigí al pabellón de las aulas donde dábamos clase cada mañana, en concreto al despacho de monitores.

Cuando llegué no había nadie en la sala. La pantalla del viejo ordenador parpadeaba en su rincón. Ahí estaba, libre, desocupado, un montón de sillas vacías esperando a que me sentara. Sin embargo, sabía que no me sentiría cómoda utilizando aquel ordenador sin haber pedido permiso.

—¿Buscas a alguien?

Me di la vuelta mientras mi mochila caía al suelo. Allí estaba Tristán, mi monitor, que sonreía amistosamente y se quitaba sus inseparables gafas de sol dejando los ojos al descubierto. Llevaba una camiseta de color rojo con una palabra escrita al revés, de derecha a izquierda. Me quedé un buen rato intentando descifrar cuál era su significado.

—Lo siento —dijo él al ver que yo no contestaba—. No quería asustarte.

Levanté la vista de su camiseta y vi que sus ojos, ahora desprotegidos, estaban rodeados por unas sombras oscuras. Probablemente, la tarea de monitor estaba empezando a hacer mella en él. Demasiados adolescentes irresponsables y alocados a su cargo. Demasiadas noches sin dormir por culpa del ruido. Demasiados días de ir de un lado para otro.

De repente me sentí estúpida. Había hablado con Tristán hacía tres días pero él probablemente ya ni se acordaba de nuestra conversación. Yo era solo una más entre un total de cuarenta alumnos. Probablemente ni siquiera recordara mi nombre. Él mismo me había hablado de la posibilidad de usar aquel trasto viejo de su despacho, aunque lo más seguro era que lo hubiera hecho por cortesía, por ser amable, creyendo que yo nunca iba a utilizarlo. Me quedé un rato más sin saber qué decir, hasta que al final me aclaré la voz y decidí hablar.

—Dijiste que tal vez podría usar tu ordenador —dije con la voz entrecortada, convencida de que aquello no había sido una buena idea. ¿Qué estaba haciendo en el despacho de monitores? ¿Por qué no estaba haciendo cola en la biblioteca como todos los demás alumnos? ¿Por qué tendría que concedérseme a mí un trato preferente? ¿Por qué tenía que ser siempre la rara del grupo?

—Por supuesto, Delia. Hablé con Ángela y no hay ningún problema. Al contrario, se alegró de que hubiera al menos una alumna dispuesta a trabajar —respondió Tristán con una sonrisa. Se acordaba de mi nombre, advertí con cierto alivio. Mi monitor cruzó la sala en dirección al ordenador y apartó una silla para mí—. Vamos, no te quedes ahí. Claro que puedes usar el ordenador, aunque te aviso de que es lento como una tortuga.

—No importa —me apresuré a decir, incapaz de demostrarle todo mi agradecimiento. Me senté en la silla que él había apartado para mí y me dispuse a sacar mi cuaderno y mi estuche de la mochila—. No voy a quedarme mucho rato, solo tengo que buscar algo de información y nada más.

—No te preocupes —dijo él, dándome una palmadita amistosa en la espalda—. Puedes quedarte el rato que quieras. Voy a estar por aquí si necesitas algo —añadió haciendo un gesto circular con la mano. Luego se volvió hacia la puerta y desapareció.

Me quedé sola ante el ordenador, que parpadeaba y zumbaba sin parar.

Así pues, aquella tarde del viernes, mientras todos mis colegas perdían el tiempo con los preparativos para la noche de fiesta y se ilusionaban con la expectativa del fin de semana, yo, sola en el despacho de monitores, me disponía a ponerme manos a la obra y a continuar recopilando datos relevantes para mi trabajo de final de curso. Pero, francamente, por muy extraño que pareciera, eso era todo lo que me apetecía hacer.

Di un suspiro y empecé a teclear sobre la barra del buscador. Esta vez, no me detuve en buscar información sobre Edimburgo ni sobre su situación en los años ochenta. De hecho, me pasé gran parte del tiempo releyendo la mundialmente conocida *Wikipedia*, mi recurso enciclopédico online, la cual contenía datos, fechas y estadísticas sobre lo que era realmente aquello que la gente había acabado por llamar sida. Había demasiada información para una sola tarde, de todas formas intenté hacer un breve resumen de lo que encontré.

En primer lugar, apunté en mi cuaderno, es importante destacar que no es lo mismo padecer el sida (síndrome de inmunodeficiencia adquirida), que haber sido contagiado por el VIH (virus de inmunodeficiencia humana).

Por un lado, una persona contagiada por el VIH es seropositiva, lo cual significa que si no es tratada de forma adecuada por un médico, puede llegar a desarrollar el sida en el momento en que su nivel de linfocitos (células de la sangre a las que el virus ataca) descienda por debajo de los 200 por mililitro de sangre.

Por otro lado, una persona se considera enferma de sida cuando su cuerpo, debido a la inmunodepresión (lo que se da cuando la persona no puede defenderse de otros virus, bacterias y parásitos que causan enfermedades) provocada por el VIH, no puede hacer frente e inmunizar a las infecciones que un ser humano puede padecer.

Hice un esquema con los puntos que me parecieron más relevantes:

-No todos los pacientes contagiados con el virus VIH tienen sida.

-La mayoría de las personas contagiadas con el VIH no saben que lo están.

-La infección primaria por VIH puede ir acompañada de síntomas parecidos a los de la gripe, como por ejemplo dolores musculares o dolor de garganta.

-En esta primera etapa, es más fácil que un infectado contagie el virus a otras personas, puesto que la cantidad de virus en su cuerpo es la más alta que va a alcanzar.

—¿Qué estás haciendo? —una voz detrás de mí me sacó de mis apuntes. Me di la vuelta y allí estaba Cristina, con sus moños a lo alto de la cabeza y sus enormes gafas rojas. Llevaba su mochila colgando del hombro.

—Navegando por Internet y sacando algunos apuntes.

—¿Avanzando con tu trabajo para Abigail?

Asentí con la cabeza mientras Cristina ojeaba mis notas.

—Estoy hecha un lío con tanta información —suspiré—. Hay millones de páginas que parecen interesantes pero es imposible leerlas todas. Por cierto, ¿cómo sabías que estaba aquí?

—Tristán me lo ha dicho —replicó ella al mismo tiempo que le echaba un vistazo a la pantalla del ordenador—. ¿Por qué parte vas?

—Me he estado informando acerca de la enfermedad del sida —expliqué.

—¿Y qué es lo que tienes? ¿Puedes resumírmelo en pocas palabras? Podríamos compartir apuntes si no te importa —sugirió Cristina.

Volví a mi cuaderno y me di cuenta de que la colaboración de mi colega podría serme de gran ayuda a la hora de ordenar ideas.

—Bueno —empecé a decir—, a grandes rasgos, me parece entender que en cuanto una persona contrae el VIH, este se encarga de destruir las células encargadas de protegernos de enfermedades tan simples como los resfriados, lo cual quiere decir —seguí leyendo de mis notas — que si el VIH no se controla puede acabar con un gran número de esas células y dejar al organismo enfermo de sida.

—¿Qué más?

—Estaba empezando a leer sobre las vías de contagio —le expliqué—. Resulta que el VIH puede transmitirse solo a través de fluidos corporales, como, por ejemplo, la sangre o el semen.

—Y también la leche materna, no te olvides —apuntó ella.

—¿Tienes muchos apuntes para tu trabajo? —me interesé ahora.

—No tantos como tú —dijo, haciéndose con su mochila y abriéndola para sacar su cuaderno. Luego se sentó a mi lado y lo abrió empezando por la última página—. He estado buscando en los archivos de la biblioteca y tengo más o menos cubierta la parte en la que todo se desató.

—Creo que fue a principios de los ochenta, ¿verdad? —recordé, había estado trabajando en ello el último día que usé el ordenador de la biblioteca.

—En 1982 —puntualizó Cristina haciendo un círculo con un bolígrafo rojo alrededor de la fecha—. Después de que en el año anterior unos científicos estadounidenses dieran con cinco casos de neumonía atípicos —mi compañera siguió leyendo en sus notas y subrayando con rotulador fosforescente las palabras que creía más importantes—, y también con otros casos de sarcoma de Kaposi.

—¿Qué es el sarcoma de Kaposi? —pregunté, incapaz de comprender. Jamás había oído aquella palabra.

—Un tipo de cáncer de piel.

—¿Padecer una neumonía al mismo tiempo que un cáncer de piel significaba que los pacientes tenían el sida? —pregunté de nuevo.

—No, claro que no —empezó a decir Cristina mientras sus ojos recorrían sus apuntes—. La verdad es que los médicos ya estaban familiarizados con ambas enfermedades. Sin embargo, su aparición conjunta en varios pacientes los puso en guardia.

—Y esos pacientes, ¿tenían algo más en común?

—Los análisis sanguíneos demostraron que su cuerpo carecía del número apropiado de linfocitos.

—La raíz del problema.

—Probablemente.

—¿Algo más?

—Se dio la circunstancia de que la mayoría de esos pacientes eran homosexuales y eso dio lugar al equívoco.

—¿Significa eso que solo los homosexuales pueden contraer la enfermedad? —pregunté, percatándome de que tenía muy poca información.

—¡No! Por supuesto que no. Ese es precisamente el

equívoco del que te estoy hablando —replicó Cristina—. Al principio, se confundió a la población y la enfermedad se atribuyó erróneamente a los homosexuales, aunque pronto se descubrió que también la padecían otros grupos, como los heroinómanos o los receptores de transfusiones sanguíneas. Y finalmente se llegó a la conclusión que, en realidad, si no se tomaban las debidas precauciones, cualquier persona, independientemente de su raza, sexo u orientación sexual, podía contagiarse.

—¿Y se descubrió la causa de esa enfermedad?

—Hasta 1984 —siguió leyendo Cristina —se mantuvieron diferentes teorías sobre la posible causa del sida, entre las cuales la que planteaba que el sida era provocado por un virus.

—¿Un virus? ¿El VIH? —me atreví a preguntar, dudosa.

—Pues claro, cuál va a ser —puntualizó ella mirándome por encima de la montura de las gafas—. Creí que ya tenías clara esa parte. Había otras teorías, muchas de ellas disparatadas, pero en general los especialistas solo se tomaron en serio la del contagio por un virus y con el tiempo acabaron por certificar que el sida venía provocado por la infección del VIH.

—Mmm, todo lo que dices coincide con los apuntes que acabo de tomar —asentí lentamente, releyendo mis notas—. Solo que explicado con tus propias palabras es mucho más fácil de entender. ¿Qué más? —la animé a continuar mientras iba garabateando fechas y palabras en mi cuaderno a toda máquina.

—Entre 1984 y 1986 se consiguió aislar el virus del sida y purificarlo, de esa forma en 1986, una vez descubierto el VIH, se consiguió desarrollar un anticuerpo que se comenzó a utilizar para identificar a los infectados dentro de los grupos de riesgo.

—He leído algo sobre esa primera etapa —dije, haciendo ahora un repaso a mis notas—. ¿Es cierto que al principio los enfermos de sida eran aislados por la comunidad, los amigos e incluso la familia?

—Totalmente —corroboró Cristina—. En aquel tiempo había mucha desinformación. La gente temía acercarse a los contagiados puesto que creían que podían contraer el VIH solo con darse la mano, abrazarse, besarse o compartir el periódico con alguien que estuviera contagiado.

—Pero eso es ridículo.

—Una supina estupidez. Por suerte hoy la gente está más informada.

—He leído también que hoy en día y en los países desarrollados, gracias a los tratamientos antirretrovirales, las víctimas del VIH pueden llevar una vida más o menos normal. Según esta página web —seguí leyendo directamente desde la pantalla del ordenador—, en occidente el índice de contagio por el VIH ha bajado ligeramente gracias a la práctica del sexo seguro y a la distribución gratuita de jeringuillas y campañas para educar a los drogadictos de los peligros que comporta compartir agujas a la hora de inyectarse droga. Además, el índice de muertes por culpa de enfermedades relacionadas con el sida ha disminuido debido a la aparición de nuevos tratamientos para combatirlo.

—Eso está muy bien —me interrumpió mi compañera—, pero sigue leyendo. Mira lo que dice aquí.

—En países en proceso de desarrollo —continué leyendo en voz alta—, la disponibilidad del tratamiento todavía necesita crecer mucho más, ya que hay muchos enfermos sin acceso a los medicamentos necesarios. Por otro lado, las precarias condiciones económicas y la falta de educación sexual hacen que los índices de infección sigan aumentando.

Pegué un suspiro y miré a Cristina, que me devolvió la mirada con ojos pensativos y expresión grave. Miré el aparatoso reloj que colgaba de la pared. Las manecillas marcaban las seis y treinta y dos. Llevábamos un buen rato leyendo e intercambiando información. Cristina me había pasado datos que me serían de gran utilidad para mi trabajo final.

—Esto es mucha información —murmuré—. Es imposible resumirlo todo sin que exceda el límite de cinco páginas que tiene que ocupar la redacción.

—Y eso sin contar que tenemos que relacionar todos esos apuntes con la problemática social del Edimburgo de los ochenta —me recordó Cristina.

—Tendré que ponerme a trabajar en serio —dije, frotándome los ojos y volviendo a mis notas.

—Tienes toda la razón —asintió mi compañera, poniéndose en pie y desperezándose—. Pero lo tendremos que dejar para otro momento. Lo que vamos a hacer ahora es prepararnos para la fiesta de esta noche.

Miré a Cristina con incredulidad. ¿De qué estaba hablando?

—Vamos, Delia, ponte las pilas —me atosigó Cristina, después de meter mis cosas en la mochila y tirando de mi brazo para que me levantara—. ¿Es que no te has enterado? Esta noche nos vamos a la ciudad.

—¿Nos vamos a la ciudad?

Cristina tiraba de mí mientras mis pies se arrastraban por el despacho. Tristán entró en aquel momento y nos vio marcharnos, despidiéndose con una sonrisa divertida.

—Pues claro que nos vamos a la ciudad —contestó Cristina a mi pregunta—. ¿No te mueres de ganas? Yo desde luego que sí. ¡Pero todavía no sé lo que voy a ponerme! ¿Y tú?

Acto seguido, se paró en medio del pasillo y me ojeó de arriba abajo. Mis Converse rojas junto con mi indumentaria de vaqueros agujereados y camiseta holgada no parecieron dar con su aprobación.

—Yo no voy a salir, no creo que sea una buena idea —

dije con cautela. Se me ocurrían muy pocas cosas realmente interesantes que hacer en una ciudad desconocida en medio de la noche. Museos cerrados, calles oscuras, transporte público precario, y todo lo demás, lo peor: bares abiertos, la gente ebria, y yo misma en medio de todo, incapaz de mezclarme con el resto de mis acompañantes.

—Claro que vas a venir, Delia, no seas boba. La *nightlife* escocesa nos espera —me contradijo Cristina, emprendiendo el paso de nuevo—. Y anda, espabila. Vamos a mi cuarto a buscarte algo decente para ponerte, no quiero que te quedes a las puertas de los pubs por aparentar tener dieciséis años.

—Es la edad que tengo —me vi explicándole absurdamente.

—Por eso. Esta noche vas a crecer por lo menos unos tres años más.

Nos íbamos a la ciudad. De pubs. Las palabras rebotaban dentro de mi cabeza. Había creído que Cristina era diferente, que no se dejaba impresionar por ese tipo de cosas. Todo el mundo se había vuelto loco por la salida de aquella noche, pero había confiado en que Cristina, el único ser aparentemente sensato de aquel lugar, no iba a caer en la misma trampa. ¿Y ahora qué iba a hacer? Cristina seguía arrastrándome por los pasillos, y no parecía que fuera a aceptar un no por respuesta. Mi compañera saltaba de ilusión ante los planes para aquella noche y solo por ese mero hecho creía que yo también me moría de ganas de salir.

Definitivamente, yo me moría de ganas de cualquier cosa menos de eso. Pero, ¿qué iba a hacer?, volví a preguntarme. Podría negarme y decir no y encerrarme en mi cuarto. Pero entonces sucedería lo mismo de siempre: Cristina mirándome con cara rara igual que todos los demás, tomándome por la oveja negra que en realidad era, burlándose de mí a mis espaldas, aislándome y dejándome por lo que indudablemente también era: un caso imposible.

¿Y qué?, dijo una voz interior. ¿Desde cuando me importaba la otra gente? Nunca me había preocupado lo que los demás pensaran de mí.

Sin embargo, en aquel momento algo en mí me decía que ahora, por alguna razón que escapaba a mi conocimiento, empezaba a importarme. Supongo que inconscientemente me daba cuenta de una gran verdad: quedarme sola y aislada no ayudaría a mejorar mi condición de pez fuera del agua. Aunque tampoco estaba segura de que estar rodeada de gente ayudaría mucho.

Sea como fuere, al cabo de pocos minutos me encontraba en la habitación de Cristina, la 334, rodeada de faldas, camisetas y vestidos de diferentes colores y tejidos, a cuál más llamativo y extravagante. Cristina no tardó en sentenciarme con un par de pantalones de licra ajustados y una camiseta azul pitufo con grandes letras plateadas en la parte frontal: *FLASHY*, leía el curioso enunciado.

Me horroricé al comprender que Cristina pretendía que yo, Fidelia Luján, la mujer que nunca se ponía ropa ajustada, hiciera caber mi cuerpo en aquellos trapos que yo jamás hubiera escogido ni para mi peor enemiga.

—No voy a ponerme eso.

—Claro que sí. Te va a quedar estupendo.

Me obligó. Era imposible llevarle la contraria a Cristina cuando se empeñaba en algo. En cuanto me vi metida dentro de aquellas prendas ajenas que me hacían las piernas más largas y los pechos ligeramente visibles, pegué un suspiro y me dije que eso no era crecer unos tres años más. Eso era por lo menos acercarte irremediablemente a la hora de tu muerte.

—¡Y ahora vamos a pintar! —anunció Cristina con una exclamación infantil mientras plantaba delante de mí aquel odioso y temido estuche de maquillaje que ella también guardaba en el fondo del armario. Abrió el estuche y me mostró los diferentes lápices y las múltiples tonalidades de color, aconsejándome que utilizara tonos parecidos al estampado de mi camiseta *FLASHY*—. Todo tuyo —me dijo, como si me estuviera haciendo el gran favor de mi vida.

Después de casi extraerme un ojo sin anestesia y de embadurnarme los labios cual payaso de circo ante la mirada estupefacta de Cristina, tuve que confesarle a mi colega que a pesar de ser una empollona nata y de tener una capacidad sobresaliente a la hora de redactar textos en inglés, mis aptitudes eran nulas en lo relacionado con desenvolverme ante un espejo.

—Bueno, será mejor que me dejes hacer a mí —sugirió Cristina con autoridad. Luego, viendo la cara de payaso triste que debía de poner yo, suavizó su tono y dejó escapar una sonrisa—. No te preocupes, tienes suerte. Con tu belleza natural, no vas a necesitar mucho artificio.

Cristina se puso manos a la obra. Primero se encargó de limpiarme el estropicio que yo misma me había infligido y luego se dispuso a escoger con sensatez los colores que más favorecieran a mi tono de piel, sin olvidar, claro, el color poco llevadero de mi cabello. Yo me mantenía inmóvil sentada en mi silla, como un animal herido al que intentaban sanar con manos expertas, toda mi confianza depositada en Cristina.

—Creo que nos estamos saltando la hora de la cena —dije de repente entre dientes, temiendo mover aunque fuera un solo músculo de mi cara.

—Da igual, tengo provisiones en el armario. Bocadillos y galletas que nos van a sacar del apuro.

—La verdad es que tampoco tengo mucho apetito.

Cristina continuó trabajando con mi «belleza natural que no necesitaba mucho artificio» durante unos minutos más hasta que dio su obra por acabada.

—Lista —decidió mi compañera al final, dándome un último toque de carmín en los labios—. Voy a cambiarme. Y tú, ponte las zapatillas de una vez, ¿o es que piensas irte de fiesta con los pies descalzos?

Hice caso a Cristina y me calcé mis Converse All Star rojas, al menos no tendría que ponerme esas terribles sandalias de tiras que te destrozaban los pies puesto que el número de zapato de la una no coincidía con el de la otra. En cuanto acabé de atarme los cordones, me miré al espejo y me vi. Bueno, vi a alguien que no conocía. Mis ojos eran más grandes de lo normal. Mi boca también. Y lo imposible: mi pelo se había vuelto más rojo chillón que de costumbre. ¿Cómo podía ser? Casi me asusté ante mi metamorfosis. ¿De veras Cristina creía que podía salir así de su cuarto? Me dio un ataque de no sé qué. Quería correr bajo la ducha y enjabonarme la cara y quitarme toda esa pintura; esa mínima artificiosidad de la que Cristina hablaba era para mí una exageración. Pero no tuve tiempo de hacer nada.

—Ahora ya estamos preparadas —me dijo Cristina, que acababa de salir del baño, luciendo unos leggings negros y una camiseta tan larga que le llegaba a las rodillas. Se había deshecho de los moños y el pelo le caía sobre los hombros. También se había cambiado las escandalosas gafas de pasta por unas discretísimas lentes de contacto. Y por supuesto se había aplicado algo de maquillaje. Se plantó a mi lado en el espejo. Parecíamos estrellas de cine que iban a asistir a una *première* vespertina y no estudiantes de instituto, que era lo que realmente éramos.

—Tierra, trágame —murmuré yo. Al final nos olvidamos de los bocadillos y las galletas.

La realidad fue mucho peor de lo que yo me había temido.

¿Qué hacía una chica como yo en un lugar como aquel?, me pregunté desesperada. Había experimentado esa sensación incontables veces en mi vida, pero jamás me había visto rodeada por semejante entorno. Después de que el autocar nos dejara en el centro de la ciudad, habíamos acabado colándonos en uno de esos horrendos pubs que poblaban el distrito del Grassmarket, un lugar oscuro de techo bajo y de paredes forradas de pósters gigantes de tipos que vestían de negro y tenían las pieles muy blancas. Un lugar repleto de estanterías cubiertas de botellas de todo tipo de bebidas alcohólicas e infestado de personajes extraños que parecían salidos de cuentos de terror, los cuales reían y gritaban como locos, y bebían sin parar. Y lo más incongruente de todo era que la entrada era apta para menores de edad. ¿Cómo era posible?

Había empezado a marearme nada más poner los pies allí dentro. En aquel local, lo que pasaba como música era un ruido ensordecedor que escapaba de los altavoces a un volumen exagerado, metiéndose por mis oídos y consiguiendo penetrar en mi cerebro, amartillándolo, destrozándolo, rompiéndolo en mil pedazos. A mi alrededor, la marea humana y sudorosa oscilaba de un lado para otro al ritmo de aquel ruido asesino, balanceándose sin gracia, pegándome codazos en las costillas, pisoteándome los dedos de los pies; no había más remedio que seguir la corriente como las sardinas muertas siguen las subidas y bajadas del agua del mar, solo que en ese caso parecía que las sardinas ya lleváramos tiempo enlatadas. O peor, en realidad no éramos sardinas en lata, en realidad éramos la carne que se mete dentro de las tripas para hacer salchichas. Éramos carne de embutido.

Conseguí refugiarme en un rincón de ese antro pseudogótico, escudándome tras un enorme candelabro de ocho brazos y repleto de cera vieja que colgaba del techo. Decidí que debería ser una persona más asertiva, decir no cuando era no lo que de veras quería decir. No debería haberme dejado convencer por Cristina de que salir de fiesta por la noche era una buena idea. Jamás tendría que haber dejado que me obligara a vestirme con aquellos ridículos pantalones ajustados y aquella camiseta azul que de tan corta y apretada rayaba con la obscenidad. ¡Y el maquillaje! Lo único que había conseguido con aquello era que ahora los chicos demostraran, ante mi total horror, un creciente interés por mi persona. Ojalá no me hubiera dejado convencer y me hubiera puesto mis ropas de siempre: vaqueros viejos y gastados y camisetas de algodón holgadas que apenas dejaban claro si lo que había dentro de ellas era un chico o una chica. Vestida con mi ropa de siempre y mostrando mi cara sin pintar, jamás habría podido entrar en ese bareto de Grassmarket, lo cual habría sido una divina bendición. Pensé en mi madre: «El mejor verano de tu vida, Fidelia». La cara que habría puesto si me hubiera visto aquella noche vestida con esas ajustadas prendas y colándome en aquel decrépito local.

Lo más triste de todo, sin embargo, fue el abandono de Cristina, que nada más entrar en el pub se había olvidado de mí por completo y se había dejado envenenar por el ritmo de la música, que la había llevado al centro de la pista donde ahora movía el esqueleto como una poseída. El inesperado abandono de mi supuesta amiga me había sentado como una traición en toda regla y me había abierto los ojos definitivamente en lo que a aquel verano se refería: no había nadie en quien verdaderamente pudiera confiar. Probablemente, estaba siendo injusta con ella, la única persona que me había ofrecido su amistad y que había insistido para arrancarme de mi soledad e incluirme en el gran grupo que ahora formaba Surreal Summers, algo que yo no habría conseguido nunca por méritos propios, pero mi mal humor y mi impotencia me cegaban y me hacían ver una realidad distorsionada.

Arrinconada en mi esquina detrás del candelabro y compadeciéndome de mí misma, esperé con estoicismo a que las horas pasaran con la máxima rapidez posible, intentando sin mucho éxito tranquilizarme a mí misma con pensamientos reconfortantes: una ducha caliente y relajante, el olor de las sábanas blancas de mi cama en el Èideann College, el familiar tictac del reloj sobre la mesilla de noche, la oscuridad cómplice y el silencio nocturno raramente interrumpido de la 209. ¿Cuánto tardaría en poder disfrutar de todo aquello?, me pregunté por enésima vez. Por el momento, lo único que podía hacer era esperar, mordiéndome las uñas distraídamente y observar con estupor como todos mis compañeros de curso, sin excepción, se lo pasaban en grande en un lugar tan horroroso como aquel.

Por un lado y como ya era de esperar, Emma, mi compañera de cuarto, y Carlos se pasaron buena parte de la noche bailando con los cuerpos muy pegados. El baile que llevaban a cabo era tan abiertamente explícito de sus intenciones que casi me daba vergüenza mirarlos. Parecía que las manos de Carlos estuvieran por todas partes, en la espalda de Emma, en su cuello, en su cintura y en sus muslos. Los labios de él, además, le rozaban la frente empapada de sudor y las mejillas coloradas, y le trazaban el perfil de la garganta con un afán casi vampírico. Contra mi total voluntad, mi cerebro empezó a imaginar qué era lo que debía de sentir Emma con esas manos y esos labios ajenos recorriendo su piel. ¿Podía gustarle eso? ¿Podía sentirse bien con un chico con complejo de pulpo pegado a ella?

Por otro lado, Andrea y Dani estaban teniendo algo parecido a una discusión. Aunque, sin duda, era una discusión de las suyas. Dani decía algo y Andrea le llevaba la contraria, luego Dani le daba la razón a Andrea y Andrea parecía molestarse porque Dani le daba la razón. Al final acababan dándose pequeños empujones y riéndose como si acabaran de oír el chiste más gracioso del mundo. Aquella noche creo que incluso los vi besarse, cosa que me sorprendió. No podía ser. ¿Desde cuando Andrea y Dani también se besaban? ¿Iba a pasar lo mismo que con Emma y Carlos? ¿Iban a convertirse, ellos también, en aquella visión bochornosa, aquel espejismo de amor azucarado que deambulaba por el campus del Èideann College y que se propinaba arrumacos sin dar importancia a la incomodidad y vergüenza ajena que sentíamos todos los demás ante tales muestras de afecto recargado?

Luego también estaban Sabrina, Santi y Raque. Los tres estaban haciendo una competición absurda para ver quién podía tragarse más vasitos de aquel líquido oscuro parecido a la Coca-Cola de un tirón. Por lo menos, se habían tragado unos cinco vasos cada uno. Sus risas y sus gritos aumentaban en volumen y en intensidad. Sabrina tenía que apoyarse contra la pared para mantenerse en pie. A Santi se le había vuelto la cara de un color rojo que no era natural. Raque, a quien yo había estado evitando desde la fatídica escena en la pista de tenis, estaba hablando con un personaje acabado de llegar al que solo él podía ver. Estaba claro que los tres estaban consumiendo alcohol y eso hizo que mi estupefacción rayara su límite.

¿Es que los monitores no se daban cuenta? Se suponía que debían impedir eso, que bebiéramos alcohol, que nos emborracháramos, que cometiéramos actos ilegales. ¿Es que no había normas en Surreal Summers?, me pregunté, solo para luego recordar la respuesta con una punzada de desencanto: no, no las había. «Tu verano sin normas» era uno de los eslóganes más gastados de la compañía de viajes para estudiantes. En un principio no me había dejado engañar, estaba convencida de que habría normas, pero ahora mis propios ojos me advertían de que el eslogan era cierto. No había normas y esa cruda realidad, me dije, nos encaminaba de forma irrevocable al caos infinito.

Me sentí enormemente triste. No encajaba en ningún sitio. Jamás lo había hecho. Y el problema principal, la clave de todo, se encontraba en el hecho de que yo no comprendía a mi generación. Una tribu de insensatos que disfrutaban bebiendo jarabes que apestaban y que les hacían perder el sentido, que se maquillaban hasta transformarse y vestían ropa incómoda solo para llamar la atención, que se dejaban manosear por extraños de forma pública, que se reían de los demás, que te aislaban a un rincón solo por ser diferente, que se olvidaban de ti en cuanto descubrían algo más interesante. ¿Cómo podía encajar yo en todo aquello?, me pregunté. Y pronto encontré la respuesta. Muy a mi pesar, yo encajaba. Porque yo era la pieza que daba razón a su forma de ser. Yo era lo que ellos no querían ser. Lo que ellos evitarían ser por encima de todo. Así encajaba yo en todo aquel conjunto de cuerpos dispares.

Un par de chicos se acercaron a mi escondite y me distrajeron de mis comidas de cabeza gratuitas. Al principio no comprendía qué querían de mí, pero en seguida me percaté de que lo que querían era bailar conmigo. Me dieron un par de empujones y pronto me encontré en medio de la marea de cuerpos otra vez. Con los cuerpos de esos dos chicos pegados al mío. Me movía por inercia. Uno de los chicos tenía los pelos de punta y mucho acné en la frente. Llevaba una camisa de color negro totalmente desabotonada que dejaba al descubierto un torso blanquecino poblado de vello oscuro. El otro chico tenía el pelo rubio y largo hasta los hombros, sus ojos eran de un color extraño, algo parecido al rojo, supuse que era el efecto de las lentes de contacto, y me miraba fijamente como si quisiera, literalmente, desnudarme con la mirada. Vestía con ropa negra también, una camiseta de manga corta y unos pantalones casi tan ajustados como los que Cristina me había prestado. En el cuello, llevaba un collar de cuero cubierto de pinchos afilados. Los dos me resultaban familiares, probablemente los había visto en más de una ocasión cargando con las mochilas de Surreal Summers, pero apenas sabía cómo se llamaban, Miguel y Marcos, tal vez, no lo sabía, jamás había hablado con ellos, ¿por qué, entonces, hacían como si me conocieran? Recordé las palabras de Cristina la tarde que habíamos ido a la playa: la mayoría de los chicos beben los vientos por ti, Delia, pero les asusta tu forma de ser. Luego recordé las palabras de mi madre: «No te fíes de ellos, Fidelia, te van a meter en líos». Todas aquellas voces dentro de mi cabeza, dando vueltas sin parar, y aquellos dos chicos a mi alrededor. Ahora ya no les asustaba, ahora yo era su víctima, arrinconada, aislada de los demás. No podía escapar. Me había convertido en su presa y me había metido en un lío sin quererlo.

Tierra, trágame, pensé por enésima vez. Quería huir de allí, escapar de las miradas incómodas y de las manos largas de aquellos dos extraños, gritar con todas mis fuerzas, desarrollar unas alas para poder salir volando por encima de todas aquellas cabezas. Pero nada de eso ocurrió. A lo lejos, mi mirada se cruzó con la de Raque, el cual la desvió rápidamente al verme bamboleando de un lado para otro en medio de las garras peligrosas de aquellos dos personajes que ahora se creían que tenían alguna clase de derecho sobre mi persona. ¿Qué podía hacer? No lo sabía, era la primera vez que me encontraba en una situación como aquella y lo único que sentía era que el mundo entero se había confabulado contra mí: un complot contra Fidelia. Incluso mi madre estaba involucrada en el asunto, pensé con amargura. «Va a ser el mejor verano de tu vida, Fidelia, ya lo verás», ahora esas palabras se mezclaban con las otras dentro de mi cerebro, resonando repetidas veces como un mantra de autoflagelación, mientras yo caía en la cuenta de que el mundo no era justo y que ese descubrimiento era precisamente la esencia del proceso de hacerse mayor. Recordé con tristeza que Cristina ya me lo había advertido: «esta noche vas a crecer tres años».

Sentí que me faltaba el aire. Sentí que no podía respirar. Abría la boca pero no fue una buena idea. Me ahogaba como un pez al que se le había roto la pecera y el agua se le iba, se le iba, se le iba. Iba a derrumbarme. Iba a caerme desplomada. Tenía la frente empapada de sudor. Los ojos me escocían. Se me había quedado la boca seca. Tierra, trágame. Tierra, trágame. Tierra, trágame. De pronto y de forma totalmente inesperada, una mano apareció entre los cuerpos que me rodeaban y me asió el brazo derecho con fuerza y determinación. Me vi arrastrada hacia otro lado de la sala y alejada, por fin, de aquel par de tétricos individuos que se habían tomado la libertad de sacarme a bailar y que ahora me trataban como si yo no fuera más que una muñeca de trapo, zarandeándome de un lado para otro y riéndose de mi patética forma de desenvolverme en aquel ambiente. El tirón que me había pegado aquella mano había sido impulsivo y exagerado, haciéndome tambalear y chocar contra otro cuerpo desconocido. Una camisa azul cielo y un olor parecido a la menta me daban la bienvenida. Entonces respiré con alivio. Estaba salvada. ¡Gracias!, quería gritar a quien me había sacado de allí. Levanté los ojos con cautela y me encontré con la mirada risueña de Tristán, mi monitor. Esos ojos verdes chispeantes me ojeaban desconcertados, sus labios entreabiertos sonreían su sonrisa de siempre, y entonces comprendí que nada de aquello había sido casual: Tristán me había sacado del apuro.

—¿Estás bien? —me preguntó, pegando gritos para hacerse oír por encima del estruendo del local—. Parecías agobiada. Por un momento creí que ibas a desmayarte.

—Es por culpa del calor que hace aquí —logré responder con la voz entrecortada. Tenía la boca seca y apenas podía hablar; esperaba que Tristán pudiera leerme los labios porque a mí me era imposible gritar por encima del barullo—. Ahora ya estoy mucho mejor.

Iba a darle las gracias a Tristán por haberme librado de aquellos dos tipos cuando advertí que su cuerpo seguía moviéndose al ritmo del ruido de los altavoces y que sus manos, abiertas y con las palmas hacia arriba, ahora me instaban a que le acompañara en el tambaleo rítmico y frenético que llevaban a cabo sus piernas.

—¿Bailas? —me preguntó, la sonrisa todavía en los labios.

No me lo podía creer. ¿Es que no lo veía? ¿Es que no se había dado cuenta? Yo no quería bailar. No sabía hacerlo. Y odiaba esa música. De hecho, jamás me había sentido atraída por ningún tipo de música, y menos iba a hacerlo ahora que había descubierto que era una parte casi esencial de lo que la gente de mi generación denominaba salir de fiesta. Negué con la cabeza e hice para alejarme de él, para volver a mi rincón, pero detrás de mí la marea humana se había intensificado y se me echaba encima. No había forma de escapar. Uno de los cuerpos me pegó un empujón y me vi otra vez chocando de forma irremediable contra el azul celeste de la camisa de Tristán. Le oí pegar un gemido de sorpresa y me disculpé. Miré hacia atrás y pronto me percaté de que no habría manera de escapar de allí en medio, estábamos en pleno centro de la pista, y lo peor de todo era que aquel par de tipos de negro todavía estaban esperando a que volviera con ellos.

Me volví hacia Tristán, que todavía seguía balanceándose y cuyas manos todavía insistían para que bailara con él.

—Déjate llevar —le oí susurrarme.

Supongo que a falta de mejor alternativa, decidí hacerle caso a Tristán y me esforcé para unirme a su balanceo. Por culpa de otro empujón, me vi inclinada hacia delante en una postura casi imposible y tuve que apoyarme en él. Dejé que mis manos se postraran sobre sus brazos y ya no las aparté. Sabía pocas cosas sobre el arte de bailar pero creía estar segura de que el proceso en sí requería algo de contacto físico entre los dos bailarines. Tristán pareció divertido con mi iniciativa, cosa que me desconcertó. Acto seguido, noté como sus brazos, de forma bastante sutil pero con firmeza, se deshacían de mis manos y me hundí.

Si Tristán me abandonaba ahora, aquel par de tipos de negro volverían a por mí y eso era algo que detestaba con todas mis fuerzas. Pero Tristán, ante mi sorpresa, no me abandonó, no se fue a ninguna parte. Todo lo que hizo fue cogerme de las manos y seguir bailando conmigo. Su cuerpo se acercaba al mío y luego se alejaba, pero nuestras manos se mantenían unidas, sus dedos entrelazándose con los míos de forma extrañamente natural. Yo intentaba imitar sus pasos solo por acabar haciendo una ridícula imitación de lo que él hacía. Ojalá pudiera volatilizarme, volví a decirme, pero esta vez la sensación de horror no era tan intensa. Lo que pasaba simplemente era que sentía como si yo fuera otra persona y por primera vez en mucho tiempo me di cuenta de que encajaba de verdad dentro de la tribu, no como la pieza marginal que daba sentido a todo lo demás, sino como uno de sus más aceptados componentes.

—Estás muy guapa esta noche, Delia —le oí decir a Tristán durante una de nuestras oscilaciones irregulares.

Me sonrojé de inmediato, por supuesto. Noté como se me encendían los mofletes y como mi frente ardía. La sensación era casi peor que lo que sentí aquella noche del Juego de la Botella cuando Tristán, el mismo chico que ahora bailaba conmigo, me dio un beso en la frente. Me dije que ya iba siendo hora de impedir que su presencia me afectara tanto. Al fin y al cabo, yo no iba a dejarme impresionar como las demás chicas.

—Gracias —dije, levantando la barbilla y desafiándole con la mirada. Me mostré altiva y distante, no quería que él se diera cuenta del efecto que sus palabras inexplicablemente habían causado en mí. Aunque probablemente mi sonrojo no ayudara mucho en mi misiva.

Tristán no dijo nada más y me alegré. Era casi imposible comunicarse con tanto ruido y me incomodaban las miradas de mis compañeras cada vez que Tristán se acercaba a mi oído para hablarme. Seguimos bailando un rato más, acercándonos y alejándonos rítmicamente, se podía decir que ya le había cogido el truco y me parecía que lo de bailar era algo bastante simple y mecánico. Todavía seguíamos cogidos de las manos. De pronto la música cambió y entonces fue cuando Tristán hizo algo inesperado. Me soltó las manos y la oscilación de su cuerpo varió, se ralentizó, siguiendo el compás de la nueva melodía. Sin saber cómo, me encontré con su mano izquierda en mi cintura, justo a la altura donde los pantalones de licra llegaban a su fin. Su otra mano me rozaba el brazo, pero esa mano en la cintura me hacía sentir rara. Mi mirada de desconcierto debió de alarmarle y se separó de mí como en un acto reflejo.

—Perdona —me dijo, oponiendo distancia entre nuestros cuerpos.

—No, perdona tú —le dije con una mueca que habría querido ser una sonrisa; me sentía como una renacuajo—. Supongo que no sé dejarme llevar.

Nuestras miradas volvieron a cruzarse y sus ojos sonreían, aunque durante una milésima de segundo me pareció vislumbrar la sombra de algo que los empañó. ¿Tristeza? ¿Enfado? ¿Decepción? No pude saberlo. Lo que sí supe es que, mientras su sonrisa se expandía, mis mejillas volvían a arder.

Súbitamente, alguien que venía de atrás me dio otro empujón. Cruz, la monitora de cuerpo esbelto y modelitos hawaianos, se materializó a nuestro lado. Iba acompañada de una zombi en condiciones precarias que no se mantenía en pie y que reconocí como Sabrina.

—Nos vamos, Tristán —oí que Cruz gritaba—. Ayúdame con la chica, yo sola no puedo.

—Se acabó el baile para mí —me anunció Tristán con una breve sonrisa, mientras se alejaba y se hacía con el cuerpo de Sabrina, agarrándola por debajo de los hombros.

—Voy con vosotros —dije yo, aferrándome a la primera ocasión que se me presentó para escapar de aquel laberinto diabólico.

Así que salimos fuera. Sabrina por delante, Cruz y Tristán sosteniéndola uno a cada lado, y yo al final de la procesión, cargando con los bolsos y chaquetas de las dos chicas. Sabrina no logró aguantarse hasta llegar al exterior y acabó montando una escena y vomitando la cena sobre la bonita, y probablemente cara, camisa azul celeste de Tristán. El espectáculo fue lamentable y los guardias de seguridad del local casi nos echan a patadas de aquel antro de techos bajos.

Una noche para no recordar, me dije mirando a las estrellas una vez ya estábamos los cuatro en la calle.

INFRACCIÓN

Después de que Sabrina se recuperara de su lavado de estómago forzado, Cruz la convenció para meterse en un taxi y volver al Èideann College. Sabrina se mostró algo contrariada ante la idea de no volver al antro oscuro donde había estado tomando brebajes de nombre extraño junto a Santi y a Raque, pero pronto entró en razón. De hecho, su propio cuerpo la hizo entrar en razón: las piernas no aguantaban su peso, su temperatura corporal debía de haber bajado unos tres grados y la cabeza no paraba de darle vueltas.

Después de esperar durante unos quince minutos en medio de una calle bastante concurrida, Cruz y Sabrina lograron meterse dentro del que parecía ser el único taxi que estaba de servicio aquella noche. Sabrina se echó sobre el asiento trasero y pareció caer inconsciente antes de que el taxi arrancara. Cruz se sentó en el asiento del copiloto y tuvo que prometerle reiteradamente al conductor que Sabrina no iba a dejar ninguna clase de recuerdo indeseado en la parte trasera.

Desgraciadamente, no vi la manera de meterme yo también dentro del vehículo, aunque, por descontado, lo hubiera hecho de buena gana.

—¿Volvemos con los demás? —me preguntó Tristán

una vez el taxi había desaparecido de nuestro ángulo de visión.

La idea de volver a entrar en el tumultuoso pub de Grassmarket, con todo el desmadre de los cuerpos sudorosos sacudiéndose de un lado para otro y con ese ruido espantoso que te torturaba hasta perforarte los tímpanos, simplemente me producía escalofríos. Mi cara debió de delatar mis pensamientos.

—No te apetece mucho ir al pub otra vez, ¿verdad?

—Creo que no —repliqué con voz cansada—. Será mejor que yo también coja un taxi y vuelva a la residencia.

—Claro, no te preocupes. Voy a llamar a Ángela para asegurarme de que ella y los monitores escoceses lo tienen todo controlado y nos largamos de aquí.

—No es necesario que me acompañes —le dije—. El taxi va a dejarme en la puerta.

—¿De veras piensas que voy a dejar que deambules en solitario por la ciudad a estas horas de la noche? —me preguntó él con sonrisa divertida pero con un tono de voz que denotaba indignación—. Bueno, pues piensa otra vez.

Ni siquiera me molesté en llevarle la contraria. De todas formas, Tristán ya estaba hablando con Ángela por el móvil. Después de la catástrofe de Sabrina, nuestro monitor se había sacado la camisa azul celeste y se había quedado en camiseta. Tenía la camisa echada sobre el hombro, la parte manchada por el vómito de Sabrina escondida entre los pliegues. Me pregunté cómo podía ser que Tristán no se estuviera muriendo de frío, yendo en manga corta y teniendo en cuenta que aquella noche Edimburgo nos había cogido por sorpresa con una temperatura que rozaba los quince grados. Me pregunté si él también tendría la piel de gallina por culpa de las inclemencias meteorológicas, como era ahora mi caso aun llevando chaqueta, pero echándole una ojeada rápida a sus brazos levemente bronceados me percaté de que no era así.

Me sentía extremadamente cansada y me apoyé contra la pared de uno de los altos edificios que se elevaban hasta el cielo oscuro a mis espaldas. Un par de chicos con la cabeza rapada y pantalones ajustados pasaron por delante de mí y se me quedaron mirando durante unos segundos. Uno de ellos incluso susurró una palabra que no comprendí y que tampoco intenté descifrar. A pocos metros de mí, Tristán levantó la vista del suelo y nos miró, primero a mí, luego a los dos chicos con la cabeza rapada, y luego otra vez a mí. Observando la curva asimétrica de sus labios, me di cuenta en seguida de lo que Tristán estaba pensando. Otra vez aquella misma sensación. A sus ojos yo era solo una niña indefensa que estaba irremediablemente a su cargo. Alguien que apenas había salido del barrio donde creció, que no sabía moverse, que no sabía protegerse, que necesitaba a un monitor para que la acompañara hasta la residencia.

Por supuesto, Tristán se equivocaba. Yo era lo suficientemente capaz de cuidar de mí misma. Pero si se lo hubiera dicho, habría dado la impresión de que era más bien todo lo contrario. No iba a volver a cometer ese error.

Tristán pulsó el botón rojo de su móvil y se plantó a mi lado.

—¿Vamos a por ese taxi? —me preguntó, y entonces noté que me rodeaba los hombros con el brazo, de forma amistosa, como si quisiera demostrarme que éramos colegas. Fue tan patético que casi me dio la risa. Seguro que Tristán había estado entrenando para saber comportarse como un buen monitor y saber fingir que era un tipo enrollado.

Asentí sin decir nada, liberándome de su abrazo, y me dispuse a coger el camino hacia el centro, donde supuestamente habría más afluencia de taxis de los que había en la calle en la que nos encontrábamos. A mi lado, Tristán avanzaba en total silencio. Estuve a punto de darle las gracias por hacerme sentir como la niña pequeña a la que sus padres habían abandonado para ir al cine, dejándola al cargo de una canguro inexperta.

Para distraerme de mis deprimentes pensamientos, me puse a calcular mentalmente la distancia que separaba la Royal Mile del centro de la ciudad y también hice un cálculo de lo que tardaríamos en llegar a nuestro destino si íbamos andando a marcha forzada. Se me ocurría que no serían más de diez minutos pero tampoco menos de siete, y luego, claro, estaba el trayecto en taxi desde el centro hasta el Èideann College, otros quince o veinte minutos más. Esa dura realidad me impacientó, sobre todo porque, por lo que parecía, Don Monitor Enrollado y yo íbamos a pasarnos todo el rato atascados en un denso y asfixiante silencio.

Sin embargo, justo cuando esa idea acababa de cruzar mi mente, Tristán habló:

—Parece ser que a tu amiga le gusta infringir las normas.

Oh-oh. Lo que faltaba. Ahora me tocaría aguantar un estúpido sermón. Lo veía venir. Ahora era cuando el monitor, hasta ahora enrollado, adoptaba su faceta más seria y responsable, y se disponía a divagar sobre lo que es correcto y lo que es incorrecto y las terribles consecuencias que nuestros irracionales actos pueden desencadenar. Estaba segura de que no podría soportarlo.

—Creí que en Surreal Summers no había normas para los alumnos —le espeté con ironía.

—Y en realidad no las hay —dijo él—. Prohibir no sirve de nada. Pero es importante que cada cual conozca sus propias limitaciones, ¿no crees? Llega un momento en que ya no puedes esperar que las normas te vengan impuestas por los demás, sino que eres tú mismo quien tiene que imponértelas y comprometerte a no saltártelas.

Eso era peor que un sermón. Eso era una acusación

abierta de inmadurez e infantilismo en toda regla. Y no soportaba el uso que hacía Tristán de la segunda persona del singular. Ya no puedes esperar, tienes que imponértelas, tienes que comprometerte. Al fin y al cabo, no era yo la que tendría que estar aguantando todo eso. Yo no me había saltado ninguna norma, las hubiera o no.

Me pregunté cómo iba a aguantar siete minutos o los que fueran a su lado si no habían pasado ni siete segundos y ya había empezado a sermonearme.

—¿Es que tú siempre haces lo correcto? —le escupí de repente. Sea como fuere, no iba a dejarme intimidar por las lecciones de un tipo que debía de ser apenas tres años mayor que yo. Podría haber sido mi hermano. Podría haber sido mi compañero de instituto. ¿Por qué tenía que comportarse como mi padre?

—Claro que no —replicó él, y había que reconocer que hablaba con bastante franqueza. Cruzamos la calle cuando el semáforo de peatones se puso en verde y Tristán continuó hablando—. Nadie sabe qué es exactamente lo correcto. Lo que puede ser correcto para ti puede que no lo sea para mí. Puedo equivocarme y puedo hacer cosas de las que luego puede que no me sienta muy orgulloso. Solo digo que es importante tener tus propias normas, decidir hasta dónde puedes llegar y negociar en qué punto pones la barrera. Creo que esta noche tu amiga se ha olvidado por completo de fijar la barrera y es muy probable que mañana se despierte con la sensación de que tal vez la noche anterior podría haber sido mucho más interesante si hubiera sabido dónde estaban sus límites.

—Como si eso fuera tan fácil —solté de repente. Una pareja de mediana edad se cruzó en nuestro camino y Tristán tuvo que apartarse para dejarles paso. Su mano rozó la mía y me aparté de él en un acto inconsciente.

—La verdad es que no es nada fácil —asintió él—. Pero

de eso se trata. Madurar es eso. Marcarte tus normas y no romperlas. ¿Y tú, qué? ¿Vas a decirme que no tienes tus propias normas?

¿Mis propias normas? Bueno, la verdad era que yo ya tenía más que suficiente con todas las normas que me imponían los demás. De todos modos, lo medité porque parecía que Tristán estaba interesado en mi respuesta.

—No lo he pensado nunca detenidamente —empecé a decir—, pero creo que no mentir salvo cuando sea estrictamente necesario está en uno de los primeros puestos de mi escala de valores morales. Luego está lo de estudiar para aprobar los exámenes, lo de obedecer a mis padres y a los profesores, y también lo de ayudar a los demás siempre que sea posible. Aunque no sé cuál sería exactamente el orden de prioridad de estas tres últimas cosas.

Acabé de decirlo y me di cuenta de que aunque hubiera sonado como algo sumamente aburrido, lo que acababa de decir era más o menos la pura verdad. Adiós a mi rebeldía adolescente.

—Todo lo que has dicho está muy bien —dijo Tristán con una sonrisa—, pero me suena más a deberes que te vienen impuestos por los demás, que no a decisiones tomadas por ti misma. A parte de lo de ayudar a los demás, claro. Esa sí es una buena norma. Pero creo que te confundes, las normas no son lo mismo que las obligaciones. Creo que hay cosas aún más importantes que lo de obedecer o lo de estudiar con la única finalidad de aprobar los exámenes.

—¿Como por ejemplo? —me interesé. Llegamos a otro paso de peatones y esta vez no esperamos a que se encendiera el color verde. Imaginé que a Tristán sus principios no le impedían saltarse las normas de circulación viaria.

—Como por ejemplo —empezó a decir él—, la norma de no dejar que nadie te manipule, que nadie te diga nunca lo que tienes que hacer, que te dejen ser tú misma.

—¿Qué más?

—La norma de no juzgar nunca a las demás personas. Sea lo que sea que hagan, te guste o no, te repulse o no. Sea lo que sea, nunca puedes juzgar los actos de los otros, porque no eres tú la que vive su vida. No eres tú la que tiene que elegir por ellos. Y nadie sabe lo que hace uno mejor que uno mismo.

—Es curioso que estemos hablando de normas otra vez —comenté con una breve sonrisa, recordando nuestra primera conversación—. ¿Algo más?

—Por supuesto. Ahora viene la más importante. La norma de vivir la vida como te apetezca. La norma de hacer lo que te haga más feliz, siempre que no hagas daño a nadie, por supuesto. Siempre que no te saltes ninguna de tus otras normas. Esa es la mejor, la que no puedes olvidar. La norma de divertirte y de disfrutar de la vida, para que luego, cuando llegues a anciana y les tengas que contar tu vida a tus nietos, te des cuenta de que te lo has pasado en grande y de que tu existencia, realmente, ha valido la pena.

—Esta última es la más difícil de todas. Imposible, me atrevería a decir —musité, percatándome de lo absurdas que eran las palabras de Tristán. Divertirme y disfrutar de la vida. Pasarlo en grande. ¡Como si fuera tan fácil! ¡Como si dependiera solo de mí!

—Pero también es la más importante, la que merece todo tu esfuerzo —prosiguió Tristán, sin duda desconocedor de todas las ideas que se me estaban pasando por la cabeza en aquel momento—. Por cierto, ¿cómo lo estás pasando?

—¿Qué?

Habíamos llegado al North Bridge y empezamos a cruzarlo. Abajo se veía el centro de la ciudad en todo su esplendor nocturno. Edimburgo de noche era un hermoso espectáculo. La belleza ante mis ojos me deslumbró y me olvidé por completo del camino que seguían mis pies, así que acabé metiéndome dentro de un charco. Mi zapatilla izquierda había quedado empapada y me sentí completamente estúpida.

—¿Lo estás pasando bien en Edimburgo? —repitió Tristán—. ¿Te gusta la experiencia de lo del curso de verano, la estancia y todo eso?

—¿A qué viene esta pregunta?

—¿Cómo que a qué viene esta pregunta? Soy tu monitor, ¿recuerdas? Mi deber es interesarme por el bienestar de los alumnos e intentar poner remedio a cualquier contratiempo. Y no es solo mi deber, también es una de mis normas.

—Bueno, ¿la verdad?

—Por supuesto —sonrió con su sonrisa de siempre—. Me apetece escucharla.

Estuve meditando durante un buen rato. Había que reconocer que el curso de inglés estaba resultando ser algo completamente diferente a lo que yo había imaginado, lo cual quería decir que no estaba tan mal.

—Bueno, pues la verdad es que las clases con Abigail son muy interesantes. Se aprende mucho, aunque no sé si puedo decir que mi inglés está progresando adecuadamente. Mi nivel es tan pésimo que raya la ridiculez —acabé confesando.

—No te preocupes por eso. Lo que raya la ridiculez son las tres semanas de tiempo que ofrece el curso. No puedes aprender inglés en veinte días. ¿Y qué tal con tus compañeros? Parece que te llevas bien con Cristina.

Lo pensé durante unos segundos y por primera vez me di cuenta de que sin duda el curso de verano no sería lo mismo sin mi compañera de pupitre. A pesar de que aquella noche se hubiera desentendido de mí por su particular sesión de baile desenfrenado.

—Supongo que Cristina es lo más parecido a una amiga que tengo aquí —dije, no sin dejar que mi voz estuviera teñida por un deje de tristeza. La mayoría de mis compañeros tenían muchos amigos, todos se relacionaban con todos, todos se reían y hablaban con todos, incluso Cristina tenía su propio círculo de amistades. Yo era solo la personificación del aislamiento. El pez fuera del agua hecho mujer.

—¿Y qué tal con tu compañera de cuarto? —preguntó ahora Tristán con voz grave, sin duda el tono de mi respuesta no le había pasado por alto.

—Emma es todo lo contrario de lo que yo soy —confesé—. Y eso no facilita las cosas, la verdad.

—¿Por qué es todo lo contrario de lo que tú eres?

Inspiré con fuerza y me llevé una buena dosis de aire antes de responder. El aire de aquella noche, me dije, tenía un potente e inconfundible olor a menta.

—Bueno, para empezar, ella es una chica bastante extravertida —le conté a Tristán—. Cae bien a todo el mundo, conoce a casi todos los chicos y chicas del curso, y siempre está dispuesta a apuntarse a todas las actividades y salidas. Además, es alocada, no se corta, suelta tacos, se cambia de ropa cada dos por tres y nunca le dice que no a los retos.

—Y tú no eres ni haces nada de eso.

—No, supongo que no.

—¿Te molesta tener que convivir con alguien que sea tan diferente de ti?

—En general, nada de lo que he dicho hasta ahora me molesta en exceso —respondí—. Sin embargo, sí hay algo que realmente me saca de quicio —Miré a Tristán y él me estaba mirando con los ojos muy abiertos y las cejas arqueadas, esperando a que yo continuara—. Al parecer —empecé a decir—, a Emma lo único que le interesa del curso y de Edimburgo en general es impresionar a los chicos. Parece que lo único que la motiva es acaparar a más admiradores. Emma es como un imán para nuestros compañeros y siempre está rodeada de ellos. No me importaría si fuera cualquiera de las otras chicas la que se comportara así, lo que pasa es que con Emma compartimos habitación y mesa en el comedor, y hay veces en las que siento que estoy dentro de su círculo e igual de rodeada de chicos que ella.

—¿Y dónde está el problema? ¿Te molesta tener chicos a tu alrededor?

—¿Bromeas? No soporto tener chicos a mi alrededor. Me causan alergia.

—¿En serio? ¿Por qué?

De pronto, nuestras manos volvieron a chocarse. Tristán se había inclinado hacia a mí, absurdamente intrigado por todo lo que le estaba contando, y me apresuré a mantener las distancias de nuevo dando un pequeño salto hacia mi izquierda. Salimos a Princes Street, estábamos en pleno centro de Edimburgo. Encontrar un taxi sería cuestión de segundos, me dije.

—Bueno, por varias razones, la verdad —empecé a decir, respondiendo a la pregunta de por qué los chicos me causaban alergia—. En primer lugar, sus temas de conversación son francamente aburridos: deporte, chicas, coches y… ¿deporte otra vez? Luego, está su falta de madurez. La mayoría de los chicos de mi edad tienen unos niveles de sensatez que están a ras de suelo, y todavía no estoy segura de que la cosa mejore mucho con el paso de los años.

—Gracias por el cumplido —me interrumpió él.

—Perdón —me disculpé. Por un momento había olvidado que estaba hablando con alguien que alguna vez también había sido un adolescente insensato e inmaduro, y que tal vez aún poseía algún que otro resquicio de esa inevitable etapa—. No era eso exactamente lo que quería decir.

—No te preocupes —rio él, quitándole hierro al asunto—. ¿Qué más?

El viento agitó los árboles del lado sur de la carretera y ese inconfundible olor a menta volvió a llamarle la atención a mi olfato. Princes Street se alargaba hasta el infinito, luces centelleantes y aparadores coloridos en todos los comercios. Pero, ¿dónde estaban los taxis?

—Bueno, no hay mucho más —dije, prosiguiendo con la conversación—. En pocas palabras, lo que más me molesta de los chicos es sin duda el hecho de que sean tan irritablemente imprevisibles.

—¿Imprevisibles?

—Eso es, imprevisibles. Cuando se te acercan, nunca sabes qué es lo que van a querer de ti. Me ponen completamente nerviosa solo con su presencia. Por no hablar de lo que puede llegar a pasar cuando te pillan desprevenida.

—¿A qué te refieres?

—Bueno, ¿quieres un ejemplo?

—Para ilustrar tu tesis, por favor.

—Pues te voy a contar lo que me pasó la otra tarde. Estábamos jugando al tenis con Raque. Se supone que ahora es mi entrenador, ¿sabes de quién estoy hablando?

Haber pronunciado su nombre había estado a punto de provocarme náuseas. Era la primera vez que hablaba de aquel ridículo incidente con alguien que no fuera mi omnipresente conciencia.

—Claro. El chaval obsesionado por el tenis.

—Exactamente. Pues, como te decía, estábamos jugando al tenis y tuve un accidente.

—¿Un accidente?

—No pude esquivar uno de los disparos de Raque y me caí al suelo por culpa del golpe en la cabeza —expliqué—. No sé cómo pasó, pero al final resultó que Raque estaba encima de mí y acabó por besarme en la boca.

—¿Qué?

—No te rías, no tiene ninguna gracia. No tuvo ninguna gracia. Fue como si un pelotón de caracoles estuviera haciendo una carrera en mi cara. ¿Ves a lo que me refiero cuando te digo que los chicos están locos, cuando te digo que son imprevisibles y que se les va la olla sin más?

—Tiene gracia —empezó a decir Tristán—. Nunca habría pensado que una chica como tú les tuviera miedo a los chicos.

—No les tengo miedo.

—Tú misma acabas de decirlo.

—He dicho que los encuentro aburridos, inmaduros y desequilibrados. Y que me va mucho mejor cuando no tengo a ninguno a menos de cincuenta metros de distancia.

—¿Te has enamorado alguna vez? —preguntó ahora él. Sus cejas arqueadas dibujaban un ángulo casi perfecto sobre su frente bronceada. Su inconfundible tupé, luchando contra la suave brisa de la noche, hacía equilibrios en lo alto de su cabeza.

—¿Qué es esto, un chiste? —escupí, riéndome sin ganas—. ¿Cómo quieres que me enamore? No voy a enamorarme en la vida. Ya te he dicho que los chicos me dan alergia.

—Bueno, sabes, creí que todo este discurso era simplemente fruto de una mala experiencia —dijo él—. Además, si te enamoras, no tiene que ser necesariamente de un chico.

—Ya, vale —acepté, después de entender lo que Tristán quería decir—. Pero tampoco me gustan las chicas.

—No te gustan las chicas, te dan alergia los chicos —se rio él—. Menudo contratiempo. ¿Qué vamos a hacer contigo, Delia?

El taxi todavía no había aparecido y la conversación estaba adentrándose por unos jardines salvajes de los que yo no quería hacer otra cosa que escapar.

—¿Importa mucho? A mí, no, por supuesto —respondí con un tono de voz molesto—. Qué más da que los chicos me den alergia. No quiero enamorarme. No voy a enamorarme nunca. Jamás he soñado en ser la princesa del cuento de hadas en busca de su príncipe azul. Esos cuentos tendrían que estar prohibidos, solo sirven para poner ideas raras en las cabezas de las niñas que luego se van a topar con la cruda realidad y se van a morir de la decepción.

—Estoy al corriente de los trámites de separación que están llevando a cabo tus padres —susurró Tristán inesperadamente—. ¿Tiene algo que ver ese matrimonio fallido con lo de tu reticencia al amor?

—¿Estás intentando psicoanalizarme? —repliqué con hostilidad.

—Ni se me ocurriría intentar nada de eso.

—Bueno, pues mejor. No me apetece nada hablar de mis padres.

Estaba totalmente ofuscada. En primer lugar, no me gustaba en absoluto el camino que estaba tomando nuestra conversación. Y en segundo lugar, me incomodaba sobremanera que Tristán se lo estuviera pasando bien a mi costa.

—Oye, ¿y qué pasa conmigo? —dijo él de repente—. ¿También te pongo de los nervios?

—¿Tú? No, claro que no —dije, desconcertada—. ¿Por qué ibas a hacerlo?

—Bueno, Delia —dijo él, después de aclararse la voz—, tal vez no te hayas fijado, pero yo también soy un chico. Los chicos te repugnan, ¿recuerdas?

En parte, había que reconocer que tenía razón. Tristán tal vez no me ponía de los nervios, pero su presencia me había incomodado en más de una ocasión. Mi monitor no era precisamente lo que yo habría considerado una compañía agradable. Pero, en fin, ¿quién lo era para mí? Y en todo caso, a pesar de ser un chico, se podía hablar con él, al menos una podía olvidarse de la sensación de ahogo que le provocaba el estar hablando con según qué tipos.

—No seas estúpido, tú eres diferente —dije al final.

—Diferente, ¿por qué?

—Porque tú eres el monitor.

—¿Y? ¿Acaso crees que los monitores no podemos ser imprevisibles? ¿Crees que no podemos hacer nada que te irrite o que te coja por sorpresa?

—Creo que, como monitor, por lo menos no vas a querer aprovecharte de mí, ni vas a intentar conversar conmigo con segundas intenciones, ni vas a asaltarme de repente, ni vas a acorralarme para que te bese.

—Eso último sería bastante inapropiado —asintió con una sonrisa.

—Eso sería romper la norma número tres de tu decálogo de monitores, y creo que tienes las cosas muy claras en ese campo.

—Crees bien.

—Aunque hay algo que no comprendo —empecé a decir, recordando algo que había pasado durante el fin de semana anterior.

—¿El qué?

—¿Te acuerdas de la noche del sábado? ¿Te acuerdas de aquel estúpido juego?

—El Juego de la Botella. Me acuerdo perfectamente.

—Exacto. Bueno, pues me estaba preguntando por qué decidiste darme a mí el beso cuando podías haber escogido entre veinte chicas que hubieran estado el doble o el triple de contentas de recibirlo que yo.

—¿Te molestó que te besara?

—Bueno, tienes que reconocer que eso fue bastante imprevisible.

—Te besé en la frente. No tenías por qué molestarte.

—No has respondido a mi pregunta.

—Tú tampoco lo has hecho —replicó él, sonriendo y mirándome a los ojos fijamente, probablemente intentando descifrar qué era lo que pasaba por mi cabeza en aquel momento—. ¿Cuál era tu pregunta? —dijo al final.

—¿Por qué yo? ¿Por qué me besaste a mí?

—En primer lugar, te voy a responder con otra pregunta: ¿Y por qué no? Pero, por supuesto, hay un par de razones de peso para que tú fueras mi elegida.

—¿Qué razones?

—Bueno, en primer lugar, tú eras la única chica que no parecía entusiasmada ante la perspectiva de que el enrollado del monitor la besara. O sea, que fuiste desde el primer momento una buena opción. Imagínate que beso a Emma, o a Andrea o a Sabrina. Imagínate que se hacen ilusiones. Imagínate que se pasan el curso de verano soñando con los ojos abiertos con su monitor y que se olvidan de todo lo demás. Hubiera sido muy reprochable por mi parte.

—Acabas de sonar un poco pedante, ¿sabes?

—Lo sé —confesó él, dándole un toque travieso a su sonrisa—. *Mea culpa*. Pero supongo que soy de los que creen que vale más prevenir que curar.

—¿Cuál fue la otra razón?

—La otra razón fue un poco estúpida. En realidad la palabra es infantil, pero, bueno, ya lo sabes: los chicos somos unos inmaduros —se rio ante la elección de sus palabras—. El caso es que me di cuenta de que tú, precisamente, eras sin duda de esa clase de chicas que se sonrojan con facilidad. Y eso es algo que me encanta, que una chica se sonroje de repente, sin más. Supe al instante que eras un objetivo inigualable para mi beso errante.

—No me lo puedo creer. ¿Tu intención era dejarme en ridículo?

—No te dejé en ridículo. Al contrario, fuiste la chica más envidiada de la residencia. Y, por descontado, después de eso, buena parte de los chicos empezó a prestarte más atención.

—Muchas gracias, justo lo que necesitaba. Acabo de contarte que los chicos me dan alergia. No quiero su atención, ¿comprendes? No quiero que revoloteen a mi alrededor como abejas rondando la miel.

—Bonita metáfora.

—Y muy acertada también. ¿No te das cuenta? Las abejas tienen aguijón. Y lo utilizan para morderte y para aprovecharse de ti. Y para causarte dolor.

—En realidad, el uso del aguijón es más bien un mecanismo de defensa.

—No me sigues, lo que quiero decirte es que las abejas son dañinas. Y por supuesto, yo no estoy dispuesta a exponerme a su veneno.

—No deberías preocuparte por eso, Delia. Tarde o temprano vas a encontrar a tu antídoto.

—¿Mi qué?

—Tu antídoto. Alguien que te va a curar de tu alergia hacia los chicos. Alguien que no te va a molestar con su presencia. Que te hará reír. Y también llorar, me temo. Alguien que te hará olvidar tus miedos y tus dudas. Alguien que te va a poner el mundo al revés, pero que, a la vez, va a conseguir que de repente todo tenga sentido. Alguien con quien de veras te apetecerá estar. De hecho, no solo te apetecerá estar a su lado, sino que creerás que todos los minutos que pases alejada de esta persona son una pérdida de tiempo.

—Todo lo que acabas de decir es altamente improbable —rebufé.

—Si quieres, apostamos.

—¿Apostar el qué?

—Que tarde o temprano vas a encontrar el amor verdadero.

—Estás loco.

—¿También tienes miedo a apostar?

—Estás loco por querer arriesgarte a apostar por algo tan claramente imposible. Por supuesto que acepto tu estúpida apuesta. ¿Qué nos apostamos?

—Todavía no lo sé, me lo tendré que pensar. Pero que sepas que vas a perder, de eso que no te quepa la menor duda.

Tristán estaba loco. Sin duda había visto muchas películas. Todo lo que acababa de decir sobrepasaba lo absurdo, pero estaba dispuesta a dar el tema por zanjado.

De pronto, a lo lejos, vimos que aquel tan esperado automóvil se dirigía derecho a nosotros. Tristán le hizo un gesto con el brazo al conductor del taxi, el cual paró su vehículo justo delante de nuestros pies. Nos metimos en el asiento de atrás, Tristán le indicó la dirección al conductor y no habían pasado más de dos minutos cuando mis ojos empezaron a nublarse y mis párpados lucharon una batalla perdida por mantenerse abiertos. El ajetreo de aquella noche caótica me había dejado rendida de cansancio y sueño. Mi reloj ya marcaba la medianoche y yo solía acostarme poco después de las diez. No opuse más resistencia y pronto noté que los ojos se me cerraban por completo. No desperté hasta notar un leve zarandeo en mis hombros.

—Vamos, Delia, despierta —oí que Tristán musitaba a mi oído—. Ya hemos llegado.

Abrí los ojos con dificultad, sobresaltándome por culpa de la proximidad de Tristán, al que recordaba muy vagamente. Estuve confusa durante un buen rato. Me sentía estúpida. Imágenes borrosas cruzaban mi memoria. Ese dichoso local con su música y su marea densa de cuerpos oscilantes. Sabrina convertida en zombi y Cruz arrastrándola hacia el exterior. Tristán antes y después del desastre de la camisa azul celeste, que, por cierto, ahora lo notaba, olía fatal.

—Te acompaño a tu cuarto —decidió Tristán con determinación, arrastrándome con él hacia el aire hostil de la noche—. Vamos, andando. Empieza a ser tarde y necesitas descansar.

—Hueles mal —oí que mi voz ensoñada decía. Me asombré de mi mala educación, incluso estando semiinconsciente. Aunque a Tristán pareció no importarle. Simplemente se rio de mi comentario.

Llegamos al Èideann College, atravesamos el *hall* insuficientemente iluminado y Tristán logró arrastrarme, en sentido estrictamente literal, hasta la segunda planta, hasta la habitación 209. ¿Qué me pasaba? Estaba agotada. Normal: hacía horas que no comía nada.

—¿Tienes la llave? —me preguntó una vez llegamos a la puerta.

Empecé a rebuscar en mis bolsillos. Los del pantalón eran tan estrechos que tuve trabajo para llegar a su fondo. De todas formas, la búsqueda en aquel lugar resultó ser infructuosa. Mis dedos pasaron a explorar los escondrijos de mi chaqueta, y allí, en ese pequeño bolsillo de la pechera, di con la diminuta llave de mi cuarto. Logré sacarla del bolsillo pero mis dedos estaban demasiado entumecidos como para conseguir adentrar la llave en la abertura de la puerta. Tristán, que, por cierto, ahora me percataba de ello, aguantaba todo el peso de mi cuerpo contra el suyo mientras evitaba que me cayera desplomada, alargó la mano para hacerse con la llave y se encargó él mismo de abrir la puerta de la habitación.

—Gracias —farfullé, avergonzada. Si antes me había sentido como una criatura de guardería, ahora la sensación se había multiplicado por mil. No podía comprender cómo era posible que ni siquiera pudiera mantenerme en pie, pero el caso era que estaba muerta de sueño. Parecía que la dichosa mosca tse-tse hubiera dado con mi epidermis causando estragos.

—No hay de qué —susurró él.

Nuestra proximidad me hubiera resultado extremadamente incómoda si se hubiera dado cualquier otra circunstancia. Ahora, sintiéndome muerta de cansancio y a punto de desmayarme de somnolencia, me parecía estupendo tener a Tristán tan cerca para impedir que mis huesos de gelatina se derritieran bajo mi peso. Iba a volver a darle las gracias cuando recordé que ya se las había dado. Me removí en sus brazos y le dediqué una sonrisa de agradecimiento. Sus labios dibujaban su misma sonrisa de siempre aunque me pareció volver a ver la sombra de algo que no comprendí, como ya había sucedido anteriormente, no recordaba cuándo. Tristán carraspeó levemente y me dio la sensación de que esa era mi señal para retirarme. Pero no era tan fácil: si mantenerme en pie era complicado, el hecho de ponerme a andar me resultaba una misión imposible. Pegué un suspiro y volví a removerme en sus brazos, que todavía rodeaban mi cuerpo en un abrazo firme.

—Buenas noches, Delia —murmuró la voz de Tristán, aunque noté que todavía seguía sin dejarme marchar. Su voz había sonado muy cerca de mi oído, así que ahora nuestras frentes estaban casi chocándose la una con la otra.

Iba a darle las buenas noches yo también y ladeé la cabeza ligeramente para mirarlo a la cara. Lo cual fue un grave error. Tristán no solo había querido desearme las buenas noches, sino que había tenido la absurda idea de acompañar sus deseos con un beso. Mi ladeo de cabeza solo empeoró las cosas, ya que en un flash inevitable los labios de Tristán se encontraron con los míos en lo que pareció ser el beso más equivocado de todos los tiempos.

El olor a menta que me había acompañado durante toda la noche se intensificó, se hizo más fuerte, inundó mis fosas nasales. Tristán me soltó al fin, sin importarle que yo pudiera caer desplomada, lo cual habría pasado si no me hubiera apoyado contra la puerta de mi habitación.

—Buenas noches, Delia —repitió mi monitor. Y entonces se alejó.

Entré en mi habitación y caí rendida sobre mi cama. Todo estaba a oscuras. Mi cuarto, la noche al otro lado de la ventana, mi mente. Tenía hambre pero el sueño la vencía.

¿Era aquello una infracción de la norma número tres?, fue el primer pensamiento que pasó por mi cerebro lento y adormilado. No lo sabía. Probablemente no, me dije. Tristán nunca iba a infringir esa norma. Apenas fue un instante fugaz. Un aleteo de mariposa, suave, aterciopelado y efímero.

Quizás lo había soñado.

ALERGIA

El sábado por la mañana se había organizado una excursión para visitar las afueras de Edimburgo, concretamente una granja familiar que se alzaba en medio de campos verdes y extensos, donde caballos y reses pacían a sus anchas mientras permanecían ajenos a la suave lluvia que caía sobre sus cabezas.

El acto central de la excursión consistía en dar un paseo por la granja y los establos, proporcionar alimento a pavos y gallinas, ordeñar vacas, y hacer un recorrido a caballo por los alrededores. En general, no me había costado ningún trabajo llevar a cabo las primeras tareas. Nunca había tenido demasiado contacto con el mundo animal, pero, al fin y al cabo, dar de comer a unos animales indefensos que no medían más de medio metro no podía considerarse un trabajo difícil. Con las vacas, me las apañé, aunque mi capacidad a la hora de ordeñarlas dejaba mucho que desear.

La mañana transcurría de forma más o menos apacible hasta que llegó el momento en que me presentaron a mi medio de transporte para la excursión por la campiña. El caballo que tenía ante mí debía medir por lo menos dos metros de altura, sus ojos, negros y brillantes, eran por lo menos del tamaño de una manzana, y también poseía unas patas robustas que levantaba cada dos por tres sin que nadie se lo hubiera indicado. Le observé durante un minuto largo, su larga cabellera azabache, su pelaje marrón oscuro, su cola inquieta moviéndose de un lado a otro. Luego respiré con fuerza y me dispuse a enfrentarme a él.

La primera vez que intenté montarme a sus espaldas, no cogí suficiente carrerilla y mis piernas quedaron colgando mientras mis manos resbalaban y dejaban escapar la silla. La segunda vez, mi carrerilla fue excesiva y no solo logré saltar sobre el lomo del animal sino que además salí disparada hacia el otro lado, cayéndome de bruces contra el suelo. Mis compañeros de viaje reían a carcajadas a mi alrededor mientras mi instructor me pedía a gritos que por favor dejara de una vez de hacer locuras, ya que con eso solo lograría asustar al caballo. Finalmente, logré colocarme en mi sitio y agarrar las riendas.

—¿Cómo lo llevas? —me preguntó Cristina, que, montada sobre su caballo blanco, había conseguido situarse al lado del mío, el cual trotaba como una cabra montesa.

—Más o menos, ya lo ves —le dije, indicándole con un gesto de cabeza cómo el caballo seguía su rumbo y yo me debatía para no caerme. Mis dedos se agarraban a las riendas con tanta fuerza que parecía que iban a despedazarlas.

—Anoche desapareciste.

Ahora dejé de concentrarme en hacer equilibrios para mirar a Cristina. Anoche. Parecía un momento tan remoto que me sorprendió que mi compañera se molestara en mencionarlo. Mi cerebro, todavía entumecido por el ajetreo de la velada del día anterior aún no se había molestado en hacer recuento de todo lo que había pasado. De pronto lo recordé. Un flashback borroso e inesperado me transportó al momento más desconcertante de la noche. El momento de las buenas noches de Tristán.

—No desaparecí, simplemente me fui —repliqué—. No me sentía bien.

De pronto recordé también que Cristina se había olvidado de mí por completo una vez había puesto los pies en la pista de baile del pub, que se había pasado la noche bailando sin que nada ni nadie le importara, que me había dejado tirada en medio de la marea humana. Por descontado, no iba a tenérselo en cuenta, pero tampoco estaba del todo segura de que la hubiera perdonado aunque no tuviera muy claro cuál había sido su crimen exactamente.

—¿Volviste al Èideann College tu sola? —preguntó ahora arqueando una ceja—. ¿A esas horas de la noche?

No me apetecía hablar de la noche anterior, pero no había manera de escapar de las preguntas de Cristina. Mi cabeza me decía que debía echarme a correr, pero no podía hacerlo yendo a caballo.

—No volví sola —aclaré—. Me acompañó Tristán.

—¿Tristán el monitor?

—Eso es. Volvimos en taxi.

—Vaya, creía que no te dejabas impresionar por él.

—No me dejo impresionar por él —grité—. Ni por él ni por nadie. Le dije claramente que no era necesario que me acompañara pero él insistió.

—Déjalo, Delia. No tienes por qué darme explicaciones.

Volvimos a quedarnos en silencio. Levanté la vista por encima de la crin de mi caballo y vi que unos pocos metros más adelante Tristán, montado en su caballo de color negro, conversaba animadamente con uno de los monitores escoceses. Iba vestido con sus vaqueros gastados y una camiseta de manga corta que resaltaba la musculación de sus bíceps y su espalda. Llevaba las gafas de sol puestas y su tupé se movía arriba y abajo, siguiendo el ritmo del trote irregular que llevaba a cabo su caballo. De repente otro de aquellos flashes invadió mi cerebro. Sus pupilas negras y brillantes dentro del mar de color verde bailoteaban de un lado para otro mientras nuestros cuerpos se balanceaban al ritmo de la ensordecedora música de aquel horrible local. Su cuerpo atlético pegado a mi desproporcionada figura, sus brazos alrededor de mi espalda y las caderas de ambos chocándose de una forma casi agresiva.

Volví a bajar la vista. Me sentía mareada.

—Delia, ¿qué te pasa? —me preguntó Cristina de súbito.

—No me pasa nada.

—Parece que estés en otro planeta.

«Soy de otro planeta», dije para mis adentros.

Mi memoria, ajena a las órdenes de mi voluntad, todavía recorría las imágenes de la noche anterior, que se habían quedado gravadas en ella. Había una pregunta que pesaba con fuerza sobre mi conciencia. La cuestión era qué había pasado exactamente cuando Tristán me había acompañado a mi habitación. En aquel momento me había encontrado en tal estado de estupor y ensoñación que las imágenes que llegaban a mi memoria lo hacían de forma difuminada e inconexa, lo cual resultaba ser un contratiempo. Mis sentidos se encontraban en el desorden más absoluto. Por un lado estaban todos aquellos flashbacks: mis piernas de gelatina arrastrándose por el pasillo de la segunda planta, sus brazos bronceados alrededor de mi cuerpo, su camiseta de algodón, aquel inconfundible olor a menta, su voz dándome las buenas noches, aquel instante fugaz de sus labios sobre los míos. Aquellos recuerdos eran las pruebas, eran la evidencia de algo que no tenía ningún sentido. Por otro lado, claro, estaba la voz de mi razón, de mi sentido común: la única explicación posible era que los recuerdos de aquel viernes por la noche habían sido producto de mi imaginación, nada de aquello podía haber sucedido. Ese era sin duda el único planteamiento posible ante aquella inusitada situación.

***

Me pasé la tarde del sábado encerrada en la biblioteca, sacándole polvo a los archivos y anotando lo que me parecían datos de interés en mi cuaderno de hojas cuadriculadas. Cristina se había comprometido a acompañarme en la tarea, pero eran más de las cinco y todavía no se había presentado. Mi reclusión voluntaria tenía tanto que ver con mi afán por encontrar información para mi trabajo como con el hecho de querer evitar que mi mente se distrajera con otros asuntos que me incomodaban.

Lo bueno de aquella tarde fue el cobijo que me proporcionó la Èideann Library y la recopilación de información para mi trabajo. De mi búsqueda exhaustiva, pude sacar ciertos datos de interés, los cuales listé en mi cuaderno de forma esquemática.

En primer lugar, di con un artículo que aseguraba que treinta años después de la llegada del sida a Edimburgo, más casos de VIH estaban siendo diagnosticados en la capital entonces que durante el brote de la enfermedad en los ochenta. A lo largo de los noventa, el número de diagnosticados por el VIH en Escocia era de unos 150 a 180 cada año. Sin embargo, en 2002 y 2003 hubo 250 y 257 nuevos casos respectivamente. Se estimaba que hacia el año 2003, unas 53.000 personas estaban infectadas por el virus en todo el Reino Unido. Los diagnósticos habían ido incrementando regularmente desde 1998. En 2003 hubo 6.600 nuevos diagnósticos, más del doble que el total de 1998.

En referencia a lo anterior, descubrí que en el año 2007, la fecha más reciente encontrada hasta entonces, se diagnosticaron 117 casos de VIH en Edimburgo, lo cual significaba el número más alto de diagnósticos en la ciudad desde 1984. Nacionalmente, 453 casos emergieron en Escocia en 2007, desgraciadamente un récord en el país. Por otro lado, era un hecho constatado que el virus del sida, antaño mayormente contagiado por culpa de que los drogadictos compartieran agujas, ahora se transmitía principalmente por vía sexual. Además se consideraba que había el mismo riesgo entre parejas heterosexuales como homosexuales.

Otro dato alarmante en el Reino Unido era que, tal y como había pasado en los ochenta, muchos de los contagiados por el VIH no sabían que lo eran, un porcentaje tan alto como un tercio de los seropositivos. Y, más alarmante aún, uno de cada diez de los diagnosticados resultaba haberlo sido tan tarde que ya había llegado a desarrollar la enfermedad del sida.

Finalmente, me pareció importante resaltar el hecho de que hoy en día, en países desarrollados y con los cuidados médicos necesarios, los diagnosticados con VIH podían vivir de forma saludable y tener una vida relativamente larga. Por ejemplo, generalmente hablando, un joven de veinte años que viviera en Edimburgo y contrajera el VIH podía vivir alrededor de unos cuarenta años más si seguía el mejor tratamiento y llevaba una vida sana. Sin embargo, estaba claro que el VIH era un virus nefasto, que dominaba la vida de los que lo padecían y que podía tener infinidad de complicaciones.

A las seis treinta de la tarde, cerré mi cuaderno y devolví los archivos a su sitio. Me extrañaba que Cristina no se hubiera presentado en ningún momento, pero supuse que la excursión equina de la mañana la había agotado y no le di más vueltas. Metí el cuaderno en mi mochila y me dispuse a prepararme para la hora de la cena. Después de mi encierro en la biblioteca, me sentía satisfecha con mi progreso y más satisfecha todavía de que mi búsqueda de información hubiera apartado mi mente de todo lo demás.

Al no ver a Cristina en el comedor, empecé a impacientarme de veras. No era habitual que mi colega se saltara las horas de las comidas. Ese comportamiento no era normal en ella, así que después de cenar decidí por fin subir hasta la habitación 334 para ver si había alguna clase de explicación para su reclusión. Llamé a la puerta con dos golpes suaves y una voz entrecortada me invitó a pasar:

—Adelante, está abierto.

Abrí la puerta con cautela, sin entender por qué no era la misma Cristina la que me abría. Me la encontré tumbada sobre la cama, con las sábanas cubriéndole el cuerpo hasta la barbilla y la cara roja e hinchada como un tomate maduro.

—¡Cristina! —grité con voz asustada—. ¿Qué te ocurre?

—No puedo moverme, siento dolor en todo el cuerpo.

—¿Qué te ha pasado?

—No estoy segura, pero creo que es mi alergia.

—¿Alergia?

—Vas a tener que ayudarme, Delia. Creo que es mejor que llames a alguno de los monitores.

—¿Dónde está tu compañera de cuarto?

—No tengo ni idea. No la he visto desde el mediodía.

Cristina estaba realmente mal. Hacía esfuerzos cada vez que tenía que abrir la boca para hablar. Su voz era tenue y se cortaba a cada sílaba. Su piel sudorosa estaba cubierta de pequeñas erupciones que se extendían a lo largo de sus brazos y manos. Había que hacer algo y hacerlo muy pronto.

Salí de la habitación y corrí por el pasillo en busca del ascensor. No podía perder el tiempo con las escaleras. Sabía que las habitaciones de los monitores estaban en la cuarta planta, así que subí y empecé a llamar puertas. Una chica que parecía contrariada por mi intrusión me informó de que los monitores se alojaban al final del pasillo del ala oeste. Recorrí unos metros más y llamé a la puerta de la que creía que era la habitación de Ángela, pero me equivoqué. Quien me abrió fue Tristán.

—¡Delia! —dijo él, nada más verme. Su rostro mostraba sorpresa y algo más, quizás enojo o molestia. No llevaba camiseta y su torso desnudo hizo que yo todavía me incomodara más. A pesar de que tenía una razón de peso, me sentía estúpida por entrometerme de aquella forma.

—Lo siento —fue lo primero que dije, intentando apartar la vista de su cuerpo semidesnudo—. Hay una emergencia.

—¿Una emergencia?

—Cristina no se encuentra bien.

—¿Qué le sucede?

—No lo sé. Está en la cama y dice que no puede moverse. Dice que tal vez tenga que ver con una alergia o algo así.

—Espera un momento, ya voy —dijo él, dándose la vuelta y cogiendo la camiseta que descansaba sobre el respaldo de su silla—. No te quedes ahí plantada, puedes entrar y ayudarme con el botiquín.

Me sentí como una intrusa al franquear la puerta, pero decidí hacerle caso a Tristán. Me limité a observar sus movimientos y evité fisgonear. El botiquín se encontraba en un rincón del armario y Tristán se encargó de certificar que contenía todo lo que necesitaba. Luego hurgó en su carpeta y sacó una hoja encabezada con el nombre y los apellidos de Cristina.

—Vamos —dijo cuando lo tuvo todo listo.

Bajamos en el ascensor y corrimos por los pasillos hasta llegar a la habitación 334. Cristina nos recibió con una sonrisa débil y un gruñido de dolor.

—En tu historial médico dice que eres alérgica a los perros y a los gatos —explicó Tristán, arrodillándose a su lado e inspeccionando con ojos escrutadores la piel de Cristina—. Pero lo más probable es que la lista sea más larga y que además les tengas alergia a los caballos. Lo de montarte en uno de ellos esta mañana puede que no haya sido una buena idea.

Cristina volvió a gruñir y se hundió todavía más en la almohada.

—Pero no te preocupes, pronto te vas a poner bien —la tranquilizó Tristán. Acto seguido, se dio la vuelta para mirarme y me habló—. Delia, vas a ser mi enfermera. Ayúdame con los guantes, ¿quieres?

Dentro del botiquín encontré unos guantes blancos de látex, como los que usaban los médicos. Tristán esperaba delante de mí con las manos en alto. Le ayudé a ponérselos con torpeza e inmediatamente nuestro monitor se puso manos a la obra. Me sorprendió la profesionalidad con la que Tristán se desenvolvía. ¿Cómo era posible que supiera exactamente qué hacer en una situación tan crítica como aquella? Pero sin duda lo sabía.

Lo primero que hizo Tristán fue darle una pastilla a Cristina para que se la colocara bajo la lengua y dejara que se deshiciera. Después preparó una jeringuilla con un líquido transparente que le inyectó pinchándola en el brazo. Finalmente, le aplicó una crema sobre la piel de la cara, el cuello y los brazos, las partes del cuerpo que habían estado más en contacto con el caballo y que ahora se presentaban más dañadas. Cristina, en su cama, aguantó silenciosamente y cargada de paciencia a que Tristán acabara de hacer su trabajo, el cual lo hacía con una destreza y una autoridad que me parecían altamente sorprendentes. En cuanto hubo terminado, me pidió que le acercara un vaso de agua a Cristina, ya que era probable que en las siguientes horas tuviera mucha sed.

—¿Quieres que me quede contigo? —le pregunté.

—No es necesario —murmuró ella—, creo que lo que más me apetece ahora es dormir.

—Es mejor que la dejes sola hasta mañana —intervino Tristán—. La fiebre empezará a bajar tan pronto como la pastilla haga su efecto. Voy a dejar el botiquín sobre el escritorio y volveré de nuevo dentro de una hora aproximadamente, para ver cómo reaccionas al medicamento, ¿vale?

Cristina asintió y Tristán depositó el botiquín sobre la mesa, donde lo dejó por el momento, asegurándose de que todas las medicinas estaban en su sitio y cerrándolo con llave.

Me despedí de Cristina haciéndole adiós con la mano y me dispuse a abandonar la habitación al mismo tiempo que Tristán. Justo cuando él cerraba la puerta a nuestras espaldas, empezó a calar en mí la idea de que nos habíamos quedado a solas de nuevo y no supe si eso me gustaba o no.

CONTRADICCIONES

—Tu amiga se va a poner bien —me informó Tristán mientras andábamos por el pasillo de la tercera planta.

—Pareces muy seguro de ello —apunté—. ¿Es que has hecho algún cursillo de primeros auxilios recientemente? —pregunté entonces, al recordar la familiaridad con la que Tristán había manejado los medicamentos y su destreza a la hora de tratar la alergia de Cristina.

—¿Primeros auxilios? —repitió él con una sonrisa—. No exactamente. En realidad, ha sido una forma de aplicar en la práctica la teoría que llevo años estudiando. A parte de monitor, soy estudiante de tercero de medicina.

—¿En serio?

—Así es —replicó él—. Y además Surreal Summers me ha concedido la licencia de tratar a los alumnos en casos de emergencia. Ya ves que has acertado al llamar a mi puerta esta noche.

—Eso espero —fue todo lo que dije. La verdad era que ahora que Tristán me había puesto al corriente de su formación académica, me sentía mucho más aliviada por Cristina y su alergia.

La residencia estaba extrañamente desierta en aquellas primeras horas de la noche; parecía que nosotros dos fuéramos los únicos seres vivos del lugar. Un silencio incómodo nos rodeaba. De repente me daba la sensación de que todo lo sucedido la noche anterior volvía a repetirse.

—Se avecina tormenta —murmuró Tristán justo cuando pasábamos por delante de uno de los ventanales del pasillo—. Creo que hoy no vas a poder jugar al tenis.

—Hace días que no juego al tenis —dije sin levantar la vista del suelo. Ahora recordaba la conversación de la víspera; le había contado a Tristán el incidente con Raque, y me parecía que no había sido para nada una buena idea.

—¿Qué vas a hacer esta noche? —me preguntó entonces—. ¿Te apuntas a la sesión de cine en blanco y negro?

—No lo sé —dije—. La verdad es que me gustaría avanzar un poco más con mi trabajo, pero a estas horas la biblioteca ya está cerrada.

—Sabes que puedes usar el ordenador del despacho de monitores —sugirió Tristán.

—¿En serio? —pregunté—. Creí que el pabellón de las aulas también estaba cerrado durante todo el fin de semana.

—Está cerrado, pero tengo la llave. Puedo abrirte la puerta del despacho si quieres.

Dije que sí con la cabeza mientras esperábamos a que el ascensor llegara hasta nosotros. Bajamos las tres plantas en silencio. El interior del cubículo estaba rodeado de espejos y me vi reflejada en ellos. Mi pelo rojizo parecía haberse vuelto loco e intenté, infructuosamente, ponerle un poco de orden con mis dedos frenéticos. A mi lado, reflejado también en el espejo, Tristán me miraba con ojos curiosos y me sonreía de forma estúpida. En cuanto se percató de mi mirada furibunda, bajo la vista hasta el suelo y dejó de incomodarme con su sonrisa.

En el pabellón de las aulas reinaba todavía un silencio más absoluto que en la residencia. Tristán subió las escaleras de dos en dos hasta llegar a la segunda planta mientras yo le seguía a pocos metros. En cuanto llegamos a su despacho, Tristán sacó una llave gruesa y antigua del bolsillo de sus vaqueros y me invitó a entrar.

En el momento en que crucé la puerta nuestros brazos se rozaron y aquel inconfundible olor a menta volvió a apoderarse de mí. El momento del que había estado huyendo todo el día había acabado por alcanzarme. El flash de sus labios sobre los míos volvió a aparecerse ante el ojo de mi mente y me dije que por mucho que yo me lo negara, jamás sería posible borrar algo que ya había pasado, me gustara o no. Era absurdo creer que lo había soñado. El ritmo trepidante de mi corazón se alteró levemente, cosa que me aturdió todavía más. Aunque aturdida no era exactamente el adjetivo adecuado. Porque no era eso lo que a mí me pasaba. Lo que a mí me pasaba no tenía nombre porque era algo incomprensible, algo que todavía no había experimentado ninguna otra vez. Porque el recuerdo de aquel beso inexplicable no solo me dejaba perpleja sino que también me provocaba una extraña sensación de alivio. Pero, ¿alivio por qué? ¿Alivio al descubrir que había algunos chicos, un chico, que no me producía alergia? ¿Alivio al descubrir que no todos los besos tenían que ser un ejército de caracoles babosos?

Tristán entró en el despacho y abrió las ventanas. Luego intentó poner un poco de orden en el caos que había sobre el enorme escritorio colocado en el centro de la sala. Yo, plantada todavía en un rincón, observaba sus movimientos sin ser capaz de mover ni un solo músculo.

Tal era el caos dentro de mi cabeza que me había quedado completamente inmóvil. Ahora todo era una contradicción. Y la peor de las contradicciones era yo misma. ¿Por qué aquel beso no me había enfurecido? ¿Por qué aquel beso no me hacía odiar a Tristán con todas mis fuerzas? ¿Por qué no me hacía huir de su presencia? Era cierto que durante la mañana había intentado permanecer alejada de él, alejada de su mirada y de su sonrisa.

Alejada de mis propios recuerdos. Pero ahora, en el despacho de monitores, ahora que nos habíamos vuelto a quedar a solas, me daba cuenta de que mi actitud esquiva había sido de algún modo forzada, una imposición en contra de mis verdaderos sentimientos. Porque acababa de descubrir que, por razones que escapaban a mi entendimiento, durante aquellas escasas horas le había echado de menos.

—¿Ocurre algo?

Tristán se había plantado ante mí, mirándome con ojos cautelosos, su sonrisa borrada. Sin duda alguna, se había dado cuenta de mi extraño comportamiento, tan incomprensible para él como para mí misma.

—He olvidado mi cuaderno —fue mi estúpida respuesta. Mi voz había escapado de mis labios con desánimo, débil. Mis ojos estaban perdidos en algún punto de la sala, no podía mirarle. Estaba convencida de que si le miraba a los ojos él iba a adivinar todo lo que me pasaba por la mente.

—Estás pálida —dijo ahora él, acercándose todavía más a mí, su mano rozándome la mejilla—. ¿Seguro que te encuentras bien?

¡No!, quería gritar. No me encontraba bien. Su mano ahora había subido hasta mi frente y sus dedos me rozaban las sienes. Y entonces fue cuando lo comprendí. En mi organismo se había producido alguna clase de error. Como si de un ordenador se tratara, mi cuerpo no reaccionaba como habría sido normal, y ahora ante la pantalla me encontraba con ese mensaje: *ERROR DESCONOCIDO EN EL SISTEMA*, en letras rojas y parpadeantes. Porque en circunstancias normales, si cualquier chico se hubiera acercado tanto a mí habría reaccionado como se suponía que debía reaccionar, apartándome de él, alejándolo de mí con un empujón y corriendo al cuarto de baño a lavarme las manos y la cara, para borrar cualquier rastro que hubiera dejado el paso de su piel. Esa era la única explicación: un fallo en el sistema.

—En realidad no sé si me encuentro bien —acabé confesando.

—¿Qué te pasa? —preguntó él, ahora apartándose de mí unos centímetros. Su voz grave reiteraba la preocupación que había en sus ojos—. Vamos, Delia, puedes contármelo.

Tenía miles de defectos, medité, pero estaba convencida de que la cobardía no se encontraba entre ellos. Así que decidí enfrentarme a la realidad y vomitar mis dudas y miedos, zanjar aquel asunto lo antes posible. Al fin y al cabo no podría pasarme lo que quedaba del curso de verano huyendo de mis recuerdos y preguntándome qué demonios había pasado.

—Me siento confusa —confesé.

—Confusa, ¿por qué?

—Por la forma en la que nos despedimos anoche.

Ahora la distancia entre los dos se había hecho más grande y no sabía si aquello me gustaba. Tristán todavía tardó un rato en hablar. Cuando lo hizo, sus palabras me dejaron aún más descolocada.

—Solo fue un beso de buenas noches, Delia. No tienes por qué sentirte mal.

«Solo fue un beso de buenas noches», repitió una voz dentro de mi cabeza. ¿Dónde estaba el problema? La gente se daba besos de buenas noches. Mis compañeros del curso de verano a menudo se besaban, en las mejillas, en la boca, besos suaves, besos tiernos, besos de amigo. ¿Por qué yo tenía que hacer una película de una única escena que duró escasos segundos?

De todas formas, me dije, que yo supiera, nadie le había pedido a Tristán ningún beso de buenas noches. No se lo había pedido el día del Juego de la Botella, ni se lo había pedido anoche. Es más, justo unos minutos antes de aquel beso le había dejado clara mi animadversión por los chicos.

—¿Por qué lo hiciste? —acabé preguntándole. Ahora ya no me sentía perdida. Más bien todo lo contrario: mi corazón había cogido la suficiente fuerza para encararme a lo que fuera, para enfrentarme a cualquier desafío.

—¿Qué?

Gracias por ponérmelo tan fácil, pensé alicaída. La fuerza pronto me abandonó.

—¿Por qué me besaste? —repetí—. Yo no te lo pedí. Además, ya sabes lo mal que me sienta que un chico me bese, que se me acerque incluso, sobre todo si me coge desprevenida.

Tristán había reculado unos pasos y ahora permanecía sentado en el borde del escritorio, su pose firme y erguida, talmente una estatua de mármol. Sin la sonrisa, su expresión se oscurecía, dándole a su rostro ese toque de agresividad que me había cogido por sorpresa ya el primer día que le conocí.

—Creo que ha habido un pequeño malentendido, Delia.

Sus ojos centelleantes también se habían tornado de un tono más sombrío. El verde se había intensificado engullendo las chispas de color miel.

—¿Un malentendido?

Sentí que mis piernas temblorosas estaban a punto de ceder bajo el peso de mi cuerpo. Retrocedí un par de pasos y me apoyé contra la pared. Sus ojos eran como un imán para los míos, pero, ¿por qué estaban enfurecidos?

—Yo no te besé.

Las palabras salieron de su boca con naturalidad, como si fueran la simple y pura verdad. Ahora la sonrisa había vuelto a sus labios, pero no era la misma de siempre, era una sonrisa más bien marchita. Y, ¿qué era eso que acababa de decir? ¿No me había besado? Entonces, ¿qué había sido, un sueño?

—¿Qué? —logré musitar.

—No lo hice.

No podía ser. Al final tendría que darle la razón a mi sentido común, el cual ya me había advertido sobre eso. Aquel beso simplemente no pasó. Pero, de hecho, Tristán acababa de decirlo: «Solo fue un beso de buenas noches».

—Sí lo hiciste —insistí, no iba a dejar que me tomara por loca—. Lo acabas de reconocer.

—No es cierto, no fui yo quien te besó —insistió él, ahora con una sonrisa divertida y sus ojos inquietos. Las chispas doradas volvían a aparecer entre el verde de los iris—. Fuiste tú la que me besó a mí.

Mi cabeza empezó a dar vueltas. Vi aquel beso otra vez en mi cabeza. No era la primera vez que el flashback se reproducía en mi mente, pero nunca lo había hecho con tanto realismo y nitidez. Casi me pareció notar la suave huella que sus labios dejaron sobre los míos.

—¿Bromeas? —exclamé, atónita—. ¿Por qué habría querido yo besarte?

Tristán no podía estar hablando en serio. Jamás se me habría ocurrido besar a ningún chico, antes hubiera andado sobre hierro ardiente.

—Pues no lo sé. La verdad es que me extrañó tu arrebato de cariño, sobre todo después de la conversación que acabábamos de tener.

—No puede ser. Yo jamás te habría besado. No tenía ninguna razón para hacerlo.

—¿Y qué razones tenía yo? —quiso saber él. Ahora se había levantado del escritorio y se disponía a avanzar hacia donde yo estaba. El inconfundible olor a menta volvió a apoderarse de mi olfato.

¿Qué razones?, me pregunté yo también. Ninguna.

—No lo sé —repliqué, ahora aturdida ante su proximidad. La sonrisa había vuelto a desaparecer al igual que las chispas de sus ojos, que ahora se acercaban a mí amenazantes. Tragué saliva con dificultad, un nudo formándose en mi garganta—. Tal vez por eso me sienta confusa.

Probablemente Tristán se percató de mi aturdimiento, ya que pronto suavizó sus facciones. Su mandíbula se relajó, sus ojos se agrandaron y su boca volvió a torcerse para dibujar una mueca amistosa. Incluso su respiración volvió a hacerse más regular.

—Bueno, no te preocupes —dijo su voz suave—. Yo te acompañé a tu cuarto, tú tenías sueño y hubo... —vaciló durante unos segundos, intentando encontrar las palabras adecuadas—. Hubo cierta confusión a la hora de despedirnos. Pero no debes darle más vueltas, fue solo un beso de buenas noches. ¿Aclarado?

¿Aclarado? ¡No! ¡Por supuesto que no! Más bien todo lo contrario. Ahora un molesto cosquilleo se había apoderado de mi estómago, una horrible mariposa aleteaba en mi interior y no había forma de dejarla escapar. Tristán, con sus absurdas respuestas, no había hecho más que aumentar el tamaño de mis dudas. Pero no podía hacer nada. Lo único que podía hacer era huir de él antes de que la situación se hiciera todavía más insostenible. Escapar de su presencia, evitarle, igual que había estado haciendo durante aquella mañana. Ojalá Cristina no se hubiera puesto enferma y no me hubiera pedido que fuera en busca de Tristán. Por alguna razón que yo no podía explicar, ahora empezaba a sentir que tenía que mantenerme alejada de él a toda costa. La intuición nunca fallaba. Le dediqué una última mirada. Su sonrisa era de circunstancias, sus labios permanecían entreabiertos, sus ojos expectantes. ¿Qué estaba haciendo allí todavía?

—Siento haberte molestado —dije, recomponiéndome, olvidándome de mi temblor de piernas, dispuesta a construir una barrera de nuevo. Una barrera que inconscientemente había dejado caer, lo cual había resultado ser un error. Le di la espalda y me encaminé hacia la salida. No tenía ningún sentido seguir allí. Acerqué mi mano a la puerta pero otra mano me detuvo, impidiéndome abrirla.

—Espera —oí que decía detrás de mí la voz de Tristán.

—Siento haberte molestado —repetí, todavía dándole la espalda—. Y siento también haberme comportado como una estúpida. Ayer y hoy. Pero no te preocupes, no volverá a suceder.

—Espera, Delia —dijo él, ahora sus manos hacían una presión suave sobre mis hombros, instándome a darme la vuelta y a enfrentarme a él.

—¿Qué? —pregunté una vez nuestras miradas se encontraron.

—No me molestas, mujer. ¿Qué te pasa? ¿Por qué estás siempre tan a la defensiva con todo el mundo? —susurró. Parecía que tenía que arrancar las palabras con unos alicates—. No me molestas, en serio. Tampoco me molestaste ayer, fuera lo que fuera que pasara.

Sus ojos volvían a brillar gracias a la intensidad de sus chispas doradas. Sentir su mirada tan cerca, sentir el aliento cálido que escapaba de sus labios tan cerca de mi piel, casi me producía escalofríos. Otra extraña sensación que mi cuerpo parecía experimentar por primera vez. Había tal caos en mi interior que ahora más que nunca me sentía el bicho más raro del planeta. No entendía nada de lo que estaba pasando. ¿Por qué estaba allí en primer lugar? ¿Por qué me había quedado a solas con él? ¿Por qué le había hablado de la noche anterior? ¿Para comprobar que todo seguía siendo igual? ¿Que a pesar de aquella inusitada escena ante la puerta de mi habitación nada había cambiado? ¿O tal vez algo sí había cambiado? Algo tenía que haber cambiado. Por lo menos yo no me echaba a correr ante su presencia. Por lo menos, no me asustaba estar cerca de él, ni me entraban náuseas al recordar sus labios sobre los míos, ni me pitaban los oídos cada vez que pronunciaba su nombre. Definitivamente, algo estaba cambiando.

—No sé lo que me pasa —dijo mi hilo de voz.

—Escúchame, Delia —dijo ahora él con una sonrisa. Se alejó de mí unos centímetros y me miró mientras movía la cabeza de un lado a otro—. En realidad, no fue tan grave. No quiero que te sientas mal por una estupidez. Fue solo un beso.

—Un beso es algo muy grave para mí. Incluso tu proximidad es grave.

—Ya lo sé —asintió él, alejándose de mí unos pasos—. Tu alergia a los chicos. No te preocupes, sabré mantenerme alejado. Estoy advertido.

—Pero es que no es eso —grité—. ¿No te das cuenta? Lo que ahora me sucede es todo lo contrario, y ese es el problema precisamente.

—¿Por qué? —preguntó él.

—¿Es que no lo ves? —solté de forma casi inconsciente—. Debería estar huyendo de ti, deberías darme asco. Debería estar odiándote con todas mis fuerzas. Después de lo que pasó anoche, no es normal que esté aquí hablando contigo como si nada grave hubiera pasado.

—¿Deberías estar odiándome? —replicó él, repitiendo mis palabras—. ¿Te sientes confusa porque no me odias? El odio no es algo que debas echar de menos, Delia. Al contrario: deberías sentirte bien, deberías sentirte aliviada al darte cuenta de que tal vez podemos ser amigos, de que tal vez te caigo bien. ¿No crees?

Aliviada. ¿Aliviada? Tal vez. El alivio que había sentido en algún momento durante aquel día. Jamás había tenido ningún amigo chico. Tampoco había tenido muchas amigas, que digamos. Pero la amistad no te creaba confusión, ni dudas, ni miedos. ¿Verdad?

—Es por eso que estoy confundida —continué—. Apenas te conozco. Apenas sé quien eres. No sé por qué tendría que ser tu amiga, ni por qué tendrías que caerme bien. Solo sé que pasó algo anoche y que mi reacción no es la normal. Y para mí un beso no es una simple estupidez, como tú has dicho.

Ahora fue su turno para mostrarse confuso. Incluso contrariado, me atrevería a decir. Se acercó a mí de nuevo, haciéndome retroceder hasta arrinconarme. Su proximidad era alarmante pero mis piernas se negaban a huir.

—Delia, tal vez es mejor que dejemos esta conversación —me dijo con voz grave y mirada severa—. Es mejor que no confundamos más las cosas ni le demos más vueltas al asunto. Podemos ser amigos, pero por tu bien y por el mío, es conveniente que mantengamos las distancias.

—Claro —asentí con un hilo de voz. En realidad solo la primera sílaba había escapado de mis labios. La otra se había perdido, ahogada por el nudo que había en mi garganta. No entendía nada. Mis ojos no veían con claridad; estaban empañados. ¿Qué me estaba pasando?

Tristán se acercó unos centímetros más a mí, aprisionándome entre su cuerpo y la puerta del despacho. De pronto alargó su mano para coger la mía y la encerró entre sus dedos.

—Delia, no quiero que estés triste, ni confusa, ni que te rayes por lo que sucedió —me dijo—. Me siento mal por hacerte sentir mal. Este es tu verano, deberías estar pasándolo bien como el resto de tus compañeros. No es justo que tú no lo disfrutes igual que los demás.

—Déjalo —murmuré—. No te preocupes por mí.

Su mano todavía encerraba la mía, sus dedos se entrelazaban con los míos de la misma forma que lo habían hecho la noche anterior, mientras bailábamos en aquel horrible local. Tristán levantó la vista y nuestros ojos se encontraron. Sus dedos hicieron presión sobre mi piel.

—¿Qué pasa? —dijo con una sonrisa—. Creí que los chicos te daban alergia. Te estoy cogiendo de la mano y no hay catástrofe a la vista. ¿Cómo es que todavía no te has vuelto verde? ¿Cómo es que todavía no me has escupido con tu baba tóxica?

Me reí ante sus estúpidas preguntas. Ahora su otra mano me apartaba los mechones de pelo que me caían sobre la frente. La sensación era extraña, pero no podía calificarse de desagradable exactamente.

—Me gusta que sonrías —dijo suavemente—. No quiero verte mal, no te lo mereces. ¿Empiezas a odiarme ahora?

—No me siento mal ni te odio. Simplemente no sé lo que siento.

Ambas manos ahora se ceñían alrededor de mis mejillas y mi mandíbula.

—¿Todavía estás aquí? —preguntó ahora—. ¿Todavía no has escapado?

Volví a reírme dándoles un suave puñetazo a sus costillas a lo cual él reaccionó con una mueca de disgusto que pronto borró con una sonrisa.

—¿Y tú? —pregunté entonces, también con una sonrisa de circunstancias—. ¿Qué estás haciendo, encerrado en tu despacho con una alumna? Se supone que tienes tu decálogo de normas, que no puedes saltarte.

—No me estoy saltando ninguna norma —replicó él. Todavía me agarraba de la mano, pero su cuerpo se alejó ligeramente, como si mis palabras hubieran sido un toque de atención para él, como si alguna especie de alarma se hubiera disparado—. Solo te estoy poniendo a prueba —continuó diciendo—. Solo estoy intentando que te des cuenta de que te puedes curar de tu alergia, de que no tienes por qué temer a todos los chicos. De que puedes disfrutar de tu verano aunque estés rodeada de ellos. Por ejemplo, lo que hay entre nosotros ahora mismo puede ser el principio de una bonita amistad. Podemos ser amigos, ¿sabes?

—Yo no tengo amigos. Y menos amigos chicos.

—Ahora ya tienes uno. Y no tienes que huir cada vez que me acerque a ti.

—Jamás he huido.

—¿Tienes ganas de huir ahora?

En aquel instante los dedos de nuestras manos todavía permanecían entrelazados. Nuestros ojos reflejaban la mirada del otro dentro de sus pupilas. No, quería decir. No tenía ganas de huir. Tristán era un amigo, me dije, y esa era la razón. Un amigo de verdad. No había por qué huir. No había por qué tener miedo. No había por qué seguir siendo el bicho raro de siempre. Respondí a su pregunta negando con la cabeza. Al otro lado de los ventanales el cielo se había teñido de oscuro, la tormenta estaba a punto de caer, la noche estaba a punto de llegar también.

—Bueno, es mejor que esta noche nos despidamos —dijo Tristán con voz suave—. Todavía tengo algunas cosas que hacer, y debería pasar a echar un vistazo a Cristina antes de que se duerma. Pero tú puedes quedarte el rato que quieras, para tu trabajo.

—De acuerdo —dije separándome de él unos centímetros—. Aunque estoy algo cansada. Creo que yo también me voy a ir.

Nuestras manos todavía estaban unidas y nuestros cuerpos otra vez cerca el uno del otro. Me preguntaba si todas las amistades entre chicos y chicas implicaban tanta proximidad. Tal vez sí, me dije. Curiosamente, parecía que mis dedos no querían soltar los suyos.

—Estás como ausente —advirtió Tristán ahora, su rostro risueño a pocos centímetros del mío—. ¿Una libra por tus pensamientos?

—En realidad no valen tanto —murmuré soltando al final mi mano de la suya.

La idea que había cruzado mi mente era tan absurda que solo de pensarla mis mejillas se sonrojaron. Tristán, sin duda alguna, se había dado cuenta de ello e insistió todavía más para que yo hablara.

—Bueno, pues entonces compártelos conmigo gratis.

—Es una estupidez.

—No importa, quiero saberlo de todas formas.

—Creía que tenías prisa por marcharte.

—Ahora estoy intrigado.

Se me había ocurrido de repente. Una especie de experimento. Era probablemente una locura, una insensatez. Pero quizás merecía la pena probarlo. Por un lado, estaba claro que la noche antes mi cuerpo no había reaccionado como era debido, pero eso fue solamente culpa del sueño y del cansancio. Y por el otro, yo detestaba a los chicos, sin excepción. Se me acababa de ocurrir que tal vez ahora, en aquel mismo momento, si se repetía la misma situación que la noche antes, mi cuerpo reaccionaría como era debido. La mariposa desaparecería de mi estómago y la proximidad de Tristán simplemente me repugnaría. Debía ponerme a prueba, me dije.

Acto seguido, otra voz en mi interior me reprochó tener tales pensamientos. ¿Es que me había vuelto loca? ¿Cómo podía pasárseme por la cabeza el hecho de querer besar a Tristán? ¿El hecho de querer volver a besarle? ¿Y por qué quería odiarle? El odio no se echaba de menos. Las cosas ya estaban bien como estaban.

Simultáneamente la otra voz, la primera, la que me instaba a hacer locuras, insistía para que me pusiera a prueba, para que no fuera cobarde y me atreviera a llevar a cabo el experimento.

Le devolví la mirada a Tristán, más perpleja todavía. Tristán era alguien que me desconcertaba a cada minuto. No entendía cómo era posible que todavía no se hubiera deshecho de mí, una estúpida adolescente que se estaba aprovechando de su tiempo libre a cambio de no sabía qué absurdos pretextos.

—Es mejor que me vaya —balbuceé, aturdida por mis propios pensamientos y sin darle ninguna pista a Tristán sobre lo que tenía intención de hacer—. Buenas noches.

—Buenas noches.

Sin pensármelo dos veces, me puse de puntillas, apoyé mi cuerpo contra el de Tristán, tambaleándome, y le di un beso en la mejilla, un beso sonoro que me pareció que hacía eco contra las cuatro paredes del despacho. Vale, lo que había pasado la noche anterior había sido algo irreal, no era yo. Pero, ¿era real eso que acababa de pasar? ¿Había vuelto la Delia de siempre? ¿Odiaba a Tristán? ¿Me daba asco? ¿Por qué no echaba a correr de una vez?

En medio de todas mis preguntas, Tristán habló:

—Creí que te asustaban los chicos. Ahora eres tú la que me estás asustando a mí —mientras hablaba, sus labios se torcieron en una breve sonrisa—. ¿A qué ha venido eso ahora?

—Es solo un beso de buenas noches, Tristán —le espeté, contrariada. ¿Contrariada por qué? ¿Por la reacción de Tristán o por la mía?—. ¿Es que los amigos no se besan?

En realidad no era exactamente un beso de buenas noches. Lo que yo había querido probar con ese acercamiento era que en realidad sí me repugnaban los chicos y que Tristán no iba a ser diferente. Lo que ahora me intrigaba y me torturaba a partes iguales era el hecho de que, bueno, una vez probado el experimento, resultaba que Tristán sí era diferente, y que lo último que yo tenía ganas de hacer ahora mismo era salir huyendo. El porqué de todas esas contradicciones escapaba a mi entendimiento.

—Claro —siguió él, ahora sonriendo más ampliamente—. Solo estaba bromeando.

Sus ojos volvían a chispear. Los miré durante un par de segundos; me resultaba casi imposible aguantarle la mirada a Tristán. Me pregunté qué sentía él. ¿Le había molestado ese ataque de espontaneidad por mi parte? ¿Íbamos a saludarnos y a despedirnos con un beso de amigos a partir de entonces?

—Hasta mañana, pues —musité al final, incapaz de responder a todas mis preguntas y de decirle nada más a Tristán.

—Hasta mañana —dijo él.

Estaba a punto de abrir la puerta cuando noté la cercanía de Tristán y ese fuerte olor a menta que, ahora ya estaba completamente cerciorada de ello, negaba el resto de mis sentidos cada vez que se hacía presente. Acto seguido, mi monitor inclinó su cuerpo ligeramente y me devolvió el beso. El roce suave de sus labios cálidos sobre la piel incandescente de mi mejilla. Fue un beso silencioso, no sonoro como el que yo le había propinado, un beso que parecía no tener la más mínima trascendencia. Un beso de amigos. Tristán ahora me miraba entre divertido y aturdido. Un momento de *impasse*. Las chispas de sus ojos. Parecía que esperaba algo. Un ataque de furia. Un empujón. Un portazo. ¿Me estaba desafiando tal vez?

Al final, con voz temblorosa, dije:

—No voy a huir.

Le oí reírse levemente. Una sonrisa nerviosa también escapó de mis labios. De pronto, los dos estallamos en carcajadas sin saber por qué. Sin duda, la situación debía de tener algo de cómico, algo que ni él ni yo podíamos explicar. Sin embargo, todo cambió cuando ya habían pasado unos segundos y ninguno de los dos se separó del otro.

Cuando nuestros labios se rozaron, mi corazón latía en mis orejas, la sangre ardía bajo mis párpados, mis dedos temblorosos se aferraron a la tela de algodón de la camiseta de Tristán, y mis huesos de gelatina parecían no poder soportar todo el peso de su dueña, ahora en pleno viaje a un país desconocido.

No hui corriendo. Fue lo primero que pensé: que no estaba huyendo, que no estaba escapando de Tristán. Hacía unos segundos le había dicho que no lo haría, aunque no estaba muy convencida de mis palabras. Pero ahora seguí allí. Besándolo. Solo un beso de buenas noches. Sin embargo, no era exactamente lo mismo que la noche del viernes. Esta vez el beso duró más de un segundo, más de dos y creo que más de tres. No fue un roce fugaz, no fue el aleteo de una mariposa. Fue como dos piezas de puzle que encajaban la una con la otra. Mis labios encajados con los suyos a la perfección. El intenso olor a menta mezclado con la calidez de su aliento. Sus manos ahora se alejaron de mi cara para entrelazarse con las mías, nuestros dedos un nudo intricado que no podía deshacerse. Al mismo tiempo, un trueno ensordecedor partía el cielo en dos.

La tormenta había llegado.

—Basta —dijo Tristán de repente, separándose de mí pero todavía cogiéndome de las manos. Para mi mortificación, descubrí que la mariposa de mi estómago no solo no había desaparecido, sino que se había reproducido, se había multiplicado por mil—. Esto hace rato que ha dejado de ser un beso de buenas noches.

Su sonrisa era preciosa, me dije. No podía ser que no me hubiera dado cuenta antes. Tristán tenía razón, claro. Aquello ya no era un beso de buenas noches.

—Creo que nunca lo ha sido —repliqué, todos mis miedos y mis dudas mezclados con una terrible sensación de alivio que ahora se iba ensanchando sin prisa pero sin pausa, y que yo no podía explicar. Un caos total dentro de mi persona.

Tristán esbozó una débil sonrisa y me soltó las manos. Sus dedos frotaron levemente el contorno de mis mejillas, un destello familiar emanaba de sus ojos.

—¿No me odias todavía? —preguntó.

—No.

—Creí que no podrías soportarlo, que huirías y que volverías a ser tú otra vez.

—Pues no ha sido así.

Mi corazón todavía latía a mil por hora. ¿Era eso la despedida? ¿Tenía que irme ya? ¿Tenía que decir algo? ¿Tenía que volver a besarle?

Sus palabras interrumpieron el corriente de dudas dentro de mi cabeza.

—Debí hacer caso de mi propio consejo y mantener las distancias contigo —dijo su voz entrecortada, un leve deje de arrepentimiento en ella—. No debí dejarme llevar.

—¿Por qué? —pregunté yo, todavía incapaz de interpretar su reacción.

—Porque vas a complicarme la vida, Delia —fueron sus últimas palabras aquella noche.

La sensación era mutua, me dije. Totalmente.

MARIPOSAS

Las horas del lunes por la mañana transcurrían con una lentitud exasperante mientras Abigail, armada de paciencia, intentaba ampliar nuestros conocimientos en cuanto se refería al parlamento escocés y a su, según parecía, reciente reinstauración. Desgraciadamente, mi cabeza llena de pájaros no podía estar más lejos del aula de Abigail aquella mañana. Había dormido mal, con breves intervalos de sueño en los que imágenes sin sentido iban sucediéndose dentro de mi mente. Me había despertado temprano por la mañana y, enfrentándome al espejo, me dije que no estaba del todo segura de qué era sueño y qué era realidad.

Todavía no podía explicarme qué era exactamente lo que había sucedido en el despacho de monitores la noche del sábado. Solamente había un hecho del que estaba segura: Tristán y yo nos habíamos besado. Nos habíamos vuelto a besar, lo cual, cada vez que lo recordaba, me producía ataques de rubor que no podía evitar por mucho que lo intentara. Tenía complejo de semáforo.

Por otro lado, aquel beso hizo que se desencadenaran un sinfín de preguntas sin respuesta, la primera de las cuales: ¿por qué? Luego, claro estaba, ese inquietante aleteo de mariposas dentro de mi estómago. Un revuelo constante de almas etéreas que, con un simple gesto involuntario, podían llegar a hacerme enloquecer. Otra pregunta: ¿por qué sucedía eso? Y otra: ¿era bueno o era malo? Y muchas más: ¿se me iba a pasar algún día? ¿Le había sucedido a más gente? ¿Le había sucedido a Tristán alguna vez? ¿Tendría él la explicación?

Lo que en principio había sido un experimento no había salido bien, aparentemente. No era esa la reacción que yo esperaba de mí misma. Una parte de mí había creído que en cuanto yo besara a Tristán, mi cerebro entraría en razón y me ordenaría que me alejara de él. En cuanto él me devolvió el beso creí por un segundo que saldría por patas del despacho porque no era otra cosa que un chico acercándose demasiado a mí, haciendo cosas imprevisibles, intimidándome, asustándome. Pero nada de eso había sucedido, más bien todo lo contrario.

Porque así era. Aunque me costara reconocerlo, esa era la irónica realidad. No sentía necesidad de esquivar a Tristán, no iba a esconderme de él, no iba a evitarle si me topaba con él en el comedor o en los pasillos. En realidad, lo que me pasaba era que lo echaba de menos como se echa de menos a un mejor amigo, solo que ese mejor amigo me producía cosquilleos en el estómago y me aceleraba el ritmo cardíaco. Ahora mismo, estaba sentada en mi pupitre haciendo caso omiso a las palabras de Abigail, mientras mi imaginación volaba desenfrenada e imaginaba que Tristán aparecería por la puerta de un momento a otro. Recordé aquel martes de la semana anterior, cuando Tristán vino a buscarme para que acudiera a su despacho donde mamá me estaba esperando al otro lado del hilo telefónico. Recordé cómo me molestó verle aquella mañana, cómo le odié por haberme sacado del aula, la incomodidad que me producía estar cerca de él. ¿Dónde habían ido a parar todos esos sentimientos? ¿Dónde podría irlos a buscar para volver a ser yo? Pero, de hecho, ¿quería volver a ser la misma de antes?

Las preguntas se multiplicaban en mi cabeza con una intensidad directamente proporcional a la reproducción de mariposas en mi estómago.

Abigail nos dio la espalda durante unos segundos para garabatear mapas y nombres en la pizarra. Detrás de mí, aprovechando el despiste de la profesora, Emma y Carlos se besaron de forma casi repugnante. Sus besos eran ruidosos, duraderos y con lengua. Miré hacia la ventana y el cristal nítido me devolvió el reflejo de ese beso que se estaba llevando a cabo a mis espaldas. Carlos tenía los dedos hundidos entre el mar de pelo rubio de Emma. Las manos de Emma acariciaban el cuello y la nuca de Carlos. Ese reflejo provocó que mi mente insensata diseñara un retrato altamente estremecedor. De pronto, en el reflejo del cristal no eran Emma y Carlos a quien vi besándose. Lo que yo vi fue un río desbordado de pelo rojo mezclado con un rebelde tupé que apenas podía mantener la verticalidad. Nuestros ojos se encontraban, verde sobre marrón, cerrándose de inmediato tras haberse descubierto los unos a los otros, nuestras narices pegadas, esquivándose, nuestros labios avanzando ávidamente hacia territorio ajeno, defendiendo y consintiendo a la vez. El beso de Tristán y mío que yo imaginaba sobre el cristal de la ventana también era un beso ruidoso y duradero. Mi corazón se aceleró y me obligué a quitarme esa escalofriante imagen de mi cabeza. Suspiré y decidí concentrarme en lo que Abigail estaba contando. Todo en vano. Así de enojante fue mi mañana.

Durante la hora de la comida, sentada entre Andrea y Carlos, quienes parecían absorbidos en una conversación con sus respectivas parejas, y haciendo caso omiso de los intentos de Raque por llamarme la atención, me topé inevitablemente con la mirada de Tristán. Era la primera vez que le veía después del espejismo o lo que fuera que pasara la noche del sábado en su despacho. No nos habíamos visto durante el día anterior porque yo me había pasado las horas haciéndole compañía a Cristina y, por otra parte, el domingo era el día en que los monitores estaban más ocupados preparando actividades para la semana que estaba a punto de empezar.

Ahora, aquella mañana de lunes, Tristán me saludó con su sonrisa de siempre y con un breve saludo con la mano. Le devolví el gesto pero no la sonrisa y me concentré en fijar la vista en mi plato de verduras salteadas y pescado frito con olor a zapato mojado. No me di cuenta hasta al cabo de unos segundos, pero al parecer mi ritmo cardíaco se había disparado y mis mejillas ardían de la forma más intensa que piel humana pudiera soportar. Mis reflejos bajaron la guardia durante esos instantes y Raque se aventuró a acariciarme la mano brevemente, lo cual provocó que mi cuerpo saltara de la silla y mi tenedor salió disparado hacia el otro lado de la mesa.

—¿Qué te pasa? —preguntó Andrea, que había incluso llegado a interrumpir su conversación con Dani—. ¿Te encuentras bien? Estás como sonrojada, parece que tengas fiebre.

—Estoy bien —logré articular. Frente a mí, Raque dibujó una sonrisa de oreja a oreja que dejaba al descubierto buena parte de su dentadura. Sin duda, el muy ingenuo creía que mi sonrojo tenía que ver con su arte a la hora de hacer manitas con las chicas. Nada más lejos de la realidad, dije para mis adentros, aunque esa afirmación fuera la aceptación de algo mucho más grave e incómodo que tenía que ver ni más ni menos que con mi monitor.

Me centré en masticar un buen bocado de verduras. Al intentar tragarme el puré me atraganté. Tenía un nudo en la garganta. ¿Podía ser posible? ¿Que le hubiera echado de menos? Eso me incomodó. Mi bocado de verduras seguía atascado en mi garganta. El estómago se me había encogido. El beso se repetía en mi mente cada dos por tres, ya era imposible borrarlo. Esas caricias de mariposa sobre mis labios. Ahora era como si la mariposa se hubiera colado por la breve abertura de mi boca y hubiera bajado hasta mi estómago y ahí se hubiera quedado, revoloteando de un lado a otro, sus alas haciéndome cosquillas en lo más profundo de mi ser.

Salí del comedor en cuanto hube acabado con el postre. Raque se levantó de su silla y me siguió por el pasillo hasta alcanzarme. Me giré para enfrentarme a él justo cuando su mano me rozaba el brazo.

—¿Qué quieres, Raque? —decidí preguntarle antes de que él pudiera abrir la boca.

—¿Jugamos al tenis hoy? —preguntó él con una sonrisa—. Tenemos la tarde libre.

—No creo que sea una buena idea —repliqué yo, secamente.

—¿Por qué no?

—Creo que estás mezclando las cosas, y la última vez te pasaste de la raya —dije intentando encontrar las palabras adecuadas—. Te lo dejé claro el primer día, Raque. Podemos jugar al tenis, pero nada más.

—¿Por qué no? —repitió él.

Suspiré con fuerza. Raque había borrado su sonrisa y sus labios se habían torcido en una curva que mostraba su disconformidad. Se estaba comportando como un niño de tres años al que su madre se niega a comprar un helado. Era imposible hacerle entrar en razón, daba igual que yo intentara explicarme. De pronto, Tristán apareció por el pasillo que daba al *hall*, iba cargando con un balón de voleibol y una red que le cubría los hombros. Al pasar por nuestro lado nos saludó con un leve alzamiento de cejas. Yo le devolví el saludo levantando ligeramente la barbilla, pero Raque ni siquiera se molestó en devolvérselo.

En cuanto Tristán hubo desaparecido, Raque volvió a

mirarme. Asentía con la cabeza y una mueca de amargura le ensombrecía el rostro. Parecía que la espontánea aparición de nuestro monitor le había abierto los ojos súbitamente.

—Creía que ese idiota no te interesaba lo más mínimo —me dijo.

«¿Qué idiota?», estuve a punto de preguntarle. Pero en seguida supe que Raque se estaba refiriendo a Tristán. En una ocasión, recordé, ya habíamos hablado de él, y yo le había dejado claro a Raque que nuestro monitor no me llamaba la atención en absoluto. Sin embargo, de eso hacía una semana. Siete días que parecían siete siglos, una eternidad.

—No me interesa lo más mínimo —dije con voz firme, intentando no delatar el caos que había ahora mismo dentro de mí. Raque todavía seguía mirándome con los ojos cargados de odio y reproche.

—No tienes por qué fingir conmigo, Delia —me espetó él—. Ahora lo entiendo todo. Es por él que te sonrojas. Es por él que te has pasado la hora del almuerzo temblando en tu silla. Es por él que pierdes el tiempo en el despacho de monitores con la excusa de tu estúpido trabajo.

—Te estás equivocando, Raque —decidí interrumpirle. Sus palabras empezaban a alarmarme. Por un lado, me alegraba de que Raque hubiera comprendido que no tenía posibilidades conmigo; pero, por el otro, me aturdía la clara evidencia de mi atracción por Tristán y mi ineficacia en el arte del disimulo y el encubrimiento.

—No, Delia —me interrumpió ahora él—. Tú te estás equivocando, aunque no te des cuenta. Y te voy a decir algo más: vas a acabar sufriendo por su culpa. ¿No te das cuenta? ¿Acaso crees que un tipo de veinte años va a enamorarse de una adolescente?

—Déjame explicarte —empecé a decir, incapaz de dar con una excusa válida.

—No hay nada que explicar —me cortó él—. Lo he comprendido a la perfección.

Raque empezó a caminar en dirección al ascensor, se alejaba de mí cabizbajo, las manos en los bolsillos y los pies enormes arrastrándose por el brillante suelo del pasillo. Me sentí mal al verle de esa manera. Pero no podía hacer nada para ayudarle, yo tenía más que suficiente con mis propias preocupaciones.

—Si necesitas algo, ya sabes dónde encontrarme —me dijo sin mirarme, a modo de despedida—. Voy a guardarte la raqueta aunque tú ya no quieras saber nada de ella.

Suspiré de cansancio. Definitivamente, Raque era un bebé, o por lo menos se comportaba como tal. Pero sus suposiciones me habían confundido. ¿Tan evidente era lo que me sucedía? Hasta ahora había sido consciente de las mariposas en mi estómago, pero no me había dado cuenta de que aquella especie de contratiempo se manifestara tan abiertamente como para que los que me rodeaban se enteraran también.

Me encaminé a las escaleras; evité el ascensor para no toparme de nuevo con Raque. Decidí intentar por lo menos olvidarme de él y de sus clases de tenis, y subí hasta la tercera planta. Me dirigí a la habitación 334, donde me encontré con una Cristina bastante recuperada.

—¿Cómo me ves? —fue lo primero que me preguntó mi compañera.

—Mejor que ayer, y mucho mejor que anteayer —repliqué.

Y era la verdad. Su cara ya no estaba tan hinchada ni tan enrojecida, y las desagradables ampollas habían reducido su tamaño y algunas de ellas estaban ya casi desaparecidas. El improvisado tratamiento de Tristán había funcionado.

—Pásame un espejo, quiero verme —me pidió Cristina.

—¿Por qué? ¿Es que no me crees? —le dije yo—. Ya te he dicho que estás bien, ya casi no hay ni rastro de tu alergia.

Cristina me miró con mirada severa y frunció el ceño. No había manera de llevarle la contraria, siempre acabaría saliéndose con la suya. Solté un bufido de exasperación y me dirigí al cuarto de baño, donde encontré un espejo redondo y minúsculo que probablemente pertenecía a su compañera de cuarto. Le planté el espejo justo delante de la nariz. Cristina se incorporó en su cama y cogió el espejo con ambas manos. Luego puso cada centímetro cuadrado de su piel a examen. Iba asintiendo con la cabeza y de vez en cuando soltaba una especie de gemido de desaprobación. No obstante, el balance general fue positivo.

—No está mal —dijo—. Parece ser que esas horribles pastillas hacen su efecto. A lo mejor mañana ya puedo levantarme de la cama.

—A lo mejor.

—Ha sido horrible de veras —comentó Cristina, todavía analizando el reflejo de su cara en el espejo—. Creí que iba a morirme del dolor. No voy a volver a acercarme a ningún caballo en la vida.

—Por tu bien, más te vale no hacerlo.

—Aunque tal vez no fue por culpa de los caballos. El sábado por la mañana estuvimos en contacto con gallinas, vacas e incluso cerdos. Mi alergia podría tener que ver con cualquiera de esos bichos.

—Quizá lo mejor sería que te olvidaras de acercarte al mundo animal en general. Para evitar riesgos, quiero decir.

—¿Tú crees?

Encogí los hombros como respuesta. No tenía ni idea de alergias, pero sin duda si a mí me hubiera sucedido lo que a Cristina, intentaría evitar a toda costa el contacto con cualquier tipo de animal, fuera de granja, doméstico o marino. Mi compañera seguía examinándose la frente, donde una ampolla de tamaño considerable se alzaba justo en el centro.

—Parezco un unicornio —murmuró Cristina, leyéndome el pensamiento—. Bueno, basta ya de alergias —dijo entonces, dejando el espejo sobre la mesilla de noche y dando unas palmaditas sobre la cama para que me sentara—. ¿Y tú, Delia, qué te cuentas? ¿Qué has estado haciendo esos días?

Cristina ahora me escrutaba con ojos observadores, como si esperara leer en mi cara algo más de lo que se veía a simple vista. Esos ojos me molestaron y me removí en la cama mientras pensaba en qué contestar.

—Nada importante —repliqué—. Buscando información para el trabajo de Abigail, haciendo resúmenes de mis apuntes. Ya sabes, lo de siempre. Te voy a pasar las notas de la clase de esta mañana, si quieres.

—¿Por qué te brillan los ojos? —preguntó Cristina súbitamente, cambiando totalmente de tema, como si no hubiera escuchado nada de lo que acababa de decirle.

—¿Qué? —respondí yo, intentando ganar algo de tiempo para escapar de aquella situación lo antes posible.

—¿Por qué te brillan los ojos? —repitió Cristina—. Hay algo que no me has contado, ¿verdad?

Por supuesto que había algo que no le había contado. Y me sentía altamente incómoda por eso. Cristina era mi única amiga en el Èideann College y yo le escondía información. No obstante, algo me decía que lo mejor era dejarla al margen de todo lo que se refería a Tristán y lo que había pasado a lo largo del fin de semana, empezando por la noche del viernes.

—No sé de qué estás hablando, Cris —dije al cabo de unos segundos.

—Pues yo sí sé de qué hablo, bonita —replicó ella—. Sé perfectamente lo que significa que te brillen los ojos. Y aunque ahora no quieras contármelo, pronto yo misma lo descubriré. Pero no te preocupes —me dijo ahora, acercándose a mi oído y susurrándome sus últimas palabras—, seré una tumba.

Me aparté de ella y meneé la cabeza, mortificada. Cristina, con sus dotes intuitivas, había logrado que mis mariposas estomacales aletearan todavía con más fuerza y descontrol.

TRISTÁN

El martes por la tarde había una visita programada al Royal Museum of Scotland. Era de asistencia obligatoria, así que tuve que olvidarme otra vez de mis tareas de recogida de información para mi trabajo de final de curso. Aquel día, Cristina había podido salir de la cama, pero todavía no se encontraba con suficientes fuerzas para una excursión a la ciudad, así que me pasé las dos horas y media de la visita deambulando en solitario de un lado a otro del museo, siguiendo sin mucho ánimo los pasos de Emma, Andrea y los demás. Raque me seguía de cerca, concentrándose con todas sus fuerzas en ignorarme aunque sin mucho éxito. Andrea y Dani ya habían superado su fase de tonteo inofensivo y se encontraban ahora en la etapa que implicaba ir cogidos de la mano a todas partes y dirigirse miraditas significativas que a nadie pasaban desapercibidas.

La visita al museo no tuvo nada de particular, tal vez me lo habría pasado mejor si hubiera tenido a Cristina a mi lado, ya que mi compañera tenía muy buen ojo para el arte y sabía sacar jugo al más mínimo detalle. Y por lo menos habría tenido a alguien con quien hablar.

Volvimos al Èideann College en autocar a eso de las seis de la tarde, justo para llegar puntuales a la hora de la cena.

La mayoría de los asientos estaban ocupados y las alternativas eran pocas: podía escoger entre sentarme al lado de Marina, la cotilla del curso que se pasaba el rato haciéndote preguntas indiscretas y a la que todo el mundo evitaba, o bien sentarme al lado de Raque, que durante las últimas veinticuatro horas se había mostrado huraño y antipático cada vez que nuestras miradas se cruzaban.

Había otra alternativa, sin embargo: sentarme con Tristán. De entrada, se me ocurrió que tal vez sería una metedura de pata sentarme a su lado. No habíamos hablado desde la noche del sábado, desde nuestro beso de buenas noches, y no sabía si acercarme a él sería lo correcto teniendo en cuenta que él no había dado ningún paso para acercarse a mí. Pero la incertidumbre era mi peor enemiga, así que no me lo pensé tres veces y me encaminé hacia donde él estaba sentado. Tristán me recibió con una sonrisa. Verle tan de cerca de nuevo fue como un shock para mi cuerpo y para las mariposas de mi estómago. Tragué saliva con dificultad y me armé de coraje.

—¿Puedo sentarme contigo?

Al parecer, mi pregunta le cogió desprevenido, ya que arqueó las cejas y me miró con ojos cautelosos. Permaneció un rato más sonriendo sin decir nada como si estuviera intentando dar con las palabras adecuadas.

—Claro que puedes. Aunque, ¿crees que podrás soportarlo?

—¿A qué te refieres? ¿Qué significa esa pregunta?

Ahora me tocaba a mí mostrarme sorprendida.

—Bueno —empezó a decir él después de aclararse la voz—, llevas evitándome desde el sábado, así que supuse que habías decidido por fin mantenerte alejada de mí. Por lo de tu alergia, ya sabes. Comprendí que yo no era ninguna excepción.

—No he estado evitándote —le contradije.

—¿No?

—No —respondí con firmeza, incapaz de decir nada más—. ¿Y tú? ¿Has estado evitándome a mí?

—No, por supuesto que no —respondió él—. Sin embargo, mi sentido común sigue creyendo que sería mejor mantener las distancias.

Me di cuenta entonces de que estábamos rodeados de todos mis compañeros de curso además de los otros monitores, y que tal vez no era una buena idea que me sentara al lado de Tristán.

—¿Quieres que me vaya?

—No —replicó él con una mueca de enfado—. No hay nada malo en que nos sentemos juntos y hablemos. No es eso a lo que me refiero cuando hablo de mantener las distancias.

Entonces se levantó y me cedió el asiento que daba a la ventana. Era la primera vez que me fijaba en lo que llevaba puesto aquel día, más o menos su atuendo habitual: vaqueros desgastados y una camiseta de manga corta de color verde que combinaba a la perfección con el tono de sus ojos.

Me senté a su lado, la mochila de Surreal Summers sobre mis rodillas. Tristán tenía la mano derecha otra vez cubierta de números e iniciales. Tuve la tentación de preguntar qué significaba ese mensaje críptico pero me abstuve de hacerlo; no quería inmiscuirme en sus asuntos, tal vez le molestara. Me fijé en que tenía un libro en la otra mano, un pequeño ejemplar de cubiertas raídas y hojas amarillentas. De pronto, levantó la vista y nuestros ojos se toparon. Me sentí sonrojar. Él sonrió amablemente.

—¿Qué lees? —me aventuré a preguntar. Él levantó el libro de forma automática y me mostró la cubierta. Unas letras de color rojo sobre un fondo gris leían: *El guardián entre el centeno*, de J.D. Salinger.

—¿Te suena, supongo?

La verdad era que el título del libro me sonaba vagamente, probablemente había tropezado con él en la biblioteca en alguna ocasión, pero no estaba segura de si lo había leído o no. Se lo dije a Tristán.

—No me lo puedo creer —dijo él—. A tu edad y todavía no te has leído *El guardián entre el centeno.*

—Tal vez sí lo he leído —aclaré—. Solo que no me acuerdo.

—No seas ridícula, Delia. Si hubieras leído este libro te acordarías.

—¿De qué va?

—Es sobre un chico, un adolescente, que se escapa de su colegio y se pasa un fin de semana en Nueva York, con todo un sinfín de peripecias y aventuras que va relatando a medida que también nos habla de su vida, de sus temores, de sus odios, de sus fobias y de sus inquietudes. No te pasaría desapercibido si lo leyeras.

—Me has dejado con las ganas.

—Creo que es la cuarta o la quinta vez que lo leo. En cuanto acabe, te lo paso, ¿vale?

—¿Por qué te gusta tanto?

—Supongo que porque la primera vez que lo leí, cuando era un poco más joven que tú, me ayudó mucho.

—¿Te ayudó? ¿Cómo?

—Me hizo más fuerte. No sé por qué. Tal vez porque me dio a entender que a pesar de las dificultades, a pesar de las complicaciones y los malos rollos que puedan aparecer en tu vida, siempre hay una solución, una salida, una luz al final del túnel.

Nos quedamos en silencio y Tristán guardó el libro dentro de su mochila, donde apenas cabía de lo llena que estaba.

—Puedes seguir leyendo si es lo que te apetece —dije, al comprender que mi presencia tal vez le hubiera estorbado.

—La lectura es solo para cuando no hay nada mejor que

hacer —dijo en un murmullo casi inaudible. Ahora dirigió su vista a la ventana y su mirada se perdió en el paisaje. Al otro lado del cristal, Edimburgo pasaba de largo acercándonos cada vez más a las afueras y a la avenida que daba al Èideann College. Hoy el sol brillaba con fuerza, todavía a aquellas horas del atardecer, reflejándose contra los cristales de los edificios y dibujando cenefas de arco iris que se elevaban por encima de los tejados de las casas.

—¿Es una ciudad preciosa, no crees? —preguntó Tristán, leyéndome el pensamiento. Asentí en silencio. Preciosa, sin duda. La ciudad del misterio, de las sombras, de los grandes edificios, de los magníficos puentes y de las sinuosas calles. Un lugar donde incluso perderse podía resultar fascinante. Entonces recordé algo. Algo que Tristán había dicho en una de nuestras primeras conversaciones, la tarde en que yo no podía encontrar el camino de vuelta al centro. En aquel momento, había decidido no dar importancia a sus palabras, mostrar indiferencia ante lo que decía mi monitor, al cual yo consideraba el eterno enemigo, por mucho que él se esforzara en querer ser mi colega. Recordé sus palabras exactas: «crecí aquí». ¿Lo habría dicho en serio?

—Tristán —empecé a decir; oír el simple eco de su nombre dentro de mi cabeza hizo que los latidos de mi corazón volvieran a acelerar la marcha—. Dijiste una vez que habías crecido en Edimburgo.

—Así es —repuso él—. Edimburgo fue mi primera ciudad.

—¿Eres escocés? —quise saber. Me daba cuenta de que apenas sabía nada de Tristán. No es que ese desconocimiento me hubiera importado mucho hasta ahora, pero en aquel momento sentía una inusitada curiosidad.

—Más o menos —respondió con una sonrisa breve después de pensárselo durante unos segundos. Luego se incorporó en el asiento y volvió a hablar—. Mi madre biológica era escocesa.

—¿Tu madre biológica? —pregunté yo. En seguida comprendí que nadie utilizaría ese adjetivo si no fuera por una razón obvia—. ¿Eres adoptado?

—Exactamente —afirmó él con naturalidad—. Fui adoptado a los seis años, pero antes de eso mi vida transcurrió en una casa de acogida de las afueras de Edimburgo.

—¿Seis años? —le interrumpí. Seis años en una casa de acogida me parecía cruel.

—Al parecer, nadie tenía mucho interés en adoptarme —siguió diciendo él—. Supongo que era un chaval demasiado feo y raquítico para despertar simpatías entre los padres potenciales.

Dejé escapar un bufido. Mi imaginación daba para mucho pero tenía sus límites. No podía ver a Tristán como un chaval feo y raquítico. Si era verdad lo que decía, las cosas habían cambiado por completo. No había más que ver el efecto hipnotizador que causaban Tristán y su sonrisa entre mis compañeras de viaje. Y, pensándolo bien, a esas alturas era inútil que yo siguiera excluyéndome de esa especie de club de fans.

—Los fines de semana a los niños solían llevarnos de excursión por la ciudad —seguía explicando Tristán, la mirada perdida en algún punto del paisaje al otro lado de la ventana—. Cada sábado y domingo, lloviera o nevara, los niños del hogar nos íbamos de excursión. Desde Leith hasta Fountainbridge, pasando por el centro y por el casco viejo. Solo éramos unos críos pero esas salidas nos encantaban, eran la única oportunidad que teníamos de escapar de las paredes blancas y vacías del hogar. Nos pasábamos el día yendo de un lado para otro, observándolo todo, memorizando cada calle y cada rincón para llevarnos un recuerdo de lo que era la libertad con la que soñar una vez nos metiéramos en la cama. Conozco cada una de estas calles de memoria. Han cambiado mucho, por supuesto, pero no tanto como para que yo no recuerde las diferentes rutas que hacíamos de niños.

Asentí en silencio. Eso explicaba por qué Tristán conocía tan bien la ciudad. El chico era una caja de sorpresas, me dije. Ahora estábamos adentrándonos por Holyrood Road. El sol había caído y la ciudad había oscurecido, aunque sin perder ni una pizca de su encanto. Lo que acababa de contarme Tristán me estaba dando vueltas en la cabeza. Creo que no había conocido a nadie antes que fuera adoptado. Nadie que se hubiera pasado seis años de su vida encerrado en una casa de acogida. Tristán era desconcertante para mí en todos los sentidos.

—Cuando estaba a punto de cumplir los siete —siguió contando él—, una pareja algo mayor que venía del extranjero estaba dispuesta a adoptarme. Entonces fue cuando abandoné Edimburgo y empecé una vida completamente diferente en una ciudad de la que yo apenas había oído hablar por aquel tiempo.

—¿Qué ciudad?

—Madrid.

—Ah.

—Ahí es donde empecé mi segunda vida. Tenía una nueva casa, un nuevo idioma, nuevo colegio, nuevos amigos. Y, sobre todo, tenía unos padres.

—Debió ser un poco raro al principio —comenté.

—Rarísimo —asintió Tristán con una sonrisa—. Pero mejoró con el tiempo. Tuve suerte con mis padres, son las dos mejores personas que conozco. Me ayudaron mucho. Me convirtieron en lo que soy. Se esforzaron mucho para que fuera un niño como los demás. Me echaban una mano con los deberes, me contaban cuentos antes de dormir y me preparaban fiestas sorpresa cada vez que llegaba mi cumpleaños. Mis padres querían hacerlo todo tan bien que a veces incluso metían la pata.

—¿A qué te refieres?

—Cada verano mis padres se empeñaban en que cogiéramos el avión y pasáramos unos días en Edimburgo. Una vez aquí, me acompañaban a mi antigua casa de acogida para que pudiera volver a ver a mis antiguos cuidadores y a algunos de mis compañeros. Hace cinco años, cuando cumplí los quince, les pedí a mis padres que no me llevaran más a aquel sitio. No quería volver a ver ese lugar, no quería volver a ver a mis cuidadores, ni a mis compañeros. Algunos de mis amigos todavía estaban allí, nadie los había adoptado, nadie los adoptaría jamás. Era deprimente.

Bordeamos Holyrood Park y acabamos desembocando en la familiar avenida de cipreses que daba al Èideann College. Miré a Tristán de reojo y comprobé que la expresión de su cara era grave. Supuse que hablar de algunos detalles de su pasado no era algo que le hiciera mucha ilusión. O sí. No lo sabía. Eso era lo más frustrante de todo. No saber cómo se sentía Tristán. No saber qué sentía. Qué sentía al contarme sus recuerdos. Qué sentía al mirar al otro lado y ver aquella ciudad que todavía le pertenecía en algún rincón de su corazón. Y sobre todo, qué sentía al estar sentado a mi lado. Era frustrante no poderlo saber. ¿Se sentía cómodo conmigo? ¿Le molestaba mi presencia? ¿Pensaba él en nuestros besos de buenas noches con la misma alarmante frecuencia con la que yo lo hacía? ¿Sentía él mariposas en su estómago? ¿Podía sentir las mías?

—¿Una libra por tus pensamientos? —me preguntó de repente. Levanté la mirada y me sonrojé al instante, por supuesto. No poder contener el rubor era algo que me había incomodado toda mi vida, y ahora era mucho peor. Tristán era tan inoportunamente observador—. Delia, ¿te estás sonrojando? Bueno, pues entonces tus pensamientos deben ser de lo más interesantes. Tal vez pudiera darte un billete de cinco por ellos.

Me reí.

—¿No vas a contármelo? —insistió él, totalmente intrigado. Negué con la cabeza reiteradamente—. Bueno —empezó a decir—, todavía no sé si soy tu amigo, pero siempre te he escuchado cuando has querido hablar conmigo, y he dejado que te sentaras a mi lado. Y además acabo de contarte algo que no he contado a nadie que esté en este autocar. Eso es lo que hacen los amigos, hablan de sus cosas, confían el uno en el otro, se cuentan algún que otro secreto. Al final sí voy a creer que no tienes ni idea de lo que es la amistad.

Volví a sonreír, pero mantuve mi boca cerrada. Por nada del mundo iba a contarle a Tristán todo lo que me estaba pasando por la cabeza. Por lo menos no aquella tarde, encerrada en aquel autocar y rodeada por todos mis compañeros, y con toda la información que Tristán me había confiado todavía dando vueltas en mi cabeza.

—Estamos llegando —dije—. Tal vez te lo cuente mañana.

—Mañana pues —dijo Tristán con una sonrisa, que probablemente quería decir mucho más de lo que a simple vista dejaba entrever.

SECRETOS

El miércoles Cristina estaba ya perfectamente recuperada, así que por la tarde nos dispusimos a avanzar con el trabajo para final de curso. Nos dirigimos a la biblioteca, pero como ya iba siendo costumbre todos los ordenadores estaban ocupados.

—Podemos ir al despacho de los monitores —sugerí.

—Como quieras —dijo ella—. Pero te advierto que ahora ya nunca nos vamos a poder quitar la etiqueta de empollonas.

—Creí que no te importaba eso.

—Y no me importa. Lo digo por ti, eres tú a quien le molesta lo que digan los demás.

¿De qué estaba hablando Cristina? Iba a contradecirle, pero no lo hice. Estábamos a mitad de curso y todavía quedaba mucho trabajo por hacer. No podíamos perder el tiempo discutiendo por estupideces.

—Vas a tener que ponerme un poco al día primero —me dijo Cristina nada más llegar a la puerta del despacho de monitores. En el enorme escritorio central, Ángela estaba revisando lo que parecían facturas.

—¿Podemos utilizar el ordenador? —pregunté yo, después de dar unos golpecitos en la puerta.

—Claro, chicas. Adelante —dijo Ángela, sin apenas levantar la vista de la calculadora.

Cristina y yo nos sentamos ante el aparatoso y anticuado aparato, y nos dispusimos a sacar nuestros cuadernos y estuches de las mochilas.

—¿Por dónde empezamos hoy? —preguntó Cristina, mientras pasaba frenéticamente las hojas de su cuaderno.

—No lo sé —respondí—. ¿Qué tal si repasamos tantos por ciento?

—¿Tantos por ciento? —Cristina parecía del todo perdida. Hacía tantos días que no se dedicaba a su trabajo que todo lo que yo le decía le sonaba a chino.

—Ya sabes —le intenté aclarar—, porcentajes de gente contagiada por el virus, además del porcentaje de la sociedad que consume drogas, además de…

—Captado, captado —me interrumpió mi compañera—. Mejor pasamos a la parte práctica.

—De acuerdo —acepté, mientras yo también empezaba a pasar las páginas de mi cuaderno—. Por ejemplo, durante los primeros años en que el sida causó estragos en la sociedad escocesa, se contabilizaron…

—¿De qué años estamos hablando? —me interrumpió Cristina—. Vamos, Delia, necesitamos un poco más de precisión si queremos hacer un buen trabajo.

—Un momento —dije, recorriendo las hojas de mi libreta con los ojos en busca de la información que me estaba exigiendo Cristina—. Estamos hablando desde finales de 1986 a mediados de 1994 —dije después de dar con las fechas—. Durante esos ocho años, en el Edinburgh City Hospital, 64 pacientes, eso es el 25% de todas las muertes por sida, habían muerto sin todavía haber sido diagnosticados con la enfermedad.

—¿Qué más? —Cristina iba apuntando en su libreta a medida que yo iba recitándole fechas y porcentajes.

—Por otro lado, de todos los pacientes enfermos de sida en aquel hospital, entre el 60% y el 70%, habían contraído la enfermedad por culpa de inyectarse drogas.

—Lo cual quiere decir que el consumo de drogas por vía intravenosa y la propagación del virus del sida tenían una relación muy estrecha.

—Exactamente —asentí yo—. De hecho, en este artículo lo dice bien claro —saqué una hoja impresa de mi cuaderno y se la mostré a Cristina—. Desde 1983, en algunas regiones de Escocia, a diferencia de Inglaterra por ejemplo, se produjo una mayor expansión del sida debido al consumo de drogas. A partir de 1985 —seguí leyendo—, se fueron incrementando las medidas dirigidas a paliar ese problema, entre las que cabe mencionar el intercambio de jeringuillas usadas por otras nuevas, la prescripción de metadona, la creación de instituciones comunitarias antidroga y las campañas de prevención.

—Espera, espera un momento —me interrumpió Cristina—. ¿Qué es metadona?

—No estoy muy segura, pero creo que es algo así como una sustancia para ayudar a los heroinómanos a desengancharse de la droga.

—Sigue leyendo.

—A finales de los ochenta, el número de afectados por el VIH en relación con el consumo de drogas empezó a disminuir notablemente. No obstante, la transmisión por contacto sexual seguía siendo motivo de preocupación, especialmente entre las parejas de los drogadictos seropositivos que se inyectaban por vía intravenosa.

—1983, 1985, finales de los ochenta —empezó a enumerar Cristina—. Delia, tenemos que actualizar esta información. Tenemos que hablar de los ochenta, pero también de los noventa y del siglo veintiuno.

—En realidad el trabajo tiene que centrarse en el impacto que las drogas y el sida tuvieron en la sociedad de Edimburgo en los ochenta.

—Bueno, vale, eso es lo que dice el título. Pero creo que no estaría de más que hiciéramos un seguimiento de su evolución hasta el presente, ¿no crees? ¿A quién le importa el pasado si no podemos conectarlo con la actualidad?

—Tienes razón, supongo.

—Claro que la tengo. Pero no te preocupes, voy a encargarme yo de buscar la información que nos falta. Por cierto, ¿qué hora es? Me estoy muriendo de hambre.

—Todavía queda media hora para la cena.

—Bueno, pues será mejor que la aprovechemos para redactar.

Ahora nos habíamos quedado solas en el despacho. Ángela había desaparecido sin hacer ruido, dejando un montón de papeles y recibos esparcidos sobre su mesa. Cristina y yo estábamos concentradas en nuestras libretas, pasando apuntes a limpio y comparando datos.

—Hola, chicas —una voz a nuestras espaldas nos distrajo de nuestra tarea. Levanté la vista de mi cuaderno y ahí estaba Tristán. Su fragancia mentolada debía de haberme alertado de su presencia mucho antes que el sonido de su voz.

—Hola —saludó Cristina.

Yo me había quedado muda.

—¿Avanzando con el trabajo? —Tristán probablemente nos hacía la pregunta a las dos pero sus ojos estaban clavados en los míos. Tenerlo de nuevo ante mí en aquel entorno hacía que mi corazón se disparara en una carrera a toda marcha.

—Sí —replicó Cristina, empezando a recoger sus bolígrafos—. Aunque yo ya me iba. Creo que con tantas letras y números está empezando a dolerme la cabeza. ¿Tú te quedas, Delia?

Me sentí acorralada de repente. No sabía qué decir. ¿Qué se suponía que debía hacer? ¿Quedarme en el despacho con la excusa de mi trabajo? ¿Quedarme en el despacho con Tristán? Como no sabía qué decir, no dije nada. Solo asentí con la cabeza.

—Vale, pues nos vemos luego, en la cena —dijo mi colega con naturalidad.

—Por cierto, Cristina —la detuvo Tristán antes de que ella desapareciera—. ¿Cómo estás de tu alergia? ¿Te sientes del todo recuperada?

—Creo que sí —asintió ella—. Al fin y al cabo era solo una alergia. Algo pasajero. ¡Hasta luego, chicos!

Tristán y yo nos quedamos mirando hacia la puerta, viendo a Cristina marcharse y luego cuando ella ya no estaba. Tristán fue el primero en desviar la mirada y centrarla directamente en mis ojos.

—¿Qué tal con el trabajo?

—Muy bien.

—¿Puedo ver tus apuntes?

Bajé la vista hacia mi cuaderno y vi mi mala letra, mis palabras abreviadas, mi desorden a la hora de escribir y redactar. Me sentí incómoda.

—En realidad solo son esquemas, todavía me queda mucho por hacer.

Cerré mi cuaderno.

—De acuerdo, no te preocupes. No tienes por qué enseñármelo.

Tristán se acercó a mí y se sentó a mi lado, en la silla donde antes se había sentado Cristina. El olor a menta se intensificó. Llevaba puestos unos vaqueros de color gris oscuro y un polo de color azul chillón.

—Quería preguntarte algo —dijo Tristán de repente.

—¿Qué? —pregunté yo, el corazón latiéndome en los oídos.

—Algo sobre Emma, tu compañera de cuarto.

—¿Emma?

—¿Has notado algo raro en ella durante estos días?

¿A qué venía aquella pregunta?, me dije. No comprendía nada. Me sentía confundida. Estaba claro que Tristán había venido a hablar conmigo sobre algo que yo no había tenido en cuenta. ¿Qué había estado imaginando yo exactamente?

—No, creo que no —respondí.

Tristán sonrió ante mi respuesta.

—Supongo que tampoco me lo dirías si así fuera, ¿verdad?

—No sé exactamente de qué estamos hablando, Tristán —decidí confesarle la pura verdad. Aunque algo en el fondo de mi cerebro me recordó que sí había algo sobre Emma que me inquietaba, que me había inquietado desde el principio del curso de verano, pero no acertaba a decir exactamente qué.

Él volvió a sonreír, sus ojos brillaban con fuerza.

—Está bien, no te preocupes —dijo al final—. En realidad puede que solo sean imaginaciones mías.

Me concentré en mi cuaderno de nuevo, recogí mis bolígrafos y lo metí todo dentro de la mochila. Sentí que mis mejillas se encendían sin que yo pudiera hacer nada por evitarlo.

—¿Te molesta que haya venido? —preguntó Tristán súbitamente.

—¡No! —grité yo de inmediato. Era absurdo que intentara esconder mis sentimientos a estas alturas. Lo mejor siempre era ir con la verdad por delante, aunque eso resultara en consecuencias inesperadas. Uno de los bolígrafos salió disparado de mi mano y voló por los aires hasta caer a mis pies. Fui rápida en reaccionar, pero Tristán fue más rápido todavía y lo recogió antes que yo. Nuestras manos se chocaron en aquel breve instante.

—¿Seguro que no te molesto con mi presencia? —repitió Tristán—. Entonces, ¿por qué estás nerviosa?

—No estoy nerviosa.

—Te tiemblan las manos.

—No sé por qué me tiemblan las manos, pero no estoy nerviosa.

—Tal vez todavía no estés curada de tu alergia —dijo Tristán, cogiendo ahora mi mano derecha y encerrándola entre las suyas.

—Tal vez sí lo esté —repliqué yo, mientras me mantenía inmóvil—. Ya has oído a Cristina: las alergias no son importantes, son solo algo pasajero.

—Yo no estoy del todo convencido de que te hayas curado, Delia —me contradijo Tristán—. Cada vez que te veo me da la sensación de que te vas a echar a correr.

—No voy a echarme a correr.

—Sería lo más sensato que podrías hacer.

Mi mano seguía dentro de las suyas, mis ojos permanecían clavados en ellas. En sus dedos largos y grandes, en el fino y casi invisible vello que los recubría.

—¿Por qué? —pregunté en un susurro.

—Porque no es conveniente que nos saltemos las normas tan a la ligera.

Las normas. No me apetecía nada volver a hablar de normas. Por una vez en la vida quería olvidarme de ellas. «Surreal Summers: tu verano sin normas».

—Aquí el único que tiene normas eres tú, ¿recuerdas? —le hice memoria. Levanté la vista de sus manos y le miré fijamente a los ojos durante un breve instante. Tuve que volver a bajar la vista inmediatamente si no quería que mis mejillas se encendieran de nuevo.

—Tienes razón —asintió él.

—La decisión de saltártelas o no depende de ti —murmuré, dándome cuenta de que aquella frase decía mucho más de lo que yo habría querido decir. Aquella frase daba por sentado que las normas de Tristán eran la única barrera que debía cruzar, no había más obstáculos. No los había por mi parte al menos. Lo acababa de decir y no me lo creía. ¿Qué me estaba pasando? ¿Quién era aquella chica del pelo rojo ahí sentada?, me pregunté por enésima vez. ¿Qué le había hecho a la Delia de antes?

—Ya no estoy tan seguro de tener opción —fue todo lo que respondió Tristán, desviándome de mis pensamientos.

Aquella frase también quería decir mucho más de lo que parecía. Probablemente mucho más de lo que Tristán había querido expresar. Ya no estaba seguro de tener opción. ¿Significaba eso que él sentía lo mismo que yo? ¿Significaba eso que él también me echaba de menos? ¿Que él tampoco tenía ganas de salir huyendo cada vez que se encontraba conmigo? ¿Que él también podía olvidarse de todo lo demás cada vez que estábamos juntos?

Un beso calló todas esas preguntas dentro de mi cabeza. Un beso en los labios, breve pero impactante como el rayo, una caricia casi imperceptible sobre la fina piel. Un beso demasiado fugaz para compensar todo el tiempo que inconscientemente mis sentidos habían estado esperando. Sin darme cuenta de lo que hacía, me incliné hacia delante y me dejé caer sobre el cuerpo de Tristán, dirigiendo mis labios hacia los suyos para repetir lo que él acababa de hacer, al menos para darme un poco más de tiempo para saborear el momento. Él me rodeó con los brazos y sonrió ante mi torpe osadía.

—Delia —susurró él mientras mis labios les hacían cosquillas a los suyos.

—¿Qué? —pregunté yo, apartándome de él unos centímetros, incapaz de comprender. ¿Es que yo no podía besarle?

—Nada —dijo él, devolviéndome el beso y recibiendo al mismo tiempo otro de mis labios. Mi corazón latía con fuerza. Jamás había latido con tanta fuerza, de hecho. Parecía vivo por primera vez. Durante todos aquellos años había sido de hielo, se había quedado encerrado ahí dentro, muy al fondo de mi persona, pasándole desapercibido hasta a su propia dueña. Ahora me daba cuenta de que estaba allí. Dejé caer mi cabeza sobre los hombros de Tristán y dejé que mis brazos le rodearan la cintura. Sus manos ahora me acariciaban el cuello y la nuca. Me podría haber quedado años atrapada en aquella especie de estupor, en aquel hechizo que me producía toda una serie de sensaciones nuevas para mí.

—Delia —dijo Tristán de repente, rompiendo el silencio mágico que nos rodeaba—. ¿Sabe algo Cristina?

Levanté la cabeza de sus hombros para mirarle a los ojos. Sus labios entreabiertos sonreían, sin embargo su mirada era severa. En seguida comprendí de qué hablaba.

—No —contesté yo.

—Será mejor que siga sin saberlo.

—Claro.

Apoyé mi cabeza sobre su pecho y estreché su cintura con más fuerza. No iba a contárselo ni a Cristina ni a nadie si era eso lo que Tristán quería. Fue un pacto silencioso que a mí me complacía tanto como a él. De hecho, a nadie le importaba lo que había entre él y yo. Nadie lo hubiera comprendido de todas formas porque yo habría sido incapaz de explicarlo. Era incapaz de explicármelo a mí misma incluso. Lo único que me importaba ahora era tener cerca a Tristán, tenerlo tan cerca que pudiera rodearlo con mis brazos de la misma forma que él ahora me rodeaba con los suyos. Sentir latir su corazón como lo podía sentir ahora, atrapado en su pecho, latiendo con fuerza en su interior, con la misma fuerza con el que latía el mío. Eso era lo único que importaba en realidad.

—¿Qué estás haciendo? —le pregunté a Emma desde la habitación. Mi compañera de cuarto hacía más de media hora que estaba encerrada en el baño. Se oía el ruido del agua de la ducha rebotar contra el plato y las baldosas; hacía rato que el grifo estaba dado, lo cual quería decir que ahora yo me tendría que duchar con agua fría—. ¿Estás bien o te ocurre algo?

—Estoy bien. No te agobies —fue la respuesta de mi compañera.

No era normal que Emma estuviera en nuestro cuarto a aquellas horas. La costumbre era que, después de cenar, mi colega diera un paseo con Carlos por los alrededores de la residencia, para luego esconderse de los monitores y compartir uno de los cigarrillos que Carlos guardaba en el fondo de su mochila. Eran aquellas horas de locura en la que los estudiantes hacían planes para la noche que estaba a punto de llegar, intercambios de camas, carreras por los pasillos, música a todo volumen. Yo, por mi parte, aprovechaba mi soledad vespertina y dedicaba aquel momento del día a hacer mi llamada telefónica de rigor para poner a mi madre al corriente sobre mi progreso con el inglés.

—¿Estás ahí, Fidelia?

—Sí, mamá —decidí volver a prestar atención a mi madre y olvidarme de Emma, que seguía encerrada en el baño y ni se había molestado en cerrar el grifo de la ducha. Se me ponían los pelos de punta solo de pensar en el agua helada cayendo sobre mi piel. Pero decidí seguir el consejo de Emma y no agobiarme, y continué con la conversación telefónica con mi madre.

—¿Qué has hecho hoy, hija? —me preguntó mi madre por enésima vez—. ¿Qué has comido? ¿Has hecho tus deberes? ¿Te portas bien en clase?

Mamá todavía creía que estaba hablando con una criatura de siete años. No se había dado cuenta aún de que su hija era lo bastante madura como para tomar sus propias decisiones y saber cuál era la diferencia entre el bien y el mal. Creía que todavía la necesitaba para que me aclarara ciertos puntos. Además, también parecía olvidar la posibilidad de que yo pudiera mentirle. Tomé aire con fuerza y recé para que la conversación no se alargara hasta la eternidad.

—Hija, contéstame, haz el favor.

—Lo siento, mamá, ¿cuál era la primera pregunta?

—Fidelia, por Dios, ¿qué te sucede? Solo quiero saber si todo está bien.

Por supuesto. Mamá lo único que quería oír era que todo funcionaba de maravilla. Eso era aquella llamada cada noche: una bocanada de tranquilidad que le permitiera dormir sin dificultad. Como si hubiera podido hacer algo en caso de haberme encontrado yo en problemas.

—Claro que todo está bien —repliqué dándole la respuesta que esperaba.

—¿Estás mejorando con el inglés?

Por descontado, se me olvidaba: ese curso aparentemente tenía una finalidad. Mis avances con el inglés debían ser satisfactorios, si fuera de otro modo mamá se sentiría estafada al haber pagado una fortuna por el curso de Surreal Summers.

—Ya te dije que estoy en el grupo con el nivel más alto.

—¿Y tienes muchas amigas?

Mi madre siempre se había empeñado en interesarse por mi vida social. Como si el hecho de tener muchos amigos fuera a facilitar mi existencia. No se daba cuenta de que en los tiempos que corrían lo que importaba no era la cantidad, si no la calidad.

—Me llevo bien con la mayoría de mis compañeras —dije. Fui lo suficientemente cautelosa como para mantener el uso del femenino.

—¿Y qué tal te llevas con los chicos?

Lo sabía. A mi madre jamás le había pasado desapercibido el hecho de que en el curso de verano también había compañeros del sexo opuesto.

—Normal.

—¿Normal? ¿Qué significa «normal», Fidelia?

—No lo sé, mamá —dije, ahora me sentía acorralada. Era complicado mentirle a mi madre, incluso esconderle información era una misión imposible. Incluso estando hablando por teléfono—. Tengo una relación normal con ellos. Vamos de excursión juntos, comemos en el mismo comedor, nos encontramos por el campus…

—¿De excursión juntos? ¿Os encontráis por el campus? —repitió mi madre como un loro—. Fidelia, hija —ahora voz de preocupación—, ¿hay algo que no me estés contando?

¡Bingo, mamá!, quise gritar, pero no lo hice. Nadie debía saber lo que había entre Tristán y yo, y mucho menos mi propia madre. El puesto de trabajo de Tristán podría estar en peligro. Mi propia vida podría estar en peligro.

—Mamá, no sé de qué me estás hablando —decidí decir—. Creo que estás tergiversando mis palabras. Será mejor que cambiemos de tema.

Error. Lo acabé de decir y me arrepentí. A mi madre no se le podía pedir que cambiáramos de tema. Con eso iba a conseguir lo contrario: que siguiera acribillándome a preguntas que yo no tenía la más mínima intención de responder. Cielo santo, qué cruz, dije para mis adentros. Ojalá tuviera más hermanos con los que mamá pudiera distraerse. Es difícil imaginar lo que es sentir el peso de toda la preocupación, de todas las expectativas, de todos los temores que una madre o un padre pueden depositar sobre un hijo único, a no ser que tú también lo seas.

—Me estás preocupando, cariño.

—No te preocupes, mamá. Estoy bien —dije. Sabía que necesitaba cambiar de táctica, tenía que encontrar algo que desviara la atención de mi madre. Ahora sí estaba agobiada de veras. Atrapada en un callejón sin salida. De pronto se me ocurrió una alternativa. Sabía que a mi madre le dolería, y mucho, pero no había otra escapatoria—: ¿Cómo está papá?

Se hizo el silencio. «Lo siento, mamá», quería decirle. Y era la pura verdad. No debía haberle preguntado por mi padre, pero no me había dejado margen de maniobra. Ahora mamá se iría a la cama sintiéndose todavía peor que antes de que habláramos.

—Pues no sé, hija, la verdad —dijo con voz triste—. Pero te manda recuerdos. Y dice que te está echando mucho de menos y que espera que lo estés pasando bien. Pero no quiero hablar de tu padre, Fidelia.

—No, claro.

Y de pronto se acabaron las preguntas y el interrogatorio llegó a su fin. Me había librado por los pelos, me dije, pero había jugado muy sucio.

Pulsé el botón rojo del aparato y lo dejé sobre mi mesilla de noche. Levanté la vista y la dirigí a la puerta del cuarto de baño. Emma seguía encerrada en él, llevando a cabo alguna especie de experimento del que yo no estaba enterada.

—¿Emma? ¿Estás bien? —volví a preguntar. Esta vez mi compañera de cuarto no respondió. Me levanté de la cama y apreté el oído fuertemente contra la puerta. El agua de la ducha todavía salía abundantemente, pero ahora me pareció oír un extraño pero inconfundible sonido: el de alguien vomitando. Me dije que a Emma no le habría sentado bien la cena y que probablemente necesitara ayuda.

Abrí la puerta del baño dispuesta a echarle una mano a mi compañera. Me la encontré arrodillada sobre la tapa del váter, la cara cubierta por su mata de pelo rubio y rizado, y la cara hundida en los hombros. En cuanto yo puse los pies en el baño, Emma se percató de mi presencia y levantó la cabeza del inodoro.

—¿Qué haces aquí? —gritó nada más cruzar su mirada con la mía. Parecía del todo contrariada—. ¡Largo! ¿Es que no ves que necesito estar sola? Vamos, lárgate de aquí, Delia, ¿quieres?

—He entrado por si necesitabas algo —le expliqué, levantando las manos y mostrándole las palmas, como en señal de disculpa por mi intromisión—. ¿Te ha sentado mal la comida?

A Emma parecieron divertirle mis palabras. Se limpió la boca con la muñeca y se sentó en el suelo del baño. Me miró con ojos incrédulos y mirada risueña. Luego se le escapó la risa y se cubrió la boca con una mano. Era un cuadro patético. Había algo raro en la actitud de Emma. En su cuerpo medio tumbado en el suelo, el pelo revuelto, las manos temblorosas. Ahí estaba pasando algo que yo no comprendía. ¿Y por qué estaba el grifo de la ducha abierto todavía?

—Eso es, Delia —replicó ella con una sonrisa burlona—. Me ha sentado mal la comida.

Había algo en esa sonrisa, una astucia que casi pasaba inadvertida, un secreto a gritos, un juego aparentemente inocente que iba a acabar mal. No sé por qué mi cerebro hizo una asociación de ideas que tal vez estaban estrechamente conectadas la una con la otra. Por un lado, las grandes cantidades de comida que había en el plato de Emma diariamente. Por el otro, la extremada delgadez de mi compañera, excesiva para una chica que apenas hacía ejercicio y se atiborraba de comida tres o cuatro veces al día. Recordé la pregunta de Tristán de hacía unas horas: «¿has notado algo raro en ella durante estos días?». Ciertamente, ahí había algo que no cuadraba en absoluto.

Me dirigí a la ducha y cerré el grifo, era casi imposible hablar con ese ruido de agua cayendo en cascada. Y entonces solté:

—¿Te sucede a menudo?

La pregunta salió de mi boca casi sin que mi cerebro diera la orden. Había oído hablar de los desórdenes alimenticios que padecían algunos chicos y chicas en la adolescencia y que podían convertirse en problemas serios de no ser tratados debidamente. Siempre me había parecido un problema lejano, que no tenía nada que ver con mi mundo, una exageración de algo que me era desconocido. Y ahora, justo delante de mí, una chica aparentemente normal, que sobresalía por su belleza, yacía sobre el suelo del baño, vomitando la comida que jamás llegaría a digerir, y quizás hiciera todo aquello solo por seguir siendo la guapa y la esbelta del grupo. ¿Podía ser que Emma estuviera enferma y que se hubiera provocado el vómito ella misma? ¿Podía ser que una chica tan segura de sí misma, tan popular, tan lista, cayera en esa trampa?

—Vamos, Delia. No digas tonterías —me escupió ella con su sonrisa todavía en los labios, aunque los ojos dejaron de mirarme con diversión. Ahora me miraban con recelo y cautela, una especie de felino enfrentándose a su posible adversario—. Me ha sentado mal la comida. Eso es todo, no tienes por qué hacer un drama.

—Solo estaba preguntando —le espeté yo—. Quería asegurarme de que estabas bien. ¿Seguro que eso no te sucede a menudo? ¿Seguro que no ha sido provocado? —decidí preguntarle al final.

Ahora Emma se limitó a mantener el silencio. Se levantó del suelo, se tambaleó hasta llegar al lavamanos y se frotó las manos y la cara con jabón. A continuación se lavó los dientes y se enjuagó la boca con un elixir bucal. Todo en conjunto me pareció un ritual muy bien ensayado, una costumbre adquirida con el paso de los meses, o quizá, peor, de los años, para borrar cualquier tipo de sospecha o insinuación de lo que Emma hacía cada vez que se encerraba en el baño después de comer.

—Delia, bonita, no inventes, ¿vale? —me dijo ahora mirándome fijamente a los ojos. Su sonrisa se había tornado en una mueca desagradable y sus ojos ya no resplandecían con la misma fuerza de siempre—. No empieces a montarte tus historias. Tal vez tu vida es un aburrimiento, pero no te metas en mis cosas.

—A lo mejor podríamos pedir ayuda —dije sin pensármelo dos veces, haciendo caso omiso a las palabras casi insultantes de mi compañera. Si era cierto que Emma padecía bulimia o algo por el estilo, necesitaba que alguien le echara un cable cuanto antes. Y si mis sospechas eran totalmente infundadas, a Emma no le importaría que yo me preocupara por ella.

—¿Pedir ayuda? ¿A qué te refieres? —ahora Emma se acercaba a mí de forma amenazante, sus pasos eran sigilosos, su mirada ardía—. ¿Es que vas a chivarte? ¿Es eso lo que eres, una chivata?

—No —me quejé, frunciendo el ceño—. Nada de eso. Solo quería ayudarte, no quiero que te metas en problemas.

—¿Problemas? —se burló ella—. ¿Qué problemas? ¿Quién es la que tiene problemas aquí, Delia? ¿Quién es la que no tiene amigos? ¿La que se pasa horas encerrada en la biblioteca? ¿La que nunca habla con nadie porque no tiene de qué hablar? Desde luego, *yo* no soy.

Me hice pequeña. Sentí que me encogía, como un jersey que se encoge en la lavadora porque no se lava con el programa adecuado. Me hacía pequeña, pequeña, diminuta. ¿Por qué ese ataque despiadado? ¿Por qué ese odio? Las palabras de Emma habían dado en la diana de mi inseguridad y me hicieron más daño de lo que probablemente ella habría imaginado. Así era como me veían mis compañeros. Como la marginada del grupo, la que estaba apartada de todo. La problemática. La difícil. Había creído durante un tiempo que las cosas empezaban a cambiar, pero a quién quería engañar. Yo era el mismo bicho raro de siempre. Es bueno que de vez en cuando te abran los ojos. Pero también es doloroso. Sin embargo, intenté no dejarme hundir por los comentarios desagradables y fuera de lugar de Emma. Intenté pasarlos por alto y no tenerlos en cuenta de cara al resto del curso. Tomé la decisión también de no meterme en sus cosas. Al fin y al cabo, no tenía pruebas de nada y yo no era ni había sido nunca ninguna chivata. Además, ya no me importaba. En absoluto. Las palabras de

Emma habían calado en mí. Ahora su pequeño drama en el lavabo había quedado en un segundo plano.

Volví a sentarme en la cama y me dispuse a repasar los apuntes de la clase de Abigail de aquella mañana. Emma se cambió de ropa y se preparó para salir de la habitación y reunirse con Carlos, como ya era costumbre. En cuanto me quedé sola en el cuarto, me di cuenta de que mis ojos reseguían las palabras escritas sobre la hoja de mi cuaderno. No obstante, mi cerebro no procesaba la información, estaba en otra parte, no muy lejos de allí. Estaba con Tristán.

¿Era posible, me dije, que tal y como había apuntado Emma yo no hubiera cambiado en absoluto?

ANTÍDOTO

Compartir un espacio reducido con Tristán era como haber comprado un tique para las camas elásticas. De pronto te encontrabas suspendida en el aire, aterrorizada ante la inminente caída libre, y en el siguiente segundo tu cuerpo rebotaba contra la elasticidad de la tela bajo tus pies aliviando tu sufrimiento por completo y llenándote de una corriente de adrenalina insuperable que te hacía reír del nerviosismo y la felicidad extremos.

Besar a Tristán multiplicaba esa sensación por mil. Súbitamente te encontrabas volando con las mariposas, aleteando sin rumbo, luchando contra el viento pero feliz de sentir que eras libre, el aire rozándote el pelo, el olor a menta colmando tus pulmones y la tranquilidad de tener la total certeza de que cuando aterrices lo harás sobre una superficie flexible que te devolverá al cielo con las mariposas.

—No estoy seguro de que estemos haciendo lo correcto, Delia —musitó Tristán cuando nuestros labios se separaron. Nos encontrábamos en el despacho de los monitores, donde yo había acudido con la esperanza de encontrarle, como ya iba siendo costumbre en los últimos días. Recientemente, parecía que mi propensión a acercarme a Tristán no tenía sosiego.

—¿Por qué? —pregunté en un hilo de voz. Yo tampoco estaba segura de estar haciendo lo correcto, aunque en unas circunstancias tan excepcionales no era fácil saber qué lo era y qué no.

—Porque soy tu monitor.

—Deja ya de decirlo. ¿Qué importa eso?

Las yemas de los dedos de Tristán reseguían el contorno de mis mandíbulas hasta que ambas manos quedaron unidas bajo mi barbilla. Nuestros cuerpos estaban a pocos centímetros de distancia, pero era como si fueran un imán el uno para el otro, atrayéndose mutuamente, sintiendo los átomos de uno y de otro luchando por invadir territorio ajeno.

—Importa mucho. Sobre todo si tú eres menor de edad.

—Voy a cumplir los diecisiete la semana que viene.

Los imanes no pudieron mantenerse separados ni un segundo más y mi cuerpo cerró el espacio que nos separaba. Sus labios eran cálidos y sabían a menta y a café. Frío y calor en un solo beso.

—Eso no cambia nada, Delia. Seguirás siendo menor de edad.

Tristán, probablemente más experimentado en el dominio de su imán, consiguió volver a oponer distancia entre nuestros cuerpos. Las puntas de sus dedos ahora rozaban mis párpados de forma casi imperceptible. Mientras, yo mantenía los ojos cerrados en contra de mi voluntad, aunque, francamente, era mucho más fácil dominar mis impulsos cuando no tenía que enfrentarme a la sonrisa de niño travieso de Tristán. Menor de edad. ¿Y qué? Yo estaba a punto de cumplir los diecisiete y el los veinte. Tres años de diferencia. ¿Y qué? El amor no tiene edad, oí que decía una voz dentro de mi cabeza. Por suerte, la frase no escapó de mis labios. Pensándolo bien, habría sonado de lo más cursi. Yo no era una cursi. Jamás lo había sido. Aunque, claro, la Delia de siempre ya me había abandonado hacía cerca de una semana y sin previo aviso.

El tacto aterciopelado de los dedos de Tristán bajó hasta mi cuello, el cosquilleo de una pluma sobre la superficie de mi piel. Bajo ella todas las terminaciones nerviosas que recorrían mi cuerpo se dispararon, desencadenando un caos colectivo entre la población de lepidópteros que desde hacía unos días habitaban en mis entrañas. Dejé escapar un gemido involuntario.

—¿Crees que las mariposas van a marcharse algún día? —logré articular solo cuando los dedos de Tristán dejaron de causar estragos en mi ser. Sus ojos me miraban con curiosidad, sin comprender. Probablemente debía de estar pensando que yo estaba loca de remate.

—¿Qué mariposas? —preguntó, desconcertado.

—Las que revolotean en mi estómago.

Loca de remate. Por él, por supuesto.

—Sientes mariposas —dijo su voz grave. Quizá la intención era hacerme una pregunta, pero sonó como una afirmación.

—Desde hace unos días —confesé, sintiéndome ligeramente incómoda. No entendía lo que me estaba pasando y no me gustaba hablar de ello—. Sobre todo cuando tú estás cerca. ¿Crees que es algo malo?

—No excesivamente —respondió él con naturalidad. Sus dedos estaban enredados en mi pelo, un nido de pelusa rojiza que salía disparado por todas partes. ¿Qué debía de estar sintiendo Tristán en aquel momento, con sus dedos atrapados en mis mechones rebeldes? ¿Le gustaba esa sensación, tener sus manos enzarzadas entre los tentáculos de medusa que caracterizaban mi aspecto físico? Las manos progresaron hasta bajar a mi nuca, donde se entrelazaron la una con la otra al mismo tiempo que Tristán bajaba su cabeza hasta mi frente y me besaba la punta de la nariz. Las mariposas estaban dando una fiesta privada a mis expensas.

—¿Por qué crees que me pasa? —pregunté, refiriéndome a esa extraña sensación, tan nueva y tan incomprensible para mí.

—¿De veras no lo sabes?

—No. ¿Lo sabes tú?

¿Qué estaba escondiéndome Tristán? ¿Era normal lo que me pasaba? ¿Le pasaba a todo el mundo? ¿Era eso lo que sentía Emma al besar a Carlos? Tristán parecía leerme el pensamiento a través de mis ojos. Sonrió con una mezcla de ternura y desconcierto.

—Me lo imagino —replicó—, pero dejaré que seas tú la que lo averigüe.

—¿Qué es lo que tengo que averiguar?

—Lo que significan esas mariposas, aunque, conociéndote, me imagino que no te alegrarás mucho cuando lo sepas.

Su mano izquierda ahora recorría la parte interna de mi brazo. Contraste de tonalidades, su piel bronceada contra mi piel blanquecina y llena de pecas. Las venas azules de su mano se adivinaban bajo la epidermis, caminos prominentes que seguían el rumbo del brazo, subiendo hacia los bíceps y hasta más arriba donde quedaban escondidos por la tela de la camiseta. Como en un flash me sorprendí a mí misma imaginando, recordando el cuerpo de Tristán bajo esa camiseta. Me quité el pensamiento de la cabeza al instante, procurando detener un rubor ya inminente.

—No creas que me conoces tanto —acabé diciendo, intentando disimular lo que de verdad había pasado por mi mente—. ¿Tú también las sientes? ¿Las mariposas?

Tristán sonrió de forma enigmática, mostrando brevemente una hilera de dientes blancos y bien alineados. Sus manos bajaron por mis brazos hasta dar con las mías y envolverlas con sus dedos firmes a la vez que suaves.

—Será mejor que no te diga lo que yo siento, Delia.

—¿Por qué no? —pregunté, desconcertada.

—Porque no sería nada apropiado que un monitor se

sincerara tan abiertamente con una de las chicas que están a su cargo.

¿Qué habría querido decir con eso? Menuda frustración, no saber lo que sentía Tristán era casi tan inquietante como no saber lo que me pasaba a mí misma. Por otro lado, no me gustaba que Tristán utilizara tanto la palabra «monitor». Esa palabra, cada vez me daba más cuenta, era como una barrera para lo que fuera que pasara entre Tristán y yo. ¿Es que no lo entendía? ¿Qué importaba que él fuera el monitor y yo solo una alumna del curso? No importaba nada. No importaba por lo menos ahora cuando estábamos los dos solos encerrados en su despacho, ahora que nadie nos veía ni sabía dónde estábamos.

—Por cierto —empezó a decir Tristán como si me hubiera leído el pensamiento—, ¿todavía mantienes tu pacto de silencio?

—Claro, ya te dije que no pensaba contárselo a nadie.

Apreté mis manos con las suyas, haciendo presión con los dedos, rozándole la superficie de los nudillos gruesos y huesudos.

—Tus amigas podrían sospechar aunque tú no se lo contaras. ¿Qué le vas a decir a Emma cuando vuelvas a tu cuarto? ¿Dónde le dirás que has estado? La biblioteca está cerrada a estas horas, así que eso no te va a servir como excusa.

—Le diré que he estado dando un paseo.

Tristán soltó sus manos de las mías y se separó de mí dando unos pasos hacia atrás. Se apoyó contra el escritorio, cruzó los brazos y me miró fijamente, sin sonreír. Una mirada que no era la primera vez que yo advertía, una sombra cruzándole los iris verdes, haciendo desaparecer las chispas doradas.

—No estamos haciendo lo correcto, Delia.

Otra vez la misma frase de antes, esta con un tono diferente, más firme y contundente. ¿Por qué no estábamos haciendo lo correcto? ¿Serviría de algo si se lo contara todo? ¿Serviría de algo si le dijera que cuando no estaba cerca de él, cuando no le veía, le echaba de menos? ¿Que me despertaba imaginando que los besos de la noche anterior habían sido un sueño, pero un sueño muy real, un sueño que se había echo realidad? Solo una semana atrás, yo habría pensado lo mismo que él, que llegar al límite de besarnos era una aberración, algo inimaginable, algo repugnante para una persona como yo, que evitaba cualquier tipo de contacto con todos los ejemplares del otro sexo y con la mayoría de los del mismo. Pero ahora todo era distinto, algo había pasado, mi mundo había cambiado. Me daba cuenta por fin de que tal vez no era ahora cuando mi cuerpo se encontraba en la modalidad error. Era más bien lo contrario: mi cuerpo había estado en error desconocido durante toda mi vida. Hasta aquel momento. Ahora era cuando estaba reaccionando como era debido. Aunque no me había percatado de ello, todo ese tiempo había estado allí. En aquellos momentos todo encajaba. Todo tenía sentido. Y así fue como, sin esperarlo, aquella noche de jueves en medio del verano comprendí por fin lo que significaban aquellas mariposas. Por fin di con la explicación que lo resolvía todo, tal y como Tristán había previsto unos minutos antes.

—Parece ser que has ganado la apuesta —conseguí decir después de haber dado con la causa que había desatado esa plaga de mariposas en mi estómago. Probablemente esa idea llevaba días latente en mi cerebro, pero aquella era la primera vez que ese pensamiento cobraba forma y color, la primera vez también que lo iba a pronunciar en voz alta.

—¿Qué apuesta?

Le miré fijamente, las mariposas habían detenido su aleteo. Mi sangre se había helado en mis venas y mi corazón parecía haber cesado de latir.

—Dijiste que tarde o temprano iba a encontrar a mi antídoto —le recordé con una sonrisa de circunstancias—. Bueno, pues acertaste. Ya lo encontré.

Tristán sonrió brevemente y meneó la cabeza. Se acercó a mí de nuevo, cogió mi mano entre las suyas y, después de pensárselo unos segundos, habló:

—No estés tan segura de que yo sea tu antídoto, Delia. Puedo ser solo un simple experimento y no proporcionarte los resultados esperados. Puedo ser solo un capricho pasajero del que vas a olvidarte en breve.

Apreté sus manos entre las mías y me sentí estremecer solo con oír sus palabras. ¿Un capricho pasajero? ¿Olvidarme en breve? Meneé la cabeza en señal de desacuerdo.

—Sé que eres tú —dije con voz firme—. Ya no tengo ninguna duda de ello. Esa es la única explicación a todo lo que siento. Recuerdo perfectamente tus palabras, Tristán. Dijiste que mi antídoto sería alguien que me curaría de mi alergia hacia los chicos. Alguien que no me molestaría con su presencia. Alguien que me apartaría de mis miedos y mis dudas. Alguien que pondría mi mundo al revés, pero que, a la vez, le daría sentido. Solo hay una persona que me haga sentir así, Tristán. Y la tengo delante de mí.

—Olvidas que tu antídoto también te puede hacer llorar, te puede hacer sufrir —me recordó él con voz entrecortada.

—Creo que no me importaría pagar ese precio a cambio de todo lo demás.

Ahora le tocó a él menear la cabeza y mostrarse contrariado. Yo no podía entenderlo. ¿Por qué se mostraba tan reticente a aceptar que yo le quería a mi lado? A aceptar que lo que yo sentía era algo muy fuerte. Algo incondicional. Irracional, prácticamente. ¿Por qué se empeñaba en llevarme la contraria? ¿Qué era lo que temía? ¿Que nos descubrieran? ¿Que yo sufriera?

—Pareces convencida de todo lo que dices —dijo él, apartándome de mis preguntas.

—Lo estoy —afirmé de inmediato. Tal vez lo que Tristán necesitaba era algo más de devoción por mi parte. Tal vez creía que yo no le correspondía como era debido.

—¿Puedo pedirte algo, entonces? —preguntó al cabo de unos segundos.

—¿Pedirme algo? —pregunté yo sorprendida.

—Según tú, he ganado la apuesta —musitó—. Merezco algún tipo de recompensa por ello, ¿no crees?

—¿A qué tipo de recompensa te refieres? —quise saber.

—No es nada material, y tampoco voy a pedirte que hagas ningún sacrificio excesivo —dijo él—. Solo voy a pedirte que me hagas una promesa.

—¿Una promesa? ¿Qué promesa?

¿De qué iba todo aquello?

—Prométeme que después del curso de verano vas a olvidarte de mí —dijo al fin.

Me separé de él, mirándolo perpleja. Él no me devolvió la mirada; permanecía cabizbajo, mirándose las puntas de las zapatillas, como si se avergonzara o se arrepintiera de lo que acababa de decir. ¿Acababa de pedirme que me olvidara de él? ¿De verdad? ¿Qué clase de promesa era esa?

—¿Qué? —logré articular, otra vez sin comprender.

—Lo que has oído —insistió él—. Todo esto debe terminar cuando nos vayamos de Edimburgo. Será lo mejor para los dos.

Sus manos seguían resiguiendo la piel de mis brazos, pero ese tacto ya no me producía escalofríos. Lo que me producía escalofríos eran sus palabras.

—¿Por qué? —pregunté irritada. No comprendía nada. Tristán no podía pedirme eso. ¿Olvidarme de él? ¿De mi antídoto?

—Será lo mejor, Delia. Confía en mí.

¿Lo mejor? ¡Eso jamás sería lo mejor! ¿Por qué razón querría yo olvidarme de él? ¿Y él? ¿Es que no sentía nada por mí, que quisiera deshacerse de nuestra amistad o lo que fuera que había entre nosotros a la primera de cambio? Entonces, ¿por qué se había convertido en mi mejor amigo? ¿Por qué pasaba su tiempo conmigo? ¿Por qué me besaba? ¿Por qué me había confesado hacía solo unos días que ya no era ni capaz de mantener las distancias?

¿Cuál era la razón? Entonces una idea horrible cruzó mi mente. La razón ahora no estaba aquí, pero tal vez sí estuviera en otro lugar. Tristán no estaba libre. Había otra chica. Lo que pasaba conmigo era solo algo pasajero, efímero. Un amor de verano que tenía que acabar en cuanto acabara el curso.

—Hay otra chica —murmuré, una afirmación en vez de una pregunta. Qué estúpida había sido. «No te mezcles con chicos», recordé las palabras de mamá, «te van a hacer sufrir». Había sido advertida mil veces y nunca había hecho caso de las advertencias. Pero, ¿podía ser eso cierto? ¿Que Tristán hubiera sido tan egoísta como para jugar con mis sentimientos de esa forma tan cruel y despiadada?

Tristán me rodeó entonces con sus brazos y no pude hacer nada para alejarlo de mí. Huesos de gelatina otra vez. Era la mujer de los huesos de gelatina y de las mariposas histéricas. Todo un honor.

—No seas boba, Delia —fue todo lo que dijo—. No hay ninguna otra chica.

—¿Por qué iba a creerte? —pregunté, apartándome de él levemente.

—¿Cuándo te he mentido?

—Acabas de hacerlo —murmuré—. Has dicho que olvidarme de ti sería lo mejor que podría hacer. Esa es la más grande de las mentiras, Tristán.

Esperé cerca de un minuto a que él dijera algo más, pero no lo hizo. Se mantenía cabizbajo. No podía verle los ojos, pero los imaginé empañados, como los míos. Me sentí hundirme pero no tenía fuerzas para seguir con aquella conversación. Él tampoco. Quería borrar los últimos cinco o diez minutos. Borrar aquella estúpida petición de promesa que había salido de la boca de Tristán, y poder quedarme un rato más entre sus brazos. Pero eso no era posible. No se puede rebobinar en la vida real. Así que me armé de valor, les devolví a mis huesos la fuerza que les pertenecía y logré apartar mi cuerpo del de Tristán. Él también se apartó de mí, no intentó detenerme cuando me dirigí hacia la puerta. La abrí con un fuerte tirón y desaparecí por el pasillo. Mis ojos se habían llenado de lágrimas amargas y mi garganta se había cerrado con fuerza impidiendo casi el paso del aire. No quería que Tristán me viera llorar, por eso había escapado del despacho. Pero aquello no era ningún final, me dije, ni mucho menos. Jamás iba a mantener aquella promesa absurda. Mi llanto me dio fuerzas; no era más que la constatación de mis sospechas. Incluso Tristán me lo había advertido: mi antídoto también me haría sufrir. Así pues, en mis lágrimas de abatimiento e incomprensión se encontraba la prueba para aquella desconcertante teoría.

INSOMNIO

Parecía que las horas del viernes transcurrían a la velocidad de los caracoles. Por la mañana en clase, las palabras de Abigail se pegaban a mis oídos y se colaban en ellos a cámara lenta. Mi lápiz tomaba apuntes como un autómata, sin saber ni siquiera qué era exactamente lo que estaba escribiendo. Emma y Carlos intentaban incomodarme tirándome bolitas de papel pero ni eso servía para alejarme de mi mundo de monotonía y aburrimiento. Los ojos de Cristina, detrás de las gafas, me miraban en un intento de hacer un análisis crítico de mi persona y de mi curioso comportamiento.

La tarde no se presentaba nada mejor. Me había encerrado en la biblioteca con la intención de que mi trabajo me despertara de ese cálido pero peligroso estupor. Mis dedos presionaban con fuerza los botones del ratón, mientras delante de mí se llevaba a cabo un desfile de páginas web a las que yo no prestaba ni la más mínima atención.

Si no hubiera sido por esa total falta de concentración, probablemente nunca se me habría ocurrido intentar encontrar distracción en una de las actividades que se me antojaban más improbables e inadecuadas. Y, en consecuencia, no me habría visto atrapada en la situación que el destino estaba orquestando para mí aquella tarde.

No obstante, al sentirme tan tremendamente asqueada y sin ánimo de continuar leyendo y redactando, me encaminé hacia la salida de la biblioteca y fui corriendo hasta el otro lado del campus, concretamente hacia la zona de las instalaciones deportivas.

Me encontré con que Raque estaba batallando con su raqueta y enfrentándose a un inusitado contrincante: la máquina dispensadora de pelotas de tenis. Me encaminé hacia donde él estaba con paso cauteloso e intentando no distraerle de su cometido. En cuanto estuve a pocos metros de él, Raque se percató de mi presencia y se dio la vuelta, al mismo tiempo que una pelota le golpeaba el brazo.

—¡Ay! —gritó mientras se frotaba la zona dolorida. Acto seguido empezó a pegar botes para esquivar todas las pelotas que todavía salían disparadas desde el otro lado de la pista. Tenía la frente sudorosa y unos finos riachuelos le bajaban por ambos lados de la cara. Sus ojos me miraban expectantes.

—¿Te apetece tener un contrincante de carne y hueso? —pregunté con un hilillo de voz, dándome realmente cuenta por primera vez de lo injusta que había sido con Raque. Me juré a mí misma que no volvería a cometer el error que había cometido una vez e intentaría por lo menos volver a ser su amiga.

—Claro, ahí tienes tu raqueta —me dijo él, indicándome su bolsa de deporte apartada a un lado de la pista.

En cuanto empezamos a jugar, noté como mi mente se transformaba. Todos los pensamientos que había tenido en la cabeza durante aquel día se volvieron blancos de repente, y también los sentimientos que me habían oprimido el corazón. El deporte era sano, Raque ya me lo había advertido. No solo porque mantenía en forma la condición física, sino también porque alejaba los malos rollos que invaden la mente.

De pronto un visitante inesperado se materializó al otro

lado de la valla que separaba la pista de tenis de los jardines.

—¡Eh, chicos! —oí que gritaba una voz que me resultaba familiar. Raque y yo dejamos nuestro juego y volvimos la vista en la dirección de donde provenía la voz. Emma estaba plantada a pocos metros de nosotros, vestida con unos shorts blancos y una camiseta de tirantes roja, haciéndose sombra con la mano.

—¡Eh, Emma! —saludó Raque, acercándose a ella a paso ligero.

Yo simplemente la saludé con la mano. No podía decirse que me alegrara mucho de verla. Después de la punzante y aclaradora conversación que habíamos mantenido hacía unos días, no habíamos vuelto a hablar y aquel tenso silencio no había ayudado a mejorar las cosas.

—Quería haceros una propuesta —dijo Emma—. A los dos.

—¿Qué propuesta? —preguntó Raque, que siempre se mostraba entusiasmado cuando Emma le dirigía la palabra.

—Bueno —dijo Emma, bajando la vista hacia el suelo—. Primero necesito que me prometáis que vais a mantener el secreto.

—Prometido —dijo Raque inmediatamente. Yo solo encogí los hombros y dije que sí con la cabeza.

—El caso es —empezó a decir Emma —que Carlos y yo queremos pasar una noche a solas —entonces hizo una pausa para mirarnos fijamente a Raque y a mí—. Vamos, Delia, no me mires con esa cara, por favor. No es ningún pecado y ya no somos unos críos, ¿sabes?

—No he dicho nada, Emma —la interrumpí—. Me da absolutamente igual lo que hagas con tu vida, pero no entiendo qué tenemos que ver Raque y yo con tus planes con Carlos.

—Bueno, pues es muy sencillo, la verdad —me aclaró

Emma con otra de sus sonrisas felinas—. No es por nada, pero, claro, Carlos y yo vamos a necesitar algo de intimidad, y ahí es donde necesito que vosotros dos nos hagáis un favor.

—¿Un favor?

Las palabras de Emma cada vez me ponían más nerviosa.

—Puesto que tanto tú como Raque sois dos buenos amigos nuestros —dijo Emma, ahora dirigiéndose solo a mí—, y puesto que también os lleváis muy bien entre vosotros, me veo inclinada a pensar que no os importará compartir habitación esta noche, para que así, Carlos y yo podamos compartir habitación también.

—¿Qué? —grité—. ¡Ni hablar!

—¿Tú qué dices, Raque? —preguntó Emma, ahora ignorándome por completo.

—Por mí no hay problema.

—Hecho, pues.

No podía creerlo. Aquello era una encerrona. Yo no quería pasar la noche en la misma habitación que Raque. Además, no le debía nada a Emma, no tenía por qué hacerle ningún favor. Me sentía completamente ultrajada y no iba a permitir que Emma se saliera tan fácilmente con la suya.

—He dicho que ni hablar —repetí—. Yo no estoy de acuerdo con tu plan.

—Oye, Delia —me interrumpió Emma, mirándome con una sonrisa cargada de desprecio—. ¿A quién le importa que no estés de acuerdo? ¿Es que no has oído hablar de la democracia? Somos tres contra una, o sea que ganamos. Ya sabes: esta noche, cambio de habitación. Pero no te preocupes, no vas a tener ni que moverte, voy a ser yo la que intercambie la cama con Raque.

***

El plan de Emma para aquella noche me parecía alarmante. Después de la cena, ya me sentía muerta de sueño y de cansancio y lo último que me hacía falta era tener un intruso en mi cuarto. Sin embargo, Raque se presentó poco después de las diez. ¿Es que no tenía yo ya suficiente con lo mío? No había hablado con Tristán en todo el día, apenas le había visto. Él, por supuesto, ni siquiera se había acercado a mí. ¿Qué íbamos a hacer? ¿Cómo podía yo, un ser bastante insignificante, para qué negarlo, cambiar el curso de las cosas y hacer que Tristán borrara esa petición de promesa que me había hecho la noche antes? ¿Cómo podía yo quitarle esa idea de la cabeza? Pero aquel día ya no había tiempo para intentar arreglar las cosas, o sea que tendría que consultarlo con la almohada.

—Chicas, aquí estoy —dijo Raque, entrando como un torbellino en nuestra habitación sin ni siquiera llamar a la puerta. Me horroricé al verle vestido solo con unos shorts deportivos y armado con su cepillo de dientes—. Por cierto, Emma, Carlos te está esperando en la 143.

—Hasta mañana, pues —se despidió Emma con un tono de voz despreocupado después de haber metido en la mochila su neceser y su camisón de dormir semitransparente.

Raque se acomodó en la habitación mientras iba silbando tranquilamente. Como si estuviera en su casa, entró en el lavabo, dejó la puerta entreabierta y se lavó los dientes utilizando mi pasta dentífrica. Cuando acabó volvió al cuarto, se sentó en la cama de Emma y se quedó mirándome, como si esperara que yo dijera o hiciera algo. Tenerle delante de aquella guisa, casi desnudo, me hizo estremecer. Incapaz de comprender cómo era posible que yo hubiera acabado en esa situación, me apresuré a escabullirme en el lavabo, donde me pasé encerrada cerca de una hora.

Cuando salí, la luz de la habitación seguía encendida, pero Raque parecía estar roque. Un juego de palabras que me hubiera hecho reír en cualquier otro momento pero no en aquel. Me hice con mi pijama y mi neceser y volví al cuarto de baño. Quería meterme bajo la ducha y dejar que el agua caliente me relajara, pero no me atreví; en el lavabo no había pestillo y se me ponían los pelos de punta solo de pensar que al otro lado de la puerta había un chico tumbado en la cama de Emma. Me cambié de mi ropa de calle al pijama en un tiempo récord, me froté los dientes de forma casi obsesiva y volví al cuarto de puntillas. Me metí en la cama procurando que ni los muelles chirriaran ni las sábanas crujieran con el roce. Y apagué la luz. Recé para dormirme inmediatamente y para que Raque no me molestara en todo lo que quedaba de noche, que eran aproximadamente unas imposibles siete horas.

A pesar de sentirme agotada, los segundos avanzaban en mi reloj de pulsera y no había manera de que mis ojos se cerraran. Me mantenía inmóvil todo el rato, casi sin atreverme a respirar, imaginando cosas bonitas y contando ovejas, pero el sueño no venía a mí. Además, Raque roncaba. Un ronquido profundo y regular que impediría dormir incluso a un oso en plena hibernación. Ya no podía más. ¿Es que encima no iba a poder dormir ni en mi propio cuarto? Pegué un chasquido con la lengua y de repente los ronquidos cesaron.

—¿Qué pasa? ¿Dónde estoy? —oí que la voz ronca de Raque preguntaba en medio de la oscuridad.

—Deja de roncar de una vez, Raque —le espeté—. No puedo dormir si roncas.

—Si dejo de roncar, ¿empezaré a gustarte un poco?

Oh no. Pegué otro chasquido. ¿De veras? ¿De veras Raque volvería a sacar ese tema?

—¿Por qué no te gusto?

Oh no. Ahora Raque se había incorporado en la cama, se apoyaba sobre su codo, y había encendido la luz de la mesilla de noche. Tenía los ojos ensoñados, pero, a parte de eso no había rastro del Raque roque de hacía unos minutos.

—Porque no, Raque —respondí cortante—. Las cosas son así.

—Pero, ¿por qué? ¿Por qué razón?

—Pues porque no tenemos nada en común. Porque tu carácter no tiene nada que ver con el mío. Porque tu forma de ser a veces llega incluso a incomodarme. Además, no estoy en este curso de verano para encontrar a mi media naranja, ¿sabes?

—*Wrong answer* —le oí decir, en un inglés más o menos decente—. Respuesta equivocada —tradujo—. Estás mintiendo, Delia, reconócelo. En realidad, está muy claro. Yo no te gusto porque te gusta Tristán.

—¿De qué estás hablando? —fingí alarma e indignación—. Ya estás otra vez con eso. Te dije que no había nada entre él y yo, no me interesa. Que no estoy colada ni nada por el estilo.

—Y yo no estoy ciego, Delia. Estás loca por él. Pero te estás equivocando. Has perdido completamente la cabeza por ese monitor que lo único que tiene es músculo y fachada, pero te equivocas si crees que él la ha perdido por ti, que solo eres una más de las chicas insignificantes por las que él trabaja como canguro. Recuérdalo: a sus ojos eres solo una niña.

Me levanté de la cama de golpe, cogí una manta del armario y me largué de la 209 de inmediato. Aquello ya era demasiado. No podía enfrentarme a Raque. Sus palabras me hacían daño, incluso más que las que me había dedicado Emma hacía solo unos días. ¿Qué le pasaba a todo el mundo conmigo? ¿Por qué tenían que ser tan crueles? ¿Por qué no me dejaban en paz? Las palabras de Raque me dolían, pero lo peor: no podía rebatirlas. No podía decirle que estaba equivocado, porque la última vez que había hablado con Tristán el mundo de fábula que el ojo de mi mente había creado se había hecho trizas tras la insistencia de él para que le olvidara en cuanto acabara el curso. Por eso había huido.

Bajé a trompicones por las escaleras hasta llegar al *hall* de la residencia, desierto a aquellas horas. Las luces habían sido apagadas casi por completo, solo se mantenían encendidas las de las señales de emergencia. Fui a sentarme en uno de los bancos y me arremoliné contra la esquina entre pared y pared, cubriéndome con la manta de los pies a la cabeza e intentando olvidar aquella pesadilla de noche en la medida de lo posible. Por aquel entonces ya me había hecho a la idea de que no iba a pegar ojo, pero por lo menos tenía el consuelo de que nadie iba a molestarme durante las casi seis horas que todavía quedaban para que amaneciera.

O a lo mejor sí.

Porque de pronto me pareció oír pasos acercándose al *hall* desde uno de los múltiples pasillos que daban al corazón de la residencia. Unos pasos sigilosos que se acercaban donde yo estaba en medio de la oscuridad, y que me producían una sensación parecida al terror extremo. En aquel momento sentí miedo, pero, ¿adónde más podía huir?

—¿Delia?

Los pasos habían cesado y ahora su dueño se encontraba a pocos metros de mí. Levanté la vista del suelo y me encontré con unos pies metidos dentro de unas zapatillas hawaianas, luego unas piernas musculosas solo cubiertas en parte por unos pantalones cortos de deporte, y más arriba una camiseta de manga corta de color anaranjado por culpa de las luces de emergencia. No me hacía falta ver la cara para saber quién estaba ahora mismo delante de mí.

—¿Qué haces aquí, Delia?

La voz de Tristán era una mezcla de desconcierto y enojo. No pude reprimir el impulso y le miré directamente a los ojos. Entonces me di cuenta de lo absurdo de mis acciones. ¿Qué debía estar pensando Tristán de mí? Sentí mucha más vergüenza de la que nunca había sentido hasta ahora, creo que incluso más que cuando nos habíamos dado aquel primer beso. Más incluso que cuando él me había dicho que fui yo la que le besé a él.

Mirándole a los ojos comprendí también lo mucho que le había echado de menos aquel día.

—¿Y tú? —pregunté yo, al verme acorralada y perdida por completo.

—Estoy de guardia —respondió él con un tono de voz suave—. Comprobando que todo el mundo esté en sus habitaciones y no deambulando por los pasillos con yo que sé qué intenciones.

Casi me dio la risa al recordar que ahora mismo Emma estaba en la habitación de Carlos, qué más daban las guardias de Tristán y del resto de monitores. Pero no dije nada, claro.

—¿Por qué no estás en tu habitación? —preguntó ahora Tristán, viniendo a sentarse a mi lado en el banco—. ¿Emma te ha echado? ¿O es que te has perdido otra vez?

El tono de voz de Tristán era amistoso, como si esperara que yo le confiara algo importante, pero no me dejé engañar. No iba a delatar a Emma, no iba a contarle nada a Tristán que pusiera a Emma y a Carlos, y de rebote a Raque, en una situación comprometida. Yo no era una chivata.

—Eh —susurró Tristán. Su voz y su aliento me rozaban el cuello y el oído derecho, era casi imposible no besarle teniéndole tan cerca de mí—. ¿No vas a contarme qué pasa?

—No puedo —acabé murmurando al final—. No puedo contarte por qué no puedo ir a mi cuarto. Simplemente no puedo ir.

Tristán me miró preocupado, luego su expresión se tornó en enojo y finalmente sus labios dibujaron una sonrisa divertida.

—¿Y qué vas a hacer? —preguntó—. ¿Pasarte la noche en el *hall*?

—Bueno, sí. Esa es mi intención.

Tristán soltó una especie de carcajada, amortiguada por la presión de sus manos sobre su boca, y se acercó a mí unos pocos centímetros.

—No puedo dejarte hacer eso —susurró.

—No voy a volver a mi cuarto —dije con un tono de voz tajante, retándolo. Tristán era mi debilidad pero no iba a dejar que siempre se saliera con la suya—. Ya te lo he dicho. No puedes obligarme.

—Bueno —dijo ahora él, aclarándose la garganta—, eso no es del todo cierto. La verdad es que sí puedo obligarte, por algo soy tu...

—Mi monitor —gruñí, acabando la frase por él. Otra vez esa palabra. Tristán no paraba de repetirla, su escudo contra algo invisible pero evidente.

—Exactamente —asintió él—. Soy tu monitor y mi deber es estar al cargo de tu bienestar. Pasarte la noche intentando dormir en un banco del *hall* no va a hacerte ningún bien, y lo sabes.

Iba a replicarle pero no me dejó.

—Un momento, un momento —continuó Tristán, poniendo su dedo índice sobre mis labios, un gesto que provocó que las mariposas de mi estómago, que durante el día me habían dejado más o menos en paz, volvieran a despertarse—. De acuerdo, me has dicho que no podías volver a tu cuarto. Por alguna extraña razón que no quieres contarme y que yo no te voy a sonsacar. Pero, por otro lado, tampoco voy a dejar que te quedes ahí tirada como una sin techo. Se me acaba de ocurrir que hay otra alternativa.

—¿Qué alternativa? —me interesé. Estaba segura de que dicha alternativa sería una de las trampas típicas de los monitores, pero, viniendo de Tristán, valía la pena escucharla.

—Verás —empezó a decir él—, las habitaciones de los monitores son mucho más espaciosas que las de los alumnos, y además no tenemos que compartirlas. Así que…

Un estremecimiento sacudió mi cuerpo. ¿Qué clase de alternativa era aquella? ¿Qué era lo que me estaba proponiendo Tristán exactamente?

—¿Quieres que duerma contigo? ¿En tu habitación?

Tristán debió de darse cuenta del tono de alarma de mis palabras y probablemente también se percató del brillo de total perplejidad que desprendían mis ojos.

—Vamos, Delia —musitó con una media sonrisa—. No pienses cosas raras. No vamos a dormir juntos. Tú puedes quedarte con la cama y yo voy a dormir en el sofá, por supuesto.

La sangre volvió a circular por mis venas al mismo tiempo que una sensación de sosiego reducía la velocidad de los latidos de mi corazón. Por descontado que Tristán jamás habría sugerido nada de lo que yo había pensado en un primer momento. Tristán era, a pesar de todo, un monitor responsable, conocedor de sus limitaciones y dispuesto a saltarse algunas normas digamos triviales, pero era inimaginable que se pasara de la raya. La idea que acababa de sugerir era una alternativa de lo más inocente y bienintencionada.

—Está bien —asentí, empezando a ponerme en pie. La verdad era que, aunque no del todo consciente de ello, la perspectiva de pasar la noche cerca de Tristán era algo así como un sueño hecho realidad. Había muchos temas pendientes, pero qué más daba. Mi instinto me dictaba que lo más importante en aquel momento era estar a su lado el máximo tiempo posible.

Me envolví en la manta asegurándome de que mi pijama de ositos amorosos no estaba a la vista de Tristán. No quería morirme de la vergüenza que estaba sintiendo en aquellos momentos. Tristán se puso en pie también y nos dirigimos a las escaleras que llevaban a los pisos superiores. A medianoche no había ni un alma en los pasillos. Los cambios de habitación y las peleas de cojines se habían llevado a cabo mucho antes con el fin de no levantar sospechas.

—Menos mal que accediste —murmuró Tristán—. Por un momento pensé que sí tendría que obligarte y arrastrarte hasta mi cuarto.

Le pegué un codazo amistoso que no llegó a más porque la manta estuvo a punto de resbalárseme hasta el suelo.

Recordaba la habitación de Tristán de la vez que tuve que ir a buscarle para que echara un vistazo a Cristina y a su alergia a los caballos. Era la 405 y estaba en el último piso de la residencia. Sin embargo, la primera vez que subí no tuve tiempo de fijarme en los detalles. Tal y como había dicho Tristán, su cuarto era mucho más espacioso que cualquier habitación que los alumnos de Surreal Summers compartíamos. En este caso, la cama, individual pero mucho más ancha que la mía, se encontraba en el centro del cuarto, flanqueada por un par de mesillas de noche, con una lámpara y dos cajones cada una. Frente a ella, había un sofá cómodo y espacioso en el que cabrían por lo menos tres personas. Luego estaba el escritorio y el armario empotrado, similares a los de mi cuarto. El baño era también más o menos el mismo, solo que este en vez de ducha poseía una pequeña bañera con opción de hidromasaje incluida. Lo mejor de todo, sin embargo, eran los dos inmensos ventanales que se extendían a lo largo de las dos paredes que daban al exterior, desde los cuales se podía disfrutar de una vista preciosa de la ciudad de Edimburgo, con todas sus luces centelleando a lo lejos.

—¿Bonito paisaje, eh?

Tristán había dado el interruptor de una de las lámparas y ahora la habitación estaba iluminada por una luz tenue. Se había plantado a mi lado, contemplando la ciudad que parpadeaba en la distancia. El olor a menta se intensificó, haciendo que mi corazón se disparara por enésima vez por culpa de mi monitor. De pronto me di cuenta de lo que realmente estaba pasando. Tristán y yo estábamos solos en su habitación. Acto seguido, mi mente bajó unas tres plantas y se imaginó a Emma y a Carlos, también solos en una habitación parecida a aquella, haciendo, bueno, haciendo lo que hicieran. Decidí quitarme esa idea de la cabeza y, sin quererlo, me percaté de que estaba totalmente exhausta.

—Pareces cansada —adivinó Tristán al instante. Sus dedos me rozaron la frente y las mejillas. Mi pulso se aceleró al ritmo de las alas de mariposa que danzaban frenéticas dentro de mí—. ¿Todavía sigues enfadada conmigo?

—No estoy enfadada contigo —susurré. Y era cierto. Nunca había habido nada más cierto que aquella declaración. ¿Cómo podía estar enfadada con Tristán si era mi antídoto? Y no solo eso. Tristán era la razón que hacía que aquel verano no solo no fuera uno de los peores de mi vida sino que lo convertía en uno de los mejores que cualquier chica de mi edad pudiera imaginar.

—¿Esquivarme todo el día, mañana, tarde y noche, no es estar enfadada?

Sentí una punzada de dolor. Me sentí mal, muy mal. Había estado ignorando a Tristán durante todo el día, injustamente. De acuerdo, sus últimas palabras del día anterior me habían ofendido, me habían sumido en una profunda tristeza, pero lo más seguro era que Tristán las hubiera dicho por alguna razón. Y de hecho, pensándolo bien, no le había esquivado, lo que pasaba era que no sabía cómo enfrentarme a él, así que había decidido evitar su camino como mecanismo de defensa.

—Lo siento —musité—. Supongo que lo que me pasa es que estoy desconcertada. No entendí lo que quisiste decirme anoche.

—Delia —me dijo al oído, sus manos sobre mi cuello y su olor impregnando mi olfato—. No hablemos ahora de eso. Estás cansada y necesitas dormir, mañana no te tendrás en pie.

—De acuerdo —accedí de mala gana. Teníamos una conversación pendiente y no iba a olvidarlo, pero ciertamente lo más sensato sería ponerme a dormir de una vez por todas. Me puse de puntillas, la manta todavía cubriéndome el cuerpo, y elevé mis labios a la altura de los de Tristán, besándole con ternura y sellando nuestra tregua indefinida. Él, probablemente cogido por sorpresa, tardó unos segundos que se me hicieron eternos en reaccionar, pero finalmente rodeó mi cuerpo con sus brazos, reteniéndome contra el suyo, su corazón y el mío latiendo al mismo compás histérico y haciéndose eco el uno al otro.

—Buenas noches, Delia —dijo Tristán, separándose de mí. Su expresión era grave, esa sombra otra vez en sus ojos, las chispas doradas desaparecidas. Sus brazos me liberaron y él se alejó de mí, dirigiéndose al sofá de enfrente e indicándome la cama con un gesto rápido de la mano—. Toda tuya.

—Gracias —murmuré, todavía aturdida por la intensidad que aquel beso que acabábamos de darnos había cogido a medida que avanzaban los segundos. Había que reconocer que nuestros besos nada tenían que ver con los de Emma y Carlos, ni mucho menos, pero durante un rato pude sentir todavía los labios de Tristán presionando los míos, que luchaban, ávidos, para recibir el calor de su aliento. Me encaminé hacia la cama y me dispuse a ponerme dentro, estando a punto de cometer un grave error. No podía quitarme la manta de encima con la luz encendida: mi pijama era un horror—. ¿Te importa si apago la luz?

Tristán me miró con desconcierto pero asintió sin pensárselo dos veces. Así que apagué la luz, me metí en la cama y me torturé pensando que era la criatura más estúpida de toda la residencia. Ahí estaba yo, durmiendo en la cama de mi monitor porque era una mojigata y no podía compartir habitación con un compañero de mi edad, y mientras, Tristán, que no tenía nada que ver con mis paranoias, tenía que dormir en un sofá, tal vez muriéndose de frío.

—Tristán —susurré de forma casi involuntaria—. ¿Estás dormido?

—No —respondió su voz, también apagada—, ¿por qué?

—No me parece bien que tengas que dormir en el sofá —comenté—. No es justo, esta es tu cama. Yo debería estar durmiendo en el sofá.

—No te preocupes, Delia. Voy a estar bien.

—Insisto: es mejor que intercambiemos puestos.

—Nada de eso, no voy a dejar que duermas en el sofá. Sería muy poco caballeroso por mi parte.

En medio de la oscuridad, podía oír la sonrisa afable de Tristán, su voz suave, un simple susurro. Estaba cansada pero no quería desperdiciar para nada aquellos minutos a solas con él.

—Bueno, esta cama es enorme. La podríamos compartir.

—Ni hablar, Delia. No soy tan irresponsable. Aunque no pasara nada, eso sería saltarse las normas y además arrugarlas como un clínex usado y tirarlas al cubo de la basura.

Su tono había sido rotundo. Me hundí entre las sábanas y las mantas y me acurruqué bajo la almohada. ¿En qué estaba pensando? ¿Tristán y yo durmiendo en la misma cama? Debía de estar volviéndome loca.

—¿Delia? —le oí decir en un susurro—. Te has callado de golpe, ¿estás dormida?

—Todavía no —musité, sacando la cabeza de debajo la almohada.

—Lo siento, no quería ser tan brusco. Pero hay unos límites que tenemos que respetar.

Ahora su voz sonaba arrepentida, triste, y yo me sentí mal por haberle hecho creer que la culpa era suya, cuando en realidad él era la única persona sensata de aquella habitación. Tristán se removió en el sofá y yo me di la vuelta en la cama. Hundí la cabeza de nuevo en la almohada y tomé aire con fuerza. Un escalofrío me recorrió el espinazo al recordar que estaba durmiendo en la cama de Tristán, mi cuerpo entre sus sábanas, mi cabeza sobre su almohada. Creo que aquella noche no podría haber sido más feliz en ningún otro sitio.

—Por cierto, ¿qué tal el curso? —preguntó Tristán de repente.

—Ha mejorado mucho en los últimos días —repliqué, mientras se me escapaba una sonrisa involuntaria y ya notaba como mis mejillas empezaban a sonrojarse. Por suerte, estábamos sumidos en la casi total oscuridad.

—¿Con ganas de volver a casa?

—No muchas, la verdad —respondí después de pensarlo un segundo—. No estoy segura de lo que me voy a encontrar en cuanto llegue, así que tampoco me muero de ganas por volver.

En realidad, había una razón de mucho más peso para no alegrarme ante la perspectiva de volver a casa, sobre todo después de la conversación que habíamos mantenido la noche anterior Tristán y yo.

—¿Cómo lo llevas? —oí que él preguntaba ahora.

—¿El qué? —pregunté yo. Podía imaginarme a qué se estaba refiriendo pero necesitaba unos instantes para dar con una respuesta.

—Lo de tus padres.

A pesar de los segundos extras, seguí sin saber qué contestar. ¿Cómo lo llevaba? No lo sabía. La verdad era que últimamente no había pensado mucho en ello. Pero esa era la intención, ¿verdad? Por eso mi madre me había exiliado a Edimburgo a través de Surreal Summers.

—No lo sé —respondí—. Supongo que mi madre tuvo una buena idea al enviarme aquí.

—¿Te sientes desconectada de ellos?

—Totalmente —asentí—. Imagino que cuando vuelva del curso de verano voy a comprender lo que realmente está pasando, lo que realmente significa esa separación.

—No tiene por qué ser algo malo, ¿sabes?

—Lo sé. Eso es lo que no dejo de repetirme. Aunque me entristezca que mis padres vayan a separarse para siempre, tengo que aceptarlo, sobre todo si ese distanciamiento va a hacerles más felices.

Sentí que mi voz se encallaba a medida que iba hablando. Llegado aquel punto, noté también que los ojos me escocían y que las lágrimas ya empezaban a luchar para salir a borbotones. Di un fuerte suspiro y me froté los ojos con la mano. ¿Qué me estaba pasando? ¿Por qué me afectaba tanto ahora la separación de mis padres? De pronto, oí como Tristán se incorporaba en el sofá, como se ponía en pie y se acercaba a la cama. Se sentó cerca de mí y me acarició el pelo con dedos cautelosos.

—No debería haber sacado ese tema, ¿verdad? —su voz era también como una caricia, un susurro casi inaudible. Sus dedos seguían enzarzados en mi pelo. No respondí por miedo a que eso diera rienda suelta al llanto que yo luchaba por frenar—. No quiero que estés triste, Delia. Creo que ya te lo he dicho como unas mil veces.

No sabía lo que me pasaba. Creía que era lo suficientemente fuerte como para que la relación entre mis padres no me afectara. Hasta entonces había creído que hubiera podido salir airosa de aquella dichosa separación incluso pasando el verano en casa. Y ahora, a cientos de kilómetros de distancia, tenía que comprender que, muy a mi pesar, esa ruptura me dolía.

—Tienes suerte de tener unos padres que se quieran —murmuré al cabo de un rato. Me di la vuelta y me encontré con los ojos de Tristán clavados en los míos. La tenue luz que entraba por las ventanas enmarcaba la silueta de su rostro y su cuerpo proyectando una imagen casi irreal. Tristán era muy guapo, me dije incapaz de tragar saliva e incapaz de pensar en nada más. A mis ojos cada día lo era más.

—Lo sé —dijo él después de oír mi afirmación. Puso sus manos alrededor de mi cara, se inclinó y me besó en la frente. No, nuestros besos no tenían nada que ver con los de Emma y Carlos. Nuestros besos no eran ruidosos, ni pegajosos. Nuestros labios permanecían cerrados cada vez que se tocaban. Eran besos castos, besos de hermanos. Nunca había reparado en ello, pero ahora, en aquellos momentos, me hubiera gustado que esos besos fueran algo más, que Tristán se olvidara de que era mi monitor y yo solo una alumna del curso. Pero no había forma de cruzar esa barrera. Cada vez que nuestros besos y nuestras caricias se intensificaban, cada vez que nuestra respiración se aceleraba, Tristán pisaba el pedal del freno y se separaba de mí—. No te preocupes, Delia —dijo después de besarme, haciendo como si aquel beso no hubiera pasado—, todo va a salir bien, ya lo verás.

Permanecimos un rato abrazados. Nuestros abrazos, por muy duraderos e intensos que fueran, parecían ser terreno lícito. Probablemente, porque Tristán no era consciente de todo lo que a mí me estaba pasando por la cabeza en aquellos momentos en que sus brazos me rodeaban. Pero la verdad era que mi imaginación volaba a su libre albedrío, regalándome retratos de Tristán sin camiseta, besos apasionados contra mis labios, nuestros cuerpos entrelazados, convertidos en uno. Decidí quitarme todos esos pensamientos de la cabeza y pensar en otras cosas. Yo no era esa Delia, volví a repetirme por enésima vez. Y, además, no era bueno construir castillos en el aire. Me pregunté en qué estaría pensando él. Tal vez en sus padres. A lo mejor los estaba echando de menos. O quizás estaba pensando en su madre biológica, la que le abandonó en una casa de acogida al poco tiempo de nacer.

—Tristán —pregunté súbitamente—. ¿Conoces a tu madre?

—¿A cuál de las dos te refieres?

Me di cuenta en seguida del error que había cometido. Sin embargo, me tranquilizó que Tristán se lo tomara a broma, riéndose después de su pregunta.

—Perdona —rectifiqué—, quería decir tu madre biológica. ¿La conoces?

—No.

Un solo monosílabo era todo lo que podía responder Tristán cuando le preguntaban por la mujer que le trajo al mundo. Sentí que sus dedos temblaban mientras acariciaban mi espalda. Me pregunté si a Tristán le molestaban mis preguntas, a lo mejor le parecía que me estaba entrometiendo. O tal vez no, tal vez le apetecía hablar de ello. ¿Cómo podía saberlo?

—¿Te gustaría conocerla? —pregunté después. Los dedos de Tristán se detuvieron. El corazón, bajo la tela de algodón y bajo su piel, latía con fuerza, un eco dentro de su pecho. Los dedos subieron hasta mi nuca, donde empezaron a dibujar pequeños círculos que me relajaban. Tristán, yo lo sabía, estaba sopesando su posible respuesta.

—Solo me gustaría si ella también quisiera conocerme a mí.

Su respuesta fue una punzada de tristeza para mí. Imaginar que tal vez tu propia madre no quería conocerte, no quería saber nada de ti, me parecía demasiado. Comprendí que, a pesar de los malos ratos que yo había pasado por culpa de las desavenencias y peleas de mis padres, mi situación nada tenía que ver con lo que debía de haber vivido Tristán.

—¿No sabes nada de ella? —me aventuré a preguntar. Pronto descubrí que no fue una buena idea continuar con ese tema de conversación. Tristán se separó de mí, encerró mi cara en sus manos y apartó el pelo de mi cara. No podía verle los ojos pero estaba convencida de que aquella sombra familiar estaba otra vez oscureciéndolos y borrando aquellas preciosas chispas doradas.

—No quiero hablar de eso, Delia —dijo Tristán al fin. Me besó suavemente en las mejillas, en la frente, en la nariz y en los labios. Besos breves y frágiles como el aleteo de una mariposa. Había metido la pata entrometiéndome en el pasado de Tristán, pero si acababa perdonándome de aquella manera no me sentía del todo mal. Después de eso, Tristán se tumbó en la cama, muy cerca de donde yo estaba, rodeándome los hombros y dándome un último beso de buenas noches.

—¿Y tus normas? —dije sonriendo, algo adormecida—. ¿Las has olvidado ya?

—Supongo que después de todas las que ya me he saltado, que duerma a tu lado tampoco va a resultar ser tan grave.

—Por mi parte, no te preocupes —murmuré—. Si me preguntan, diré que lo he soñado.

Me dormí con el reconfortante sonido de su sonrisa alegre y sintiendo el suave calor de su aliento rozándome la nuca. Un sueño hecho realidad.

CONFUSA

Desperté a la mañana siguiente con un recuerdo confuso y lejano de lo que había sucedido durante la noche anterior. El lado derecho de la cama todavía mostraba ligeramente la silueta del cuerpo de Tristán. Mi pelo, enzarzado e imposible de dominar, estaba impregnado del suave olor de la almohada donde había pasado la noche, un olor fresco, mentolado, que me llenó los pulmones de oxígeno y me alegró aquellos temibles minutos de después del despertar. Pronto descubrí, no sin cierta desilusión, que estaba sola en la habitación. Tristán probablemente se había despertado una hora antes para prepararse para el día que teníamos delante y para asegurarse de que el comedor estaba a punto para el desayuno. Encontré una nota escrita a mano sobre la mesilla de noche:

Hasta luego, dormilona.

Letras enlazadas torpemente, obra que provenía indiscutiblemente de una mano zurda, me dije con una sonrisa. Me quedé mirando esa nota durante un buen rato. Acto seguido, la doblé en dos partes y la metí dentro del bolsillo de mis pantalones de pijama.

Fui al baño a lavarme la cara y miré mi reflejo en el espejo. Tenía los ojos hinchados y los labios enrojecidos. Sin duda, no era una buena imagen para empezar la mañana.

Probablemente Tristán se había llevado un buen susto al descubrirme durmiendo en su cama. Durmiendo en su cama, repitió mi cabeza mientras mis sentidos no daban crédito.

Decidí apartar cualquier tipo de pensamiento de mi mente con un golpe de cabeza y me dispuse a asearme. Llené el lavamanos de agua y hundí mi cara en ella, dejando que se me metiera en los ojos y en la nariz. Una vez me hube refrescado, me percaté de que sobre el lavamanos no había nada. Es decir, no había ningún objeto personal que perteneciera a Tristán, por ejemplo un cepillo de dientes o un cepillo para el pelo, ni tan solo una pastilla de jabón. Di un vistazo general al cuarto de baño y pronto descubrí que no había nada ni en la ducha ni en los estantes que la rodeaban. Muestra clara de que Tristán era un chico ordenado que no dejaba sus cosas esparcidas por todas partes. Lo más seguro era que sus objetos personales se encontraran dentro del armario que había sobre el lavamanos, el que se escondía tras el cristal del espejo. Bueno, dije para mis adentros, ser un fanático del orden no tiene por qué ser nada malo.

En cuanto quise lavarme los dientes, me percaté de que no había llevado un cepillo, así que tendría que lavármelos a dedo. Sin embargo, tendría que usar algo de la pasta dentífrica de Tristán. Me dispuse a abrir el pequeño armario, saboreando una anticipación que iba acompañada de muchas preguntas. Qué champú usaba para el pelo. Qué marca de pasta de dientes. ¿Usaría lentillas quizás? Me dije que abrir aquel armario sería tal vez una intromisión, pero tampoco había que exagerar. Al fin y al cabo, ¿qué podía esconder Tristán en ese diminuto cubículo? Nada que yo no pudiera ver, me dije inmediatamente después. Así que finalmente tiré de la manecilla y me dispuse a ir en busca de su pasta de dientes.

No obstante, sorpresa: la puerta del pequeño armario

no cedió a la presión y no se abrió. Me fijé en que había una minúscula cerradura bajo la manecilla. La puerta del armario estaba cerrada bajo llave.

Sin duda alguna, Tristán era un chico muy ordenado y meticuloso, y además muy celoso de sus cosas, lo cual me estuvo muy bien por haber querido ser tan entrometida.

Volví al dormitorio, puse las sábanas en su sitio y me preparé para volver a mi cuarto. Recogí mi manta y me envolví en ella, dispuesta a enzarzarme en la misión más imposible de aquella mañana: salir de la habitación de mi monitor después de haber pasado la noche en ella sin que nadie me viera hacerlo ni sospechara de dónde venía. Asomé la cabeza por el marco de la puerta, inspeccioné arriba y abajo del pasillo, comprobé que no había nadie y pegué un sprint hasta el ascensor. Me crucé con algunas miradas sorprendidas y con algunas caras de sueño que no parecieron molestarse en dedicar ni un solo pensamiento a lo que a mi origen y destino respectaba, lo cual me pareció estupendo. No respiré tranquila hasta que no estuve de vuelta en la habitación 209, donde Emma, Sabrina y Andrea se habían reunido para tener una charla en *petit comité*.

—¡Delia! —gritó Emma, nada más verme—. ¿Dónde estabas?

Mi compañera de cuarto, vestida con un mono vaquero y una camiseta de tirantes amarilla, estaba sentada sobre sus rodillas en lo alto de su cama todavía por hacer. A su lado, coreando su misma pregunta, Andrea y Sabrina, ambas todavía en shorts y en camiseta de pijama, me miraban fijamente y me interrogaban con sus ojos punzantes.

Creía que había sorteado el peor obstáculo al bajar de la cuarta planta hasta la segunda envuelta en mi pijama y en mi manta de dormir, pero, definitivamente, el peor obstáculo estaba precisamente allí, en mi habitación. Primero no comprendí qué estaban haciendo las tres en el cuarto de Emma y mío. Luego recordé la causa de todo el desbarajuste de la noche anterior y, por lo que parecía, también de aquella misma mañana: Emma había pasado la noche con Carlos. Durante unas décimas de segundo reparé en su rostro, en el brillo de sus ojos, en la mueca de sus labios al sonreír. Estúpida de mí, esperaba ver algún cambio en ella. Esperaba que se hubiera producido alguna mutación física, visible, material, en mi compañera de habitación después de que hubiera pasado la noche con un chico. Sin embargo, obviamente, no se veía ningún tipo de transformación aparente.

—¿Dónde has dormido? —me preguntó Sabrina con mirada acusadora. Si en algún momento Emma había acaparado toda su atención con el relato de lo que había hecho durante la noche, en aquel momento la curiosidad de Andrea y Sabrina, incluso de la misma Emma, se cernía sobre mí como un buitre amenazador esperando alimentarse de los restos de algún animal moribundo.

—Tengo que ir a ducharme —fue todo lo que se me ocurrió decir, lo cual era una verdad que no me comprometía, más bien todo lo contrario, la excusa perfecta para escapar del asedio de mis compañeras.

Me encerré en el baño y apoyé mi espalda contra la puerta. Volví a mirarme al espejo. ¿Por qué todo era tan raro en aquel curso de verano?, me pregunté. ¿Por qué todo era tan fácil cuando Tristán estaba cerca y tan complicado cuando se alejaba de mí?

Me metí en la ducha tomándome mi tiempo y me pasé un buen rato bajo el agua tibia, que a su paso se llevaba mi adormecimiento matinal igual que me despojaba de ese olor mentolado que me hacía sentir que Tristán, aunque lejos, seguía cerca de mí. Me vestí con la misma parsimonia, unos vaqueros cortados por la rodilla, una camiseta holgada de color negro que se había vuelto gris y mis Converse All Star rojas. Mientras me estaba vistiendo, podía oír las voces de las chicas al otro lado. Emma se encontraba cerca del final de su relato, describiendo con toda minuciosidad de detalles cómo había sido el despertar al lado de Carlos, el amor de su vida en el presente en que vivíamos, un amor que probablemente no duraría más que las tres semanas del curso de inglés en Edimburgo y que, lenta y apaciblemente, iría desvaneciéndose en el recuerdo a medida que pasaran los años. Según daban a comprender sus palabras, Carlos no era su primer chico, ni en el corazón ni en la cama, y eso la convertía en una aventajada y experta confidente a ojos y a oídos de Andrea y Sabrina, las cuales le hacían todo tipo de preguntas y adornaban sus explicaciones con toda clase de comentarios.

Mientras, yo, detrás de la puerta del cuarto de baño, escuchaba su conversación, sintiéndome maravillada y confusa al mismo tiempo. Era mi primera conversación de chicas, aunque yo misma no tomara parte en ningún momento. Por las palabras y los comentarios de Sabrina y Andrea, pronto comprendí que Emma no era la única que había pasado la noche con un chico, aunque las otras dos no eran tan explícitas a la hora de hablar de los detalles más íntimos. Andrea, por ejemplo, dio a entender que en cierta ocasión, el verano anterior, había pasado una noche durmiendo dentro del mismo saco de dormir que uno de sus compañeros del instituto, aunque, a parte de algunos besos y arrumacos, nada más sucedió entre ellos. Por su parte, Sabrina confesó que había estado saliendo con un chico durante un tiempo pero que, según sus palabras, nunca habían llegado hasta «el final».

Me dispuse a cepillarme el pelo mientras las risas y los chillidos seguían al otro lado de la puerta. Mi reflejo en el espejo me devolvía mi misma mirada atónita y asustada. Fue entonces cuando descubrí que durante toda mi vida había estado viviendo, protegiéndome tal vez, en una especie de burbuja que no comprendía ni dejaba entrar ciertos conceptos de la vida exterior. Resultaba que los chicos y chicas de mi edad dormían juntos, compartían cama, se prometían amor eterno, consumaban ese amor, rompían su relación y se acababan olvidando los unos a los otros como si nada de lo dicho hubiera pasado. Y no necesariamente en ese mismo orden, claro. Me sorprendían la ligereza y la facilidad con las que las chicas y los chicos de mi generación se relacionaban unos con otros, se acostaban juntos y hablaban de sus experiencias con total libertad. Y me sorprendía todavía más que yo nunca hubiera reparado en ello.

¿Era así como funcionaban las cosas?

¿Era eso lo que se me había estado escapando durante todos esos años?

Nunca lo había tenido claro. De hecho, nunca me había parado a pensarlo. Nunca me habían interesado los chicos, y mucho menos acercarme a ellos con segundas intenciones. Nunca había querido tener nada que ver con ellos, ni nunca me había interesado nada que pudiera implicarme con uno de su sexo.

Sin embargo, ahora era diferente.

Ahora las cosas habían cambiado. Ahora había alguien por quien sí sentía interés. Mucho interés. Oía a mis compañeras charlar y reírse al otro lado de la puerta, y me venían ganas de abrirla súbitamente y gritarles que yo también había pasado la noche con un chico, en su cama, aunque solo fuera durmiendo abrazada a él, que yo ya no era la misma niña estúpida de siempre, la que no se entera de nada. Sin embargo, seguía sintiéndome así. Me sentía muy estúpida. Porque no sabía lo que aquella noche había significado. Tal vez sí sabía lo que significaba para mí; definitivamente yo no era como Emma, que acabaría olvidándose de aquella noche con Carlos tarde o temprano, como ya había olvidado otras noches con otros chicos. Yo guardaría ese recuerdo de por vida, por muchos años que viviera. Lo que no sabía es si sería la única en recordarla. De hecho, tampoco había pasado nada, solo habíamos hablado, nos habíamos abrazado y habíamos dormido en la misma cama. Nada comparado con la experiencia de Emma con Carlos.

Durante toda mi vida había estado encerrada en mi burbuja, lejos de quererme involucrar con chicos ni de querer compartir mis aventuras con otras chicas. Pero ahora todo había cambiado. Ahora me sentía diferente. Ahora sentía celos de esa conversación que se estaba llevando a cabo detrás de la puerta. Ahora quería formar parte de ella, saber más, compartir mis miedos y mis dudas y saber si también los tenían las demás.

Salí del baño y me encontré de nuevo con las miradas de sospecha de las chicas. Sentí ganas de escupirlo todo, mi noche de insomnio, mi noche en los brazos de Tristán.

—¿Te pasa algo, Delia? —preguntó Andrea—. Estás algo pálida.

Pero no dije nada, por supuesto.

—Solo que me muero de hambre —musité a duras penas—. ¿Vamos a desayunar?

Pasé la mañana del sábado encerrada en mi cuarto junto a Cristina, la cual se había reunido conmigo con la intención de acabar de repasar los últimos apuntes para el trabajo de Abigail.

—¿Dónde está mi estuche?

Cristina estaba a gatas sobre la moqueta, arrastrándose sobre sus rodillas, jugando a lo que parecía un juego extraño del que yo jamás había oído a hablar. No había entendido su pregunta, apenas la había oído. La miré desde la cama, tan absorbida en mis propios pensamientos que ni siquiera me molesté en preguntarme qué demonios estaba haciendo mi compañera.

—¿Qué? —logré decir al final, cuando Cristina ya me estaba mirando fijamente con cara rara.

—Mi estuche, ¿dónde está? —repitió ella.

La mañana, intuí, iba a transcurrir de la misma forma que había transcurrido la del día anterior, los minutos pasando lentamente como líquido cayendo de un cuentagotas. Cristina hablándome pero mi mente en otra parte. Recordando la noche pasada y recordando todas las escenas en las que Tristán aparecía a mi lado. Mi corazón se debatía entre dos mundos opuestos. Por un lado, la promesa que Tristán había pedido de mí, olvidarme de él justo cuando acabara el curso. Por el otro, el recuerdo de sus besos sobre mis labios y de sus brazos rodeando mi cuerpo. Jamás podría cumplir aquella promesa, me dije. Podría intentarlo pero jamás lo conseguiría. Tristán se iba a quedar conmigo para siempre.

—¡Delia! —gritó Cristina de pronto—. ¡Estás sentada sobre él!

—¿Qué? —volví a preguntar, levantándome de la cama inmediatamente.

—Mi estuche —dijo Cristina, haciéndose con la reaparecida cajita de metal—. ¡Te habías sentado encima!

—Lo siento.

—No te disculpes, no importa —dijo ella, dando un manotazo al aire—. Pero será mejor que nos pongamos a trabajar de una vez.

Ponernos a trabajar. Era tan fácil decirlo. E incluso era fácil hacerlo, al menos para Cristina, pero no para mí, que cada vez más me ahogaba en mis pensamientos y me dejaba llevar por los juegos malabares de mi memoria.

¿Era posible lo que me sucedía? Creer que había alguien más importante en tu vida que tú misma. Creer que había alguien, alguien que no eras tú, que le daba más sentido a tu existencia. ¡Que le daba sentido de una vez! Me pregunté absurdamente si era posible que Tristán sintiera lo mismo que yo en aquellos momentos. Acto seguido, me quité aquella idea de la cabeza. Por supuesto que no. Lo que a mí me pasaba era una locura, no podía estar sucediéndole lo mismo a él. Si fuera de aquel modo, no me habría pedido que le prometiera que me olvidara de él. ¿Y por qué? ¿Por qué aquella promesa? Anoche Tristán me había abrazado con la misma fuerza de siempre. Sus besos habían sido igual de dulces que siempre. ¿Por qué quería alejarse de mí? ¿Por qué quería acabar con todo aquello en el momento en que acabara el curso? ¿No había posibilidades de que nuestra amistad, o lo que fuera, sobreviviera más allá de tres semanas?

No, me dije. El final del curso de verano era el final. Punto. No había más. ¿Qué íbamos a hacer? ¿Qué iba a unirnos? Él era tres años mayor que yo, iba a cumplir los veinte dentro de nada. Tenía su propia vida, sus colegas, sus estudios de medicina, la universidad, sus planes para viajar a todas partes. Pertenecíamos a mundos distintos y dispares. Y aunque hubiéramos pertenecido a la misma galaxia, ¿qué posibilidades habría? Ninguna. Mamá se volvería loca si se enteraba, y a mamá no se le podría esconder un secreto como aquel.

Tristán tenía razón, lo mejor sería un corte limpio al finalizar el curso. Pero, ¿podría soportar yo eso?

Qué injusticia. No saber hacia dónde una se dirige. No saber lo que la otra persona siente. No saber siquiera lo que una misma siente.

—¿Crees que deberíamos incluir más ejemplos? —oí que Cristina decía. Su voz sonaba lejana, como si estuviera a años luz de distancia y no a pocos metros de donde yo me encontraba.

—¿Qué?

—¡Delia, por Dios! —gritó Cristina súbitamente, cerrando el cuaderno con fuerza—. ¿Se puede saber qué es lo que te pasa?

—No me pasa nada.

—¿Cómo que no? Llevas rato sin decir ni hacer nada. No estás colaborando. Estás como ausente.

—Lo siento. Es que tenía la cabeza en otra parte, pero ahora voy a concentrarme en lo que estamos haciendo, lo prometo.

Cristina me miraba sin comprender. Parecía tan confusa como yo misma.

—Delia, somos colegas —me dijo acto seguido—. Si te sucede algo, me lo puedes explicar, ¿lo sabes, verdad?

—En realidad, no hay mucho que contar —dije en una especie de murmullo. No fue hasta después de haberlo dicho que me arrepentí de mis palabras. Típico, siempre hablaba mucho antes de pensar en lo que iba a decir.

—O sea que hay algo —dijo Cristina.

—Sí, pero es mejor que no te cuente nada —intenté zanjar el tema.

—Vamos, Delia, ahora no puedes dejarme así —se quejó Cristina, dejando el cuaderno sobre la cama y acercándose más a mí—. ¿Qué es lo que te está torturando? ¿Qué es lo que no te deja ni trabajar? ¿A una empollona como tú? Escúpelo, será lo mejor. Te lo digo por experiencia. No sirve de nada guardártelo todo dentro.

Volví a mirar a Cristina, que ahora me miraba con ojos preocupados, las cejas enarcadas en señal de no comprender. Lo que me transmitía su mirada era calidez y familiaridad, unos brazos abiertos donde podría tal vez depositar mis dudas. Probablemente Cristina tuviera razón, escupirlo sería lo mejor. Sabía que no era lo más sensato, pero me dije que si mantenía algunos detalles en secreto tal vez acabara la mañana sintiéndome algo más aliviada.

—He pasado la noche con un chico —acabé confesando, cruzando los dedos para que Cristina no se pusiera muy pesada en intentar averiguar la identidad de la causa de mi quebradero de cabeza.

Todo lo que mi compañera hizo fue caerse de espaldas sobre la cama, víctima de un ataque de risa.

—Bueno —dijo una vez repuesta—. Creí que ibas a

contarme algo más original, algún que otro detalle interesante. Lo que me acabas de decir lo sabe prácticamente todo el mundo de Surreal Summers.

—¿Qué? —pregunté yo, estupefacta. ¿Todo el mundo en Surreal Summers ya sabía que yo había pasado la noche con Tristán? No podía ser.

—No me lo esperaba de ti, la verdad —siguió contando Cristina—. Yo era la única que tenía un poco de fe en ti. Durante toda esta mañana he intentado convencerme de que no podía ser verdad, pero ahora tú misma me lo has confesado. Creo que es la noticia más inesperada del verano. Francamente, Delia, creí que hablabas en serio cuando dijiste que pasabas de Raque.

—Paso de Raque.

—¿Ah, sí? Entonces, ¿por qué has pasado la noche con él?

—No he pasado la noche con Raque.

—Delia, ¿en qué quedamos? Acabas de decir que pasaste la noche con un chico y esta mañana todo el pasillo de la segunda planta ha visto a Raque salir de tu habitación. Con el pelo revuelto y medio desnudo.

Ahora me tocó a mí el turno de dejarme caer sobre la cama, pero no de la risa, sino del horror.

—No he pasado la noche con Raque, Cristina, créeme. Tienes que creerme —dije, volviendo a incorporarme—. Raque ha dormido en mi habitación pero yo no estaba allí.

—¿Dónde estabas, pues?

—En la habitación de otro chico.

La mirada de perplejidad de Cristina se multiplicó por mil.

—No entiendo nada —exclamó ahora mientras se quitaba las gafas y limpiaba los cristales—. ¿Has pasado la noche con un chico que no es Raque?

—Eso es —asentí con voz entrecortada—. Pero en realidad no ha pasado nada. Solo hemos dormido juntos.

—¿En la misma cama?

No dije nada, solo dije que sí con la cabeza, sintiéndome sonrojar.

—¿Me estás tomando el pelo, Delia?

Negué con la cabeza.

—A ver si lo he captado —seguía hablando Cristina—. ¿Me acabas de decir que has pasado la noche en la cama de un chico, durmiendo con él, pero no ha sucedido nada entre vosotros?

—Más o menos —hablé al fin—. No ha sucedido nada serio, por lo menos.

—¿A qué te refieres?

—A lo que estás imaginando.

—Bien —dijo Cristina, tomando aire con fuerza y asintiendo con la cabeza—. Mi pregunta es: ¿qué hacías durmiendo con un chico? Creía que no los soportabas. Creía que no había nadie que te interesara lo más mínimo.

—Supongo que las cosas han cambiado.

—Por supuesto, ya te dije que eso pasaría —me recordó Cristina, aplaudiendo su capacidad por adivinar el futuro—. ¿Sientes algo por él?

—Lo que siento por él no se puede explicar —murmuré, avergonzada.

—¿Sientes algo por alguien, algo que no se puede explicar, te metes en su cama y no sucede nada? Vaya, Delia, ahora sí que está claro que vienes de otro planeta.

—Deja ya de decir eso, ¿vale? —la corté, poniéndome a la defensiva—. No todo es tan sencillo. De hecho, fue un cúmulo de cosas. Emma con Carlos. Raque en mi cuarto. Yo deambulando por la residencia. No sé. Las circunstancias hicieron que acabara en su cama. El caso es que eso es lo que ha sucedido y todo me parece muy confuso.

—¿Confuso por qué?

—Quiere que me olvide de él en cuanto termine el curso de verano.

—Típico. Los chicos son así, Delia, ¿nadie te lo había contado?

—Él es diferente.

—Típico y tópico —dijo ahora Cristina, cuyas palabras me ponían más nerviosa de lo que ya estaba—. ¡Él es diferente! —se mofó de mí—. ¡Cielo santo, Delia, estás enamorada!

La confirmación de la verdad me sentó como uno jarro de agua fría. Pero a quién quería engañar. Hacía días que esa idea llevaba rondándome la cabeza. Enamorada. Enamorada de Tristán. Yo que me había jurado que jamás padecería enfermedad semejante ahora me encontraba en una situación que me hacía cosquillas en el estómago al mismo tiempo que me mareaba.

—¿Y quién es el afortunado, si puede saberse?

—No puede saberse —dije. Y decidí que por aquella mañana la sesión de secretos y confidencias había llegado a su fin.

INESPERADO

—¿Vamos a jugar al tenis esta tarde, Delia?

—No lo sé, Raque. Tal vez, pero todavía tengo mucho que hacer con lo del trabajo para Abigail.

—Es domingo, Delia. Día de descanso.

Raque y yo nos habíamos quedado solos en la mesa del comedor. Los demás se habían apresurado a acabar con lo que tenían en el plato y se habían dirigido al campus, donde los rayos cálidos de un sol resplandeciente planeaban sobre la hierba. Quedarme a solas con Raque no era algo que me agradara especialmente. Durante unos días, su compañía me había resultado más llevadera en comparación con la forma en que habíamos empezado el curso, gracias en parte a sus clases de tenis. Sin embargo, ahora volvía a sentirme incómoda teniéndolo cerca, sin más razón por supuesto que la noche en la que él había dormido en mi habitación y me había reprochado mi amistad o lo que fuera con Tristán, además de vaticinar que nuestra historia nunca tendría futuro, porque nuestro monitor solo me veía como un simple pasatiempo.

—No te molesta lo que dicen de nosotros, ¿verdad? —preguntó Raque, volviendo a romper el silencio.

—¿A qué te refieres? —pregunté con cautela, imaginando la respuesta.

—A que estamos, bueno, juntos, ya sabes.

—¿Eso es lo que dicen de nosotros? ¿Eso es lo que los demás creen? —pregunté yo, estupefacta. Sin duda alguna, mi particular intento de amistad con Raque se me había ido de las manos por completo—. ¿Que estamos juntos?

—Bueno, más o menos.

«¡Pero eso no es cierto!», quería gritar. ¿Por qué tenían que imaginar una cosa así? Vale que Raque hubiera dormido en mi cuarto pero yo no estaba allí, y él lo sabía. Pero claro, él no iba a desmentir nada. A él todo ese malentendido le iba de perlas. Y aunque hubiéramos pasado la noche juntos, eso era normal en el ambiente nocturno de la residencia. Intercambios de habitaciones que no tenían por qué significar nada más. ¿Por qué yo tenía que ser el centro de una historia que no era mi historia?

—¿Es que la gente se aburre con sus vidas o qué?

—Verás, Delia. Todo el mundo nos ha visto jugando al tenis en más de una ocasión. Y también saben que pasé una noche en tu cuarto.

—Eso no significa nada. Y lo sabes.

—Tal vez.

—¿Tal vez?

—Tal vez no signifique nada para ti.

Después de decir su última frase, Raque se levantó de la mesa, cargó con su bandeja y se alejó de mí. Pegué un suspiro y me dejé caer sobre el respaldo de la silla, abatida. Lo que me faltaba, que Raque me complicara todavía más la vida. Tenía ganas de gritarle, de decirle que estaba equivocado, que tal vez sí había una historia pero no era con él, sino con Tristán, que a lo mejor me veía solo como un pasatiempo pero por ahora a mí me valía, no pedía nada más. Le habría gritado todo eso y muchas cosas más, como que ya estaba harta de su victimismo y de su insistencia cuando yo ya le había dejado claro desde un buen principio que no tenía nada que hacer conmigo. Bueno, mejor nos olvidábamos del tenis por aquel día.

En cuanto yo hube acabado también me dispuse a dejar el comedor, ya casi vacío en aquellas primeras horas de la tarde. Me dirigí a los ascensores y subí hasta la segunda planta, donde reinaba un silencio sepulcral, lo normal de cada día en aquellas horas muertas de la sobremesa en que la mayoría de mis compañeros se dedicaban a echar la siesta o a dedicarle unos minutos a la lectura. Sin embargo, aquella tarde, ese aire de tranquilidad y placidez finalizó justo cuando abrí la puerta de mi habitación.

—¡Chivata estúpida!

Mi cerebro apenas había procesado las palabras de Emma, pero mi compañera ya se había abalanzado sobre mi persona, casi derribándome con la fuerza de su embestida. Me oí a mí misma dejar escapar un grito ahogado, un gemido de incomprensión. ¿De qué hablaba Emma? ¿Y qué le había sucedido a mi compañera de habitación? ¿Dónde estaba la chica simpática y risueña que había conocido a principios del curso? Miles de preguntas que aumentaban el tamaño de mi estupefacción.

Emma no era la única que se encontraba en el cuarto; unos pocos metros más atrás pude divisar la figura ágil y fuerte de Tristán, que ahora se encargaba de separarnos a Emma y a mí, intentando inmovilizarla a ella y dirigiéndome a mí una mirada de alarma.

—¡Basta, Emma! —exclamó Tristán con voz firme, cerrando la puerta de la habitación con un puntapié—. Deja ya de comportarte como una cría, ¿vale?

—¡Te vas a enterar! ¡Te vas a enterar! —seguía gritando Emma.

Yo seguía sin comprender nada. «¿Qué sucede?», quería gritar. «¿Qué he hecho?». Pero me mantuve en silencio. En cuanto Tristán hubo conseguido apartar a Emma de mí, me quedé arrinconada entre la pared y el escritorio, intentando hacerme pequeña como un ratón, hacerme invisible. Mi cerebro seguía sin funcionar, pero ahora mis sentidos parecían percatarse de ciertos detalles de aparente relevancia. Por ejemplo, Emma había vuelto a sacar la maleta del armario, la cual ahora rebosaba con la cantidad de ropa que mi compañera había traído para el viaje. Por otro lado, estaba la cama: totalmente deshecha y vacía, solo quedaba en ella el colchón y la almohada desnuda. También me pareció entrever que los estantes de Emma en el cuarto de baño habían sido saqueados y ya no había rastro de sus cremas ni potingues varios. ¿Qué estaba pasando?

—¿Se puede saber a qué viene esa cara de póquer? —gritó Emma de nuevo—. ¿No era eso lo que querías? ¿Qué me largara de aquí? Creía que eras mi compañera, creía que no ibas a chivarte. ¿No era eso en lo que quedamos?

—No sé de qué me estás hablando, Emma —logré articular a duras penas.

—Claro que lo sabes, ahora no te hagas la inocente.

—Basta ya, Emma —repitió Tristán, volviendo a interponerse entre nosotras dos—. Delia no tiene nada que ver con esto.

—No te creo —dijo mi compañera, ahora desviando su atención y dirigiéndola a nuestro monitor—. Sé que ella se ha chivado. Idiota, no tiene ni idea de nada. Solo lo ha hecho para fastidiarme las vacaciones.

—Será mejor que dejemos de hablar y acabes con tu maleta —la cortó Tristán de nuevo, y cogiéndola del brazo con firmeza la encaminó hacia su maleta e insistió para que acabara con ella.

Yo seguía en mi rincón, muda, incapaz de dar crédito a lo que estaba pasando. Bueno, en realidad, había podido sacar mis primeras conclusiones. Emma se largaba, de eso no había duda alguna. La pregunta era ¿por qué? ¿Y qué había hecho yo para que Emma me mirara con tanto odio?

Por otro lado, la proximidad de Tristán me aturdía. El día anterior apenas nos habíamos visto, pero tenerlo tan cerca en aquellos momentos me hacía recordar la noche del viernes. La noche que habíamos pasado juntos en su habitación. Mientras yo intentaba que mi corazón no estallara dentro de mi pecho, toda una serie de acontecimientos iban desfilando delante de mí: Emma cerrando la cremallera de su maleta, Emma recogiendo su bolso, Tristán poniéndole la maleta en la mano y empujándola hacia la puerta, Emma regalándome una última mirada de odio, Emma cerrando la puerta tras de sí al salir de la habitación 209.

Tristán y yo habíamos vuelto a quedarnos solos. Mi corazón, incomprensiblemente, disminuyó su ritmo frenético y mi respiración se hizo más estable. El semblante de Tristán, sin embargo, no era tranquilizador.

—Debiste contármelo —fue lo primero que dijo Tristán rompiendo el silencio que nos rodeaba. Luego se sentó sobre el escritorio y cruzó los brazos.

—¿Contarte el qué?

—Vamos, Delia. Conmigo no tienes por qué fingir, te lo he dicho mil veces. Sé que sabías lo de Emma, lo de su problema con la comida.

O sea que era eso.

—La verdad es que no estaba del todo segura de que hubiera algún problema —fue todo lo que pude decir para defenderme—. Sé que comía demasiado y que no era muy normal, pero nunca creí que le pasara nada grave.

—Pues así es. Algo grave le pasa —dijo Tristán—. Esta mañana, justo después del desayuno, se ha desmayado en medio del campus. En principio nadie quería darle importancia al asunto. Emma se ha recuperado rápidamente y ha desmentido que tuviera algún problema o que se sintiera mal. Pero ninguno de los monitores estábamos tranquilos, o sea que hemos acabado llevándola a la ciudad, a urgencias, para que le hicieran pruebas médicas, le hemos buscado un psicólogo, y el diagnóstico ha sido claro: Emma padece un desorden alimenticio de cierta gravedad. Sus padres ahora mismo están tirándose de los pelos y esperando que su avión aterrice en Barajas dentro de unas horas.

—Siento no haber dicho nada —volví a disculparme—. Pero lo cierto es que no creía que a Emma le pasara algo así, de verdad.

—No te preocupes, Delia —dijo Tristán, alargando su mano para darme una suave palmadita en el hombro—. En realidad, no es tu culpa. Somos los monitores los que debemos estar en guardia con ese tipo de casos.

—Tampoco es tu culpa exactamente.

—Ya lo sé. Emma tenía ese problema desde hacía tiempo, desde mucho antes de empezar el curso de verano. Sin embargo, sus padres no lo ven así y están dispuestos a denunciar a Surreal Summers por no haber cuidado a su hija como era debido.

—Pero eso es ridículo.

—Totalmente. Pero si los padres de Emma deciden cumplir con sus amenazas, alguien va a tener que pagar por ello.

Los ojos de Tristán transmitían una tristeza inexplicable. Comprendí entonces lo que había querido decir con sus palabras. Tal vez el final de aquel curso de verano era mucho más inminente de lo que yo me temía.

—Pero no es justo —dije, acercándome a él y dejando que sus brazos me rodearan la cintura.

—Nada lo es —susurró él, sus labios rozando mis mejillas. Cuánta razón tenían sus últimas palabras, me dije. Porque, tarde o temprano, aquel verano iba a terminar.

CUMPLEAÑOS

Era lunes por la noche, una noche fría, lluviosa y hostil que nos obligó a encerrarnos en la residencia del Èideann College. Después de la cena, pizza tropical con Coca-Cola y helado de chocolate, el comedor, usualmente repleto de sillas, mesas y taburetes, había sufrido un cambio de organización, siendo colocadas las mesas en un rincón y las sillas amontonadas en el espacio que pertenecía a la cocina. Lo que normalmente era la sala de las comidas, pues, ahora se había convertido en una improvisada pista de baile, con los aparatosos altavoces en cada esquina, los taburetes esparcidos alrededor del muro bajo que separaba la cocina del comedor, ahora una especie de barra de bar, y para darle un toque más festivo luces de colores colgando del techo al lado de múltiples guirnaldas de papel. Esa curiosa transformación me habría resultado del todo indiferente de no ser porque la razón de ser de todo aquello era yo misma.

Jamás había tenido una fiesta de cumpleaños sorpresa. Mis primeros dieciséis cumpleaños los había celebrado con una comida de domingo, rodeada de mi madre, mi padre algunas veces, mis primos, primas, tíos y tías, y mis abuelos al principio. Todos miembros de mi familia que, por cortesía de parentesco, no podían decir que no a la celebración.

Este año, el de mi diecisiete aniversario, era totalmente diferente. No solo mis compañeros de curso habían organizado una fiesta sorpresa para mí, sino que además se habían tomado la molestia de obsequiarme con tres inesperados regalos. En primer lugar, el regalo que me habían dado justo antes de finalizar la cena era un esponjoso oso de peluche de prácticamente tamaño real de color café, con enormes ojos negros y hocico sonriente. Justo cuando los monitores reorganizaban la estructura del comedor, Cristina y las demás chicas me regalaron un bonito colgante de plata con una D mayúscula que contenía una diminuta perla justo en el centro de la curva. Incluso los chicos tuvieron el detalle de regalarme una antología de poesía escocesa del siglo veinte, en inglés, y una postal de cumpleaños que rellenaron de chistes y garabatos, lo cual me despertó más de una sonrisa insospechada.

Ahora me encontraba sentada en uno de los taburetes, apoyada contra el muro, con el gran oso de peluche a mis pies. A mi lado, Andrea y Dani estaban llevando a cabo una de sus acostumbradas discusiones, en este caso Dani tildaba a Andrea de egoísta soberana por no quererle ayudar a hacer los deberes que su profesor les había pedido que hicieran para el día siguiente, de lo cual Andrea se defendía informando a Dani de que jamás había conocido a un tipo con más morro que él. Me reí para mis adentros. Sin duda era una de aquellas típicas discusiones, nada que una noche de arrumacos y promesas de amor eterno no pudiera solventar.

Decidí ignorarlos y me concentré en la pista de baile. El tema que ahí me ocupaba era mucho más interesante. Tristán bailaba al ritmo de la música, un compás frenético y ensordecedor que me habría hecho enloquecer, pero que a él parecía gustarle. Estaba todavía más guapo de lo que me tenía acostumbrada, llevaba sus habituales vaqueros desgastados y sus también conocidas Converse rojas. Sin embargo, aquella noche se había puesto una camisa de color azul oscuro, que llevaba doblada en las mangas y desabotonada en el cuello hasta dejar entrever parte de su torso firme y bronceado. No sin cierto desánimo, observé que a su alrededor un buen número de chicas se debatían para llamarle la atención. Entre ellas, Irene, la chica de la cola de caballo y los monos vaqueros que se sentaba frente a mí en clase, solo que ahora se había deshecho de la cola y del mono de siempre y vestía con un vestido de tirantes de lo más corto que se pudiera imaginar. También me percaté de aquella otra chica, algo mayor que yo, que a menudo se sentaba cerca de nuestra mesa a la hora de las comidas, la cual ahora rodeaba la cintura de Tristán con una mano y jugueteaba con su pelo con la otra. Y por si fuera poco, luego estaban esas dos chicas gemelas que siempre iban juntas a todas partes, las dos vestidas con minifaldas vaqueras y camisas desabrochadas hasta el ombligo, y las dos dedicándole miradas y sonrisas significativas a Tristán.

Me sentí mal. Me sentí hundirme en el taburete y quise que la tierra me engullera hacia su núcleo. Desaparecer. Ver a Tristán rodeado de todas aquellas chicas me había abierto los ojos de una vez por todas. Tristán y yo, a pesar de lo que compartíamos, no íbamos a trascender. Lo veía claro. Al acabar el curso, Tristán seguiría su camino y yo el mío, tal y como él había pronosticado y me había casi obligado a prometer. Habría otros veranos para él, otras chicas a las que besar, mejores tiempos de los que yo podría darle. ¿Cómo había sido tan estúpida como para creerme mis propias ilusiones de adolescente inexperta? Aquellos días de verano no significaban nada, iban a caer en el olvido, iban a desaparecer para siempre del mismo modo que a mí me hubiera gustado desvanecerme en aquellos momentos.

Aquella noche, por primera vez me atreví a hacerme la pregunta que hacía tiempo que yacía latente en el fondo de mi conciencia. ¿Por qué Tristán me había escogido a mí? De todas las chicas guapas, simpáticas, imponentes, que ahora revoloteaban encantadas, hipnotizadas, a su alrededor, él había decidido acercarse a mí. Convertirse en mi amigo y luego en algo más. ¿Por qué? ¿Por qué lo había hecho? Ahora lo único que conseguiría era que me sintiera desgraciada quién sabe durante cuánto tiempo, lo que tardara en olvidarle a él y a aquel verano. Una vida entera.

Ese alfiler que me punzaba el corazón pareció detenerse en el momento en que los ojos de Tristán se clavaron en los míos, encerrándolos en un abrazo del que no podía escapar. Quizás imaginando todo lo que me estaba pasando por la cabeza en aquel momento, Tristán me dedicó una tímida sonrisa y se acercó al muro, exactamente en el punto donde yo me encontraba.

—¿Bailas, cumpleañera? —me dijo nada más plantarse delante de mí.

—¿Aquí? ¿En medio de toda esa gente?

Tristán me miró con desconcierto, sin comprender.

—Solo bailar, Delia. No tiene nada de raro que el monitor baile con la chica para la que estamos celebrando esta fiesta.

Los labios de Tristán me dedicaron su irresistible sonrisa. De forma inexplicable, mis miedos desaparecieron instantáneamente ante aquella mueca traviesa. ¿Por qué me pasaba eso? Era totalmente irracional. No tenía ningún sentido. Pero no era el momento de comerme la cabeza por cuestiones irrelevantes. Me daba cuenta de que ahora era el momento de hacer algo que no había hecho nunca antes todavía: disfrutar de lo presente mientras dure.

—Bueno, pero no creo que sea una buena idea. Bailar no es lo mío —le recordé.

—Déjate llevar —me susurró al oído.

—¿Qué? —logré articular mientras los brazos de Tristán ya me arrancaban del aburrido taburete y me arrastraban hacia la pista. Había querido preguntar algo pero no sabía qué. «¿Qué hago? ¿Qué haces? ¿Qué estamos haciendo?».

—Solo déjate llevar —repitió Tristán—. Vive el momento.

Y eso fue lo que hice, más o menos. No era la primera vez que bailaba con Tristán, ya lo habíamos hecho en aquel horrible pub del centro de Edimburgo la noche en que acabamos besándonos delante de la puerta de mi habitación. Esta vez, sin embargo, la sensación de bailar con él fue todavía más increíble de lo que lo había sido aquella primera vez. En un momento dado, inesperadamente, Tristán colocó sus manos en mi cintura, atrayéndome hacia él, haciendo que me balanceara al ritmo de sus pasos. Nuestros cuerpos chocaron un par de veces, nuestras caderas unidas por algo más fuerte que el pegamento. Cuando alcé la cabeza hacia arriba y lo miré a los ojos, más verdes y chispeantes que nunca, noté que aquel momento era algo mágico, algo irreal, de otro mundo. Era como si estuviéramos solos, como si no hubiera nada alrededor, ni música, ni mis compañeros, ni mesas, ni comedor, ni siquiera un mundo en el exterior. Tristán no sonreía y por un momento me pregunté si tal vez él estaría sintiendo lo mismo que yo en aquellos momentos. Aquella magia, aquella irrealidad que nos hacía únicos en una órbita que solo nosotros gravitábamos. Por supuesto que no, me dije, sintiéndome estúpida y sonrojándome. Mis miedos volvieron a punzarme el corazón, corroborando lo que yo ya imaginaba: que aquel verano era pasajero, que se esfumaría todo lo que estaba sucediendo, que no podía durar porque era demasiado bueno. Pero me esforcé en apartar esas ideas de mi cabeza y seguí viviendo el momento, dejándome llevar, tal y como me había aconsejado Tristán.

En cuanto quise darme cuenta, el hechizo se había roto. Había mucha más gente a nuestro alrededor, muchas más chicas para ser exactos. Cruz, nuestra monitora de estatura esbelta y modelitos playeros, requería las atenciones de Tristán, bailando con movimientos descarados y viniéndose a colocar entre él y yo. Tristán, tal vez por no querer ser maleducado, se vio obligado a bailar con ella, pero antes de hacerlo me cogió de la mano y me susurró:

—Nos vemos luego.

Yo asentí sin decir nada, sintiéndome flotar. Todas aquellas chicas podrían hablar con él, me dije, bailar con él, agarrarle la mano incluso, pero era a mí a quien Tristán prometía sus besos de buenas noches, sus caricias más tiernas, sus sonrisas más dulces. Y eso, pensé para mis adentros, era lo único que contaba.

Volví a mi taburete y comprobé con alivio que mi oso de peluche todavía no había sido pisoteado. A pocos metros de mí, Carlos bailaba con Sabrina de forma muy descarada; parecía haberse olvidado por completo de Emma, que apenas hacía dos días que había abandonado el curso de verano. Pensé en mi excompañera de cuarto, en la forma en que nos habíamos despedido, en lo bien que nos podíamos haber llevado y en lo complicada que había sido nuestra convivencia durante los últimos días. No la echaba de menos pero, sin embargo, sí sentía que su despedida y la forma en la que me había hablado las últimas veces dejarían en mí un recuerdo agridulce de aquel curso de verano. Por otro lado, la marcha de Emma irremediablemente volvía a desviar mis pensamientos hacia Tristán, cuya posición como monitor peligraba si los padres de mi compañera decidían tomar medidas contra Surreal Summers. En teoría íbamos a dejar Edimburgo el próximo viernes: solo nos quedaban cuatro días. Solo cuatro días de aquel sueño de verano cerca de Tristán. No obstante, pensé con horror, si las cosas se complicaban, ese reducido espacio de tiempo podría llegar a reducirse incluso más. Intenté quitarme todas esas ideas de la cabeza temiendo que mi angustia me hiciera desesperar. Por suerte, Cristina apareció entonces como por arte de magia de entre la multitud y vino a reunirse conmigo.

—No pareces muy contenta con tu fiesta —oí que me decía mi colega, después de pegarme un codazo en las costillas. La perspicacia de Cristina nunca fallaba a la hora de leer la expresión de mi cara.

—Te equivocas —la contradije con una sonrisa, esforzándome en quitarme los malos rollos de la cabeza. No era justo que me mostrara triste después de todo el empeño que Cristina había puesto para que yo tuviera una fiesta de cumpleaños decente—. Estoy encantada con todo lo que habéis montado. Es la primera vez que tengo una fiesta de cumpleaños sorpresa.

—¿Va a haber más primeras veces esta noche?

Me quedé mirándola fijamente, sin comprender.

—No te quedes con cara de puzle, creí que éramos amigas —me dijo ella a punto de romper a carcajadas—. Tienes la habitación para ti sola, se acerca el final del curso. Francamente, bonita, no creo que debas desaprovechar la ocasión.

—Creo que no te sigo —exclamé por encima del ruido de la música.

—Vamos, Delia —dijo Cristina, poniendo los ojos en blanco—. ¿Acaso crees que estoy ciega? He tardado, pero al final he abierto los ojos y lo he visto todo muy claro.

—¿Has visto claro el qué?

—Deja ya de disimular, colega. Puedes confiar en mí, soy una tumba. Si no me he chivado hasta ahora, tampoco lo voy a hacer en los cuatro días que nos quedan.

—¿Chivarte de qué? —insistí. Tenía que asegurarme de que Cristina no estaba hablando de lo que parecía que estaba hablando.

—De lo tuyo con Tristán —acabó chillándome en el oído.

Lo mío con Tristán, repitió una voz en mi cerebro. Lo mío con Tristán.

Era como si me hubieran abofeteado. Me quedé mirando a Cristina durante un buen rato. Lo sabía. Cristina lo sabía, lo había confesado abiertamente ella misma. Qué grave error. Esa era una de las normas de Tristán: que nadie se enterara o ambos tendríamos problemas. ¿Cómo lo había descubierto Cristina? ¿Y cuánto tiempo llevaba sabiéndolo?

—Tranquilízate, Delia —dijo Cristina, poniéndome una mano sobre el brazo y acariciándolo de forma suave para que me calmara—. No creo que nadie más lo sepa, y yo no voy a decir nada, ya te lo he dicho. Pero, por favor, prométeme algo.

Más promesas no, por favor, pensé. Pero no había otra opción.

—¿Qué?

—Prométeme que vas a actuar de una vez por todas.

—¿Actuar?

—Despierta, Delia. Este verano no va a durar eternamente, apenas nos queda una semana para despedirnos de todo. ¿Qué haces aquí sentada? ¿Qué haces aquí plantada abrazada al dichoso oso de peluche como si no tuvieras nada mejor que hacer? Y mientras, todos esos moscones revoloteando alrededor de tu chico. Aprovecha tu ocasión. Es tu cumpleaños. Levántate de una vez por todas. Muestra lo que sientes. Pásatelo bien. ¿No te das cuenta de que ahora es tu momento? Si te quedas ahí plantada como un pasmarote vas a acabar arrepintiéndote. ¿Cómo crees que te sentirás dentro de unos días cuando el curso haya acabado definitivamente? Reacciona, mujer, por favor. ¡Aprovecha tu tiempo con Tristán! ¡Demuéstrale lo que sientes por él! ¡Empieza a vivir de una vez!

—Tristán no es mi chico —intenté rebatir a Cristina, el alma en los pies, y todas sus consignas haciendo eco en mi cerebro. Ella me miraba con cara de pena.

—¿Tristán no es tu chico? —repitió ella, burlándose de

mi tono de voz lloroso—. ¿Qué es entonces? ¿Un amigo más? ¿Un amigo como Raque? —hice una mueca de disgusto al oír ese nombre—. ¿Un monitor simpático que te cae bien? —siguió diciendo Cristina—. ¿Un colega más del curso? ¿Alguien por el que no sientes nada? ¿Alguien que no te importa en absoluto?

—Claro que me importa —me oí decir. Una vez más, mis palabras habían escapado de mi boca sin que yo pudiera pensármelas dos veces.

—¿Se lo has dicho ya? ¿Le has dicho que te importa? ¿Que te mueres por sus huesos? ¿Que estás loca por él?

—Pues no, claro que no.

—¿Y a qué estás esperando si puede saberse, Delia? ¿Por qué estás aquí hablando conmigo? ¿Por qué no estás ahí con él disfrutando del momento? ¿Es que estás tonta o qué?

—No tengo por qué decírselo, Cristina. Él ya lo sabe.

—¿Él ya lo sabe? ¿Y cómo lo sabe? ¿Es que puede leer mentes? Porque, la verdad, si no es así, no creo que haya captado tu mensaje. Mírate, estás aquí con el oso y con la gafapastas aburrida y empollona, a cinco o diez metros de distancia de donde está él, a años luz básicamente, y sin hacerle ni caso ni tener la intención de acercarte a él siquiera. ¿De veras crees que él es consciente de todo lo que realmente sientes?

—No lo sé.

—Pues no, Delia, claro que no. Yo soy muy observadora y perspicaz, ya te lo he dicho, pero hay muy poca gente como yo. ¿Y sabes cuál es el problema principal de todo esto, a parte de que Tristán todavía no sabe lo que de verdad sientes por él?

—¿Cuál?

—Que no lo sabes ni tú misma. Y cuando te des cuenta, ya será demasiado tarde.

Me removí en el taburete. El oso se me cayó al suelo.

Cristina se brindó a recogerlo por mí y se quedó con él, puesto que yo me había quedado inmóvil por completo.

—Tristán cree que es mejor mantener las distancias — le aclaré a Cristina al final.

Ella me miró con cara de disgusto otra vez.

—¿En serio? Vaya. ¿Y tú qué vas a hacer? ¿Lo que él te dice? No es tu padre, ¿sabes?

—¿Qué quieres que haga?

—Pues luchar por lo que quieres, Delia, eso es lo que tienes que hacer de una vez. Dejarte llevar, seguir el dictado de tu corazón. *¡Carpe Diem!* ¿O es que todavía no lo has estudiado en clase? *¡Carpe Diem! ¡Carpe Diem!*

Cristina se dio la vuelta en el taburete y pegó un salto para volver a la pista de baile, dejando al oso de peluche sentado en el lugar que ella había ocupado y dejándome a mí atónita con las palabras que acababan de salir por su boca. Estaba enterada de todo, había dicho. Y también había insistido en que aprovechara mi tiempo con Tristán. Que actuara porque apenas nos quedaban unos días para compartir el uno con el otro. Que empezara a vivir de una vez si no quería acabar arrepintiéndome. El verano acabaría pronto y Tristán no iba a estar ahí. Esa idea me aterraba, esa idea me arrancaba el corazón y lo partía en mil pedazos. Cristina tenía razón, decía esa voz interior. Tenía que demostrarle a Tristán lo que sentía por él. No bastaban las palabras dulces susurradas al oído en medio de la semioscuridad. No bastaban las caricias ni los besos de buenas noches. Eso era solo algo que el tiempo borraba con su paso, como un vendaval barre las hojas secas y muertas de las calles en otoño.

Me levanté de mi taburete y me dirigí a la pista con paso firme. Me acerqué a él, apartando a las demás chicas, que de algún modo ya me eran del todo invisibles. Cuando lo encontré, en medio de la pista, mis labios no sonreían pero mis piernas ya habían dejado de temblar por completo. De acuerdo, Tristán había insistido en mantener las distancias, pero también me había pedido que me dejara llevar. *Carpe Diem. Carpe Diem.* Atrapa el día. Aprovecha el momento, porque el día se escapa y luego nunca vas a perdonártelo. Tenía que vivir, repetía esa voz. No podía quedarme siempre en mi burbuja. Alejada del mundo exterior. Ajena a todo lo que vivían los chicos y chicas de mi generación. No podía quedarme para siempre atrapada en mi planeta remoto que nadie comprendía. Ahora Tristán sonreía, su mano agarró la mía y nuestros cuerpos acabaron con la distancia que los separaba. No podía oír el ritmo de la música, solo podía seguir el vaivén que marcaban los pasos de Tristán. Y me dejé llevar. Al fin sentí que una sonrisa también se dibujaba en mis labios. Todo era tan fácil a su lado. No había nada que temer. No había nada por lo que sufrir. Mi felicidad por fin se había materializado y tenía nombre y apellidos, y unos ojos increíbles que me hacían perder la noción del tiempo y del espacio y de todo lo demás.

¿Iba a haber más primeras veces aquella noche? ¿Estaba yo preparada para eso?

La respuesta, me dije, siempre había estado allí, en todas partes. Las palabras que hacía unos minutos habían salido por la boca de Tristán eran el perfecto amuleto y el único lema que sellaría el destino de aquella noche.

«Déjate llevar», volví a repetirme sintiendo que mi pulso se aceleraba. «Haz lo que sientas». Era así de sencillo. No tenía que hacer nada más: solo dejarme llevar.

—No voy a poder hacerlo —empecé a hablar, cargándome de coraje e intentando que mi voz no temblara en mis intentos por decir lo que estaba a punto de decir.

Estábamos en mi habitación, Tristán y yo, sentados en el borde de mi cama. Tristán me había acompañado, entre otras razones, suponía, con la excusa de cargar con el enorme oso de peluche que mis compañeros me habían regalado. El oso ahora descansaba cerca del escritorio, ojos abiertos como platos y el hocico eternamente sonriente. La gargantilla descansaba sobre mi pecho, plata sobre pecas, y ahora los dedos de Tristán la recorrían suavemente, haciéndome estremecer al notar el paso de la yema de sus dedos sobre mi piel. Tristán también me había hecho un regalo de cumpleaños: su libro de J.D. Salinger, *El guardián entre el centeno*. «No puedes crecer sin leer ese libro», me había dicho con su sonrisa afable, depositándolo en mi mano.

—¿Qué no vas a poder hacer? —preguntó Tristán, deteniendo sus dedos y mirándome fijamente a los ojos.

—No voy a poder —repetí con voz temblorosa—. No voy a poder hacer lo que me pediste. Esa estúpida promesa. No voy a poder olvidarte cuando acabe el curso. Es imposible. No puedes pedirme eso. No puedes pedirme que traicione mis sentimientos. Lo que siento por ti no se puede borrar de un día para otro y sé que nunca podré olvidar todo lo que está pasando por mucho que lo intente —mi voz se torcía, se rompía, pero cogí aire de nuevo y acabé por pronunciar lo que llevaba horas, tal vez días, queriendo decir—. Creo que lo que me pasa es que me estoy enamorando de ti y no es justo que me pidas que borre ese sentimiento.

Ya estaba, ya lo había dicho. ¿Y por qué me había puesto tan histérica? Al fin y al cabo, Tristán y yo éramos buenos amigos, nos conocíamos, podíamos hablar de cualquier cosa. ¿A qué venía toda esa preocupación innecesaria? Tristán, al oír mis palabras, no había echado a correr, ni me había llamado loca, ni se había enfurecido. Al contrario, permanecía tranquilo sentado a mi lado, su respiración no se había alterado ni por un solo instante. Quería creer que él sentía lo mismo que yo. Y quería que sus labios lo admitieran. Quería oír que eso era lo que él también llevaba tiempo sintiendo aunque no se hubiera atrevido a decirlo.

—Lo que acabas de decir es muy fuerte, Delia —musitó Tristán con una sonrisa débil. Sus manos me acariciaban el pelo con delicadeza, como si temieran que fuera a descomponerse de un momento a otro.

—¿No me crees? ¿Acaso crees que me lo estoy inventando? ¿Que no es cierto?

—Claro que te creo —replicó él—. Sé que dices la verdad y ahora sí estás empezando a asustarme de veras. Pero quiero que recuerdes que no solo tiene que pasarte una vez en la vida. Tal vez es la primera vez que te pasa, pero no tiene por qué ser la última.

—No habrá ninguna otra vez como esta, Tristán. No quiero que la haya.

—No digas eso.

—Es lo que siento.

Cielos, qué complicado. ¿Por qué todo era tan difícil? ¿Por qué Tristán no podía decirme que él también sentía lo mismo? ¿Por qué tenía que ponerle trabas a todo? Me sentía abatida, decepcionada, sentí que llevaba todo el peso del mundo sobre mis hombros. ¿Cómo podía hacérselo entender?

—Tengo miedo —confesé.

—¿Miedo?

—Miedo a que todo eso acabe algún día. A que eso acabe dentro de cuatro días como tú me advertiste y que yo vuelva a ser la misma niña estúpida de antes. A que mi vida vuelva a ser la misma hoja en blanco, el cofre vacío, el cielo gris que había sido siempre hasta que te conocí y supe que lo que sentía por ti era algo tan fuerte que iba a cambiar mi existencia para siempre. Y para bien.

—No tengas miedo, Delia. No hay motivos para que lo tengas —me interrumpió Tristán, tragando saliva con dificultad.

—Sí hay motivos —le contradije—. Sí los hay, si tú no me dices que realmente sientes por mí lo mismo que siento yo por ti. Si tú no…

Tristán no me dejó terminar la frase. Sus manos dejaron de recorrer mi pelo para bajar hasta el cuello y hacer presión sutilmente sobre él para que nuestros labios se encontraran. Fue un beso cálido al principio, una suave presión sobre los labios, pero de repente se volvió más insistente, más desesperado, como si nuestras bocas necesitaran el aire del otro, como si nuestra vida dependiera de ese aliento que minutos antes malgastábamos en palabras inútiles que iban a caer en el olvido con el paso del tiempo. «Reacciona de una vez, Delia», oía las palabras de Cristina en mi cabeza. «*Carpe Diem*. Atrapa el día o te arrepentirás». Las manos de Tristán ahora me recorrían la espalda y bajaban hasta mi cintura, sus dedos trazando líneas discontinuas sobre la tela de mi camiseta. Su respiración se aceleraba y sus labios seguían besándome con una fuerza y una avidez inusitadas. Me abalancé sobre él brusca y torpemente, pasándole los brazos por los hombros y haciendo presión sobre su espalda para que se acercara más a mí. ¿Qué estaba haciendo? ¿Qué estábamos haciendo? Esas serían las preguntas que se habría hecho la Delia de antes. Pero la Delia del presente no hacía caso a esa otra Delia ni a sus estúpidas preguntas porque ahora lo que quería estaba ahí en mis manos, Tristán, y nada importaba más que eso, le quería, le quería, le quería tanto que si hubiera podido pensar con algo de claridad me habría asustado yo también de sentir lo que sentía. Mi cuerpo se enderezó y chocamos el uno contra el otro. Acabamos cayendo irremediablemente sobre el colchón, mi cuerpo sobre el suyo y mis manos todavía alrededor de su cuello.

Pero de pronto el beso había terminado y Tristán luchaba para incorporarse de nuevo, deshaciéndose de mi abrazo casi tan bruscamente como yo me había abalanzado sobre él. Durante unos segundos me sentí aturdida, perdida, sin comprender qué era lo que había hecho mal. Me había lanzado, había escuchado las palabras de Cristina, y lo más importante: había escuchado a mi voz interior, la que me decía que me dejara llevar, la que insistía para que me dejara guiar por mis sentimientos. Y eso era justo lo que sentía. Quería estar con Tristán, comprometerme. ¿Y ahora qué? Tristán me devolvía la mirada, severa, imperturbable, fría como el hielo. ¿De verdad que él no sentía lo mismo, pues? ¿Tan importante eran para él sus normas, sus límites? ¿Tan importante era para él su rol de monitor que no pudiera entregarse a mí de la misma forma que yo pretendía entregarme a él?

—Eso no puede ser, Delia —fueron sus palabras. Todavía seguía mirándome fijamente, pero ahora su mirada se había suavizado, probablemente había advertido el dolor que me causaba su dureza y su rechazo.

—Dijiste que me dejara llevar —le recordé.

—Eso no puede ser —repitió él.

—No lo entiendo —me oí decir como en un mal sueño, mientras me incorporaba.

—No te pido que lo entiendas, solo te digo que esa barrera no podemos cruzarla. Estamos yendo demasiado lejos. Se nos está escapando de las manos. No me lo pongas más difícil, por favor.

¿Más difícil? ¿Para él? Eso era lo peor que podía pasarme a mí. Toda una vida sintiendo repulsión por los chicos y ahora el único al que quería sentía repulsión por mí. Me di cuenta con esa negativa de que yo no era mucho más distinta que todas aquellas chicas que durante aquella noche habían bailado con Tristán en la pista de baile. Chicas que lo envolvían en sus brazos, chicas que le rozaban la piel, que se pegaban a su cuerpo, que flirteaban con él. Entre Tristán y yo no había habido mucho más que eso. Solo algunos abrazos, furtivos flirteos y múltiples pero castos besos de amigo. Excepto el que acabábamos de darnos, lo cual empeoraba la situación porque me había dejado, valga la redundancia, con la miel en los labios.

—No es justo —susurré. Sentí que las lágrimas ya me estaban bajando por las mejillas, imposible disimular mis sentimientos. Estaba enamorada de él por activa y por pasiva, y no eran solo mis palabras las que lo advertían. Me estaba poniendo en evidencia como nunca antes lo había hecho.

—Delia, lo siento.

La voz de Tristán sonaba ronca, áspera, casi parecía que él se sintiera tan miserable y dolido como yo. Pero no había motivo para estarlo, podíamos cruzar esa barrera aunque él se empeñara en que era imposible hacerlo. Tristán puso de nuevo sus labios sobre los míos y esa vez decidí que aquel beso no terminaría nunca hasta que yo no consiguiera lo que ambos, estaba segura de ello, llevábamos rato queriendo conseguir. Los labios de Tristán seguían firmes, cerrados, resistiendo el ataque frontal al que le sometían los míos, pero no me rendí. Acerqué mis manos a su cara, le acaricié la frente, los párpados, los oídos y las mandíbulas, luego bajé hasta sus labios. Él mantenía los ojos cerrados, como si dentro de su cabeza el ángel y el demonio mantuvieran una discusión que él no quería escuchar. Su respiración, al igual que la mía, se aceleró. Sus manos en mi nuca y en mi cuello me producían escalofríos, uno detrás de otro. Sentí que éramos inseparables, hechos el uno para el otro, no podía ser que él no sintiera lo mismo.

Tal vez, como ya me había advertido Cristina, Tristán no se diera cuenta de que mis sentimientos eran ciertos y que tenían más fuerza de lo que yo estaba dejando entrever. Tenía que demostrárselo de una vez por todas para que supiera que mis palabras no eran solo palabras, y que no estaba confundida ni perdida, ni me imaginaba cosas que no eran.

Dejé caer mis manos hasta su cuello, hasta su pecho. Me aventuré a acariciar el torso suave y firme que se adivinaba bajo la tela de su camisa. Mi boca se había alejado de la suya, bajando por su cuello y deteniéndose en su nuez prominente. Mis dedos se quedaron encallados en un botón de su camisa y lo desabrocharon de forma casi inconsciente. Su piel bajo mis labios, tan cerca de mi sentido del olfato, desprendía un olor dulce a la vez que fresco. Temía que Tristán volviera a pararme los pies, pero no lo hizo. Sus manos ahora me acariciaban el pelo, sus labios seguían su particular recorrido desde mis oídos a mi garganta. Nuestros corazones latían a mil por hora y nuestra respiración se hacía cada vez más fuerte y veloz. Mis labios volvieron a los suyos, los cuales me devolvieron el beso con una fuerza inesperada. Sus manos parecían moverse con una cautela extrema, como si temieran rozarme, como si temieran romper mis costillas o dañar algún órgano de mi cuerpo. Sus dedos bordearon la silueta de mis pechos y rápidamente bajaron por mi abdomen hasta detenerse sobre mis muslos, donde no se detuvieron sino que siguieron moviéndose circularmente dando lugar a caricias hasta entonces inéditas que disparaban mi pulso con cada segundo que pasaba. Ahora ya no podía pensar en nada, no había pensamientos en mi cabeza, solo esas caricias, solo el tacto de su piel cálida bajo mis dedos y ese fuerte olor a menta colándose por mi nariz y volviéndome loca, mis ojos cerrados soñando despiertos en algo que yo jamás había vivido ni había osado imaginar. Cuando ya creía estar enloqueciendo, el sueño se acabó.

—¿Qué haces? —preguntó Tristán, separándose de mí de nuevo y mirando hacia abajo. Hacia mis manos que ahora estaban luchando por sortear el obstáculo del último botón de su camisa. No podía creer mi osadía, ¿cómo habían llegado esos dedos torpes hasta el cuarto botón? Realmente: ¿Qué estaba haciendo? ¿Qué me estaba pasando? Pero que más daba si ahora por fin podía admirar su torso y su abdomen, los dos firmes y musculosos, incluso mejor de lo que yo recordaba. Demasiado bueno para ser verdad, claro, me dije, centrando la mirada en mis manos, mis estúpidas manos quietas y enrojecidas y cubiertas de pecas.

—¿Qué hago? —fue mi respuesta. ¿Es que había hecho algo mal? ¿Había que hacer otra cosa? ¿No era una buena idea empezar por quitarse la ropa? ¡Dejarme llevar, era lo que estaba haciendo! Aparté la mirada de mis manos y levanté la vista. Los ojos de Tristán seguían clavados en mí, en ellos había algo que no me gustó, otra vez esa sombra que enterraba las chispas doradas, otra vez esa mirada estricta e inquebrantable, incluso enojada esta vez.

—Dios, Delia, es una locura. Tienes que... Tenemos que cortarnos. Eso no puede ser.

Tristán había repetido esas horribles palabras. «Eso no puede ser. Eso no puede ser. Demasiado bueno para ser verdad», me repetí. Ahí estaba la explicación de su cautela, su reticencia a traspasar la barrera de la ropa, sus caricias algo recatadas en comparación con lo que sentíamos en nuestros corazones. Claro, yo no iba a tenerle. Y no era que no pudiera ser, simplemente era que él no quería. Con abatimiento, vi como Tristán empezaba a abotonarse la camisa, volviendo a rehacer el camino de botones que esos dedos que habían tomado vida propia unos minutos antes habían deshecho. No podía entender nada, no podía entender ninguna parte de todo aquello. ¿A qué estaba jugando Tristán? ¿Por qué estaba ahí entonces? ¿Estaba jugando conmigo, era eso? ¿Y por qué lo había hecho? Decidí ir a por la verdad, no podía quedarme ahí de brazos cruzados mirando como Tristán se encerraba en sí mismo y se despedía de mí dejándome vacía, hundida, más asustada todavía.

—No sé lo que me está pasando, Tristán. Solo sé que quiero estar contigo —mi voz sonó firme a pesar de lo afligido que estaba mi interior—. Creí que tú querías lo mismo. Lo siento, pero es fácil malinterpretarte, la verdad. Hace unos minutos eras tú quien me estaba besando, ¿no? ¿O es que estoy imaginando cosas?

Él me dedicó una mirada furtiva, algo severa, y volvió a dirigir la vista al suelo. De sus labios no salió ni un atisbo de palabra.

—Olvídate de tus normas, Tristán —le dije ahora, todavía con la voz serena. No iba a dejar que me intimidara, no iba a dejar que me hundiera ni que me hiciera saltar las lágrimas esa vez. Yo también podía ser fuerte—. Te he confesado mis sentimientos y lo que yo siento es muy fuerte, creo que tanto como lo que sientes tú. Pase lo que pase esta noche, nadie tiene por qué enterarse. Nadie se ha enterado de nada hasta ahora —mentí, intentando quitarme las palabras de Cristina de la cabeza—. No tenemos por qué cortarnos.

—Déjalo, Delia, por favor.

Tristán se puso en pie, se pasó una mano por la cabeza y se resistió a dirigirme la mirada, ni siquiera me miró cuando me habló.

—¡No quiero dejarlo! —grité, ahora mi voz empezaba a quebrarse de nuevo, me daba cuenta de que Tristán se iba, se iba aquella noche y se iría para siempre dentro de tres días—. No entiendo el porqué de todo esto. No entiendo por qué me pides que te olvide dentro de unos días. No entiendo por qué me rechazas. Creí que te gustaba. Creí que te importaba.

—Y me gustas.

Su voz había sido un susurro a pesar de que su movimiento había sido veloz y de una brusquedad extrema, casi salvaje. Me había cogido la cara entre sus manos y sus dedos me acariciaban la barbilla. Yo no comprendía nada.

—Me gustas mucho, Delia —repitió—. Y me importas —ahora sus ojos brillaban al igual que los míos, esas pequeñas chispas de oro estaban haciendo grandes esfuerzos por no dejar que las lágrimas resbalaran de una vez por todas.

—¿Entonces? —logré articular.

Tristán me soltó. Se alejó de mí y fue a apoyarse contra la puerta de la habitación. Movía la cabeza de un lado a otro, negando algo que yo no podía entender, palabras en su cabeza que yo no podía escuchar. Su cuerpo temblaba, pequeños movimientos espasmódicos que le recorrían brazos y piernas. Su voz también había sido temblorosa la última vez que había hablado, pero yo no sabía cuál era la razón. ¿Miedo? ¿Enojo? ¿Ira? De pronto comprendí que quizá Tristán me estaba escondiendo algo, algo que le comía por dentro, pero no sabía qué. No tenía ni idea.

—Hay algo que no te he contado —dijo Tristán al fin, respondiendo a mis dudas—. Algo que debí haberte contado hace mucho tiempo.

—¿Qué, Tristán? —pregunté, acercándome a él—. ¿Qué es lo que debiste haberme contado? ¿Vas a decirme de una vez qué es lo que está pasando?

Ahora era yo la que temblaba. Ahora el pánico se había apoderado de mí, porque Tristán, con un ademán, me indicaba que me alejara, que no me acercara a él. Era como si aquello que me había estado escondiendo fuera vital y algo me decía que lo era, y que fuera lo que fuera era terrible porque comprendí que aquello era precisamente lo que nos mantendría separados.

—He sido un cobarde, Delia.

—¿Por qué?

Mi corazón latía en mis oídos, resonaba dentro de mi cabeza. Me encontraba mal. ¿Qué me estaba pasando? ¿Qué era lo que me escondía Tristán? Me dije que tenía que ser fuerte. Fuera lo que fuera, no era importante. Tristán me había dicho que le gustaba, que le gustaba mucho, eso era mucho más importante que lo que tuviera que decirme. No quería imaginar nada, porque aunque hubiera imaginado lo peor del mundo, ni siquiera eso iba a separarme de Tristán.

—Estoy enfermo, Delia —dijo Tristán al fin.

—¿Enfermo?

Ahora mi cabeza daba vueltas, los latidos de mi corazón frenéticos. La sangre que bombeaba y que luego recorría mis venas iba a la velocidad de la luz.

—Hace tiempo que padezco una enfermedad.

—¿Una enfermedad? ¿Qué clase de enfermedad?

—Una enfermedad grave.

Una enfermedad grave. Eso no podía ser, por favor. Cualquier cosa menos eso. Y, de todas formas, ¿qué tenía que ver esa enfermedad con lo que nos estaba pasando ahora? ¿Por qué Tristán había decidido sacar ahora el tema?

—¿Tienes cáncer? —conseguí articular, tragando saliva con fuerza y tragándome las lágrimas que ya se habían desbocado del pantano de mis ojos.

—Peor —susurró él.

—No hay nada peor que un cáncer —mascullé con una sonrisa áspera.

—Tal vez no —aceptó Tristán—. Pero al menos el cáncer no es contagioso.

—¿Contagioso? —grité, incapaz de contenerme ni un segundo más—. ¿A qué te refieres? ¡Habla claro de una vez, Tristán! ¿Qué me estás diciendo? ¿Cuál es esa enfermedad?

Dejó escapar una media sonrisa cargada de amargura y fastidio que se mezcló con sus lágrimas, y luego susurró:

—¿Por qué no le echas un vistazo a tu trabajo y lo averiguas, Delia?

¿Mi trabajo? Me di la vuelta de golpe y choqué contra la silla de madera. Mi trabajo para Abigail permanecía sobre el escritorio, hojas sueltas y párrafos inacabados. Miré el título: *El impacto fatal de las drogas y el sida en el Edimburgo de los ochenta*.

Solo se mencionaba una enfermedad en aquel título. Les eché un vistazo a los folios escritos a máquina a doble espacio. Las siglas VIH estaban en todas partes. Estadísticas. VIH. Tantos por ciento. Enfermedad contagiosa. Virus contagioso. VIH. Alto riesgo de contagio. Contagio por sangre y otros fluidos corporales. No hay antídoto para el VIH. Recordé los ojos de Tristán el día que vino a buscarme a clase para que hablara con mi madre por teléfono, en cuanto andábamos por los pasillos me preguntó sobre qué iba a hacer el trabajo. *El impacto fatal de las drogas y el sida en el Edimburgo de los ochenta*. Su mirada había cambiado al oír mi respuesta. Recordé también los ojos de Tristán en el despacho de monitores. ¿Qué tal tu trabajo? ¿Puedo echarle un vistazo? VIH. VIH. VIH. Su habitación. Su cuarto de baño, donde había intentado lavarme los dientes hacía unos días. Todos los armarios cerrados con llave. Ni rastro de artilugios para su aseo personal. Ni cepillo de dientes. Ni cuchilla de afeitar. Ni siquiera un cepillo para el pelo. Todo bajo llave en el armario. El porqué de todo ese hermetismo estaba ante mis ojos. El porqué de aquel no tan rotundo de Tristán a lo que aquella noche de mi cumpleaños refería estaba en los folios que ahora mis dedos sostenían. «¿Por qué no le echas un vistazo a tu trabajo y lo averiguas?». Impacto. Fatal. Drogas. Sida. Enfermedad grave. Enfermedad contagiosa. «He sido un cobarde». Impacto. Fatal. Sida. VIH. VIH. VIH. Antídoto. Contagio. Contagio. Virus. Fatal. VIH. Antídoto.

Me olvidé de todas aquellas palabras y dejé las hojas esparcidas sobre la mesa. En cuanto me di la vuelta, Tristán ya no estaba allí.

DECLARACIÓN

-El VIH no es solo un problema para adultos, también es un problema para gente joven. Se estima que en el año 2007, dos millones de niños y adolescentes de menos de quince años vivían con el Virus de la Inmunodeficiencia Humana. Globalmente, hay alrededor de 30 millones de personas contagiadas por el virus, la mayor catástrofe que afecta a nuestra salud de la historia, y el sida es la segunda causa más común de muertes entre los jóvenes de entre veinte y veinticuatro años.

-No hay curas para el VIH. Recientemente, ha sido posible controlar el virus una vez una persona es infectada para que así pueda continuar con su vida de forma normal, sin embargo no se ha conseguido deshacerse del virus completamente.

-No hay forma de saber si una persona está contagiada con solo mirarla. Alguien puede estar contagiado pero no mostrar ni un solo síntoma y tener un aspecto aparentemente saludable. La persona contagiada puede incluso sentirse perfectamente sana y no saber que lo está hasta pasado mucho tiempo. La única forma de saberlo es haciéndose un análisis de sangre.

-El VIH es contagiado a través de fluidos sexuales o sangre. Hay un alto riesgo de contagio si se comparten jeringuillas o si se mantienen relaciones sexuales sin tomar precauciones con una persona infectada.

-El VIH no puede contagiarse a través de besos, abrazos o apretones de manos.

-El contagio por VIH en parejas en las que un miembro es infectado puede evitarse siempre y cuando se practique sexo seguro. El sexo seguro se refiere a todas las actividades sexuales que no comportan ningún riesgo de contagio, como por ejemplo, besos, arrumacos, masajes o caricias. Por otro lado, el uso de preservativos a la hora de mantener relaciones es esencial y altamente eficaz a la hora de prevenir el contagio.

-Lo más fácil es creer que el sida es algo por lo que no preocuparse, algo que afecta a otras personas. Sin embargo, esa es una idea equivocada. Todo el mundo, independientemente de la zona, etnia, religión o clase social, debe tomarse muy en serio la amenaza del VIH, el virus que causa la enfermedad del sida. Todo el mundo necesita protegerse, y para protegerse no hay nada mejor que estar informado y sobre todo saber cómo evitar el contagio.

Me pasé las horas del martes viviendo en un cuerpo que no era el mío. Me salté las clases de la mañana alegando que tenía un terrible dolor de cabeza, lo cual era cierto. Me había levantado de la cama por la mañana con un martilleo insoportable en las sienes y los ojos increíblemente enrojecidos. Había pasado mi primera noche en blanco y no fue precisamente una sensación agradable. Me salté el desayuno y la comida. Me salté la excursión de la tarde a los Jardines Botánicos.

En vez de eso, fui a refugiarme en el silencio y la soledad de la biblioteca, donde ahora, al caer las últimas horas de la tarde, me encontraba, saltando de una página a otra, leyendo ávidamente y tomando apuntes con la máxima rapidez posible. Todo lo que quería hacer era aprovechar para darle los últimos toques a mi trabajo y profundizar en mis investigaciones acerca del VIH y la enfermedad del sida.

Me había colado en una página web dirigida a adolescentes en la que se daba información detallada sobre la enfermedad y las posibles vías de contagio del virus. En ella también se encontraban números de teléfono y direcciones de centros a los que acudir en caso de necesitar ayuda.

Por otro lado, siguiendo los enlaces que me proporcionaba la página en cuestión, pude llegar a otras páginas en las que adolescentes de mi edad e incluso más jóvenes relataban sus experiencias acerca del virus. Testimonios anónimos que calificaban el día en que habían sido diagnosticados como el peor de sus vidas. Algunos de ellos se mostraban optimistas por lo que les podía deparar el futuro. Otros se sentían enormemente deprimidos. Algunos habían superado la peor etapa. Otros creían que lo peor todavía estaba por llegar. Algunos sentían odio. Otros vivían con esperanza.

Aquellos testimonios eran sobrecogedores. Palabras duras, sinceras, hirientes, que brotaban directamente del corazón y que te atrapaban de forma instantánea. Sin embargo, al cabo de unas horas de leer, decidí cerrar la página y enfrentarme a mi propia realidad, de la que llevaba escapando todo el día.

Tristán era seropositivo. Esas tres palabras giraban dentro de mi cabeza a un ritmo enloquecido, desenfrenado. Esa era nuestra barrera infranqueable, la verdad al fin. El problema no era el hecho de que fuéramos monitor y alumna, no era el hecho de que yo fuera menor de edad y a su cargo lo que nos impedía estar juntos, era simplemente que era arriesgado para mí mantener una relación que fuera más allá de la amistad con él. Mezcladas con esas tres palabras, la voz de Tristán se iba reproduciendo una y otra vez: «Eso no puede ser. Déjalo, Delia, no me lo pongas más difícil. Prométeme que te olvidarás de mí después de este curso de verano».

Estúpida promesa que no iba a mantener. No podría ser fiel a una promesa como aquella ni aunque lo quisiera, ni aunque lo intentara con todas mis fuerzas. No podría olvidarme de Tristán. Jamás. Y menos ahora que sabía toda la verdad.

Me había saltado las comidas de aquel día, pero decidí que no iba a saltarme la cena. Entré en el comedor y fui a sentarme en mi sitio en la mesa, la parte del banco reservada para mí entre Raque y Andrea. A mi alrededor, mis compañeros hablaban y reían y se hacían bromas mutuamente, apurando los últimos instantes que nos quedaban para estar los unos con los otros. No obstante, yo no participé de la juerga y me mantuve en silencio durante todo el rato, mil preguntas disparándose súbitamente en mi mente.

Por un lado, me preguntaba cómo habría sido. Hasta entonces había creído que Tristán era una de las personas más responsables que había conocido, pero una persona responsable no se contagiaba de una enfermedad que, poniendo medios, podía ser evitada. El cómo y el porqué se me escapaban. Por otro lado, otras muchas preguntas rondaban mi cabeza. ¿Podía Tristán llevar una vida normal? ¿Podía conseguir un trabajo de monitor a pesar de su condición médica? ¿Podría ejercer algún día de médico? ¿Estaban enterados sus jefes? ¿Sus profesores? ¿Sus padres? ¿O era tal vez algo que había mantenido en secreto desde el momento en que lo descubrió? ¿Era yo la única a la que había confesado que era portador del VIH?

Típico de mí, decía entonces una de las voces dentro de mi cabeza. Me enamoro una vez en la vida y tengo que hacerlo de la persona equivocada. Pero, súbitamente, sin esperarla, otra voz hablaba en mi mente con más fuerza todavía: Tristán no era la persona equivocada. Más bien todo lo contrario: Tristán era ideal. Era todo lo que cualquier chica podría desear. Incluso más que eso. Y entonces todos los recuerdos inundaban mi cerebro: sus manos acariciando mi cuello, mis brazos, mis manos, sus labios rozándome la frente, los párpados, las mejillas, sus besos cautelosos, tiernos, solo un aleteo de mariposa sobre mi boca, besos que nunca crecían, que se quedaban ahí, sobre la fina piel de mis labios, sin llegar nunca a traspasarla, dejándome muerta de sed pero a la vez protegiéndome.

Después de la cena, decidí que no podía alargar más aquel *impasse* tan angustioso. Así que, nada más deshacerme de la bandeja del postre, me despedí de mis colegas y me dirigí a paso decidido al despacho de monitores.

La puerta estaba entreabierta y desde fuera pude ver a Tristán tecleando algo en el aparatoso ordenador que había sobre el escritorio de la esquina. Me armé de valor y empujé la puerta suavemente. Él ni siquiera me oyó entrar. Estaba de espaldas a mí y tecleaba lo que me pareció que era un e-mail. De pronto creí que lo había soñado todo. Que la noche anterior no había sucedido, que Tristán no me había dicho nada de lo que me había dicho. Porque no podía ser. Tristán no podía estar enfermo.

Me entró el pánico de repente. ¿Qué podía decirle? ¿Qué podía hacer? Cualquier cosa menos huir, me dijo aquella voz que retronaba con tanta fuerza dentro de mi cabeza. Vamos, me animó la voz, es Tristán. Le conoces. Tristán, tu mejor amigo, tu confidente, tu antídoto.

—¿Por qué no me lo dijiste? —acabé soltando al final. De mi boca salió un hilo de voz, una frase titubeante y temblorosa que apenas logró atravesar los pocos metros que nos separaban a Tristán y a mí. Él, sin embargo, me oyó y se dio la vuelta, quedándose casi tan petrificado como yo de verme de nuevo, la primera vez que nos veíamos después de habernos enfrentado por fin a la verdad. Sonrió levemente, una sonrisa triste e insegura, sin ganas.

—No es algo de lo que me sienta especialmente orgulloso —murmuró él. Los dos sabíamos de lo que estábamos hablando, no necesitábamos ninguna clase de aclaración.

—Podías habérmelo dicho de todas formas —repetí—. Yo tampoco me siento orgullosa de la separación de mis padres, ni tampoco me siento orgullosa de mi alergia hacia los chicos, y te lo conté todo. Creí que podíamos confiar el uno en el otro.

Sabía que una cosa no era lo mismo que la otra, pero me daba igual. No quería que Tristán se sintiera diferente por el mero hecho de haber sido contagiado con un virus del que apenas se atrevía a pronunciar el nombre. Yo no sentía que fuera diferente y eso era lo que le quería transmitir.

—Tienes razón —aceptó finalmente, asintiendo—. Ya te lo dije anoche, he sido un cobarde. Tenía que haberte advertido desde un buen principio y te hubiera ahorrado todo este mal rollo. Siento que ahora tengas que estar pasándolo mal por mi culpa. Si lo hubieras sabido de buenas a primeras, te habrías alejado de mí sin más, y nada de esto estaría pasando ahora. Lo siento, Delia, de veras. Siento haberte defraudado.

—¡No! —grité. Me di cuenta de que Tristán había malinterpretado mis palabras. Yo no habría querido jamás que él utilizara la verdad como advertencia para que me alejara de él. No era eso. Aunque Tristán me hubiera advertido desde un buen principio, como él decía, nada habría hecho cambiar lo que yo sentía por él—. No me has defraudado, Tristán. Solo digo que podías haber confiado en mí, contarme la verdad en vez de guardarte toda esa angustia solo para ti mismo.

Me acerqué a él, que todavía permanecía sentado en su silla delante del escritorio, el cuerpo inmóvil, las manos, inertes, descansando sobre sus rodillas, la cabeza caída y los ojos temerosos de mirar a los míos. Me acerqué a él, puse una mano bajo su barbilla y le obligué a mirarme. Las chispas de sus ojos habían desaparecido y eso me hundió. Eran ojos cargados de tristeza.

—Vamos, Delia —susurró—. Déjalo ya. No tienes por qué seguir con eso. Ahora ya lo sabes. Ahora los dos sabemos que nada va a llegar a ninguna parte. Nada va a volver a ser lo mismo, no tienes por qué esforzarte en fingir. Todo ha cambiado y es mejor que lo aceptemos tal y como es.

Aparté mi mano de él, sintiendo una fuerte punzada en mi estómago. Pude sentir el dolor de Tristán porque estaba segura de que era de la misma intensidad que el mío. Tristán se rendía. Creía saber que el hecho de haberme contado la verdad era su rendición hacia un desenlace inevitable: mi alejamiento de él. ¿Cuántas veces habría tenido que pasar por aquello? ¿Cuántas veces habría tenido que aceptar el dolor del rechazo? Esa idea me hizo estremecer. Pero Tristán estaba equivocado conmigo, muy equivocado.

—Te equivocas, Tristán —dije de forma tranquila—. Acepto las cosas tal y como son, pero no es cierto que nada volverá a ser lo mismo. Para mí nada ha cambiado.

—¿Qué?

—Es lo que había venido a decirte. Lo que me contaste no cambia nada.

—No digas estupideces, Delia —dijo él, aumentando su tono de voz, pisoteando a la mía—. Lo que te conté lo cambia todo.

—No digas tú estupideces, Tristán —me oí gritar, interrumpiéndole. De pronto me sentí furiosa. No iba a callarme de ninguna manera. Tristán no podía negar la evidencia, por mucho que levantara la voz o me llamara estúpida—. ¿No te das cuenta? Nada ha cambiado en mí, nada puede cambiar lo que siento por ti. Ya no hay marcha atrás para eso. —Sentí que mi respiración se hacía más intensa, incontrolable—. Al menos eso es lo que yo siento —declaré, ahora con voz temblorosa—. Dímelo si tú no sientes lo mismo.

—Ahora mismo solo siento que te he fallado, Delia —dijo él al fin—. Te he mentido respecto a algo muy importante y siento que te he hecho daño. Y creo que puedo hacerte mucho más daño si sigo a tu lado.

—No me has mentido —dije yo, volviendo a acercarme a él y rozando su mandíbula con mis dedos temerosos—. Simplemente me has escondido una parte importante de la verdad. Pero no te preocupes, te perdono por eso. Y en lo que a mí respecta, siento que puedes hacerme mucho más daño si te alejas de mí que no si permaneces a mi lado. Creía que ya lo sabías.

—No tienes ni idea de lo que dices, Delia.

—Jamás he estado tan segura de algo que he dicho, Tristán.

Sentí que mi corazón se hundía dentro de mí. Tristán y yo estábamos peleándonos y eso no había entrado dentro de mis planes cuando había pensado en ir a verle a su despacho. Lo que yo quería aquella noche era un final feliz, ni que fuera una pizca del final feliz que no había tenido la noche de mi cumpleaños. No quería una discusión en la que sin duda ninguno de los dos iba a ceder por el otro.

—Pues te estás equivocando —dijo él, levantando la vista y cruzando su mirada con la mía—. Lo mejor que podrías hacer ahora es marcharte de aquí, no volver a acercarte a mí y olvidarte para siempre de lo que ha estado pasando últimamente.

—No sigas por ahí, ¿vale? Sabes que eso es imposible —le espeté—. Y me alegro de que así sea. Además, no voy a alejarme de ti, al menos por el momento. ¿Es que ya no recuerdas lo que me hiciste prometer una vez?

Él permaneció en silencio, no respondió a mi pregunta. Simplemente, me miró con ojos cautelosos sin saber muy bien adónde quería ir a parar.

—Me hiciste prometer que me olvidara de ti en cuanto acabara el curso de verano —le recordé la estúpida promesa con una sonrisa algo traviesa en los labios, a pesar de todo lo que estaba sucediéndonos en aquel momento—. Bueno, no creo que lo logre jamás, la verdad, pero aparte de eso, que yo sepa, todavía quedan algunos días para el final del curso, así que, de momento, ni voy a alejarme de ti ni a olvidarte ni nada de eso.

Muy en contra de cualquier pronóstico, logré sacarle una sonrisa tímida a Tristán, que se levantó de la silla y se aproximó hacia donde yo estaba. Su sonrisa se quedó marchita en sus labios, sus ojos nublándose, las lágrimas incapaces de contenerse estaban a punto de manar de ellos. Sus labios susurraron mi nombre y sus brazos me rodearon los hombros. Nuestras frentes chocaron al mismo tiempo que sus lágrimas se mezclaban con las mías. Me sentí derretir bajo el calor de su abrazo. Y entonces lo supe: Tristán jamás lograría deshacerse de mí, daba igual que pasara un verano o pasaran mil.

—Lo siento mucho —murmuró Tristán en mi oído, su voz ronca y su aliento entrecortado por el nudo que tenía en la garganta—. Lo siento mucho, Delia. Lo siento de veras.

Repitió esas palabras cien veces, pero mis oídos no escuchaban. Dentro de mí, mi corazón se había calmado y latía tranquilo, las mariposas seguían aleteando a su aire dentro de mi estómago, y yo me sentí inusualmente feliz porque, a pesar de todo, comprendí que mi mundo, mi universo y mi existencia volvían a estar en su sitio, igual que yo estaba en el mío: en los brazos de Tristán.

—Diez libras por tus pensamientos —susurró Tristán. Caminábamos en silencio por el campus del Èideann College, rodeados de la semioscuridad del atardecer, envueltos en un aura de magia, una pared invisible alrededor nuestro que nos aislaba del resto del mundo. De todas formas, el campus a esas horas estaba prácticamente desierto. El clima escocés, sin embargo, estaba siendo bondadoso aquella noche, solo una suave brisa nos acariciaba la piel y no había ni rastro de nubes en el cielo, que ya empezaba a resplandecer gracias a la luz titilante de las estrellas.

—Si te cobrara cada vez que me ofreces dinero por saber lo que pienso, ya sería multimillonaria —le dije con una sonrisa.

—Sabes que pagaría por ello si no hubiera más remedio —replicó Tristán, rozándome el brazo con las puntas de los dedos. Era curioso, ese simple roce era capaz de producirme escalofríos—. No, ahora en serio —añadió Tristán—, ¿en qué estás pensando?

—No estoy segura de que quieras hablar de ello —respondí, titubeante.

—Vamos, no puede ser tan grave —me animó él.

Dudé durante unos cuantos segundos más para finalmente lanzarme a hacerle la pregunta que me había estado torturando durante las últimas veinticuatro horas.

—¿Cómo sucedió? —pregunté con voz cautelosa. Le dirigí una mirada de reojo a Tristán y me di cuenta de que me miraba sorprendido, incluso levantó una ceja, lo cual no me dejó claro si Tristán no comprendía mi pregunta o si estaba perplejo ante la dirección que tomaba mi insaciable curiosidad. Decidí aclarárselo—: Quiero decir, ¿cómo te contagiaste? ¿No te hablaron en el instituto sobre lo de…, lo de…? Bueno, ya sabes.

—¿Te refieres a lo del sexo seguro?

Me sentí sonrojar. Jamás me hubiera imaginado encontrarme en medio de una conversación como aquella, hablando de sexo abiertamente. ¡Y con un chico por el que sentía algo muy especial, además! El mero hecho de tocar el tema de puntillas en clase, rodeada de mis compañeros, me había hecho poner nerviosa en varias ocasiones. Cada vez que un profesor se disponía a aleccionarnos sobre métodos anticonceptivos y sobre la importancia de mantener relaciones sexuales seguras hubiera preferido que la tierra me tragara. Nunca me había dado cuenta de la importancia real de lo que hablaban. Y ahora era yo la que había sacado el tema.

—¿Crees que me contagié por vía sexual? —continuó Tristán. Su voz también sonaba cautelosa, como si tuviera miedo de lo que iba a decir, o tal vez como si fuera la primera vez que se encontraba hablando de ello abiertamente con una chica—. ¿Porque fui un irresponsable y no usé preservativo?

Sus palabras me incomodaron más de lo que ya estaba. Habría querido decirle que dejáramos de hablar de aquel tema, pero sentí que no podía hacerlo porque habría sido de cobardes, y además, sabía que esa conversación no podía retrasarse.

—¿No fue así? —pregunté.

—Pues no.

Mi cabeza dio vueltas. El contagio por vía sexual era el más común. Había otras formas de contagio, claro, pero ni se me hubiera ocurrido relacionarlas con Tristán. Recordé mi trabajo sobre la propagación del VIH en ciertos ámbitos de la sociedad actual, recordé que otra de las vías de contagio más comunes era el mal uso que hacían los heroinómanos de las jeringuillas con las que se inyectaban droga.

—Entonces, ¿fue por culpa de las drogas? —acabé preguntándole, sintiéndome totalmente perdida y desprotegida, como si me encontrara andando a tientas en medio de un campo de minas.

—Equivocada de nuevo —respondió Tristán a mi pregunta. Le dirigí una mirada de incomprensión, quería saber si leyendo su cara podría entender lo que estaba sintiendo en aquellos momentos. Para mi sorpresa, su rostro se mostraba afable, no parecía importarle que lo estuviera acribillando a preguntas sobre ese tema tan peliagudo. Incluso su voz resultaba apacible, natural—. No sé qué concepto tendrás de mí, Delia, pero me da la sensación de que me tomas por alguien que no soy. ¿Cuándo te he dado yo razones para creer que soy tan irresponsable?

—Nunca, la verdad —admití—. Solo que no se me ocurren otras formas de contagio.

—Te olvidas de la más inevitable.

—¿Cuál?

—El contagio de madre a hijo.

Tristán ralentizó su paso hasta detenerse. Yo también me había detenido. El suave viento que nos había acompañado también parecía haber parado. El silencio nos rodeaba ahora.

—Mi madre me contagió estando embarazada de mí —siguió explicando Tristán. Ahora su voz ya no surgía tranquila, su respiración se había acelerado y sus palabras se formaban con dificultad, entrecortándose a cada sílaba. No le resultaba nada fácil hablar de aquello—. No sé mucho de ella, solo que se quedó embarazada siendo muy joven, lo que la metió en un buen problema, además de los que ya tenía por culpa de relacionarse con el tipo equivocado de amistades. Probablemente se enganchó a las drogas, contagiándose sin ni siquiera saberlo, y contagiándome a mí cuando probablemente ni siquiera sabía que estaba embarazada. Yo nací, me mandó a una casa de acogida a las pocas semanas y fin de la historia. Jamás supe nada de ella, solo que me dejó el VIH como herencia.

Sentí que mi garganta se cerraba. No quería volver a llorar pero era imposible poder contener las lágrimas. Tristán mantenía el tipo, no se dejaba vencer por las emociones que sin duda le provocaban aquellos recuerdos. No obstante, de repente me agarró de la mano, sus dedos entrelazándose con los míos con fuerza, aprisionándolos dentro de su palma, y entonces comprendí. Comprendí el dolor que sentía Tristán dentro de sí, que había llevado consigo todos los años de su vida. No solo su madre se había deshecho de él a la primera de cambio, sino que además lo había obsequiado con el peor de los regalos.

—Sé lo que estás pensando —dijo Tristán con la voz firme, serena—. No lo pienses. No la culpo de nada. Estoy seguro de que tampoco fue fácil para ella. Una decisión como la que ella tomó no puede ser fácil para nadie. Me gustaría pensar que al final las cosas también le fueron tan bien como a mí, me gustaría pensar que con el tiempo rehizo su vida a pesar del virus, que encontró a alguien a quien quería, que formó una familia, que vive más o menos feliz, a pesar de todo.

—¿Cómo puedes ser tan bueno? —logré articular cuando el llanto me lo permitió. Avancé un paso y rodeé el cuello de Tristán con mis brazos, hundiendo mi cara en su pecho, dejando que mis lágrimas empaparan su camiseta.

—No es ser bueno, Delia. Simplemente, no me quejo. No puedo quejarme de la suerte que he tenido —dijo Tristán—. Tuve que pasarme años en aquella casa de acogida, no había muchas oportunidades para un niño como yo. Aunque tuviera unos ojos preciosos y un cuerpo atlético, mis cuidadores tenían que advertir a los padres potenciales de mi situación, lo cual siempre acababa siendo un obstáculo infranqueable para mi adopción.

—Jamás he oído nada más cruel —me oí decir, mi voz ahogada por el llanto y mi cabeza todavía hundida en el pecho de Tristán.

—La vida es cruel, Delia, pero, como ya te he dicho, tuve suerte. —Las manos de Tristán recorrían mi pelo y mi espalda, tranquilizándome, sosegándome, ayudándome a detener el temblor de mis extremidades—. La espera valió la pena, y al fin encontré a los mejores padres que pude haber tenido. Tardaron en llegar y vinieron de muy lejos, pero me convirtieron en el niño más feliz que pude haber sido, ayudándome a comprender y a aceptar aquellos años que pasé en la casa de acogida, ayudándome a aceptar el virus, haciéndome entender que no me hacía diferente a los demás niños siempre y cuando siguiera mi tratamiento y tomara las precauciones que debía tomar.

—De todas formas, no es justo —añadí.

—Vamos, Delia. Lo que no es justo es que cada año mueran millones de niños por culpa del sida. Lo que no es justo es que nadie haga nada para mejorar las condiciones de vida de los que no tienen medios para valerse por sí mismos. Lo que no es justo es que todavía hoy en día haya millones de personas que no han oído hablar de medios preventivos, de medios para evitar el contagio, y que sigan contagiándose día tras día sin saber qué es lo que está pasando. Eso sí es una gran injusticia, Delia.

—¿Tiene eso algo que ver con tu decisión de estudiar medicina? —aventuré preguntar.

—No se te pasa nada por alto, ¿verdad? —dijo él—. Has acertado otra vez, claro. Con mi condición de salud, no sería nada fácil ejercer de médico convencional, para qué negarlo. A pesar de que ahora se trata el tema con mucha más naturalidad, todavía hay muchos tabúes alrededor del VIH y muchos muros que todavía tienen que ser derribados. Pero no me importa, lo que yo quiero hacer en cuanto acabe la carrera es especializarme y tratar a niños enfermos de sida. A pesar de la crisis, sé que en ese campo nunca me va a faltar trabajo.

—¿Y cómo conseguiste este trabajo de monitor? ¿Les escondiste información?

—No, por supuesto que no. No me gusta airearlo, pero tampoco me avergüenzo. No soy ningún criminal ni una mala persona. Yo solo lo veo como un pequeño hándicap del que tengo que pasar parte cuando lo creo oportuno, aunque en ocasiones me resulte incómodo. Cuando Surreal Summers me ofreció el trabajo de monitor no tenía porqué contarles lo del virus, no tenía ninguna obligación de hacerlo, sabes. Solo creí que sería justo por mi parte informarlos. Sé lo que valgo y pude aportar muy buenas referencias, además de mi alto sentido de la responsabilidad. Por suerte, y a diferencia de otras empresas que sí me habían rechazado en alguna otra ocasión, Surreal Summers no me puso ninguna traba.

Levanté los ojos y descubrí que Tristán tenía los ojos enrojecidos, llorosos, pero me alegré al encontrar esas diminutas chispas doradas poblando sus iris. Acerqué mi cara a la suya, mis labios acabando con la distancia que los separaba de los suyos, y le besé suavemente, percatándome en aquel momento de que era la primera vez que nos besábamos desde la noche anterior, la primera vez desde que sabía toda la verdad sobre Tristán. El beso fue más breve e inocente que nunca, pero suficiente para mí.

—¿No tienes miedo? —preguntó Tristán cuando nos separamos. Lo miré con perplejidad, sin comprender—. ¿No tienes miedo a besarme ahora que lo sabes?

—Tristán —empecé a decir—, miedo es la última cosa que siento cuando te beso.

—Es un riesgo para ti que alguien como yo te bese, Delia, no lo olvides.

—Me he pasado suficientes horas en *Google* como para saber que esa clase de besos no suponen ninguna clase de peligro, Tristán —comenté. Entonces acerqué mis labios a su cuello y le besé cerca de la nuez prominente—. Esto tampoco supone ningún peligro —añadí. Luego bajé mis manos hasta su cintura y dejé que mis dedos se colaran bajo la fina tela de su camiseta, recorriendo la piel de su abdomen y sintiendo cómo se estremecía bajo mi tacto inesperado—. Creo que esto tampoco supone ningún peligro. —Mis labios ahora habían bajado hasta su clavícula, trazando un sendero de besos que, de tan suaves, eran casi imperceptibles—. Y tampoco hay ningún riesgo en eso, ¿verdad?

En aquel momento, Tristán me rodeó con sus brazos, apretando con fuerza mi cuerpo contra el suyo, haciéndome presa de su abrazo. Sus labios me rozaron la mejilla y su nariz frotó la mía como en un beso de esquimal.

—De acuerdo, pues —empezó a decir Tristán, cogiendo mi cara entre sus manos—. Ya que por el momento te empeñas en no separarte de mí, supongo que lo más sensato es que dejemos claras unas cuantas normas.

—¿Normas? ¿Otra vez?

—En primer lugar, lo más sensato sería que mantuviéramos nuestro pacto de silencio. Es mejor que nadie se entere de nuestra, digamos, amistad. ¿No crees?

Los dedos de Tristán ahora recorrían mi mandíbula, dibujando pequeños aros que me ponían la piel de gallina.

—Totalmente de acuerdo —acepté sin rechistar, la primera norma era sencilla y fácil de seguir. Por supuesto, recordé que Cristina me había confesado estar al corriente de lo que sucedía entre Tristán y yo, pero también estaba convencida de que no había peligro de que mi compañera se fuera de la lengua—. ¿Qué más? —le insté a continuar.

—En segundo lugar, habrá unos límites.

—¿Límites? ¿Qué límites?

Me separé de Tristán unos segundos para mirarlo a la cara. ¿De qué estaba hablando ahora?

—Los límites que les pondremos a nuestros instintos —explicó Tristán—. No podemos darle rienda suelta a lo que sentimos el uno por el otro, Delia. Eso sí sería altamente arriesgado, y no quiero poner en riesgo nada a lo que a tu salud y bienestar respecta. Y lo digo muy en serio. Aunque nos cueste poner freno, tenemos que ser firmes y no traspasar ciertas barreras. ¿Comprendes lo que te estoy diciendo?

—Más o menos —repliqué, moviendo la cabeza de un lado a otro.

—¿Más o menos?

Ahora le tocó el turno a Tristán para mostrarse perplejo. Sus pobladas cejas dibujaban un arco sobre sus ojos, los cuales parecían centellear alarmados.

—Creo que estás siendo algo exagerado —le expliqué.

—¿Exagerado?

—Sí, exagerado —repetí. Había algo que quería decirle a Tristán, pero no sabía cómo hacerlo sin arriesgarme a morir de vergüenza—. No hay ningún peligro en besarnos. Y no solo me refiero al tipo de besos a los que me tienes acostumbrada. —Cielos, no podía creer que esas palabras estuvieran saliendo de mi boca—. También me refiero a besarnos de verdad —añadí, para dejar las cosas más claras todavía, pensando, por supuesto, en los besos ruidosos y húmedos de Carlos y Emma, algo que me habría dado asco solo unas pocas semanas atrás pero que ahora anhelaba experimentar algún día con Tristán, por mucho que él se resistiera. Él iba a decir algo pero yo todavía tenía algo que apuntar—. No está confirmado que haya ningún riesgo de contagio en cuanto a los besos, sean del tipo que sean.

—Oh, vamos, Delia —me interrumpió Tristán al fin—. Olvídate de lo que está confirmado y lo que no lo está. Te he dicho que no voy a poner a tu salud en riesgo y no voy a hacerlo —Tristán parecía firme en su acometido y sentí que mi corazón se hundía abatido—. Y que sepas que, al menos por lo que a mí respecta, mis besos siempre son de verdad.

Levanté la vista y no pude evitar sonreír.

—¿Eso es todo o todavía queda alguna norma más?

—Solo la última.

—¿Y cuál es?

Volví a rodear su cintura con mis brazos, apretando mi cabeza contra su pecho, sintiendo los latidos de su corazón resonando contra mi oído.

—Que, a pesar de lo que sientes, de lo que sentimos los dos, te mantengas firme con la promesa.

—¿La promesa?

Levanté la mirada otra vez. Por supuesto que sabía de lo que me estaba hablando, pero no me podía creer que Tristán, después de todo, continuara empeñándose en destruir lo invencible. Era lo más absurdo que podía hacer.

—La promesa de olvidarte de mí al acabar el verano —me recordó.

Me di cuenta de su error tan pronto como escuché sus palabras. Había dicho «al acabar el verano». Me reí para mis adentros al descubrir con asombro e ilusión que esa promesa distaba ligeramente de la original y me daba algo más de tiempo.

—¿Al acabar el verano o al acabar el curso de verano? —pregunté con una inocencia totalmente fingida. Mis palabras le robaron una sonrisa a Tristán, que ahora, al darse cuenta de su error al expresarse, sonreía vencido. Me dije no con poco orgullo que había logrado ganar algunos puntos en nuestra particular batalla.

—Fidelia Luján —dijo Tristán, acariciándome los brazos desnudos y uniendo su frente a la mía—. Vas a ser mi ruina. Lo sabes, ¿verdad?

Creía haber oído anteriormente esas palabras saliendo de su boca. Su sonrisa de siempre me hizo estremecer y me dije a mí misma por enésima vez en lo que iba de verano que no podía ser verdad que yo fuera tan afortunada.

—¿Qué significa eso? —pregunté—. ¿Significa tal vez que la última norma, la de olvidarte al acabar el curso, está anulada?

Pero Tristán no iba a rendirse tan fácilmente. Hacía tiempo que sabía que tenía las cosas muy claras y que, en ciertas cuestiones, podía llegar a ser tan testarudo como yo. Se limitó a menear la cabeza y a soltar un fuerte suspiro. Finalmente, dijo:

—Significa que el futuro es incierto.

—Me doy por satisfecha —declaré antes de emprender

el paso y volver a la residencia, donde no tardaría en subir a mi cuarto y caerme rendida en la cama. Un día tan intenso como el que acababa de vivir se merecía un reposo que estuviera a la altura. Sin decir nada más, Tristán inclinó la cabeza y me besó con ternura en los ojos, la nariz, y finalmente en los labios, no sin antes vacilar durante unos segundos. Sin duda alguna, si alguien era un miedica a la hora de besarnos, esa no era yo.

—Buenas noches, Delia.

—Buenas noches, Tristán.

Iba a decir algo más pero me abstuve. Sobraban las palabras. Mi corazón dio un vuelco dentro de mi pecho al descubrir que, definitivamente, lo que yo sentía por Tristán era algo tan fuerte que no podía expresar mediante mi limitado vocabulario. Me pregunté si algún día sería capaz de expresarle lo que realmente sentía por él sin estúpidos límites ni barreras que obstaculizaran mi cometido. El futuro era incierto, había dicho Tristán, pero había algo que nunca iba a cambiar, de eso estaba completamente segura.

IRÓNICO

El miércoles por la tarde era el día en que debíamos presentar nuestro trabajo de final de curso y entregarlo a Abigail. Me pasé las dos horas que duró la sesión de presentaciones de mis compañeros soñando con los ojos abiertos y comprobando la hora en mi reloj de pulsera digital. Quería que el tiempo volara y que llegara la hora de poder salir para así encontrarme con Tristán.

Cuando fue mi turno para la presentación, me arrastré hasta la tarima y expliqué en un inglés más o menos aceptable el contenido de mi trabajo, por qué me había interesado por aquel tema y cómo me había documentado. Sentía que el resultado final no era exactamente lo que yo habría querido. Me había centrado demasiado en la cuestión del VIH y del sida, y no tanto en la problemática de la drogadicción. Y también debería haberle hecho más caso a Cristina y centrar mis conclusiones en el presente en vez de estancarme en los años ochenta. Sin embargo, no me importaba, porque estaba convencida de que las razones por las que había abandonado mis tareas de investigación y redacción tenían mucho más peso que el trabajo en sí. Con todo, Abigail parecía satisfecha con mi presentación y después de ojear el trabajo con interés vaticinó que, una vez corregido, mi nota final sería sin duda satisfactoria. Yo asentí en silencio, le di las gracias por sus palabras y volví a mi sitio.

Cuando por fin las presentaciones acabaron, todo el mundo se puso en pie de golpe y tuve que hacer esfuerzos para esquivar a los demás alumnos y llegar hasta la puerta. Antes de salir, Cristina me retuvo un par de minutos más y me preguntó si me apetecía ir a la ciudad con ella y un grupo de chicos y chicas de su planta, a lo cual yo respondí con una negativa y desaparecí en un santiamén. Aun sin tener ojos en la nuca, pude ver como mi compañera ponía los ojos en blanco y suspiraba de exasperación.

No estaba de muy buen humor, de nada hubiera servido negarlo. El curso de verano terminaba y no sabía exactamente lo que eso significaba. El futuro era incierto, me dije, recordando las palabras de Tristán. Eso no significaba que fuera malo, simplemente que no se sabía lo que nos deparaba. No podía estar segura de casi nada. Solo había algo de lo que estaba convencida con total certeza: aquel curso de verano no tendría que acabar jamás. Lo único que yo habría querido era que durara para siempre.

Tristán, tal y como habíamos quedado, estaba esperándome bajo el porche que había a la salida del pabellón de la residencia. Vestía sus habituales vaqueros desgastados, una camiseta a rayas azules y amarillas, y una sudadera con cremallera de color naranja chillón. Como ya venía siendo costumbre, mi corazón dio un vuelco nada más verlo. Tristán no solo era el chico más guapo de todo Surreal Summers, sino que además esa especie de Apolo moderno estaba esperándome ni más ni menos que a mí.

—Hola —conseguí articular cuando llegué a él. Su sonrisa todavía aceleró más mi ritmo cardíaco y mis piernas se volvieron gelatina, lo cual hizo que casi me tambaleara. Me resultaba incómodo encontrarme con Tristán y fingir que éramos solamente monitor y alumna, probablemente no me hubiera sentido tan idiota si se me hubiera permitido hacer lo que realmente me apetecía, es decir, besarle en los labios con todas mis fuerzas. Decidí quitarme esa idea de la cabeza, ya que solo empeoraba las cosas, y Tristán había sido firme y tajante en esa cuestión: nada de demostrar públicamente lo que había entre nosotros. Por supuesto, llevarle la contraria en ese tema no habría sido muy inteligente, ya que la decisión de mantenerlo en secreto era casi lo más sensato de aquel disparatado verano.

—Buenas —dijo él, sin borrar su sonrisa permanente—. ¿Te apetece un paseo?

—Claro —respondí yo sin rechistar. Cualquier cosa que tuviera que ver con Tristán me apetecía. Bajamos los tres peldaños que daban al jardín del Èideann College y nos adentramos en la frondosidad de la arboleda, hasta llegar a uno de los bancos de madera que se encontraban más apartados del bullicio y el ir y venir del campus central. El cielo se mantenía nublado y amenazante, manchas oscuras de color gris y azul sobre nuestras cabezas, la lluvia a punto de dar el primer paso y fastidiarnos nuestra última tarde en Edimburgo.

Nos mantuvimos en silencio durante un buen rato. A Tristán parecía gustarle el silencio. Me había dicho en alguna ocasión que el ruido de la ciudad lo ensordecía, que no había nada mejor para él que escuchar el silencio del campo. Jamás habría pensado que a mí me hubiera gustado escuchar el silencio, pero en aquellos momentos sentía que era lo que más me venía en gana de hacer. Me acurruqué junto a Tristán, dejando que el peso de mi cuerpo reposara contra el suyo, su olor a menta mezclándose con el olor a madera húmeda que emanaba de los troncos de los árboles. Él me rodeó los hombros con su brazo derecho y su mano izquierda hizo un avance hacia donde estaban las mías. Entrelazamos los dedos y permanecimos en aquel banco durante lo que pudieron haber sido dos minutos o tal vez dos horas. Quería que aquel momento no acabara nunca.

—¿No es irónico? —dijo Tristán al fin. Oír su voz contrarrestaba el peso de la ruptura de nuestro hechizo.

—¿Qué es irónico? —pregunté. Mis dedos empezaron a recorrer la piel de su mano, hasta subirle por la muñeca y el brazo.

—Que la persona a la que más quiero proteger se niegue a alejarse de mí.

Levanté la vista y le miré a los ojos, contrariada. Ya habíamos hablado de eso anteriormente. Tristán se sentía con el deber de protegerme, lo cual, según su parecer, consistía en mantenerme lejos de él. En mi opinión, no había nada que pudiera hacerme sentir más desprotegida que el hecho de estar apartada de él. No sabía por qué se resistía a aceptarlo.

—No es que me niegue —respondí—. Es que no puedo.

Era la verdad, me dije. Imaginé ese mismo verano sin Tristán. El curso de inglés, las mochilas rojas de Surreal Summers, Emma, Raque, Cristina y los demás, el Èideann College, la ciudad mágica llena de rincones y tinieblas. Me imaginé a mí misma en medio de todo aquello y me dije que ese hubiera sido el verano más confuso de mi vida de no ser porque alguien se encargó de poner un poco de orden en el caos. De no ser por Tristán, mi verano habría resultado desteñido, insulso e irrelevante, tal y como había sido el resto de mi vida; de eso me percataba ahora que podía verla con otros ojos.

Tristán sonrió tristemente ante mi respuesta y no dijo nada.

—¿Ha habido alguien más antes a quien también hayas querido proteger? —me aventuré a preguntar. Había hecho la pregunta sin pensar y luego me di cuenta de lo que le estaba preguntando en realidad. Lo que yo quería saber era si había habido otras chicas antes que yo. «Por supuesto que las había habido», me dije para mis adentros. Pero era una pregunta que me atormentaba constantemente, cuya respuesta quería descifrar.

—Conocí a un par de chicas —respondió Tristán después de pensarlo un segundo.

—¿Solo a un par? —pregunté yo incorporándome, e intentando mantener un tono de voz alegre y jovial.

La procesión iba por dentro, sin embargo. Imaginé los brazos que ahora mismo me rodeaban alrededor del cuerpo de otra chica. Otra chica más guapa, más delgada y más espectacular que yo, lo cual no era muy difícil de imaginar.

—Bueno, tres en realidad —corrigió Tristán, titubeando ligeramente.

Tres chicas. Bueno, me dije. No me parecía tan mal teniendo en cuenta que Tristán era algo mayor que yo y tenía un físico impresionante. Y dejé de imaginar cómo eran, no servía de nada que me torturara gratuitamente.

—¿Y qué paso?

—¿Por qué quieres saberlo?

—Curiosidad, supongo.

Me acerqué todavía más a él y le rodeé la cintura con los brazos. Mi cabeza descansaba sobre su firme pecho y podía oír con claridad los latidos de su corazón. Aquel sonido era infinidad de veces mejor que escuchar la simplicidad del casi absoluto silencio del parque.

—En realidad, no sucedió nada importante —declaró mientras su dedo índice jugueteaba con uno de mis mechones desobedientes—. Hay ciertas barreras que he cruzado contigo que no había cruzado con nadie antes, Delia.

Bajo mi oído su corazón se aceleró al mismo tiempo que lo hacía el mío.

—Puedes contármelo de todas formas —insistí.

—Como quieras —Tristán cogió aire con fuerza para expulsarlo de nuevo de su cuerpo en un suspiro bastante sonoro. Parecía reticente a hablar sobre aquel tema y me pregunté por qué. Días antes él me había hecho la misma pregunta a lo cual yo reaccioné desconcertada, pero él no era como yo, para nada. Tristán hablaba de cualquier tema con la mayor naturalidad—. La primera chica con la que salí iba a mi clase en el instituto —empezó a decir, era como si le estuvieron sacando las palabras a la fuerza—. Sus padres eran amigos de los míos y solíamos pasar algunos fines de semana juntos. En verano también nos veíamos a menudo. Cuando teníamos unos quince años, empezamos a salir —Tristán hizo una pausa y se removió en el banco—. Nada serio, en realidad. Solo íbamos al cine, a tomar algo, quedábamos con nuestros amigos. Pero nunca pasamos de ser más que colegas.

—¿Por qué? —me interesé yo, incorporándome de nuevo, a pesar de que mis brazos se negaban a soltar la cintura de Tristán.

—Bueno, éramos demasiado jóvenes, inmaduros, y las circunstancias no ayudaban —replicó Tristán—. Yo ya era muy cauteloso por aquel entonces, sabes, había crecido rápido, pero también me esforzaba en ser como los demás. De algún modo empecé a salir con ella por simple inercia, porque todos mis compañeros salían con chicas, aunque inconscientemente me negaba a dedicarle sentimientos que fueran más allá que la simple amistad. No podía permitírmelo, no podía dejar que me hicieran daño de buenas a primeras. En alguna ocasión quise creer que ella algún día llegaría a verme como algo más que un amigo, pero no fue así —levantó el brazo de mis hombros y se incorporó. Ahora sus manos se postraron sobre sus rodillas y su cabeza estaba gacha, mirando al suelo bajo nuestro banco—. Hasta que dejé de creer. Ella estaba al corriente, ¿sabes? Siempre había sabido que yo tenía el virus y creo que por culpa de eso jamás se tomó demasiado en serio lo de que saliéramos juntos. Era como si en el fondo ella ya hubiera sabido desde el principio que nunca iba a llegar a nada conmigo.

—Te hizo perder el tiempo —dije, haciendo una síntesis subjetiva de lo que acababan de desvelar sus palabras.

—No, Delia, más bien todo lo contrario —me contradijo Tristán, mirándome ahora fijamente—. Me abrió los ojos, y lo hizo sin tapujos. Gracias a ella descubrí que no sería nada fácil para mí encontrar a alguien que me quisiera tal y como soy.

Mi mente volvió a hacer de las suyas y se puso a jugar al juego de las imaginaciones. Vi a Tristán con quince años, yendo al instituto con aquella chica, todos los días del curso, luego saliendo con ella, para acabar cortando la relación solo porque ella tenía miedo de involucrarse con él. Por mucho que mi mente se empeñara en dibujarme imágenes jamás vistas, yo estaba convencida de que nunca podría llegar a comprender todo el dolor que debió de sentir Tristán en aquel tiempo.

—¿Y luego? —pregunté, animándole a que continuara.

Lo que me contaba acaparaba mi total atención. En primer lugar, mi corazón y mi alma estaban totalmente absorbidos por todo lo que él pudiera decirme de sí mismo. En segundo lugar, yo nunca antes había salido con nadie y me preguntaba cuál sería esa sensación, la de conocer a alguien a quien quieres y la de cortar con esa persona de forma irrevocable. ¿Era soportable ese dolor? ¿Te reponías con facilidad? ¿O te acordabas de ese alguien para siempre?

—Conocí a un par de chicas en la facultad —prosiguió—. La primera con la que acepté salir había estado pidiéndome una cita desde hacía meses, así que al final accedí a cenar con ella. Era una chica interesante y parecía estar muy interesada en mí, así que nos vimos durante unas tres semanas —explicó.

Sus ojos se clavaron en los míos, la sonrisa de sus labios era insegura, como si realmente pudiera darse cuenta de cómo me afectaba lo que me estaba contando. No era dolor, exactamente, tampoco tristeza. Era una sensación de impotencia, la sensación de saber que había montones de cosas de Tristán que no conocía y que probablemente nunca llegaría a conocer. Me había perdido unos años muy valiosos de su vida y sería imposible recuperarlos únicamente a partir de sus recuerdos. Eso, de algún modo, me torturaba. Tristán suspiró de nuevo y se dispuso a continuar

—Hasta que decidí contarle mi, digamos, secreto. No se lo tomó nada bien y me dejó a los pocos días. Me echó en cara que no se lo hubiera contado antes, me culpó de no confiar suficientemente en ella, y con eso tuvo el pretexto perfecto para separarse de mí. Por descontado, su falta de confianza en mí no era la razón por la que me dejó. Lo que realmente le hizo reconsiderar el futuro de nuestra relación fue ni más ni menos que la naturaleza del secreto que acababa de contarle.

—Debiste de sentirte fatal —logré musitar.

—Me dolió, pero pronto supe que era lo mejor para ella —dijo. Sus manos permanecían cerradas en un puño, las uñas clavándose en la piel de las palmas—. Aunque aquella chica me gustara no podía arriesgarme a poner su salud en peligro.

—¿Y la tercera? —pregunté, casi sin aliento.

—Salí con ella durante aproximadamente medio año. También la había conocido en la facultad. Fue más o menos una repetición de la historia de lo que me había sucedido con la anterior —Tristán me miró con ojos tristes, su voz tornándose cada vez más sombría—. Primero la relación funcionó pero al saber que era seropositivo se alejó de mí sin ni siquiera intentar disimularlo.

—No puedo creerlo —murmuré.

No podía comprender que alguien se alejara de otra persona por culpa de una enfermedad la cual, poniendo los medios necesarios, podía controlarse. ¿Cómo podías alejarte de alguien a quien querías? ¿O es que tal vez no le habían querido nunca de verdad? ¿Cómo se puede saber una cosa así?

—No podía culparlas, las comprendía perfectamente —aclaró mientras un cúmulo de pensamientos se mezclaban dentro de mi cabeza. Su mano derecha abrió el puño y se acercó a mi brazo izquierdo, donde me rozó la piel hasta bajar hasta mi mano y agarrarla con fuerza. Fui consciente de lo importante que era para Tristán estar contándome ciertos aspectos de su pasado—. Lo que más me cuesta comprender ahora es mi egoísmo de entonces —siguió diciendo—. ¿Cómo podía ser yo capaz de querer a esas chicas a mi lado sabiendo que eso suponía un riesgo para ellas? Eso también era ser cruel, pero nunca me paré a pensarlo con detenimiento —Hice una mueca rara para darle a entender que no terminaba de comprenderle, y que si lo que estaba diciendo era lo que yo creía no estaba para nada de acuerdo con él. Prosiguió—: ¿No te das cuenta? Yo sabía que su relación conmigo era un riesgo para ellas pero no me importaba, no me importaba arriesgar su bienestar.

—No estabas arriesgando nada, Tristán.

—Claro que lo hacía —se opuso él. Ahora su mano se deshizo de la mía y volvió a cerrarse en un puño, afligiéndome. Esa mano cerrada daba la sensación de ser algo más, una puerta obturada, una barrera bajada, un corazón negándose a abrirse. Sus palabras seguían fluyendo, ahora con más estridencia, más velocidad, más emoción—. Mi afán de ser como eran mis compañeros, de hacer una vida entre comillas normal, me convirtió en un egoísta. Yo también quería tener a alguien a mi lado, alguien a quien querer.

—Todo el mundo tiene derecho a enamorarse —apunté, interrumpiéndole.

—Pero yo no era igual que los demás, yo no podía dejarme llevar con una chica sin poner en peligro su salud —ahora sus palabras murieron en sus labios, llenando el aire de un silencio tenso, desesperado—. Fui un inconsciente, Delia.

Ahora fui yo la que acerqué mi mano a la suya, entrelazando mis dedos con los suyos con fuerza. Tristán me miró a los ojos, me devolvió una media sonrisa y volvió a hablar como en un susurro:

—Contigo, en cambio, es diferente —empezó a decir, luego se aclaró la voz—. Lo último que querría es ponerte en peligro. Por eso siempre te he dicho que es lo mejor para ti alejarte de mí. Sin embargo, tú te empeñas en no dejarme. ¿No te das cuenta de la ironía? Hasta ahora no me había importado arriesgarme con otras chicas, las cuales, de todas formas, siempre me abandonaban. Ahora, no obstante, te conozco un día, te digo toda la verdad para protegerte de mí y tú decides permanecer a mi lado.

Sin duda alguna. Claro que iba a permanecer a su lado. Nunca lo había dudado. Lo que me extrañaba era que él sí lo hubiera hecho. ¿Es que no me conocía? Recordaba habérselo contado al principio de todo. Le había contado mi alergia hacia los chicos, mi horror cada vez que notaba la presencia de alguno a mi alrededor. Si con él me había arriesgado tanto como para perder ese absurdo miedo era porque era alguien realmente importante, del todo especial. Después de aquel gran paso que había dado, ¿cómo iba a alejarme de él sin más?

—¿Cuando me lo contaste, creíste que me alejaría de ti? ¿Por eso no me lo contaste desde el principio?

Me sentí esperanzada de repente al caer en la cuenta de que tal vez Tristán, temiendo que yo pudiera salir corriendo como todas las demás, se había olvidado a propósito de contarme su, como él lo llamaba, secreto.

—En primer lugar, no te lo conté porque no creí que fuera necesario hacerlo —explicó—. Jamás imaginé que tú y yo pudiéramos acabar así, ¿comprendes? Para mí, tú eras solo una de las alumnas de Surreal Summers, alguien que estaba a mi cargo, alguien por quien yo debía velar, alguien que desaparecería de mi vida al acabar el verano —sonrió, como si recordara aquellos primeros días en que hablábamos y nos saludábamos de lejos con una breve sonrisa. Días en los que nos comportábamos como un par de extraños, él esforzándose por caerme bien, y yo, como una idiota, esforzándome por caerle mal. Yo también dejé escapar una sonrisa al recordarlo y al escuchar sus siguientes palabras—: Alguien totalmente insociable y huraño que no quería ningún tipo de amistad con nadie, menos aún con su monitor —hizo una pausa para coger aire, al mismo tiempo que sus manos se cerraban alrededor de mi nuca, llenándome de calor ahí donde habían tenido contacto con mi piel—. Por supuesto que en seguida me fijé en ti. Creo que todos los chicos del curso lo hicieron.

—¿Te fijaste en mí? ¿A qué te refieres?

—Bueno, ¿no es evidente? —dijo él, ahora clavando la vista en el suelo y sonriendo de forma tímida—. Eres una chica increíble en todos los sentidos, Delia. Para empezar, tienes un físico que no se puede comparar al de ninguna de las demás chicas del curso. Y luego está tu forma de ser, tienes carácter, eres inteligente, no te rindes…

Tristán seguía hablando pero yo no escuchaba, me había quedado perdida en la frase anterior.

—¿Qué has querido decir antes? —le interrumpí—. ¿Quieres decir que me encuentras atractiva? ¿Físicamente?

—¿Bromeas? —ahora su sonrisa vergonzosa se había convertido en carcajada—. Pues claro que te encuentro atractiva, como la mayoría de los demás chicos. Y en realidad, eres mucho más que atractiva. Mírate al espejo, Delia. Eres preciosa. Tienes unos ojos increíbles, un pelo que parece sacado de otro mundo, un cuerpo esbelto, y cuando sonríes no hay palabras para describir cómo haces que me sienta.

—No lo dices en serio.

—Claro que lo digo en serio, Delia. ¿Te acuerdas de

aquella conversación que tuvimos sobre el Juego de la Botella? Bueno, pues te mentí. O por lo menos, no te di todas las razones por las que había decidido besarte. Había una tercera razón, claro, y esa era que en realidad, para mi gusto al menos, tú eras la única chica que valiera la pena besar de todas las del grupo.

Las palabras de Tristán me dejaron todavía más desconcertada de lo que ya había estado hasta entonces. Era la primera vez que hablábamos abiertamente de aquel tema y lo que me había confesado era altamente chocante.

—Y tú, ¿me encuentras atractivo?

Ahora me miraba con ojos hipnotizadores, su cara muy cerca de la mía, sus labios a punto de cerrar la distancia que los mantenía separados de los míos. Bajé la vista y sentí como me sonrojaba. Me vi incapaz de contestar a aquella pregunta porque me parecía cursi tener que confesarle que, en pocas palabras, me gustaba cada día más.

—Lo que quería decirte antes, Delia —siguió diciendo, ahora su sonrisa borrada y su ceño fruncido—, es que me pillaste totalmente desprevenido. No estaba preparado para todo lo que sucedió después.

—Ninguno de los dos lo estaba —declaré, mi corazón acelerándose.

—Lo sé —asintió—. Como tampoco estaba preparado para tu respuesta cuando te conté que tenía el virus. La verdad es que creía que te alejarías de mí, como todas las demás chicas. Lo cual a mí me parecía perfecto, porque me importabas mucho, no quería que corrieras ninguna clase de riesgo por mí —Sus manos ahora recorrían el trayecto que bajaba desde mi barbilla a la clavícula. Las chispas de sus ojos repentinamente brillaron con más intensidad—. Pero vas tú y decides que no quieres alejarte, que quieres seguir a mi lado.

—Por supuesto —dije, dándole un beso en la parte interior de la muñeca.

—Siempre me coges por sorpresa —dijo él, devolviéndome el beso, que me plantó en la frente.

«Bueno, por lo menos estamos empatados en algo», pensé con alivio.

—¿De veras pensaste que me alejaría de ti? —pregunté. Me parecía increíble que no se hubiera dado cuenta desde el principio de lo reales y fuertes que eran mis sentimientos—. ¿Cómo pudiste ser tan ingenuo?

—Habría sido lo más sensato.

—¿Qué tiene que ver la sensatez? —le pregunté ahora—. Tú mismo lo dijiste: algún día iba a encontrar a alguien que pondría mi mundo al revés, pero que a la vez le daría sentido. Eso es completamente irracional.

—Tu antídoto —musitó Tristán, sonriendo levemente ante el recuerdo de aquella relevante conversación en medio de la noche—. ¿Crees de veras que tu antídoto soy yo?

—¿Tienes tú alguna duda todavía?

Meneó la cabeza y me soltó. Mis ojos, clavados en él, y mi respiración, parada en seco, esperaban expectantes.

—Piénsalo bien, Delia —respondió al poco rato—. Piensa en lo que significa que yo esté a tu lado. Piensa en lo que significa que tú quieras pasar tu valioso tiempo a mi lado. ¿No lo comprendes? Vas a perderte muchas cosas si tomas esa decisión.

—Te equivocas —le interrumpí, pero él no me dejó seguir hablando.

—Espera, piénsalo bien —me instó, frenando mis palabras—. Piénsalo. ¿Cómo crees que sería tu vida al lado de alguien como yo? Imagínatelo. Imagínate que cada vez que quieras besar a esa persona, ese mero hecho va a suponer un riesgo para ti. Cada vez que estés a su lado. Cada vez que compartas tus comidas con esa persona. Cada vez que compartas el cuarto de baño. Cada vez que os acostéis juntos.

Mi ritmo cardíaco batía su mayor récord. Imaginarme

una vida al lado de Tristán era algo completamente inesperado pero que siempre había estado latente en el fondo de mi alma. Oír que esa idea salía de sus labios le daba una nueva dimensión. Nada importaba que él me recordara ciertos inconvenientes. Inconvenientes que yo, por descontado, estaba segura de que podríamos superar.

—¿Y cuando seas mayor, lo has pensado? —prosiguió, ignorando lo que realmente me estaba pasando por la cabeza, la emoción de imaginar un futuro con él. Creyendo, quizás, que realmente estaba considerando todos aquellos pormenores de los que él me hablaba—. Tal vez querrás tener hijos, formar una familia. ¿Cómo vas a poder hacerlo si sigues a mi lado?

Me reí al percatarme de lo absurdo de su pregunta. Porque precisamente el problema era justo todo lo contrario.

—¿Cómo voy a poder hacerlo, Tristán, si no sigo a tu lado?

Él volvió a menear la cabeza. Me pregunté si finalmente se estaba dando por vencido. Si realmente se daba cuenta de la realidad.

—En fin —suspiró, rompiendo el silencio—, supongo que todavía es pronto para pensar en este tipo de cosas.

—¿Pronto? —pregunté, estupefacta. Se me antojaba increíble que se negara a aceptar lo que yo realmente sentía por él—. Yo más bien creo que es tarde —añadí.

—¿Tarde? —ahora era él el que se mostraba atónito.

—Sí, Tristán, tarde —repetí, cogiendo aire y armándome de valor para intentar hacerle comprender la naturaleza de mis sentimientos—. Demasiado tarde para plantearme la alternativa de encontrar a otra persona que no seas tú.

—Cielos, Delia, te ha dado muy fuerte —exclamó, moviendo la cabeza de un lado para otro y sonriendo, muy a pesar suyo—. Bueno, imagino que es lo normal. Es lo que suele pasar cuando te enamoras por primera vez, que se te nubla la perspectiva de las cosas.

«Lo que suele pasar cuando te enamoras por primera vez. Me ha dado muy fuerte». Las últimas palabras de Tristán me dolieron en el corazón. ¿Es que era yo la única que estaba enamorada? ¿Es que era yo la única a quien le había dado muy fuerte? No lo sabía, no podría saberlo, pero me dije que ojalá él pudiera sentir lo mismo por mí.

Mi sonrisa amarga debió de delatar mis pensamientos, ya que acto seguido dijo:

—No malinterpretes mis palabras, Delia —Sus manos ahora se juntaron con las mías, aprisionándolas con fuerza, transmitiéndoles todo su calor—. No pienses ni por un instante que lo que yo siento por ti es menos fuerte y menos sincero de lo que tú sientes por mí. —Una sensación de alivio recorrió mi espinazo, ojalá sus palabras fueran tan honestas como sonaban—. Es simplemente que tengo miedo —prosiguió—. Miedo a lo que pueda pasar si sigo a tu lado. Te lo he dicho, he ido más allá contigo de lo que jamás antes había ido. No sé muy bien qué significa todo lo que ambos sentimos, ni sé adónde se dirige. Puse la barrera hace tiempo para que eso no me sucediera. La experiencia me decía que era doloroso e irresponsable. Pero ha sucedido, y con mucha más intensidad de lo que lo había hecho jamás —Mis ojos se nublaron, esta vez a causa de las lágrimas. Tristán no tenía ni idea de lo que significaban sus palabras para mí—. Ando con cautela, Delia. ¿Has oído alguna vez la expresión «andar con pies de plomo»? Eso es lo que estoy haciendo, andar con pies de plomo sobre una cuerda floja —Asentí lentamente, dándole a entender que le comprendía. Y le comprendía simplemente porque sentía que a mí me pasaba exactamente lo mismo—. De algún modo —continuó Tristán—, tú también has sido un antídoto para mí, yo que me había prohibido a mí mismo querer a nadie, que me había obligado a no enamorarme de ninguna chica, que había dejado que mi corazón latiera tranquilo, sin altibajos, sin ilusión. Me había hecho inmune al amor, que veía como otra enfermedad cualquiera, el cual solo me haría daño y me traería más preocupaciones de las que ya tenía. —Su cara ahora estaba muy cerca de la mía, podía notar su cálido aliento acariciándome la piel, la sensación más agradable del mundo—. Y ahora llegas tú y derrumbas esa barrera. De pronto me siento abatido, mi corazón helado como la escarcha ha sido herido y atravesado, pero a la vez me siento curado, porque ya creía que jamás iba a encontrar a nadie como tú.

—Pues aquí estoy —fue todo lo que pude decir ante tal declaración.

—Sé que no te merezco —susurró él, posando sus labios sobre los míos.

—Basta ya, Tristán —dije separándome de él unos centímetros y mirándole con enojo. No iba a permitir que no me dejara contradecirle por lo que acababa de salir de su boca—. Por hoy ya has dicho suficientes estupideces.

Y entonces le besé en los labios con fuerza. Era cierto, por aquel día ya había dicho suficientes estupideces. Pero era también cierto que me había confesado sus sentimientos más profundos y eso me llenaba de una felicidad absoluta.

ATERRIZAJE

El estrepitoso aparato tomó velocidad de forma inusitada y un temblor imparable se apoderó de todo su esqueleto. Cerré los ojos e hice el esfuerzo de concentrarme en imágenes agradables. Una playa bajo el sol del atardecer. Los colores de los árboles y los parques en primavera. La sonrisa de Tristán mirándome a pocos centímetros de donde yo estaba. Mi corazón latía a la velocidad del rayo, ahora por culpa del ronroneo interminable del avión que se deslizaba por la pista de despegue bajo nuestros pies. Otra vez la pesadilla. Recordé aquel otro viaje, el de ida. La primera vez que me montaba en un avión, el temor ante las expectativas de lo que me deparaba el verano. Cielos, no podía creer que ya hubieran pasado las tres semanas. Era una sensación extraña y contradictoria. Por un lado, esos veintiún días habían pasado volando pero, por otro, más que días parecía que hubieran sido meses, incluso años.

Y ahora el viaje de vuelta.

Ojalá pudiera tirar las manecillas del reloj hacia atrás y volver a aquel treinta de junio. Habría pagado por eso, y porque nada de lo que había sucedido aquel verano cambiara. O quizás habría cambiado mi actitud durante la primera semana, durante aquellos pocos días en que mi orgullo y mi tozudez no me habían dejado ver con claridad el camino que se abría ante mis ojos. «Tiempo desaprovechado», me dije, tiempo que habría podido pasar al lado de Tristán.

El gigantesco aparato seguía patinando por el asfalto, alcanzando velocidades inimaginables, a punto de llegar al momento en que las ruedas dejarían de tocar el suelo y flotaríamos en medio del cielo. Recordé entonces que esa era la primera vez que iba a disfrutar plenamente de la gran emoción de volar, ya que durante mi primera experiencia aérea había entrado en estado de shock justo antes de despegar. Me agarré fuerte a los brazos del asiento, mis ojos todavía cerrados y mi cabeza apoyada contra el respaldo. De mi garganta salió un grito ahogado al percatarme de que las ruedas ya no rodaban por la pista y el morro de aquella odiosa máquina ya estaba apuntando hacia las nubes.

Una mano aterrizó sobre mi mano, sus dedos entrelazándose con los míos. Mis ojos se abrieron como en un acto reflejo, topándose con los de Tristán, que me miraba con el ceño fruncido, una expresión de preocupación mezclada con el desconcierto. Alrededor nuestro el mundo seguía igual, conversaciones apagadas, pequeños objetos cayéndose al suelo, peleas amistosas entre compañeros de asiento y algún que otro chillido de asombro ante el paisaje que se extendía al otro lado de la ventanilla.

—¿Estás bien? —me preguntó, sonriendo después de descubrir mi insuperable fobia a los aviones.

Asentí con la cabeza sin decir nada y me aferré a su mano como si fuera mi talismán. Decidí serenarme e intentar controlar mi respiración. Y mantener los ojos abiertos en la medida de lo posible. No quería dar la impresión de ser un bicho raro. No con él tan cerca de mí.

Tristán había acabado por sentarse a mi lado durante el trayecto de vuelta. Se suponía que tenía que sentarme con Andrea y Raque, pero al final resultó que, gracias a un cambio de billetes bajo mano, yo iba a sentarme al lado de nuestro monitor. Todo un detalle por su parte, teniendo en cuenta que esas eran las últimas horas de Surreal Summers y que el futuro era, muy a mi pesar, incierto. Agarré la mano de Tristán con más fuerza, su piel un tacto cálido sobre mis dedos raquíticos. Y entonces me di cuenta de algo por primera vez: Tristán y yo nos estábamos dando la mano en medio de toda la gente. Estábamos rodeados por todos mis compañeros en el centro de un aparato volador y nuestras manos estaban unidas. Eso era totalmente nuevo.

—¿Una libra por tus pensamientos?

Me sacó de mis reflexiones al mismo tiempo que me hacía sonreír con su pregunta. Su típica pregunta.

—¿No crees que ya empieza a ser hora de cambiar de moneda? —le pregunté yo, intentando que mi voz sonara alegre, a pesar de mi temor al verme metida dentro de un aparato ruidoso y viejo que se tambaleaba en medio de la nada.

—¿Prefieres que te pague en euros? —me siguió la corriente—. Tú misma, pero debes saber que el euro está un poco devaluado en comparación con la libra.

Sonreí para mis adentros, aunque cueste creerlo. No sabía cómo, pero Tristán siempre lograba sacarme una sonrisa, incluso en situaciones de alto riesgo como la que estaba viviendo en ese momento.

—¿Vas a decírmelo o no?

Me miraba con ojos interrogantes, su sonrisa todavía visible.

—¿Qué?

—Tus pensamientos —insistió—. ¿Vas a contarme lo que estás pensando?

Supuse que su insistencia para hacerme hablar no era más que un vano pero bienintencionado esfuerzo para ayudarme a olvidar que estaba volando a no sabía cuántos kilómetros por hora.

—Bueno —empecé a decir—, acabo de darme cuenta

de que, a pesar de lo estricto que eres con tus límites, me parece que acabas de romper con la norma número uno.

—¿A qué te refieres? —preguntó Tristán, tomándome el pelo—. ¿Cuál era la norma número uno?

—Norma número uno —decidí seguirle la corriente—: nada de demostrarnos afecto públicamente, ¿recuerdas? Se suponía que debíamos mantener eso —dirigí una mirada explícita a nuestras manos— en secreto.

Tristán sonrió y meneó la cabeza de un lado a otro.

—Vamos, Delia —dijo—. Eso no es mostrarse afecto públicamente. Solo te estoy agarrando la mano para que dejes de temblar.

—Ya, claro —murmuré, sintiéndome hundir en mi asiento.

Odiaba meter la pata de esa forma. Tristán tenía razón. Solo nos estábamos dando la mano. Solo que para mí ese hecho tenía muchísima más significación de lo que tenía en realidad. Por un momento me habría gustado que se hubiera olvidado de esa ridícula primera norma y realmente me hubiera mostrado algo de afecto, me daba igual que estuviéramos rodeados de toda la demás gente de Surreal Summers.

De pronto, como si me hubiera leído el pensamiento, acercó su cuerpo hacia el mío, inclinó su cabeza ligeramente y me plantó un suave beso en los labios. Un beso que hizo disparar mis niveles cardíacos, los cuales se preparaban para batir el récord de nuevo.

—Eso sí es romper la norma número uno —musitó, volviendo a colocarse en su asiento y manteniendo la mirada fija en algún punto invisible de la parte frontal del avión.

No pude evitar sonreír mientras notaba como mis mejillas entraban en ebullición, la sangre hinchándolas hasta que ardieron. Aunque mi cerebro todavía no podía procesar la información de su alrededor, me dio la impresión de que varios pares de ojos habían sido testigos de ese beso, fugaz sí, pero beso. No muy lejos de donde me encontraba, Raque me dedicaba una sonrisa socarrona que me enviaba un claro mensaje: «eres incluso más cursi y estúpida que todas las demás». Pero a mí me daba absolutamente igual. Tristán se había cargado la primera norma y entonces me pregunté si en aquel futuro incierto que nos deparaba el horizonte, se sentiría con fuerzas para romper con el resto de las barreras.

—¿Qué ha sido eso? —logré articular al cabo de unos segundos que tal vez ya se habían convertido en minutos—. ¿Desde cuándo te saltas tus propias normas?

—En realidad, Delia, no me estoy saltando ninguna —replicó con la mirada todavía fija al frente—. El curso de verano técnicamente ya ha terminado. Oficialmente, ya no soy tu monitor.

—No es cierto —le contradije—. Aunque me pese reconocerlo, oficialmente eres todavía mi monitor, ya que el curso de verano va a terminar cuando nos dejes a todos sanos y salvos en el aeropuerto de Barajas.

«El aeropuerto de Barajas», volví a repetir esas palabras en mi cabeza. Dicho aeropuerto ahora me parecía distante, como salido de un libro o de una película. Llevaba tantos días familiarizada con Edimburgo y todo lo que había en ella que cualquier nombre o lugar relacionado con otra ciudad se me antojaba irreal.

—Tal vez —respondió Tristán después de haber sopesado mi argumento—. En ese caso, Delia, vamos a decir que estamos en territorio neutral. Entre dos fronteras, lugar donde no hay normas ni límites.

—¿Ni normas ni límites? —repetí—. ¡Genial!

—Algo de bueno tenía que tener lo de viajar en avión —apuntó.

Me apreté con más fuerza a su cuerpo y dejé reposar mi cabeza sobre su hombro, respirando el aroma mentolado que se desprendía de él y de su ropa. Ahora sí reparé en unos tres o cuatro pares de ojos que se clavaron en los míos, preguntándose todavía qué hacíamos Tristán y yo tan pegados el uno al otro. No me importó, cerré los ojos y dejé de preocuparme por todo lo demás. Iba a disfrutar de aquel vuelo y de aquel limbo territorial donde no había normas, aunque fuera lo último que hiciera.

En el aeropuerto de Barajas se respiraba un calor sofocante. Nuestras maletas tardaron en aparecer el doble de lo que habían tardado en Edimburgo, lo cual me impacientó y multiplicó por mil la agonía que sentía ante la perspectiva del momento de la despedida entre Tristán y yo.

«El futuro es incierto», repetía mi voz interior.

En cuanto nos hicimos con las maletas, mis compañeros y yo, seguidos de cerca por nuestros monitores, nos dirigimos a las puertas que nos separaban de la multitud de gente que se había congregado en la sala de llegadas del aeropuerto para recibirnos. La mayoría de mis colegas andaba al galope, arrastrando las maletas y llevándose consigo a todo aquel que se cruzara en su camino. Todo el verano renegando de sus padres y sus madres y ahora se volvían locos por verlos.

Por otro lado estaba yo, cargando con mi maleta y el enorme oso de peluche de mi aniversario, también acabado de recoger en la cinta corredera, arrastrando los pies, cabizbaja y con el interior lleno de sentimientos contradictorios. Por una parte, tenía ganas de encontrarme de nuevo con mi madre y que me pusiera al día sobre lo que a las últimas semanas respectaba. Por otra parte, sin embargo, me moría de ganas de echar a correr y arrastrar a Tristán conmigo, y olvidarme de todo lo que constituía mi vida antes de conocerle a él, mis padres, su separación, el piso donde vivíamos en un barrio de las afueras, mi instituto, mis profesores y las pocas amistades que había logrado hacer en aquellos diecisiete años. Me daba cuenta ahora de que mi vida no era más que aquella pequeña parte del verano que había pasado en Edimburgo. Lo de antes había sido una extraña transición de la «nada» al «algo por lo que vivir».

—Sabes que no tardaré en llamarte, ¿verdad? —me dijo Tristán antes de despedirse definitivamente. Estábamos perdidos en medio del barullo, mezclados entre mochilas de Surreal Summers, maletas que rodaban a su libre albedrío y adolescentes alocados.

Tristán soltó su mochila y me rodeó la cintura con el brazo que tenía libre. Ojalá aquel momento durara para siempre, me dije. Ojalá Tristán y yo no tuviéramos que separarnos nunca.

—¿Lo dices en serio? —le pregunté. Todavía no podía creerme mi suerte.

—No, me voy a olvidar de ti nada más perderte de vista —replicó él con voz despreocupada, dejándome a mí horrorizada—. Que no, boba. ¿Cómo quieres que me olvide de ti? —dijo ahora, mostrando su sonrisa más irresistible y devolviéndome la vida—. Claro que voy a llamarte —inclinó ligeramente su cuerpo y apoyó su barbilla sobre mi cabeza. Luego respiró con profundidad. Me pregunté si el olor que él sentía al estar a mi lado era tan agradable como el que yo sentía estando con él. Me pregunté tantas cosas… Muchas cosas que no tenían respuesta porque me las había guardado para mí y no me había atrevido a preguntárselas. Y ahora era demasiado tarde. Cuando Tristán volvió a hablar su aliento era suave y, sus palabras, firmes—. Claro que voy a llamarte, dentro de unos minutos sé que voy a estar echando de menos tu voz y tu sonrisa. Además, te lo prometí.

—No sería la primera vez que no cumples con tu palabra —bromeé.

Él sonrió y se separó de mí unos centímetros. Sus ojos

transmitían calidez y sinceridad, el complemento perfecto para sus palabras. Conmigo todavía en sus brazos, miró alrededor suyo durante unos segundos, se inclinó de nuevo y bajó sus labios hacia los míos.

—Por suerte —apunté, antes de dejar que me besara.

Me puse de puntillas y me dejé caer contra su cuerpo. Nos besamos con fuerza. Sentí sus brazos rodeando mi cintura y cerré los ojos, deseando por enésima vez que por favor aquel momento no acabara nunca, que Tristán no me abandonara.

Fue un beso intenso pero breve. Demasiado breve.

—Vamos —dijo Tristán, separándose de mí y volviendo a hacerse con su mochila. Sus ojos disparaban destellos que me hicieron estremecer. ¿Era posible que él sintiera lo mismo que yo? ¿Era posible que sintiera la misma tristeza que yo sentía al separarnos? El pensamiento me hizo entristecer a la vez que me produjo una cálida sensación de alivio—. Tenemos que despedirnos aquí, Delia. Tus padres estarán esperándote.

—Claro —susurré yo.

Quería decirle muchas cosas más. Quería gritarle que estaba loca por él, que no habría nada ni nadie que pudiera apagar la fuerza de mis sentimientos. Que fuera cual fuera el futuro que nos esperaba, lo único que yo quería era que lo compartiéramos el uno con el otro. Que no le tenía miedo a nada. Quería decírselo una vez más, pero no pude, la voz se me quedó atascada en la garganta, el nudo haciéndose una bola gigante.

Casi no pude contener las lágrimas al decirle adiós por última vez y me sentí estúpida por ser tan melodramática. Al quedarme sola en medio de la sala, solo el recuerdo de sus últimas palabras pudo darme la fuerza suficiente para seguir respirando con normalidad. Tristán había dicho que me llamaría y yo acababa de volver del mejor verano de mi vida. Acababa de enamorarme. Acababa de encontrar a mi antídoto y era correspondida. ¿Qué necesidad tenía de llorar?

—Bonita escena —oí que decía una voz a mis espaldas.

Me di la vuelta sobresaltada al mismo tiempo que mi maleta chocaba contra el suelo. Me encontré con la cara risueña de Cristina, que me miraba con ojos burlones y sonreía de forma sugerente.

—Casi como el final de una de esas odiosas películas románticas.

—Déjalo, Cristina —la corté, no quería que me avergonzara más de lo que ya estaba.

—No te pongas a la defensiva, Delia —me dijo ella, sonriendo de forma amistosa—. No te culpo. Al contrario, te envidio. Este verano ha sido mucho más productivo para ti que para mí. Por cierto, ¿es eso un final *final* o todavía habrá algún capítulo más?

—No lo sé —fue mi sincera respuesta—. El futuro es incierto.

—Y que lo digas —asintió ella—. Bueno, de todas formas, tengo algo para ti —dijo ahora mi compañera, dejando la mochila en el suelo—. Por si algún día te apetece recordar buenos tiempos.

Las manos frenéticas de Cristina escarbaban por entre los compartimentos de su mochila. Me pregunté si iba a mostrarme otra vez el excelente que le había puesto Abigail por su trabajo, para que yo pudiera compararlo otra vez con mi notable alto. Sería la quinta vez que lo hacía en veinticuatro horas.

Sin embargo, lo que sacó de su mochila fue una foto del tamaño de una hoja DIN A4, en la que aparecíamos retratados Tristán y yo, él con su irresistible sonrisa y sus ojos mirándome fijamente, y yo con la cabeza gacha y la mirada perdida entre los pliegues de su camiseta. Levanté la vista para mirar a Cristina, maravillada. Realmente, mi colega era una experta en el campo de la fotografía. En una sola instantánea había conseguido plasmar lo que aquel verano significaba para mí. Tristán y yo juntos. Tristán sonriéndome. Mi mirada perdida, tan perdida como yo misma antes de dar con él.

—Muchas gracias —balbuceé—. No sé qué decir.

—No digas nada —dijo Cristina con su más sincera sonrisa—. Solo llámame el día de la boda y os haré un descuento para el álbum.

Le di un empujón y nos reímos las dos con ganas. Antes de despedirnos, nos abrazamos con fuerza y me di cuenta una vez más de que Cristina había sido mucho más que una compañera para mí durante mi verano surrealista.

—Voy a echarte de menos —le dije cuando nos separamos.

—Bueno —me dijo ella, todavía sonriendo—. No tienes por qué esperar hasta tu boda para llamarme, sabes. Podemos quedar para tener una conversación de empollonas cuando más te apetezca.

—Hecho —dije, alargando la mano.

—Hecho —dijo ella, estrechándola con firmeza.

Y entonces todo pasó muy rápido. Había perdido de vista a Tristán definitivamente, Cristina ya no estaba a mi lado, yo estaba sola, plantada en medio del aeropuerto, rodeada de baldosas relucientes y extraños que iban y venían con sus maletas a rastras. Andrea se despidió de mí con un beso tirado al aire, Sabrina me ignoró al pasar a mi lado, Raque me dijo adiós a gritos mientras daba golpes de raqueta contra algo invisible. Sin embargo, mis ojos no veían, no enviaban la información al cerebro para que este la procesara.

Súbitamente, mis padres estaban ahí, a pocos metros de donde yo me encontraba. De eso sí se percataron mis ojos. Mi madre ataviada con un bonito vestido estampado de color azul turquesa y sus sandalias de tiras y su bisutería. También llevaba unas gafas de sol oscuras que le cubrían buena parte de la cara. A pocos metros de ella, un distanciamiento tan sólido que podría haberse cortado de un navajazo, estaba mi padre, con uno de sus trajes con los que se disfrazaba para ir a su despacho y su maletín y su teléfono móvil en la mano. Mamá me saludó con un ademán exagerado, la mano en alto y pegando saltitos. Papá me esperaba en su sitio extendiendo los brazos como si esperara que yo fuera a pegarme un sprint y a abalanzarme sobre ellos de un salto.

Cerré los ojos y guardé la foto, escondiéndola de miradas ajenas. Entonces tomé aire, lo solté con un fuerte suspiro y me dirigí hacia donde estaban mis padres, la maleta arrastrándose tras de mí y el enorme oso de peluche colgando de mi brazo izquierdo.

—¡Fidelia! —gritaron mis padres al unísono. Me reuní con ellos y les di un abrazo a ambos, intentando no parecer una cría. Era consciente de que Tristán todavía estaba en el aeropuerto y, por alguna extraña razón, me incomodaba que me viera con mis padres.

Cuando nos separamos, mi madre volvió a poner distancia entre ella y mi padre de forma evidente, lo cual resultó sumamente embarazoso. Los oí hablarme, hacerme preguntas, y me oí a mí misma también respondiéndoles. Pero todo lo hacía por inercia, pasivamente, ya que mi mente no estaba allí. Todo me parecía irreal. Aquella luz no era la luz de mis días en Edimburgo. Aquellas voces no eran las voces de Escocia. Nada me resultaba ya familiar. Y lo peor de todo era que mis padres me resultaban unos desconocidos, unos extraños. ¿Qué me estaba pasando? ¿Qué era aquella transformación? ¿Es que todo había cambiado tanto? ¿O era tal vez que la única que había cambiado en realidad había sido yo?

—¿Qué tal todo, Fidelia? —me preguntó mi madre al fin.

¿Qué tal todo? ¿Qué era todo? ¿El curso de Surreal Summers? ¿Mis avances con el inglés? ¿La ciudad de

Edimburgo? ¿El trayecto en avión? ¿Mis compañeros? ¿Mis sentimientos ahora mismo?

No sabía cómo responder porque no tenía ni idea de a qué se refería mi madre. Así que respondí brevemente, con un monosílabo, como de costumbre.

—Bien.

Sin duda alguna, era una respuesta bastante sincera. Haciendo balance general, todo había ido bien. Aunque en realidad podría haber sido más explícita y contar que, bueno, que la verdad era que todo había sido genial, estupendo, maravilloso, increíble, y muchas más cosas pero no tenía palabras para expresarlo todo. ¿Cómo expresar un sentimiento tan fuerte como el que yo sentía en aquellos instantes? ¿Un sentimiento que te desbordaba la razón y el corazón? ¿Un sentimiento que no puedes transmitir y que nadie puede comprender a no ser que también lo haya vivido?

—Bueno, pues nos vamos a casa —dijo mi madre, interrumpiendo el mayor de mis dilemas y haciéndose cargo de mi maleta mientras miraba a mi padre fríamente.

Nos íbamos a casa, me dije. Sin duda eso era el final de todo.

«Tristán va a llamarte pronto», me dijo mi voz interior, cargada de esperanzas y buenos propósitos. «Él también te está echando ya de menos. Todo va a salir bien».

Quería creer esa voz, pero mis pies se negaban a moverse en la dirección que indicaban mis padres. Me quedé plantada en medio de la sala de las llegadas mientras papá y mamá, a lo lejos, me miraban con ojos cargados de perplejidad.

—¿Qué pasa, hija? —preguntó mi madre cuando ya era evidente que había algo que no funcionaba.

—Esperad un segundo —les grité con nerviosismo mientras mis pies ya se disponían a dar marcha atrás—. Se me olvidó hacer algo.

Giré sobre mis talones y me dirigí en sentido contrario. Recorrí la sala con los ojos, sorteé mochilas esparcidas por el suelo y esquivé varios cuerpos de los que no recordaba el nombre del dueño pero que ahora mismo me eran más familiares que mis propios padres, aquellas dos figuras borrosas que esperaban atónitas e incómodas en las puertas de salida del aeropuerto.

Al final conseguí dar con él. Estaba de pie cerca de Ángela, la mayor de los monitores, recorriendo con los ojos una lista de nombres y números. Todavía cargaba con la mochila y llevaba las gafas de sol en lo alto de la cabeza. Corrí hacia él y me planté a su lado.

—Delia —dijo su voz, soltando un gallo en la sílaba final. Parecía sorprendido de verme allí, pero a la vez su sonrisa me delataba que se alegraba de que todavía no me hubiera ido. Frente a él, Ángela nos miraba con los ojos muy abiertos, sin comprender. O tal vez empezando a hacerlo.

Me puse de puntillas y rodeé el cuello de Tristán con mis brazos. La última vez había sido muy incómodo abrazarlo con mi enorme oso de peluche pegado a mí. Mis labios recorrieron la corta distancia entre su mandíbula y su boca y nos unimos de nuevo en un beso desesperado y febril. Tristán se deshizo de su mochila y, rodeándome con sus brazos, me levantó del suelo y me hizo rotar con él en nuestro universo privado. Abrí los ojos durante unos segundos y descubrí que sus ojos también me miraban. Dejó escapar una sonrisa al mismo tiempo que me besaba y noté como su suave aliento se apoderaba de mis sentidos y de todo mi ser.

—Tristán —logré murmurar cuando mis pies aterrizaron en el suelo de nuevo.

Sus manos todavía seguían en mi cintura, pero entonces me recorrieron el cuerpo hasta llegar a mi cuello y mi cara. Ahí se quedaron, sus dedos rozándome la piel suavemente. Tristán me miraba a los ojos con una intensidad que no había sentido jamás. Justo cuando mis labios iban a soltar las dos únicas palabras que podrían más o menos resumir mis sentimientos, Tristán puso su dedo índice sobre mi boca y me pidió que no dijera nada más.

—Sobran las palabras, Delia —susurró—. No intentes ponerle nombre a lo que sientes, a lo que sentimos, porque no hay palabras para eso.

Mi corazón dio un vuelco al recordar que eso era precisamente lo mismo que yo había pensado unos minutos antes al preguntarme mi madre qué tal todo. Sonreí con timidez mientras me despedía de Tristán, esta vez de forma firme, aunque no definitiva. Porque lo nuestro no era una despedida, era simplemente un «hasta luego». Ahora estaba completamente segura de ello.

Volví con mis padres, que todavía esperaban a las puertas de la salida con una mirada interrogante, ajenos a todo lo que acababa de suceder. La próxima vez que mi madre me hiciera la pregunta que me había hecho hacía pocos minutos, me dije, le respondería que, sin duda alguna y tal y como ella ya había pronosticado, aquel había sido el mejor verano de mi vida.

Todos los datos referentes al sida aparecidos en *Antídoto* están documentados y varias fuentes han sido consultadas al respecto, entre las cuales cabe resaltar los siguientes artículos:

Brettle, R.P., *et al.*, *Pre-AIDS deaths in HIV infection related to intravenous drug use.* City Hospital, Edinburgh, 1997.

Burns, S.M., *et al.*, *The epidemiology of HIV infection in Edinburgh related to the injecting of drugs: An historical perspective and new insight regarding the past incidence of HIV infection derived from retrospective HIV antibody testing of stored samples of serum.* City Hospital, Edinburgh, 1996.

Finalmente, la página web www.avert.org proporciona información útil, relevante y actualizada en relación al VIH y el sida.